DIE UNSICHTBARE STADT

- INNERER RING
- MITTLERER RING
- JHRENGESCHÄFT
- GASTHOF SONNE

MONIKA PEETZ

Die unsichtbare Stadt

ROMAN

WJB

1. Auflage März 2019
Copyright © 2019 by Rowohlt Verlag GmbH,
Reinbek bei Hamburg
Satz aus der Aldus bei
Dörlemann Satz, Lemförde
Druck und Bindung
CPI books GmbH, Leck, Germany
ISBN 978 3 8052 0033 2

Für Torben, Pauline und Jonathan.

Guten Morgen, Lena

Geschafft! In letzter Sekunde wischte Lena ins Badezimmer. Erleichtert warf sie sich mit dem Rücken gegen die Tür und verriegelte das Schloss. Meist verlor Lena das morgendliche Wettrennen mit ihren Schwestern und wurde mit ewigem Warten auf dem Flur bestraft, während Fiona und Carlotta in aller Ausführlichkeit duschten, cremten, kämmten, föhnten, schwatzten und trödelten. Die Ablage am Spiegel bog sich unter der Last ihrer Schleifen, Haarclips, lustigen Zahnbürsten, farbenfrohen Kindercremes und speziellen Shampoos. Während Fiona Pferdemotive und Parfümproben bevorzugte, stand Carlotta auf Einhörner, Feen, Elfen und alles, was rosa war oder wenigstens glitzerte. Die zeitraubenden Schönheitsrituale ihrer kleinen Schwestern brachten Lena morgens regelmäßig in Zeitnot. Aber heute huschte sie als Erste ins Bad. Zufrieden rief sie auf dem Handy ein Video auf, drehte die Musik laut und klemmte einen Spickzettel an den Spiegel. Die 9b schrieb in der ersten Stunde Bio. Bis dahin musste sie die Mendel'sche Vererbungslehre fehlerfrei beherrschen.

«Eltern geben Erbinformationen in festen Portionen, genannt Erbanlagen oder Gene, an ihre Nachkommen weiter», memorierte Lena, während sie vor dem Spiegel herumtanzte und Zähne putzte. Beim Refrain fiel sie lautstark ein. So gut das eben ging mit einem Mund voll Schaum und einer Zahnbürste als Mikrophon.

«Ich muss mal», brüllte Carlotta von draußen und hämmerte ihre Fäuste gegen die Tür. «Außerdem singst du ganz falsch.»

Lena ließ sich nicht stören. «Erstens: Uniformitätsregel», rekapitulierte sie den Lehrstoff. «Kreuzt man zwei reine Rassen einer Art miteinander, zeigen die direkten Nachkommen das gleiche Aussehen», fuhr Lena fort – und stockte.

Was war das? Eine Bewegung? In ihrem Rücken? Hinter dem Duschvorhang? Vielleicht ein Windzug, der durch das Fenster wehte? Trotz hellen Tageslichts fühlte Lena sich an die Horrorfilme erinnert, die ihre Freundin Bobbie so liebte. Badezimmerszenen endeten in diesen Streifen niemals mit Happy End.

«Kreuzt man zwei reine Rassen einer Art miteinander, zeigen die direkten Nachkommen das gleiche Aussehen», setzte sie zögerlich wieder an, während ihre Augen das Spiegelbild absuchten.

Nein, sie irrte nicht. Hinter den bunt gemusterten Wolken des Duschvorhangs bewegte sich ein Schatten. Eine Fingerkuppe zog die Plastikabtrennung unmerklich zur Seite, darüber glänzte eine winzige Kameralinse. Nichts anmerken lassen. Nur nicht spüren lassen, dass sie den Eindringling entdeckt hatte.

Mühsam unterdrückte sie das Zittern ihrer Stimme. «Zweitens, Spaltungsregel», murmelte sie. «Die Spaltungsregel gilt, wenn zwei Individuen gekreuzt werden ...»

Mitten im Satz fuhr Lena mit einer einzigen schnellen Bewegung herum und riss die Wolken zur Seite. Ein schriller Schrei hallte durch den gekachelten Raum. Lena traute ihren Augen kaum: In der Dusche versteckte sich ihre kleine Schwester und filmte Lena, wie sie in Unterhose und Schlafshirt vor dem Spiegel herumhampelte. Fiona grinste schief und entblößte dabei einen fehlenden Eckzahn. Nach dem ersten Schreck fand sie sofort in ihre Rolle zurück.

«Deine Moves sind großartig», sagte sie und hob den Daumen. «Damit kriegen wir jede Menge Klicks.»

Ohne jedes Schuldbewusstsein drehte sie ihr Handy zu sich. «Hallo und guten Morgen», flötete sie in die Kamera ihres Telefons. «Ich bin's, eure Fiona. Schön, dass ihr wieder dabei seid. Heute zeig ich euch meine Morgenroutine. Jedes Mal, wenn ich aufstehe, drängelt meine Schwester vor mir ins Bad. Habt ihr eine große Schwester? Dann wisst ihr, wovon ich rede. Steht ihr auch morgens vor der Tür und fragt euch, was die im Badezimmer treibt? Heute enthülle ich Lenas Geheimnisse für euch.»

Sie drehte die Kamera in Lenas Richtung: «Lena, sag guten Morgen zu den Leuten auf dem Vlog.»

«Gib sofort das Telefon her», befahl Lena und streckte die flache Hand aus.

Obwohl sie taktisch ungünstig in der Duschkabine festsaß, dachte Fiona nicht im Traum daran, ihr die wertvollen Aufnahmen kampflos zu überlassen. Mit ausgestrecktem Arm hielt sie Lena auf Abstand, während sie ungerührt weiterfilmte.

«Eine Schwester ist eine echte Herausforderung», erklärte sie. «Dabei ist sie nicht mal meine richtige Schwester. Eigentlich ist sie ja meine Cousine. Ihre Eltern sind tot.»

«Hör sofort auf mit dem Mist», sagte Lena wütend und probierte, Fiona das Telefon aus der Hand zu winden.

Die kleine Schwester versteckte das Handy hinter dem Rücken. «So was geht auf YouTube», verteidigte sie sich. «Je mehr Drama, desto mehr Klicks.»

Lena hatte nicht das geringste Interesse, mit einem Filmclip berühmt zu werden, in dem ihr Po die Hauptrolle spielte. Noch weniger Lust hatte sie, dass Fiona die Geschichte ihrer Eltern auf YouTube in Umlauf brachte. Selber vermied sie es, über den tragischen Autounfall zu sprechen. Die schiere Erwähnung, dass sie Vollwaise war, versetzte Leute in Schockstarre. Ihre Mitschüler rissen die Augen auf, kratzten sich verlegen am Hinterkopf und schauten so hilflos und überfordert, dass Lena jedes Mal den Drang verspürte, etwas Lustiges zu erzählen, um sie zu trösten. Noch schlimmer waren wohlmeinende Erwachsene, die ihr über den Kopf strichen und ihr dabei Lebensweisheiten vorkauten: «Wie gut, dass du noch so klein warst und dich nicht erinnerst», «Das Schicksal lädt uns nur auf, was wir tragen können» oder «Du kannst dankbar sein, neue Eltern gefunden zu haben».

Was sollte Lena darauf antworten? Dass sie sich nichts sehnlicher wünschte als Erinnerungen? Dass ihre neue Mama für sie immer ihre Tante und Sonja geblieben war? Und der Stiefvater gleichgültig?

Das Hämmern von draußen hörte auf. «Ich sag Mama, dass du mich aussperrst», brüllte Carlotta.

Lena riss den Duschkopf aus der Halterung. Ihre linke Hand tastete nach dem Wasserhahn.

«Lösch den Film. Sofort», befahl sie.

Fiona entpuppte sich als zäher Verhandlungspartner. «Wir nennen uns *Falsche Schwestern* und gründen unseren eigenen Kanal», schlug sie vor.

Mit elf Jahren war Fiona immer noch im Zahnwechsel, ihr Geschäftssinn jedoch stand dem eines Erwachsenen in nichts nach.

«Weißt du, wie viel Geld wir verdienen können! Wir bekommen Werbeverträge und Sponsoring, Gratisklamotten, Schminkzeug, Spielsachen zum Testen, und wir werden in Talkshows eingeladen.»

Lenas Hand drehte die Mischbatterie leicht auf. Wasser tröpfelte auf Fionas Turnschuhe.

«Du musst die Vorteile sehen», überschlug sich Fionas Stimme. «Nie mehr Schule. Als Influencer brauchst du keine Schule. Es reicht, wenn du du selbst bist. Ich bin sicher, es interessiert jede Menge Leute, wie du nach dem Aufstehen aussiehst.»

Lena drehte den Wasserhahn voll auf. Ein eiskalter Schwall traf Fiona. Wasser durchtränkte T-Shirt und Hose und sickerte in ihre neuen Schuhe. Die kleine Schwester schrie hysterisch auf.

In diesem Moment flog die Tür mit einem Krachen auf. Ihre Tante Sonja baute sich vor ihnen auf. In der Hand hielt sie noch den Schraubenzieher, mit dem sie die Tür geöffnet hatte.

«Mama», brüllte Fiona, während sie das Video klammheimlich löschte. «Lena bedroht mich. Sie will mir mein Telefon wegnehmen.»

Cornflakes-Tage

Lena kaute auf ihren Cornflakes herum. Sie schaufelte die trockenen Flocken löffelweise rein, bis ihr Mund so voll war, dass das Knacken beim Kauen die Streitgespräche am Frühstückstisch übertönte. Cornflakes waren für schlechte Tage, knuspriges Toastbrot für normale und Joghurt für die richtig guten. Seit der Vater von Fiona und Carlotta die Familie im Stich gelassen hatte, überwogen die Cornflakes-Tage. Lena war jeden Tag aufs Neue bemüht, sich so unauffällig wie möglich zu verhalten, um Sonja keinen zusätzlichen Kummer zu bereiten. Seit der Scheidung von Hugo war ihre Ziehmutter dünn, dünnhäutig und chronisch gestresst. Früher stritt sie mit Hugo schon am Frühstückstisch ums Geld, später um die Schulden und seit ein paar Wochen gar nicht mehr.

«Hol endlich deine Sachen», forderte sie ihn auf, wenn er Fiona und Carlotta abholte. «Sonst lass ich die Müllabfuhr kommen.»

Wenn ihre Tante nicht arbeitete oder telefonierte, bombardierte sie Lena und ihre Schwestern mit Fragen, die keiner Antwort bedurften. «Muss die Musik so laut sein? Habt ihr nichts Besseres zu tun, als auf dem Sofa rumzuhängen?

Wie kann man nur so unordentlich sein? Könnt ihr nicht wenigstens die Wäsche nach unten bringen, das Licht im Bad ausmachen, den Müll raustragen?» Manchmal beneidete Lena Fiona und Carlotta, wenn Hugo sie abholte und nach Strich und Faden verwöhnte. Er fragte nie, ob Lena mitkommen wollte.

Heute halfen auch drei große Esslöffel Cornflakes nicht, die durchdringende Stimme ihrer Tante zu dämpfen.

«Musst du dauernd mit deiner kleinen Schwester streiten?», fragte Sonja, während sie Fionas durchnässte Schuhe mit Zeitungspapier ausstopfte, um sie wieder in Form zu bringen. In ihrer Stimme lagen Müdigkeit und ewige Enttäuschung. Fiona, die in Sonjas Ermahnung nicht vorkam, warf Lena einen triumphierenden Blick zu. Carlotta ritzte währenddessen hingebungsvoll geometrische Muster in ihr Nutellabrot und tat so unbeteiligt, als wäre sie auf dem Mars. Die Achtjährige hielt sich aus dem Streit raus. Lena wusste, wie versessen Carlotta darauf war, eine Rolle in Fionas Vlog zu ergattern.

Lena wollte aufbegehren, sich verteidigen. Sonjas müde Augen ließen sie verstummen. Ob ihre Tante es bereute, sie nach dem Unfall aufgenommen zu haben? Carlotta und Fiona waren Wunschkinder, Lena im wahrsten Sinne des Wortes ein Unglücksfall. Als sie jünger war, hatte Lena sich vorgestellt, dass sie von Außerirdischen auf dem Planeten Erde vergessen worden war. Jede Nacht hatte sie die Schreibtischlampe in Richtung Fenster gedreht und nach draußen geleuchtet, damit die Außerirdischen sie finden konnten, wenn sie mit ihrem UFO über den Nachthimmel schwebten. Irgendwann hatte Sonja die Lampe weggenommen und einen langen Vortrag über Stromverschwendung und gesunden Schlaf gehalten. Sonja ahnte nichts von den Außerirdischen, und Lena traute sich nicht, ihre Tante einzuweihen. Erwachsene waren beschränkt, wenn es darum ging, ein Gespür für unsichtbare Dinge zu entwickeln.

«Das Mädchen hat die komischsten Ideen», klagte Sonja ihren Freundinnen am Telefon. «Zu viel Phantasie.»

Es klang, als wäre das eine schlimme Krankheit. Der Chor von Stimmen in Lenas Kopf, der zu allem und jedem einen Kommentar absondern musste, streute zusätzlich Salz in die Wunde. «Du bist komisch», riefen sie. «Du gehörst nicht dazu. Die brauchen dich nicht. Vielleicht wäre es besser, du würdest verschwinden.»

Lena fühlte sich fremd in der eigenen Familie. Ihre Freundin Bobbie behauptete, das gehe allen Fünfzehnjährigen so.

«Hörst du mir überhaupt zu?», fragte Sonja empört.

Ihre Augen funkelten. Carlotta und Fiona wagten kaum zu atmen. Diese verdammten Stimmen. Ständig quasselten sie dazwischen und sorgten dafür, dass Lena das Wichtigste verpasste.

«Ich werde mich bemühen», versprach sie erschrocken. Das stimmte immer.

«Bemühen?», platzte Sonja heraus. «Du musst eine Fünf ausbügeln.»

Offenbar war Sonja vom Streit der Schwestern nahtlos zu Lenas Schulnoten und der anstehenden Bio-Klassenarbeit übergegangen. «Versetzung gefährdet» hatte in ihrem letzten Zeugnis gestanden.

«Wie kann man wegen so einem Fach auf der Kippe stehen?», fragte Sonja. Wütend warf sie das Geschirr in die Spülmaschine. «Es reicht mir, Lena», sagte sie ernst. «Wenn du Bio verhaust, ist Handball gestrichen. Du musst endlich lernen, dich auf die wesentlichen Dinge im Leben zu konzentrieren.»

Lena hasste Sätze, die mit «Du musst» anfingen und mit «konzentrieren» aufhörten. Seit dem Kindergarten ermahnte sie ständig irgendjemand, sich zu konzentrieren. Erwachsene verstanden nicht, dass sie sich prima konzentrieren konnte. Das war nicht das Problem. Es gab in Lenas Leben einfach zu viele Dinge, über die sie gleichzeitig nachdenken musste. Was konnte sie dafür, dass in ihren Gehirnwindungen Hochbetrieb herrschte? In Lenas Kopf summte es wie in einem Bienenstock: ein ständiges Kommen und Gehen von Fragen und Ideen, von schlauen Gedanken und blöden Einfällen, von Erinnerungen und Plänen, von Ängsten und Wünschen. Ihre Tante konnte sich nicht vorstellen, wie anstrengend es war, so vielen Stimmen zuhören zu müssen. Wenn sie sich wenigstens einig wären. Ihrer Tante war es bereits ein Rätsel, wie man Musik hören und gleichzeitig Englischvokabeln pauken konnte. Sonja fehlte jedes Verständnis dafür, warum Lena beim Fernsehschauen unbedingt whatsappen musste und gleichzeitig Candy Crush spielte. Dabei hing sie selber dauernd an ihrem Smartphone. Selbst beim Essen.

«Bei mir ist das Arbeit», sagte sie. «Das ist etwas anderes.»
Für Erwachsene galten eigene Regeln. Sonja verbot Lena, beim Essen Nachrichten an Bobbie zu schicken. Sie selber ließ jedoch sofort den Teller stehen, wenn eine ihrer Freundinnen anrief, um ihre Beziehungsdramen zu besprechen.

Für Erwachsene fiel Liebe offenbar in die Kategorie Arbeit. Trotz aller Arbeit war Sonjas Ehe mit Hugo gescheitert.

«Ich meine es ernst, Lena», wiederholte Sonja. «Handball lenkt dich zu sehr ab. Es ist nur zu deinem Besten.»

Lena nickte betroffen. Es gab Tage, da konnte man selbst mit Cornflakes nichts mehr ausrichten.

3

Alte Bekannte, neue Zeiten

«Spinnst du?», rief Lena.

Nur ein entsetzter Hechtsprung rettete sie davor, auf dem Zebrastreifen vor der Schule über den Haufen gefahren zu werden. Ein Lufthauch streifte ihre Wange, als Jonas in halsbrecherischem Tempo an ihr vorbeizog. Bei Wind, Wetter, Regen und Schnee kreuzte ihr Mitschüler mit einem orangefarbenen Fixie-Rad durch die Stadt, das weder über Gangschaltung noch Licht, Schutzblech, Klingel oder Bremse verfügte. Jonas befand sich auf Kollisionskurs mit Lena, der Straßenverkehrsordnung und dem Direktor, der Fixies an der Schule verboten hatte. Von Regeln hielt er wenig. Selbst seine halblangen, braunen Locken rebellierten gegen jeden Schnitt und standen wirr in alle Richtungen. Jonas wandte im Vorbeifahren seinen Kopf und bedachte Lena mit entwaffnendem Lächeln und einer entschuldigenden Geste. Seine dunklen Augen strahlten in einem warmen Braun, als habe jemand sie nachcoloriert. Lenas Herz vollführte einen glücklichen Hopser.

Seit drei Jahren ging sie in eine Klasse mit Jonas Rasmus. Sie erinnerte sich nicht daran, wann aus dem blassen und chronisch schüchternen Knirps ein großgewachsener und selbstbewusster Junge geworden war. Seine Veränderung war Lena erst aufgefallen, als Jonas zu ihrem Handballverein wechselte. An Wettkampftagen verdiente er sich in der Sportkantine ein paar Euro dazu. Selbst mit falsch geknöpftem Küchenkittel und albernem Papierschiffchen auf dem Kopf sah er umwerfend aus. Und im Sportdress sowieso. Lenas halbe Mannschaft war in ihn verknallt. Wenn Jonas mit seinem Team trainierte, drückten sich immer ein paar neugierige Mädchen in der Halle herum. Heute Morgen umschwirrte ihn zum ersten Mal keine seiner Anbeterinnen. Lena zögerte. War das die ultimative Gelegenheit, ihn anzusprechen? Sie sehnte sich danach, einmal eine Unterhaltung mit ihm zu führen, die über «Eine Cola, bitte» hinausging. Vielleicht verwandelte sich der Cornflakes-Morgen doch noch in etwas Gutes?

Jonas sprang vom Rad und kniete sich auf den Boden. Mit gekonnten Handgriffen löste er den Schnellverschluss vom Vorderrad, positionierte es neben dem hinteren Reifen und kettete beide an einen Lampenpfosten. Betont lässig schlenderte Lena in seine Richtung.

«Und? Gut vorbereitet für Bio?», wollte sie fragen. Stattdessen entfuhr ihr ein lautstarkes «Hicks!». Seit ein paar Wochen bekam sie ständig Schluckauf, sobald Jonas in ihrer Nähe auftauchte. Sein Blick verursachte bei ihr ein wundersames Kitzeln im Bauch, als hätte sie aus Versehen eine Überdosis Brausepulver geschluckt. Das komische Kribbeln beeinträchtigte ihre Fähigkeit, geradeaus zu denken und zu gehen. Neulich war sie beim Handball frontal gegen eine Glastür geknallt, nachdem sie ihm unerwartet über den Weg gelaufen war.

«Hicks», entfuhr es ihr ein zweites Mal. Jonas' Kopfhörer ersparte ihr eine weitere Blamage. Ohne Lena und ihr überlautes Hicksen zu bemerken, sprintete der schlaksige Junge Richtung Schule, nahm schwungvoll drei Treppenstufen auf einmal und schloss zu Chloe und ihrer Freundin Elif auf. Geschlagen sank Lena in sich zusammen. Chloe war nicht nur Kapitän ihrer Handballmannschaft, sondern zugleich das tollste Mädchen der Schule. Selbstbewusst warf sie ihre langen, blonden Locken nach hinten und begrüßte Jonas mit einer überschwänglichen Umarmung. Heute trug sie einen auffallenden roten Jumpsuit und Sonnenbrille. An ihrer Schulter baumelte eine nagelneue Markentasche. Elif klebte an ihr wie ein Schatten. Viele Mädchen in der Klasse und beim Handball wünschten sich sehnsüchtig, so wie Chloe zu sein – oder wenigstens ein bisschen von ihrem Glanz abzubekommen.

Der Chor in Lenas Kopf lachte hämisch. Dieser blöde Schluckauf. Warum konnte sie nicht so cool mit Jonas umgehen wie Chloe? Kein Mensch war perfekt. Aber warum hatte ihr das Schicksal keinen Makel verpasst, der weniger auffiel? Plattfüße zum Beispiel. Plattfüße waren ideal, schließlich steckten sie die meiste Zeit in Schuhen.

Während sie auf der Treppe abwartete, bis sich der Schluckauf legte, malten sich die Stimmen in Lenas Kopf zig Fehler aus, die besser zu ertragen wären: abstehende Ohren, eine Zahnlücke, ein Gesicht voller Sommersprossen. Mit solchen Merkmalen stand einem immerhin noch eine Karriere als Topmodel offen. Und Brillen waren in ihrer Klasse angesagt, seit Chloe eine trug. Mit Fensterglas.

«Man muss nicht schlau sein», behauptete sie. «Es reicht

vollkommen, schlau auszusehen. Für den Rest reicht ein gutes Netzwerk.»

Deswegen hatte Chloe 4567 Follower bei Instagram und Lena einen Sack voller Probleme. Lena hoffte darauf, dass sich ihre Nervosität legte, wenn sie beim Pfingstcamp des Handballvereins längere Zeit am Stück mit Jonas verbrachte. Sonja begriff nicht, wie wichtig das Trainingslager war. Für ihre Tante war Handball ein belangloses Hobby, das man jederzeit aufgeben konnte. Für Lena bedeutete der Sport alles. Sie durfte das letzte Spiel der Saison auf keinen Fall verpassen. Und das Pfingstlager schon gleich gar nicht! Alles, was sie tun musste, war, Bio so gut wie möglich hinter sich zu bringen.

4
Schluckauf

«Telefon, Heft, Bücher, Schmierzettel, Pausenbrot, alles weg», befahl Frau Eisermann. Genussvoll teilte die Biologielehrerin die Prüfungsblätter aus. Lena knabberte selbstvergessen an ihrer Unterlippe. Heute Morgen im Badezimmer hatte sie die Mendel'schen Regeln mühelos herunterbeten können. Amalia Eisermanns grimmiger Blick jedoch verhieß nichts Gutes. Der Oberstudienrätin eilte der Ruf voraus, Wackelkandidaten wie Lena mit extraschweren Prüfungen auf die Probe zu stellen.

Im Sekundentakt schmetterte sie ihre Anweisungen in die Klasse: «Stühle auseinanderrücken. Schluss mit dem Schwatzen. Finger weg vom Handy», bellte sie. Niemand wagte, einen Pieps von sich zu geben. Die Hamster, Mäuse, Ratten, Vögel und Insekten, die das Biolabor bewohnten, zeigten sich unbeeindruckt. In dem festen Wissen, dass Frau Eisermann Tiere mehr liebte als Kinder, raschelten sie lautstark in ihren Käfigen herum.

«Du weißt, worum es geht», warnte Frau Eisermann und platzierte einen Aufgabenzettel auf Lenas Pult. Ihr Lächeln legte jede Menge Zähne und viel Zahnfleisch frei. «Du hast eine Stunde zu beweisen, was du ohne Google wert bist.»

Ihr Zeigefinger fuhr auf die Tastatur des Laptops nieder und aktivierte einen rückwärtslaufenden Ticker. Auf der elektronischen Tafel erschien die Anzeige mit der verbleibenden Zeit. Alle drehten gleichzeitig die Blätter um. Das Geräusch erinnerte Lena an einen Schwarm Vögel, der sich, aufgeschreckt von Frau Eisermann, in die Lüfte erhob. Die Stimmen im Kopf feierten den gelungenen Vergleich.

Mit ihrer markanten Nase, dem fliehenden Kinn und den stechend hellblauen Augen hatte die Lehrerin selber etwas von einem Vogel. Die wilden Locken thronten in einem lockeren Knoten auf dem Kopf und bildeten eine Art Nest, das auf einen Brüter zu warten schien. Fasziniert beobachtete Lena Frau Eisermanns Haltung. Mit zusammengekniffenen Augen und strenger Miene überwachte sie jede Bewegung in der Klasse. Ihr Oberkörper beugte sich nach vorne, als wäre sie jederzeit bereit, sich im Sturzflug auf ein Opfer zu stürzen. Sosehr die Lehrerin sonst auf Teamarbeit stand, in Prüfungen strafte sie jeden noch so geringen Versuch zu spicken gnadenlos ab. Ihre Absätze hämmerten in den Linoleumboden, als messe ihr Schritt die Sekunden, die vorbeizogen. 59 Minuten 12 Sekunden, 11 Sekunden, 10 Sekunden … Lenas Hand zitterte leicht, als sie ihren Stift aus dem Mäppchen kramte.

«Wenn du Bio verhaust, ist Handball gestrichen.» Die Warnung der Tante klang in ihren Ohren. Verstohlen schielte sie nach links, wo Jonas über den Aufgaben brütete. Sein brauner Lockenkopf stach aus denen seiner Mitschüler heraus, die langen Beine ragten weit in den Mittelgang hinein. Aus den durchschnittlichen Neuntklässlerbänken war er längst hinausgewachsen.

«Vielleicht hilft es, wenn du mit Lesen anfängst», unterbrach eine scharfe Stimme ihre Gedanken. «Am Stift kauen verdirbt nicht nur den Magen, sondern auch die Note.» Frau Eisermann drehte das Papier um, das unberührt vor ihr lag. Erschrocken kontrollierte Lena die Zeit an der Tafel. 57 Minuten 42 Sekunden. Beim Spaziergang durch ihren Kopf hatte sie zwei Minuten verloren. *Konzentrier dich.* Alles stand auf dem Spiel: Handball, das Pfingstlager, Jonas.

Hastig überflog Lena die Fragen. Der erste Block beschäftigte sich mit dem Bauern Hans, der zwei Rinderrassen kreuzen wollte, dann folgten Aufgaben zu Fruchtfliegen, die merkwürdigerweise das ideale Versuchstier für Vererbungslehre darstellten. Bei Punkt acht stockte Lena der Atem. *In meiner Familie treten vermehrt große Nasen, ein energisches Kinn und krause Haare auf,* schrieb Amalia Eisermann. *Welche vererblichen Merkmale kannst du in deiner Familie feststellen?*

Die Oberstudienrätin war besessen davon, ihren Schülern zu beweisen, wie untrennbar der Bio-Lehrstoff mit dem täglichen Leben verbunden war. Ihr Unterricht stellte eine einzige große Feldstudie mit praktischen Übungen und ausufernden Anwendungsbeispielen dar, die ihre Schüler in Kontakt mit Natur und Tierwelt bringen sollten. Bis in die blutigen Details. Die 9b trug nicht nur Verantwortung dafür, die Hamster, Mäuse und Ratten im Biolabor pünktlich und zuverlässig zu füttern. Lena und ihre Mitschüler mussten Stabheuschrecken versorgen, Schnecken beobachten, Kompostwürmer züchten, Insekten klassifizieren und auf dem Schulhof Obstbäume für vom Aussterben bedrohte Steinkäuze pflanzen. Leider stoppte der Entdeckerdrang ihrer Lehrerin nicht bei diesen vergleichsweise harmlosen Tätigkeiten.

«Man kann Respekt ausschließlich für Lebewesen entwickeln, die man kennt», predigte sie. Mit Schaudern erinnerte sich Lena an die Stunden, in denen sie Schweineaugen präparieren, Organe von Fischen freilegen oder einen toten Frosch auseinandernehmen durfte. Lena hätte sich gerne dem Frosch gewidmet. Ihr Magen war anderer Meinung. Bei der ersten Berührung mit dem kalten, muffig riechenden Glibbertier drehte er sich um. Gemeinsam mit Chloe verbrachte sie den Rest der Stunde auf der Toilette. Chloe bekam über ihre Eltern ein rückwirkendes Attest, Lena eine Sechs. Wegen dem blöden Laubfrosch stand Lena jetzt auf der Kippe.

In meiner Familie treten vermehrt große Nasen, ein energisches Kinn und krause Haare auf, las sie noch einmal. *Welche vererblichen Merkmale kannst du in deiner Familie feststellen?* Für die Beispielfotos hatte die gefürchtete Oberstudienrätin ihr privates Fotoalbum geplündert. Obwohl die Damen Eisermann im Abstand vieler Jahrzehnte geboren waren, glichen sie einander so deutlich, dass Lena den Gedanken an Wiedergeburt nicht mehr abwegig fand. Oder konnte Amalia Eisermann vielleicht durch die Zeit reisen? Darüber sollte sie mal erzählen!

Welche vererblichen Merkmale kannst du in deiner Familie feststellen?

Die freien Fragen zählten bei Frau Eisermann genauso wie die Wissensfragen. Mit persönlich gehaltenen Antworten stellte man unter Beweis, dass man den Zusammenhang zwischen Schulstoff und eigenem Leben begriff. Um Lena herum kratzten Stifte über das Papier. Eine Ratte nagte wütend am Gestänge ihres Käfigs. Lena teilte ihr Bedürfnis, von hier zu verschwinden. Ihr Familienleben passte nicht in ein paar einfache Sätze. Warum reichte es Frau Eisermann nicht, Fragen über unzufriedene Landwirte zu stellen? Bauer Hans aus Frage eins besaß schwarze Rinder und eine gefleckte rotbraune Sorte. Offenbar konnte er nicht ruhig schlafen, bevor er aus seinen zwei Rassen eine dritte mit schwarz gefleckten Tieren gezüchtet hatte. Lena sollte ihm die Arbeit abnehmen und ausrechnen, wie groß die Chance war, dass bei Bauer Hans bald eine neue Sorte Kuh auf der Weide wiederkäute. Das wäre doch eine gesellschaftlich relevante Zusatzfrage: Wie konnte man Bauer Hans überzeugen, mit seinen vorhandenen Kühen zufrieden zu sein? Was war besser an schwarzbraun gefleckten Tieren? Passten die besser zu seiner Inneneinrichtung oder zum Karomuster seiner Oberhemden? Stattdessen sollte Lena über ihre eigene Familie berichten.

Als beste Freundin ahnte ihre Banknachbarin Bobbie, was in ihr vorging. In der siebten Klasse hatte Frau Eisermann die beiden nebeneinandergesetzt. Sie hielt die aufgekratzte Lena und die kluge, aber ausgesprochen zurückgezogene Roberta Albers für ein wunderbares Team. Die erste Woche hatten die Zwangsverpflichteten sich hartnäckig ignoriert. Zu Beginn der zweiten Woche teilte Bobbie wortlos den Inhalt ihrer reichgefüllten Frühstücksdose mit ihrer neuen Banknachbarin. Sie hatte bemerkt, dass Lena, die aus Zeitnot nur jeden zweiten Tag etwas mitbrachte, neidisch auf ihr Brot und Obst schielte. Bobbies Mutter lebte in der permanenten Angst, ihre Tochter könne in der Schule verhungern oder an akutem Vitaminmangel zugrunde gehen. Während Bobbie genervt reagierte, beneidete Lena ihre Mitschülerin heimlich um die Zuwendung ihrer Mutter. Ein einfacher Zettel, den sie an einem Mittwoch zwischen den Broten von Henriette Albers gefunden hatte, hatte sie zu Tränen gerührt. Die Erinnerung an den Zahnarzttermin war mit einem Herz und einer Liebeserklärung an ihre Tochter dekoriert. Schweigend hatte Bobbie ihr eine Packung Taschentücher hingeschoben. Das war der Beginn ihrer Freundschaft gewesen.

Jetzt reckte Bobbie verstohlen den Daumen hoch. Mit ihrem Kurzhaarschnitt, einem überlangen Pony, der ihr fransig in die Stirn hing, den großen Augen, der strahlend weißen Bluse und dem rot karierten Rock wirkte sie wie ein braves Wunderkind. In Wirklichkeit pflegte sie einen schrägen Humor und absonderliche Hobbys. Bobbie stand auf Blut und Grusel und war grundsätzlich die Einzige, die sich freiwillig meldete, wenn es darum ging, tote Tiere zu zerlegen. Nach der Schule plante sie, etwas Naturwissenschaftliches zu studieren. Bobbie machte keinen Hehl daraus, dass sie es kaum erwarten konnte, endlich die Schule und ihre Mitschüler, die Abstand zu ihr hielten, hinter sich zu lassen. Lenas Später reduzierte sich auf die Frage, wie sie die Bioarbeit überlebte.

Welche vererblichen Merkmale kannst du in deiner Familie feststellen? Ihre Kehle schnürte sich zu, Tränen stiegen auf. Warum waren plötzlich alle an ihrer Herkunftsfamilie interessiert? Erst Fiona, jetzt Frau Eisermann. Woher sollte sie wissen, was sie von ihrer Mutter und deren Mutter geerbt hatte? Sie erinnerte sich nicht einmal daran, je Eltern gehabt zu haben. Wie auch? Sie war keine vier Jahre alt gewesen, als sie verunglückten.

Lautes Schnipsen schreckte Lena aus ihren Gedanken.

Bobbie forderte einen neuen Papierbogen an. Lena beneidete sie. Wenn man Bobbie hieß, war es kein Kunststück, über Vererbung in der eigenen Familie zu schreiben. Wie oft schimpfte Bobbie, dass sie die dürren Beine ihrer Oma, die störrischen Haare dem Vater und die unstillbare Neugier ihrer Mutter zu verdanken hatte. Selbst Chloe, die chronisch ahnungslos war, kritzelte eifrig. Kein Wunder. Jeder in der Klasse hätte die Frage für Chloe beantworten können, schließlich war ihr Urgroßvater Wendelin Wenninger Gründer und Namensgeber der Schule. «Wir haben das WWW erfunden», behauptete Chloe gerne. Die Wendelin-Wenninger-Werke, die weltweit Cremes, Shampoos, Seifen und Waschmittel vertrieben, waren bis heute der größte Arbeitgeber der Stadt. Um Frage acht zu beantworten, brauchte Chloe nur im Foyer der Schule nachzuschauen, das von einem imposanten Ölgemälde des Schulstifters dominiert wurde. Oder am Wenninger-Brunnen, wo eine Skulptur des Firmengründers über den Marktplatz wachte. Die überlebensgroße Statue zeigte den düster dreinblickenden Apotheker inmitten von riesigen Reagenzgläsern, aus denen Wasser sprudelte. Nachts, wenn bunte Lampen die hohen Fontänen anstrahlten und bunte Lichter auf seinem starren Gesicht tanzten, wirkte er wie ein wahnsinniger Giftmischer, der auf Böses sann. Die Ergebnisse seiner nächtlichen Experimente fanden sich bis heute in jedem Supermarkt. Der Slogan «Wenninger ist mehr», mit dem das Unternehmen seit Jahrzehnten warb, verfolgte Lena seit Kindertagen. Er schrie sie von Litfaßsäulen und Plakatwänden an, erschien in Zeitungen, Werbespots und morgens im Badezimmer.

Gedankenverloren musterte Lena ihre Mitschülerin. Von weniger konnte bei Chloe keine Rede sein, sie gehörte eher der Fraktion «mehr, mehr, mehr» an. Mehr Schminke, mehr Klamotten, mehr Freunde.

Frau Eisermann knallte ein riesiges Metalllineal auf das Lehrerpult. «Noch fünfzehn Minuten», verkündete sie.

Lena schrak zusammen. Wieso fünfzehn Minuten? Wovon redete die? Sie hatte noch nicht mal angefangen. Irgendetwas stimmte nicht mit ihr. Ihr Kopf lief über vor Gedanken, die in alle Richtungen stoben und dabei systematisch die Minuten auffraßen. Ihre innere Uhr funktionierte nicht richtig. Ein Rätsel mehr für den Chor von Stimmen, der das Thema begeistert aufgriff: Wo saß die innere Uhr eigentlich? Man sah mit den Augen, hörte mit den Ohren, schmeckte mit der Zunge und fühlte mit der Haut. Aber wie war das mit der Zeit? Woher wusste ein Mensch, wie viel Zeit vergangen war, wenn kein Organ dafür zuständig war?

«Fünfzehn Minuten! Das gilt auch für unser Fräulein Friedrich», sagte Frau Eisermann schneidend. «Die starrt wieder Löcher in die Luft.»

In diesem Moment passierte es. Der Supergau. Jonas drehte sich neugierig zu ihr um. Seine braunen Augen blitzten. Du meine Güte. Nicht jetzt. Nicht schon wieder. Nicht in der Klasse. Bitte nicht.

«Hicks», platzte sie laut und vernehmbar heraus.

Jonas war cool. Chloe war cool. Selbst Bobbie, auf ihre eigene, schräge Weise. Lena eher weniger. Sie konnte nicht mal so tun, als ob. Schuld daran waren Jonas und dieser blöde Nerv, der vom Gehirn durch den Brustkorb bis zum Zwerchfell lief und sich wie eine Mimose benahm. Alles irritierte ihn. Hastiges Kauen, überstürztes Schlucken, zu heißes Essen, zu kaltes Essen, Essen und Reden, Reden und Essen, Stress, ein einziger Blick von Jonas. Jedes Mal sendeten hysterische Synapsen einen Notruf zum Gehirn, das den Befehl zu lautstarken Protestbekundungen weitergab. Jonas grinste sie frech an. Seine Augen waren gar nicht braun, sie hatten gelbe Sprenkel. Wie glitzernder Bernstein.

«Hicks», verkündete sie ein bisschen lauter.

Jonas, dem jede Form von Aufmüpfigkeit imponierte, prustete vor Lachen. Die Lehrerin baute sich vor Lenas Pult auf und versperrte den Blick auf Jonas: «Lena Friedrich, du hörst jetzt sofort auf mit dem Unsinn.»

Panik kroch in ihr hoch. Frau Eisermanns Auftritt machte es nur noch schlimmer. Lena hatte Angst vor Schluckauf. Und Angst vor der Angst, Schluckauf zu bekommen. Am meisten jedoch fürchtete sie, dass die Schockreaktion nie mehr wegging. Panisch rief sie ihr Notprogramm ab. Im Lauf der Zeit hatte sie viele gute Ratschläge gesammelt: langsam atmen, schnell atmen, gar nicht atmen, siebenmal trocken schlucken, fünfundzwanzig Sekunden die Handinnenfläche drücken, gähnen, sich erschrecken lassen, Zunge rausstrecken und kräftig daran ziehen. Lena probierte es mit einer harmlosen Übung. Sie holte einmal tief Atem, hielt die Luft an und stellte sich ihre Lehrerin ohne Kopfhaar vor. Normalerweise dachte man an sieben kahlköpfige Männer, aber die Glatzencombo hatte Lena noch nie geholfen. Ihr Kopf wurde leicht, Schwindel ergriff ihren Körper. Jonas lehnte sich neugierig auf seinem Stuhl nach hinten, bis er Lena wieder im Blick hatte. «Hicks», begrüßte Lena sein freundliches Gesicht. Jonas schüttelte sich so vor Lachen, dass er das Gleichgewicht verlor, vom Sitz kippte und mit lautem Gepolter auf dem Fußboden landete. Frau Eisermann fuhr auf dem Absatz herum wie eine wild gewordene Ballerina. Bevor sie ihrem Ärger Luft machen konnte, krabbelte Jonas hoch, stellte seelenruhig seinen Stuhl gerade und überreichte der Biolehrerin lässig seine Arbeit.

«Hab sowieso keine Lust mehr auf Fruchtfliegen», sagte er. Er griff seinen Rucksack, grüßte mit zwei Fingern an der Schläfe und schlenderte gemütlich nach draußen. In der Tür drehte er sich zu Lena um und zwinkerte ihr verschwörerisch zu. Lena verabschiedete ihn mit einem fröhlichen Hicks. Die Hölle brach los. Von hinten links ertönten übertrieben laute Schluckaufgeräusche. Chloe, immer geneigt, sich in Szene zu setzen, nutzte Lenas Steilvorlage. Die Klasse brach in hysterisches Gelächter aus. Aus allen Ecken tönten übertrieben laute Hickser.

«Raus», brüllte die Lehrerin Lena an. «Sofort.»

Ihre Stimme bebte, die roten Lippen zitterten, das Nest auf dem Kopf drohte sich aufzulösen, so empört schüttelte sie den Kopf.

Lena wollte aufbegehren. Ein Blick in Frau Eisermanns finster blitzende Augen zeigte, dass sie besser den Mund hielt. Geschlagen lieferte sie ein leeres Prüfungsblatt beim Lehrerpult ab. Sie hatte es versaut.

So schlimm war der Schluckauf noch nie gewesen. Die ganze Pause versuchte Lena vergeblich, ihren Körper unter Kontrolle zu bekommen.

Die Stimmen im Kopf liefen Amok. Wie lange brauchte Frau Eisermann für die Korrektur der Arbeit? Wann musste sie mit einem blauen Brief rechnen? Wie sollte sie es ohne Handball aushalten? Sie wünschte sich sehnlichst, die Zeit zurückdrehen zu können. Warum nur lief die Zeit in eine einzige Richtung? Es gab so viele Dinge, die man problemlos rückwärts erledigen konnte: laufen, lesen, sprechen, zählen, Purzelbäume schlagen, Busfahren, ein T-Shirt anziehen, Anna schreiben. Wäre es nicht phantastisch, über magische Kräfte zu verfügen, die einem erlaubten, rückwärts zu leben? Die Luft um sie herum flimmerte, so übermächtig wurde der Wunsch.

Bobbie, sichtlich besorgt, spreizte vier Finger vor Lenas Gesicht. «Wie viel?»

Aufgeregt sprang sie um Lena herum und feuerte eine Salve Fragen auf sie ab.

«Hast du Kopfschmerzen?», erkundigte sie sich. «Ist dir schwindelig? Kannst du Arme und Beine bewegen? Schluckauf kann auf einen Tumor deuten, auf Hirnentzündung oder einen Infarkt», verkündete sie.

Lena hielt müde vier Finger hoch. Leider war sie immer noch in der Gegenwart. Und die gestaltete sich düster.

«Ein Schlaganfall ist es nicht», stellte Bobbie nüchtern fest. «Sonst müssten wir den Notarzt holen.»

«Hicks», antwortete Lena.

Bobbie verfügte über den ultimativen Geheimtipp. «Küssen hilft», vermeldete sie fröhlich. «Beim Knutschen gelangt jede Menge Sauerstoff in den menschlichen Blutkreislauf. Der Effekt ist derselbe wie beim Luftanhalten.»

Das dumpfe Geräusch eines auftippenden Balls schallte über den Schulhof. Jonas dribbelte selbstvergessen über den Asphalt. Mit Leichtigkeit lief er an, wechselte von der rechten in die linke Hand und drückte sich vom Boden ab. Während er eine Sekunde in der Luft schwebte, beförderte er den Ball in einer irrwitzigen Kurve gegen das verbeulte Warnschild *Ballspielen verboten.*

«Wer will schon ein Mädchen küssen, das Schluckauf hat?», entgegnete Lena verzweifelt. Ihr tat alles weh.

«Steh dazu», forderte Bobbie Lena auf und lieferte gleich das passende Beispiel. «Es gab mal einen Mann, der hickste von seinem achtundzwanzigsten bis zum sechsundneunzigsten Lebensjahr. Achtundsechzig Jahre lang. Er heiratete zweimal und bekam zehn Kinder.»

«Ich will keinen Stall Kinder. Und keine zwei Ehemänner», entgegnete Lena. «Mir würde es schon reichen, weniger peinlich zu sein.»

Verstohlen blickte sie zu Jonas.

«Wie kann man sich in den verlieben?», fragte Bobbie. «Der wollte schon im Kindergarten ein Superheld sein und hat es nie richtig hingekriegt.»

Chloe sah das offenbar anders. Sie hüpfte spielerisch vor Jonas herum, um ihn am erneuten Wurf zu hindern. Sie schlang die Arme um ihn. Ihre Körper verknoteten sich in freundschaftlicher Rangelei.

«Ich bin nicht verliebt», wehrte sich Lena. «Wie soll ich wissen, ob ich verliebt bin, wenn ich noch nie ein vernünftiges Gespräch mit ihm geführt habe?»

Der Ball rollte vom Spielfeld rüber und landete vor Lenas Füßen. Jonas trabte heran. Er hob den Ball auf und verharrte unschlüssig. Vielleicht hatte Bobbie recht mit ihrer Einschätzung? Er wirkte seltsam nervös.

«Wir haben am Samstag nach dem Spiel eine Party in der

Kantine», sagte er überraschend verlegen. «Wenn du Lust hast ... ihr Lust habt ...»
Er hielt inne.
Nein, sie würde nicht hicksen. Um keinen Preis der Welt. Niemals. Lena presste energisch die Lippen zusammen und starrte gebannt in die Wolken, als erwarte sie eine himmlische Eingebung. Eingeschüchtert trat Jonas von einem Bein aufs andere.
Bobbie antwortete an Lenas Stelle. «Cool», sagte sie und reckte den Daumen nach oben. «Wir kommen.»

Ein schlechter Moment

«Melde dich, wenn du es hinter dir hast», sagte Bobbie. An der Ringstraße, die das Zentrum umschloss, trennten sich ihre Schulwege. Bobbie bog in das Villenviertel ab, wo dichte Hecken, hohe Zäune und parkähnliche Gärten die Bewohner blütenweißer Jugendstilhäuser vor neugierigen Blicken schützten. Lena zottelte runter Richtung Fluss. Von der Kaimauer aus beobachtete sie, wie ein schwerbeladener Frachter vor der Anlegestelle der Wenninger-Werke am gegenüberliegenden Ufer wendete, um sich danach kraftvoll flussaufwärts zu kämpfen. Sie stöhnte tief auf. Wie sollte sie Tante Sonja beibringen, dass sie Bio verhauen hatte?

Die Möwen kreischten, der Wind heulte und zog an den Flaggen am Kai. Seit der Hafen auf die andere Seite gezogen war, wo der neue Stammsitz der Wenninger-Werke mit seinen endlosen Backsteinbauten und weitverzweigtem Gewirr an Brücken, Rohren, Stahltürmen und Schornsteinen lag, hatte das Viertel sich verändert. Es roch nach Heizöl, Wasser, Fisch und seit neuestem auch nach Geld und Einfluss. Wo früher Handelsware von Schiffen umgeschlagen wurde, hatten neuerdings Künstlerateliers, Start-ups, Medienagenturen und eine Brauerei Einzug gehalten. In

Wolldecken gehüllt, besetzten selbst an diesem kalten Tag Stammkunden, versprengte Touristen und Zufallsgäste die schlichten Werkbänke unter den Heizpilzen. Versonnen blickten sie den Schiffen hinterher, tranken Bier und verspeisten Tonis frittierte Miniburger, die neuerdings so hip waren, dass sich an schönen Tagen lange Schlangen vor dem Nobel-Imbiss bildeten. Früher, als Toni den Laden noch selber führte, hatte Lena sich auf dem Heimweg gerne Pommes geholt. Sie vermisste das breite Lachen des gutmütigen Rastamanns, der als Flüchtling in die Stadt gekommen war und seinen Lebensunterhalt mit guter Laune und durchgeknallten Rezeptideen verdiente. Zum Hafenfest hatte er Brathähnchen mit Popcorn gefüllt. Das explodierende Huhn machte sich selbständig und schlug in so hohem Tempo gegen die Scheibe des Ofens, dass diese aus der Verankerung riss. Umsatz machte man mit fliegenden Grillhähnchen nicht, Freunde und Schlagzeilen dafür schon. Eine geschickte Investorin hatte Tonis Namen, seine Rezepte und die malerisch runtergekommene Bude an der Kaimauer übernommen und in einen Szenetreff verwandelt. Seitdem waren die frittierten Burger halb so groß und kosteten doppelt so viel. Statt mit Popcorn, guten Worten und breitem Grinsen wurden die Köstlichkeiten mit Craft-Bier und Loungemusik serviert. Kinder waren hier nicht mehr willkommen. Toni genauso wenig.

Lena fröstelte. Das Thermometer zeigte am Wasser durchschnittlich vier Grad weniger an als oben in der Stadt. Doch es war nicht nur die Kälte, die sie quälte. Der Chor der inneren Stimmen malte sich bereits die Predigt aus, die sie zu Hause erwartete. Mit schwerem Schritt bog sie von der

Uferstraße ab. Anstatt zügig nach Hause zu gehen und sich Sonjas Fragen zu stellen, trödelte Lena zwischen den alten Speicherhäusern und verfallenen Industriebaracken herum, bis in der Ferne ein alter Industriebau auftauchte. Der knallrote Schriftzug *Citybox* leuchtete in den grauen Himmel. Früher fungierte der Bau als einfache Speicherhalle. Seit ihre Tante den Laden übernommen hatte, konnte man hier seinen Besitz in mehr oder weniger großen Einheiten für einen Monat, ein Jahr oder ein Jahrzehnt unterbringen. Hinter nummerierten knallgelben Rolltüren verbarg sich, was Menschen aufbewahren wollten: Weihnachtsdekoration und Sommermöbel, Schlauchboote und Schlitten, vergessene Sammlungen, überflüssiges Porzellan und angestaubte Möbel. In den Boxen lagerten Erinnerungen an längst aufgegebene Sportarten und Hobbys, Diebesgut, Händlerware und Wertsachen, die jemand in Scheidungen oder Erbfällen verbergen wollte. Ihre Tante, die das Unternehmen führte, schwieg wie ein Grab. Bei Sonja ruhte die Vergangenheit, bis nächste Woche, nächsten Sommer oder zum nächsten Leben. An der zweistöckigen Lagerhalle lehnte ein schmuckloser zweistöckiger Flachbau, den die Familie übergangsweise als Wohnraum nutzte. Übergangsweise dauerte bereits Lenas ganzes Leben.

Wenn Bobbie nach Hause kam, wartete ihre Mutter mit dem Mittagessen, bei Lena waren es die kleinen Schwestern. Es gehörte zu ihren Aufgaben, mittags für Fiona und Carlotta Essen zuzubereiten. Lena war ungekrönte Weltmeisterin in Nudeln mit roter Soße, Pfannkuchen, grasgrünem Wackelpudding und Pizza bestellen. Normalerweise flog Sonja rastlos zwischen ihrem Büro, der Lagerhalle und Terminen bei der Bank, beim Scheidungsanwalt, Steuerberater und Arzt hin und her. Ausgerechnet heute war sie zu Hause. Lena hörte ihre verärgerte Stimme schon von weitem. Die Tante tigerte aufgeregt auf dem Parkplatz auf und ab und brüllte ins Telefon. «Erst nach Pfingsten? Für wen halten Sie mich? Für Noah, der mal eben eine Arche baut, weil alles absäuft? Ich brauche sofort einen Handwerker. Und einen Wagen, der das Zeug abholt.»

Die Hoffnung, ihre Tante in guter Laune anzutreffen, platzte wie eine Seifenblase. Lena beschloss, der Konfrontation aus dem Weg zu gehen und die Beantwortung unangenehmer Fragen aufzuschieben. Ungesehen schlüpfte sie ins Haus. Sie hielt bereits die Klinke zu ihrem Zimmer in der Hand, als eine Stimme sie aufhielt.

«Was krieg ich, wenn ich dich nicht verrate?» Carlotta zwinkerte Lena verschwörerisch zu.

«Verraten? Was willst du verraten?», fragte Lena alarmiert.

«Deine Lehrerin hat dreimal angerufen», trumpfte Carlotta auf.

Lena sank das Herz in die Hose. Sie hatte nicht damit gerechnet, dass ihr Versagen so schnell auflog.

«Wenn ich vergesse, die Anrufe auszurichten, darf ich dann an deinen Computer?», fragte Carlotta lauernd. Sie beklagte sich ununterbrochen, dass Sonja ihr viel zu wenig Computerzeit zugestand.

«Das ist Erpressung», beschwerte sich Lena.

«Ich helfe dir, und du hilfst mir», antwortete ihre kleine Schwester. «Als Jüngste werde ich dauernd diskriminiert.»

Lena wunderte sich noch, wo Carlotta das Wort aufgeschnappt hatte, als die Haustür unten aufgeschlossen wurde. «Lena? Wo ist Lena? Ist Lena schon zu Hause?», brüllte Sonja durch den Gang.

«Das Passwort für den Computer», flüsterte Carlotta.

Ihre kleine Schwester liebte es, in Lenas Zimmer abzuhängen, Klamotten und Schuhe anzuprobieren, Stifte zu testen, Parfüm zu stehlen und nebenbei die Filme zu sehen, für die sie laut ihrer Mutter zu jung war. Nichts war vor ihrem neugierigen Blick und den flinken Fingern sicher. Besonders fasziniert war Carlotta von dem unscharfen und verblichenen Familienporträt über Lenas Bett. Die Aufnahme zeigte Lena, wie sie mit ihren leiblichen Eltern auf einem altmodisch geschwungenen, lila geblümten Oma-Sofa herumhopste. Links ihr Vater Thomas, sonnengebräunt, sportlich, noch im orangefarbenen Trikot des Handballvereins, als wäre er eben von einem Spiel zurückgekehrt, rechts ihre Mutter Rhea, deren Kleid bis auf die Oberschenkel hochgerutscht war und endlos lange Beine enthüllte. Unglücklicherweise verdeckte Thomas' Hand die Hälfte seines Gesichtes, bei Rhea waren es die langen Locken. In ihrer Mitte hielten sie eine glücklich strahlende kleine Lena. Als unzerstörbare Dreieinheit schwebten sie für ewig in der Luft, als könnten sie fliegen. Das Foto war der Grund gewesen, warum Lena sich für Handball entschieden hatte. Der Sport war ihre geheime Verbindung zu ihrem Vater. Sobald sie den Ball in Händen hielt, spürte sie ein unsichtbares Band zwischen ihnen.

Carlotta fragte jedes Mal, ob das wirklich Lenas Mama und Papa waren. Sie konnte sich beim besten Willen nicht vorstellen, dass Erwachsene mit ihren Kindern auf einem

Sofa herumhüpften. Und überhaupt: Wieso nannte Lena ihre leiblichen Eltern immer beim Vornamen? Lena zuckte mit den Achseln. Vermutlich hatte sie die Anredeform von Sonja übernommen. Die Stimmen im Kopf wussten es besser. «Du erinnerst dich einfach nicht an die beiden», tönten sie im Chor. «Wie soll man da Mama und Papa sagen?»

Das Gesicht von Sonja erschien unten an der Treppe. «Hast du Lena gesehen?», rief die Tante nach oben. «Nie kann man sich auf sie verlassen.»

Lena zwängte sich in eine Ecke, um dem Blick der Tante zu entkommen. Sie kritzelte eine Nummernkombination auf Carlottas Arm. Die kleine Schwester rief laut: «Lena? Keine Ahnung, hier ist sie nicht.»

Von unten schallte das Klingeln des Telefons.

«Wenninger-Gymnasium?», hörte Lena die überraschte Stimme ihrer Tante. «Ja, ich bin die Mutter von Lena...»

Das Haus der vergessenen Geschichten

Abhauen. So schnell wie möglich. Citybox war Lenas bevorzugter Zufluchtsort, wenn der Haussegen schief hing. Wie oft hatte sie sich in die Lagerhalle geflüchtet, wenn Sonja und Hugo lautstark stritten? Sonjas Jähzorn war legendär. Wie lange würde es dauern, bis sie Dampf abgelassen hatte? Wenn Lena lange genug von der Bildfläche verschwand, freute sich die Tante vielleicht, wenn sie wohlbehalten wiederauftauchte.

Sonja hatte den Kindern von klein auf verboten, in der Halle herumzutoben. Während Fiona und Carlotta die dunklen Flure fürchteten, zog die verwinkelte Anlage Lena magisch an. In dem düsteren Gewirr von Gängen, Treppen und Türen fühlte Lena sich geborgen. Alles, was sie tun musste, war, ungesehen am Wachmann vorbeizuschlüpfen. Seit sie denken konnte, schob Harry König in seinem Glaskasten Dienst und kontrollierte den Zugang zu Parkplatz und Halle. Harrys kahler Schädel glänzte im Neonlicht. Auf seiner Haut erzählten bunte Tattoos die Geschichten längst verflossener Lieben und Leidenschaften. Neben dem rosenumkränzten Namen *Lilliane* prangte das Logo des Handballvereins, für den Harry regelmäßig als Schiedsrichter im Einsatz war.

Der Wachmann besaß die Statur eines Langstreckenläufers, Muskeln wie ein Gewichtheber und das Gemüt eines Braunbären. Zumeist döste er in seiner Glasbox, aber wenn man ihm zu nahe trat, konnte er ungeahnte Kräfte entwickeln. An ihm, der Schranke und seiner Linken kam keiner vorbei. Keiner außer Lena.

Ein gezielter Tritt gegen den Reifen von Harrys silberfarbenem, fast schon antikem Mercedes-Zweisitzer reichte, den Alarm auszulösen und den Wachmann aus seinem Aquarium herauszulocken. Harry behandelte den Sportwagen mit der Hingabe eines Frischverliebten. Im erbitterten Krieg gegen Rostbefall, Schmutz und Dellen nutzte er jede freie Minute, das Auto zu wienern, zu wachsen, zu waschen und zu polieren. Der Alarm ließ ihn ruckartig aus seinem Drehstuhl hochschnellen. Mit ein paar gewaltigen Sätzen war er beim Mercedes. Misstrauisch drehte er eine Runde um sein Heiligtum. Lena setzte zum Sprint Richtung Eingang an, als er sich ruckartig umwandte und direkt in ihre Richtung starrte. In letzter Sekunde duckte Lena sich hinter einen Lieferwagen. Angstvoll lauschte sie. Nichts. Keine Schritte, die über den Asphalt knirschten, kein Atem, der näher kam, keine Stimme, die ihren Namen rief. Gespenstische Ruhe lag über dem Platz.

Lena sondierte die Lage. Wie viele Schritte lagen zwischen ihr und dem Eingang zur Halle? Vorsichtig lehnte sie sich nach vorne. Ein lautes Geräusch ließ sie zurückzucken. Eine Böe riss die Plane von einer Palette Umzugskartons, die auf einem Rollwagen warteten, und blies sie über den Asphalt. Die Folie tanzte über den Parkplatz wie ein milchig weißes Gespenst, bevor der Wind von seinem Spielzeug abließ und das Plastik auf dem Boden niedersetzte. Wo war Harry König? Wieso hörte sie nichts? Stand er immer noch am Auto? Mit der lauernden Haltung eines Raubtiers, das bereit war, zum Sprung anzusetzen, sobald sie sich zeigte? Lena hielt die Luft an. Die Stille war ohrenbetäubend. Das Herz schlug ihr bis zum Hals. Sie rechnete jeden Moment damit, dass seine Hand sie greifen und aus ihrem Versteck ziehen würde. Vorsichtig lugte sie unter dem Lieferwagen hervor. Turnschuhe mit orangeroten Flammen bewegten sich auf sie zu. Just in diesem Moment nahm der Wind die Plane mit einem mächtigen Satz auf und schleuderte sie gegen Harry König. Das Plastik legte sich um seinen Körper und nahm ihm ein paar Sekunden lang Atem und Sicht. Lena nutzte die Gunst des Augenblicks. Sie schnellte aus ihrem Versteck hervor. Ohne eine Sekunde zu zögern, stürmte sie Richtung Lagerhalle und drückte sich durch die Eingangstür. Aus dem Augenwinkel sah sie, wie König sich wütend vom Plastik befreite. Lena hetzte einfach weiter. Jetzt kam ihr zugute, dass sie jeden Meter der Lagerhalle in- und auswendig kannte.

Im letzten Sommer hatte sie sich gemeinsam mit Bobbie einen Spaß daraus gemacht, ihre eigene Version von *Mission Impossible* zu entwickeln. Ziel des Spiels war, ungesehen vom Haupteingang zum Getränkeautomaten im zweiten Stock zu gelangen. Dreiunddreißigmal fingen die Sicherheitskameras sie auf halbem Weg ein, dreiunddreißigmal setzte Harry die Eindringlinge an die frische Luft. Beim vierunddreißigsten Mal klappte es mit der Party am Getränkeautomaten. Wenn Harry König ihnen im Handballverein über den Weg lief, verfolgte der Hobbyschiedsrichter sie auch jenseits des Spielfelds mit misstrauischen Blicken.

Zu Recht. Seit dem Sommer war Lena eine Meisterin darin, quasi unsichtbar durch die Gänge zu streunen und hinter dem Rücken von Sonja ein paar Euro zu verdienen. Sie trug Pakete, hielt Türen auf, organisierte Rollwägen, Kartons und Werkzeug. Dabei bewegte sie sich geschickt an Lichtschranken und Kameras vorbei. Und manchmal hörte sie den Mietern der Boxen auch nur zu. Hinter den Türen schliefen unzählige Geheimnisse, all die vergessenen Geschichten, die darauf warteten, von ihr entdeckt zu werden. Lena mochte Erzählungen von früher. Sie beneidete Menschen mit Erinnerungen. Insgeheim hegte sie die Hoffnung, in den Gängen auf jemanden zu treffen, der ihre Eltern gekannt hatte.

Sonja hatte immer nur abwehrend auf neugierige Fragen reagiert. «Man muss die Vergangenheit ruhen lassen», sagte sie. «Wir schauen nach vorne, nicht zurück.» Nicht umsonst hatte sie aus dem Vergessen und Verbergen ihren Beruf gemacht.

Unbehelligt erreichte Lena den Getränkeautomaten. Sie pulte ein paar Münzen aus ihrer Hosentasche, ließ eine heiße Schokolade raus und kauerte sich in die eine Ecke, von der sie wusste, dass sie im toten Winkel der Kameras lag. Sie musste nachdenken, eine Strategie entwickeln, einen Ausweg bedenken, wie sie Schule, Handball, die Tante und nicht zuletzt Jonas unter einen Hut bekam. Die Fünf in Bio war ihr sicher. Aber vielleicht hatte sie in Englisch eine Chance, sich zu verbessern. Sie kramte ihr Vokabelheft aus dem Schulrucksack und schlug die unregelmäßigen Verben auf. *Be, was/were, been, sein. Beat, beat, beaten, schlagen. Become, became …* Irritiert hielt sie inne. Tock, tock, tock, klang es aus der Ferne. Regelmäßig, unaufhörlich und irritierend.

Tock, tock, tock. Ein lautes Tropfen. Dazu kam dieser durchdringende, scharfe Geruch, der in der Luft hing. Der Chor der Stimmen malte Schreckensbilder an die Wand. War das Lösungsmittel? Benzin? Brandbeschleuniger? Lena rechnete jede Sekunde damit, dass jemand ein Streichholz anriss oder lautstark das gezahnte Rad eines Feuerzeugs drehte. Kurz bevor alles in Flammen aufging. So, wie sie das hundertmal in Bobbies geliebten Krimis gesehen hatte.

Von den Wänden glotzten sie unheimliche Kreaturen an. Wo andere Leute Wände mit Kunstdrucken schmückten, hingen bei Citybox Großaufnahmen von Motten, Papier- und Teppichkäfern, von Ameisen, Wanzen, Schaben, Silberfischchen, Asseln, Flöhen und Würmern. Mehr als Brand und Diebe fürchtete Sonja jede Form von Krabbeltier. Ihre Tante führte einen erbitterten Krieg gegen Schädlinge, die drohten, mit einem Spaziergang von einer Box in die nächste das Geschäft zu ruinieren. Unter jedem der Fahndungsbilder stand Sonjas Handynummer. Die Tante engagierte keinen Kammerjäger, sondern kämpfte selbst an vorderster Front gegen rufschädigendes Ungeziefer. Amalia Eisermann hegte und pflegte jede noch so kleine Kreatur, bei Sonja drohte ihnen die Todesstrafe. Lena hatte manchem Käfer und mancher Spinne, die sich unvorsichtigerweise in Sonjas Hoheitsgebiet verirrt hatten, das Leben gerettet. Aber wer beschützte Lena?

Tock, tock, tock. Das Tropfen schien stärker zu werden.

Vorsichtig kroch sie aus ihrer Deckung hervor, robbte bis zum Quergang und blitzte verstohlen um die Ecke. Der Flur gähnte sie an wie ein schwarzes Loch, verlassen und dunkel lag er vor ihr. Ganz hinten, am Ende des totlaufenden Korridors fiel aus der Nummer 187 ein schmaler Lichtstreifen auf den Flur. Lena konnte die Mieter von Citybox im Schlaf herunterbeten. Nummer 184 gehörte einem schrulligen Autor, der den Vertrieb seiner Krimis aus der Box betrieb und Tausende Exemplare seiner blutrünstigen Werke vorrätig hielt. Daneben, in Nummer 185, bewahrte die kitschversessene Eigentümerin einer Friseurkette ihr ausferndes Dekomaterial, von glitzernden venezianischen Faschingsmasken über putzige Osterhäschen bis hin zu überladenen Plastikweihnachtsbäumen und rosa Glücksschweinchen für Silvester. Für Box 186 zeichnete Kevin Müller vom Export-Import am Hauptbahnhof verantwortlich. Seine Handelsware bestand hauptsächlich aus gefälschten Teppichen, Partien nutzlosen Elektronikspielzeugs und bunten Leuchtbildern mit schillernden Wasserfällen. Nummer 187 war seit Ewigkeiten unvermietet. Noch nie hatte Lena jemanden bei der Box angetroffen.

Durch den Gang hallten jetzt Stimmen und Schritte. Klackende Absätze näherten sich in hohem Tempo. Lena zuckte zusammen, als sie Sonjas Stimme erkannte. In einem übertrieben freundlichen Singsang erläuterte sie einem neuen Kunden die Hausregeln: «Keine Box ohne Ausweis, kein Zugang ohne Schlüssel, keine Zigaretten, keine Gegenstände auf den Gängen, keine Tiere, keine Fragen.»

Eine Tür öffnete sich und fiel krachend ins Schloss. Die Geräusche erstarben. Ängstlich wartete Lena ab, aber es blieb still. Bis auf das dumpfe Tropfen. Tock, tock, tock. Lena zählte bis zwanzig, bevor sie es wagte, sich wieder zu bewegen. Beherzt hechtete sie unter dem halboffenen Rolltor hindurch in Box 187.

«Super», beglückwünschte sie ihr innerer Chor. «Jetzt sitzt du in der Falle.» Lena hörte nicht auf ihn. Sie klammerte sich an das undeutliche Gefühl, etwas Großem auf der Spur zu sein.

Flackerndes Licht beleuchtete die unübersichtliche Szenerie. Die Luft schmeckte nach Muff und Moder. Etwas Nasses traf sie von oben. Sie wich aus und platschte in eine Pfütze. Überall standen gut gefüllte Wassereimer. Von der Decke tropfte es aus der Klimaanlage unaufhaltsam auf die in der Box gelagerten Hinterlassenschaften herab. Das also hatte ihre Tante vorhin am Telefon so lautstark verhandelt. Neugierig trat sie näher. Sie konnte kaum glauben, was sie sah. Der Hausrat im Halbdunkel kam ihr merkwürdig bekannt vor. Sie aktivierte die Taschenlampen-App auf ihrem Handy.

Im hellen Lichtkegel identifizierte sie Hugos Skiausrüstung, die durchsichtigen Boxen mit seinen Seidenkrawatten, Kartons mit handgenähten Lederschuhen und eine Kleiderstange, an der Hugos Maßanzüge verstaubten. Lena fand immer, dass seine Kleidung perfekt zu ihm passte: Alles war angeberisch, schrill, übertrieben und viel zu teuer. «Hugo muss brennen, um sich zu spüren», sagte Sonja immer. Bis sie merkte, dass er vor allem ihr Geld verbrannte. Hugo pflegte ein unbekümmertes Verhältnis zu Wahrheit und Fakten und stürzte sich mit Haut, Haar und Sonjas Ersparnissen in jede noch so windige Geschäftsidee, die schnellen Reichtum versprach. Mal handelte er mit überteuerten Topfsets, dann wieder mit Heizdecken, die er bei Kaffeefahrten an ahnungslose Rentner verscherbelte, ein andermal investierte er in Gesundheitswässerchen, Vitamine aus Fernost oder

Muskelaufbaupräparate. Alles, was er beruflich anfasste, verwandelte sich in Schulden. Und in Restmüll, den Sonja offenbar in Box 187 lagerte.

Berge unverkäuflicher Warenmuster erzählten von hochfliegenden Träumen, übertriebenen Umsatzerwartungen und harten Landungen in der Realität. Als Lena die Kartons beiseiteschob, knirschte Glas unter ihren Füßen. Das Verlobungsfoto, das früher über dem Ehebett in Sonjas Schlafzimmer hing, lag zerschmettert auf dem Boden. Auf dem Bild posierten Hugo und Sonja vor einer malerisch heruntergekommenen Ziegelwand im Hafenviertel, auf die Hugo seinen Heiratsantrag gepinselt hatte. Lena hatte sich nie besonders gut mit Hugo verstanden. Sein alter Krempel war ihr herzlich egal. Umso mehr interessierte sie sich für etwas, das sich hinter den vielen Kisten versteckte: ein dreibeiniges Oma-Sofa mit altmodischem Holzgestell. Mühsam bahnte Lena sich den Weg zwischen den Umzugskisten, um das Möbelstück näher in Augenschein zu nehmen. Eine dicke Schmutzschicht hatte sich über den Stoff gelegt. Lena schlug mit der flachen Hand aufs Polster. Als die Staubwolke sich verzog, erkannte sie das bekannte lila Blumenmuster. Kein Zweifel möglich: Vor ihr standen die jämmerlichen Überreste des Sofas, auf dem sie vor vielen Jahren mit ihren Eltern herumgehopst war.

In der Ferne rumpelte der Lastenaufzug durch den Schacht. Lena unterdrückte die aufkommende Panik. Ihr Instinkt hatte sie nicht getrogen. Vielleicht wusste dieser Raum etwas über die Vergangenheit, über die niemand sprechen wollte. Am allerwenigsten Sonja. Schwindel ergriff Lena, sie taumelte und stieß mit dem Rücken an einen wackligen Turm aus Umzugskisten. Der oberste Karton geriet ins Rutschen und landete mit lautem Knall auf dem Betonboden. Geschirr klirrte. Aus dem Inneren erklang das wehmütige Klimpern einer Spieluhr: metallene Töne, flüchtig wie aus Silberhaar gesponnen. Die bruchstückhafte Melodie elektrisierte Lena. Der feuchte Karton riss in ihren Händen, als sie aufgeregt die Lasche öffnete.

Der Inhalt der Kiste wirkte beliebig und unordentlich, als habe jemand in einer Nacht- und Nebelaktion überstürzt Hausrat hineingeworfen. Lena schlug einen dunkelbraunen Diercke-Atlas auf, der obenauf lag. Auf der ersten Seite stand ein Name. Thomas Friedrich. 10a. Lena begriff, welche unfassbaren Schätze Sonja hier vor neugierigen Augen versteckte. Die Kiste enthielt Gegenstände aus dem Haushalt ihrer Eltern. Lena hatte nur undeutliche Erinnerungen an ihre ersten Lebensjahre. Sie wusste nicht einmal genau, wann und wie ihre Eltern gestorben waren. «Ein Autounfall», sagte Sonja immer. Als ob dieses eine Wort eine umfassende Erklärung lieferte. Sie hatte sich gegen ein Grab entschieden. «Ich wollte dich nicht belasten», war sie stets ausgewichen. In Wirklichkeit bekam Sonja selbst nasse Augen, sobald sie über ihren Bruder redete. Hatte sie deswegen seine Sachen in diese hinterste Ecke verbannt?

Es fühlte sich an wie Weihnachten, Ostern und Geburtstag zugleich, wie eine Eins in Mathe, nackte Füße im warmen Sand, Gewinnen bei Monopoly, wie alles Gute, das ihr je passiert war. Lenas Herz schlug doppelt so schnell wie normal. Aufgeregt wühlte sie sich durch die Spuren der Vergangenheit. Noch nie war sie ihren Eltern so nahe gekommen. Sie fand ein zerlesenes Buch über Handballtaktik, Sportschuhe, eine angeschlagene Tasse mit dem Namen Rhea, ein Nikolauskostüm und eine gruselige Puppe mit verdrehten Gliedern, eingedrücktem Leib und kaputten Schlafaugen. Zwischen alten Büchern und Küchengegenständen stieß Lena auf die Spieluhr. Gerührt drehte Lena die schielende Plüscheule mit dem runden, kirschroten Körper, den rosa gepunkteten Flügeln und grünen Fängen in ihren Händen. Jemand hatte den schrägen Vogel aus Stoffresten liebevoll zusammengesetzt. Mit zitternden Fingern zog sie an der bunten Kugel, die an einer roten Schnur zwischen den Fängen baumelte. Aus der Spieluhr klimperten wehmütige Töne. Vage Erinnerungen stiegen aus ihrem Unterbewusstsein hoch. Wie Wolken schwebten sie über ihr, unerreichbar fern, ungreifbar und in ständiger Veränderung begriffen. Die Musik entstammte einer Zwischenwelt, zu der sie keinen Zutritt hatte. Sie verstand die Botschaft, ohne sagen zu können, woher sie die Gewissheit nahm: Die verwehten Töne führten zu ihrer Mutter. Die Augen der Eule öffneten und schlossen sich, die Flügel flatterten aufgeregt, bis die Melodie mit einem Schnarren stoppte. Als Lena ein zweites Mal die Kugel griff, riss die mürbe Schnur. Sosehr sie auch drückte und schüttelte, Lena konnte der Spieluhr keinen Ton mehr entlocken. Doch da war etwas anderes, das sie irritierte. Ihr war, als bewege sich etwas im Inneren der Eule. Durch das Füllmaterial hindurch ertastete sie eine rechteckige Schachtel, in der etwas lose herumschlingerte, sobald sie das Stofftier hin- und herbewegte.

Ein Geräusch ließ Lena zusammenzucken. Irgendwo klappte eine Tür. Lena blendete die drohende Gefahr aus. Sie setzte alles auf eine Karte, quetschte ihren Zeigefinger energisch in die brüchige Seitennaht und pflückte die Watte aus dem Bauch der Eule. Es ging einfach nicht schnell genug. Gewaltsam zerrte sie am Stoff, bis sich ein Loch gebildet hatte, das groß genug war, den Gegenstand herauszuziehen. Neugierig drehte Lena eine längliche Schachtel in ihren Händen. Auf dunkelgrünem, samtigem Untergrund schillerte ein achtzackiger, goldgeprägter Stern. Vorsichtig hob sie den Deckel der Schatulle und fand obenauf einen zerfledderten Garantieschein, der auf den Namen ihrer Mutter ausgestellt war. Darunter kam eine sonderbar achteckige Uhr zum Vorschein, die wie neu glänzte. Ehrfürchtig ließ Lena ihre Fingerkuppen über den kostbar aussehenden Zeitmesser gleiten. Das Armband setzte sich aus zarten, silbernen Gliedern zusammen, die sich glatt und angenehm kühl anfühlten. Lena entdeckte weder Kratzer noch Gebrauchsspuren. Als sie die Uhr aus der Verpackung hob, stellte sie verblüfft fest, dass der Chronometer federleicht war. Vielleicht bestand das Armband aus diesem neuen, starken Flugzeugmaterial, das tausendmal dünner als ein menschliches Haar war? Neulich hatte Bobbie, die sich für Bodenstoffe und Mineralien interessierte, ein Referat über das magische neue Metall gehalten. Noch sonderbarer als das fehlende Gewicht kam Lena das Zifferblatt vor. Statt der üblichen Einteilung wiederholten sich die Zahlen von null bis neun in einer langen, spiralförmig angeordneten Schlange. Acht kunstvoll verzierte, unterschiedlich große Zeiger wiesen auf acht verschiedene Zahlen. Um das Rund der Uhr angeordnet saßen Knöpfe, die höchstwahrscheinlich die Einstellung der Zeiger regelten. Was war das? Eine neue Apple Watch vielleicht? Das neueste technische Gadget? Lena kontrollierte noch einmal den Garantieschein. Das Kaufdatum lag zwanzig Jahre zurück: September 1998.

Vorsichtig presste sie ihren Finger auf den obersten Drücker. Das Zifferblatt flammte rot auf, ein Zeiger rotierte wild herum, bevor er wieder auf seiner ursprünglichen Position einrastete. Erschrocken verzichtete Lena auf weitere Experimente. Bloß nicht kaputt machen! Sie drehte die Uhr und atmete scharf ein: Auf der Rückseite war gut leserlich die Ziffernfolge 4477 eingraviert. Darunter stand in einer sachlichen Schrift eine Widmung. Vier Buchstaben, ein Name. LENA. War das Geschenk für sie gedacht? Wie konnte das sein, wenn die Uhr Jahre vor ihrer Geburt gekauft worden war? Existierte eine andere Lena im Leben ihrer Eltern? Gerade als sie die Uhr probeweise anlegen wollte, hob sich das Rolltor. Im gleißenden Gegenlicht erschienen die schemenhaften Umrisse zweier Personen.

«Wen haben wir denn hier?», fragte eine verrauchte männliche Stimme. Sie gehörte dem Monteur, der sich offenbar um die tropfende Klimaanlage kümmern sollte. Neben ihm trat ihre Tante ins Licht. Ertappt zuckte Lena zusammen. Sie schaffte es gerade noch, die Uhr unbemerkt in ihre Hosentasche gleiten zu lassen.

Geständnisse

Wortlos ließ Lena sich aus der Lagerhalle nach Hause abführen. Vorbei an einem verblüfften Harry König, vorbei an Carlotta, die sich vorsichtshalber auf ihr Zimmer verzog. Sonja drückte Lena auf das Sofa im Wohnzimmer, das als Anklagebank herhalten musste. Sie hatte noch kein einziges Wort gesprochen. In einer Mischung aus Schrecken und Ungeduld wartete Lena darauf, dass die Spannung sich endlich entlud. Die Tante tigerte rastlos von einer Ecke in die andere, als müsse sie erst einmal ihre Wut ablaufen. Nach einer gefühlten Ewigkeit zog sie einen Stuhl heran und setzte sich Lena wie in einem Kreuzverhör frontal gegenüber. Lena vergrub die Hände in den Hosentaschen. Ihre rechte Hand umschloss fest die mysteriöse Uhr, als könne der Chronometer Trost und Halt spenden. Ihre Tante musterte sie.

«Was ist los mit dir?», fragte sie.

Sonja klang müde und enttäuscht. Lena wollte ihr so gern die Wahrheit sagen. Doch wie? In ihrem Kopf brach ein Gedankengewitter los. Wo sollte sie anfangen? Beim Handball? Bei Jonas und den Brausepulvergefühlen? Beim Schluckauf, Frau Eisermann, dem Frosch oder der idiotischen Zusatzfrage? Aber vielleicht fing alles schon viel früher an, bei den Aliens, die sie vergessen hatten? Bei der zarten Melodie, die in ihr verschüttet lag und sie vage an ihre Mutter erinnerte, bei den Fragen über ihre Herkunft, die sie nachts überfielen wie ein hungriger Mückenschwarm, und bei den Antworten, die zusammenhanglos in Box 187 weggestopft waren. Warum hielt Sonja alles, was mit ihren Eltern zu tun hatte, geheim? Was verbarg sie vor ihr? Wie immer rauschten die Gedanken alle gleichzeitig durch Lenas Gehirnwindungen. Jeder wollte als erster raus. Sie blockierten sich gegenseitig, traten, bissen, kratzten, prügelten und stellten sich gegenseitig Beine, bis sie sich hoffnungslos in einem Knäuel aus Wörtern, Halbsätzen, Erinnerungssplittern und Fragen verloren. Bevor sie in der Lage war, die Stimmen zu entwirren, ergriff die Tante das Wort.

«Ich kann das nicht», sagte sie. «Ich kann das nicht alleine. Das Lagerhaus, die verdammten Reparaturen, die Rechnungen, dauernd will einer was von mir, und dann kommst du …»

Der Satz hing unvollendet in der Luft. Lenas Gedanken verdrückten sich schuldbewusst in die letzte Ecke. Sie hatte mit allem gerechnet: mit lauten Vorwürfen, mit Schimpfen, Toben, Wüten. Nicht aber mit einem Gefühlsausbruch. Sie fühlte sich schuldig, dass sie ihrer Tante so viel Kummer bereitete. Warum konnte sie kein fröhliches, unkompliziertes Mädchen sein? Ein bisschen so wie Chloe. Oder wie Bobbie. Die war komisch, aber wenigstens gut in der Schule.

«Wir hatten heute Morgen verabredet, dass du Fiona zum Ballett bringst», sagte sie vorwurfsvoll. «Ich habe überall nach dir gesucht.»

Schuldbewusst senkte Lena den Kopf. Die Verabredung war wohl in den Cornflakes untergegangen.

«Ich kann das nicht alleine, Lena», wiederholte Sonja. «Ich muss mich darauf verlassen können, dass Haushalt und Schule laufen, sonst kann ich nicht in Ruhe arbeiten. Und wenn ich nicht arbeite, haben wir nichts zu essen. Und nichts zum Anziehen. Was glaubst du, woher das kommt: deine Kleider, die Schuhe, das Telefon, Handball, die Klassenfahrt? Wieso hast du mir nicht gesagt, dass wir 180 Euro dafür bezahlen müssen? Weißt du, wie peinlich das ist, wenn die Schule wegen Geld anruft?»

«Frau Eisermann?», fragte Lena verblüfft.

«Was hat die damit zu tun?», bellte Sonja ungehalten. «Die Frau vom Direktorat hat sich gemeldet.»

«Die Schule hat wegen Geld angerufen?», wiederholte Lena ungläubig.

Sonja hielt alarmiert inne.

«Hätte es einen anderen Grund gegeben?», fragte sie misstrauisch.

Im Geiste sah Lena den leeren Bio-Zettel vor sich. Sie ließ sich noch ein bisschen tiefer in die Polster sacken. Schade, dass der Kissenberg nicht weich genug war, um sie zur Gänze zu verschlucken.

«Natürlich nicht», murmelte Lena. Sie konnte nicht verhindern, dass ihre Stimme wackelte.

«Du verschweigst mir etwas», sagte Sonja. Ihre Augen fixierten sie.

Lena atmete tief durch. Konnte sie der Tante verübeln, über wichtige Dinge zu schweigen, wenn sie selbst es nicht wagte, die Themen, die ihr auf der Seele brannten, anzuschneiden? Vielleicht bot die verhauene Bioarbeit eine gute Gelegenheit, über ihre Eltern zu sprechen? Sie räusperte sich und holte tief Atem. «Erzähl mir, was damals passiert ist», wollte sie sagen, als ein schrilles Geräusch sie störte. Jemand klingelte an der Haustür.

«Das muss Fiona sein», rief Carlotta und stürzte die Stiege runter. Offenbar hatte sie die ganze Zeit oben an der Treppe gelauscht. Lena hörte, wie die kleine Schwester die Haustür aufriss. Einen Moment später erschien Harry König in der Wohnzimmertür.

«Tut mir leid, dass ich störe», sagte er. Sein Blick flog neugierig zwischen seiner Chefin und Lena hin und her. «Draußen steht ein Entrümpler mit einem Lastwagen. Er sagt, Sie haben ihn angefordert?»

Sonja stöhnte. Auch das noch, schien der Seufzer zu sagen.

«Du kannst ruhig gehen», murmelte Lena kleinlaut. «Ich mach Essen für Carlotta und Fiona.»

Die Tante strich ihren Rock glatt, brachte die Haare in Form und setzte ein formelles Lächeln auf.

«Es tut mir leid. Kommt nicht wieder vor», versprach Lena.

«Wir kriegen das hin», sagte Sonja energisch. «Wir kriegen das alles hin. Alles.»

Sie war schon halb aus der Tür, als sie sich noch einmal zu Lena umdrehte: «Wie ist Bio eigentlich gelaufen?»

«Gut. Cool. Alles bestens. Kein Problem», antwortete Lena. Es war der falsche Moment. So wie immer. Ihre Finger krampften sich um die Uhr. Sie spürte, wie einer der Knöpfe nachgab.

Die Kuppel

Ein schriller Alarm tönte aus dem Computer. Dante fuhr aus dem Halbschlaf hoch und blickte verdutzt um sich. Irritiert versuchte er, sich auf seinem Monitor zu orientieren. Sein Rücken schmerzte, die Augen tränten, der Kopf dröhnte, die kurzen weißblonden Haare standen in alle Richtungen. Seit zwei Stunden kontrollierte er in der Kuppel Sektor H1445 in Zeitzone 21.

Der Saal, in dem Dante arbeitete, befand sich tief im Inneren der unsichtbaren Stadt und war nur über eine doppelte Sicherheitsschleuse zu erreichen. Die Identifikation erfolgte über den Chronometer und einen Bodyscanner, der Vitaldaten und äußere Kennzeichen mit den gespeicherten Personaldaten und Zugangsberechtigungen abglich. Ein weiteres, schwerbewachtes Portal an der Rückseite des Saals führte in den streng geheimen Führungsbereich, den nur ausgesuchte, ranghohe Mitarbeiter betreten durften. Dante war über den Kuppelsaal noch nie hinausgekommen. Gemeinsam mit zwei Dutzend Halbwüchsigen, die mit ihren weißen Kitteln und den überdimensionalen Virtual-Reality-Brillen wie eine Horde futuristischer Wissenschaftler aussahen, schob er an einem hochtechnisierten Computerterminal Dienst. Wie in einem Flughafentower genoss er von seinem Arbeitsplatz einen 360-Grad-Rundumblick. Das Gewölbe, das hoch über ihren Köpfen schwebte, glitzerte in majestätischem Blau-Schwarz, als befände man sich in einem magischen Planetarium. Auf den glänzenden Wänden schwammen fünf Kontinente und sieben Weltmeere in gedämpften Farben, dazwischen leuchteten vierstellige Zahlencodes auf. Die Erhabenheit des Ortes spiegelte sich in den ernsten Gesichtern der jugendlichen Mitarbeiter. Dante teilte die Begeisterung seiner Kollegen nicht. Er empfand die Stunden in der Kuppel als nervtötende Pflicht. Wer hatte schon Lust, Einsätze anderer zu überwachen? Viel lieber reiste er selbst in der Weltgeschichte herum. Während seine Kollegen vor Stolz platzten, an den Wachleuten vorbei in die heilige Halle geführt zu werden, langweilte sich Dante hier. Der Alarm ließ ihn mit einem Schlag hellwach werden ließ. Zum ersten Mal gab es wirklich etwas zu kontrollieren. Signaltöne wurden nur bei Grenzverletzungen abgegeben. Kein überflüssiges Geräusch sollte die Konzentration der Mitarbeiter mindern. Auf seinem Computer flackerte die Zahl 4477 hysterisch auf. In all den Stunden im Wachdienst in der Kuppel war ihm noch nie ein Eindringling begegnet. Mit einer raschen Bewegung von Zeige- und Mittelfinger zoomte Dante auf der Landkarte herein.

Im Sturzflug ging es auf die Erde. Das matte zweidimensionale Bild verwandelte sich in eine farbenfrohe, detailgetreue digitale Stadtlandschaft. Sensoren in der Brille registrierten Dantes Kopfbewegungen und ermöglichten einen Rundumblick im virtuellen Raum. Auf unsichtbaren Rollen rauschte er durch die atemberaubend realistische Kulisse.

Geschickt navigierte er vorbei am Villenviertel, dem Wendelin-Wenniger-Gymnasium, flog hoch auf den Eichberg und wieder runter zum Sportzentrum und dann zu den Lagerhallen am Fluss. Das Signal stammte aus Sektor H1445, Feldstück 7643C, Zeitzone 21. Normalerweise erschienen darunter Einsatznummer sowie Name und Foto des Abgesandten. Hier blinkte nur die rätselhafte Nummer. 4477. Mit einer Handbewegung lenkte Dante den Cursor auf die Zahl. Der Computer reagierte auf den Klick mit einem erneuten Alarmton. Adrenalin jagte durch seinen Körper. Seine Sitznachbarin Coco, die Augen und Ohren gespitzt hielt, riss sich die Brille vom Kopf und rollte schwungvoll auf ihrem Stuhl heran. Ein Schwall süßen Popcorn-Dufts umfing Dante. Der rümpfte die Nase.

«Zucker und Fett helfen, wach zu bleiben», verteidigte sich Coco und versenkte ihre Hand in dem Drei-Liter-Kübel, den sie zwischen ihren Oberschenkeln eingeklemmt hatte. Neben Popcorn hielt sie Schokoriegel, Obst, Getränke und drei Wurstbrote in Griffweite. Coco war so ziemlich die Einzige, die noch Wurst und Gluten aß. Dante vermutete, dass ihr ständiges Herumzappeln verhinderte, dass Coco auch nur ein Gramm zunahm. Sie maß nur einen Meter fünfzig und beschwerte sich ununterbrochen darüber: «Du hast keine Ahnung, wie langweilig die Welt bei mir unten ist. Ich muss jede Gelegenheit nutzen, etwas zu erleben.»

Ihre schmalen, schrägstehenden Augen funkelten begeistert. Die Augenform und die tiefdunkle Farbe verrieten deutlich ihre asiatische Herkunft. Eingerahmt wurde ihr Gesicht von langen glatten Haaren, die sie neuerdings in einem Rosa- und Lilaton Marke Einhorn trug. Coco schlief wenig, redete viel und litt unter der panischen Angst, etwas zu verpassen. «Irgendwas Spannendes?», fragte sie. Aufgeregt drehte sie ein paar der langen Strähnen, die ihr beständig ins Gesicht fielen, auf dem Kopf zu einem unordentlichen Knoten.

Dante legte den Zeigefinger an die Lippen. Die besondere Bauweise des Kontrollzentrums verbot laute Unterhaltungen, da jedes Wort durch den gesamten Saal hallte.

Coco konnte ihren Mund nicht halten. «Ein Unterseer?», fragte sie.

Dante wiegte nachdenklich den Kopf. Vielleicht war etwas dran an den hartnäckigen Gerüchten, dass es abtrünnige und abgetauchte Mitarbeiter gab, die sich unter dem Radar der Kuppel bewegten. Ihre Namen wurden nur hinter vorgehaltener Hand geflüstert. Dante war fasziniert von den Geschichten. Die Frage, was die Unterseer bewegte, ein Leben jenseits der unsichtbaren Stadt zu führen, ließ ihn nicht los.

«Du bist verpflichtet, den Vorfall zu melden», sagte Coco. «Ines ist für so was zuständig.»

Dantes Blick flog zu der kühlen Rothaarigen, die eine Gruppe Neuankömmlinge über die Dienstregeln informierte. Mit ihrer knabenhaft schlanken Figur, der elfenbeinfarbenen weißen Haut und den raspelkurzen, roten Haaren war Ines eine Erscheinung. Sie bewegte sich katzenhaft geschmeidig zwischen den Schreibtischen. Während Cocos Organ die Kuppel füllte, sprach Ines so leise und dezent, dass sie kaum zu verstehen war. Die Anstrengung, ihrem Vortrag zu folgen, stand den Schülern ins Gesicht geschrieben. Dante konnte das Protokoll im Schlaf herunterbeten. Regel 14 beispielsweise besagte, dass verdächtige Aktionen unverzüglich zu melden waren und nur von Mitarbeitern mit hoher Sicherheitsstufe bearbeitet werden durften. Mitarbeitern wie Ines, die vor kurzem zur rechten Hand der Zeitmeisterin ernannt worden war und sich seitdem aufspielte, als wäre sie was Besseres. Dabei war sie kürzer dabei als Dante und Coco.

Paralysiert starrte Dante auf das geheimnisvolle Kreuz, das auf seinem Schirm blinkte. 4477. Was für eine besondere Nummer.

«Lass es, lass es, lass es», redete Coco auf ihn ein. «Das gibt Ärger, das gibt nur Ärger, furchtbaren Ärger.»

Coco zauberte aus einer ihrer Hosentaschen Kaugummi hervor und bot es Dante an. «Das lockert das Gebiss und kanalisiert die Nervosität», erklärte sie. Coco redete nicht nur im Zappelstil, sie kleidete sich auch so. Unter ihrem weißen Kittel trug sie mehrere T-Shirts übereinander und eine bequeme Cargohose.

«Ich liebe all die Taschen und Reißverschlüsse», sagte sie. «Das fühlt sich an, als habe man Möglichkeiten.»

Hier sah sie nur die Möglichkeit, sich fette Probleme einzuhandeln.

«Willst du wieder Hausarrest bekommen?», fragte Coco. «Du bist erst letzte Woche mit Ines aneinandergeraten. Überlass es ihr. Das ist Chefsache, so was ist immer Chefsache.»

Der Cursor blinkte verführerisch auf der geheimnisvollen Nummer.

«Vielleicht ein Systemfehler», sagte Dante.

«Hausarrest ist schrecklich», plapperte Coco weiter. «Die ganzen Strafen sind grausam. Willst du ein Reiseverbot riskieren? Ohne dich ist Reisen superlangweilig.»

Dantes Finger zappelten unentschlossen in der Luft.

Coco überschlug sich beinahe beim Reden: «Wir haben nichts gesehen. Wir gehen in die Mittagspause, essen was Schönes. Vielleicht ist die Meldung verschwunden, bis wir zurück sind.»

Dante konnte der Verlockung nicht widerstehen. Er klickte die unbekannte Mitarbeiternummer ein drittes Mal an. Diesmal schrillte der Alarm durch den ganzen Kontrollraum. *Unerlaubter Zugriff* leuchtete in Blutrot auf seinem Computer. *Bitte Passwort eingeben.*

Wie Pfeile richteten sich die Blicke auf Dante. Ines löste sich von ihren Lehrlingen und hastete zu einem erhöhten Computerterminal, von dem aus sie sich in jeden Arbeitsplatz einloggen konnte. Ihre offenkundige Nervosität bewies, dass er in ein Wespennest gestochen hatte.

Während Coco sich die Haare raufte und in glühenden Farben die Schrecknisse ausmalte, die auf ihn zukamen, probierte Dante fieberhaft, das Passwort zu knacken. In der Hoffnung auf einen Glückstreffer testete er verschiedene Namen und willkürliche Zahlenkombinationen. Nichts funktionierte. Nicht mal ein verärgertes @±•$%/$%/$§§(((oder *kdaöfhdahfu*. Plötzlich wurde sein Bürostuhl jäh nach hinten gerissen.

«Ablösung», rief Ines fröhlich.

Die Ausgelassenheit war gespielt. Ihre Augen lachten nicht mit.

«Du hast so viel gearbeitet in der letzten Zeit, du hast dir Freizeit verdient», sagte Ines. Sie sang mehr, als dass sie sprach.

«Ich liebe die Arbeit im Kontrollzentrum», log Dante

schamlos. «Das ist alles so Zen hier. Passiert nix. Wie Meditation.»

«Du hast das Wochenende frei», sagte Ines. Ungeduld schwang in ihrer sanften Stimme mit. «Anordnung von oben. Gerade eben reingekommen.»

Dante zögerte. Freizeit war in der unsichtbaren Stadt ein kaum bekanntes Phänomen. War die Sache so heiß, dass Ines sich nicht einmal die Mühe gab, ihn mit einer besseren Ausrede aus dem Kontrollzentrum zu kommandieren? Keine seiner Leistungen qualifizierte ihn für ein arbeitsfreies Wochenende. Hinter Ines gestikulierte Coco wie eine Wilde und bedeutete ihm, nach draußen zu verschwinden.

«Wir haben eine unübliche Bewegung in Sektor H1445 ...», begann Dante.

Ines unterbrach ihn rüde: «Ein harmloser Programmierfehler», sagte sie. «Nichts Besonderes. Ich kümmere mich darum.»

«Ich assistiere dir», schlug Dante vor. «Ich lerne immer gern dazu.»

«Du verschwindest jetzt», fuhr Ines ihn energisch an. «Das ist kein Vorschlag, das ist eine Anordnung.» Ihr Ton ließ keinen Raum für Widerworte. In der zarten Person steckte eine Urgewalt.

Klein beigeben zählte nicht zu Dantes Hobbys. «Wir können im Team arbeiten», hob er an, als Coco die Nerven verlor. Sie ergriff die Initiative und rollte den überrumpelten Dante samt Bürostuhl Richtung Ausgang.

«Du bist mein Held, mein Vorbild, mein großer Bruder, mein Seelenverwandter», entschuldigte sich Coco. «Ich lasse nicht zu, dass du dich in Schwierigkeiten bringst.»

Dante sprang auf. Coco hängte sich an ihn, um zu verhindern, dass er schnurstracks zurückstürmte.

«Lass die Finger davon», sagte sie. «Es ist sinnlos.»

Dante schüttelte Coco ab wie eine lästige Fliege. Mit energischen Schritten verließ er das Kontrollzentrum durch die Sicherheitsschleuse. Ein breites Grinsen leuchtete auf seinem Gesicht. Sektor H1445, Flurstück 7643C, Zeitzone 21. Er hatte ein ganzes Wochenende Zeit.

Zahlenspiele

*I*ch verstehe nur Bahnhof», sagte Bobbie. Mit einer Lupe untersuchte sie den Chronometer.

Lena saß ungeduldig daneben. Sie hatten sich in Bobbies Dachkammer zurückgezogen, die weniger nach Mädchenzimmer als nach Studentenwohnheim aussah. Überall lagen Bücher, Papiere und wissenschaftliche Zeitschriften herum. Eine Wand war mit schwarzer Tafelfarbe gestrichen und diente als überdimensionierter Notizzettel für Bobbies rätselhafte chemische Versuche. Lena wischte nervös mit dem Finger neben einer der kryptischen Formeln herum.

«Ich arbeite an einem Mittel gegen Schluckauf», erklärte Bobbie beiläufig, als wäre es kaum der Rede wert.

Lena nickte dankbar. Auf Bobbie war immer Verlass. Es war nicht das einzige Projekt, das ihre Freundin beschäftigte. Die Regalbretter an den Wänden bogen sich unter der Last von Bobbies Schätzen und Forschungsvorhaben. In Weckgläsern mit hochprozentigem Alkohol schwammen ein Tintenfisch, zwei Seepferdchen und ein Krebs. Daneben stapelten sich Streichholzschachteln, die allesamt mit Datum gekennzeichnet waren und Bobbies Sammlung toter Spinnen beinhalteten. Ihr Großvater hatte ihr als kleines Mädchen weisgemacht, dass die Krabbeltiere sich zwölf Jahre nach dem Tod in Gold verwandeln würden. Der Feldversuch lief noch. Bobbies Opa hatte die Ausdauer und Beharrlichkeit seiner Enkelin unterschätzt. Nie im Leben würde ihre Freundin das Experiment vor Ablauf der zuvor definierten Laufzeit abbrechen. Daneben sammelte Bobbie in Dutzenden alter Apothekengläser Sand, Muscheln, Erde, Gräser und Samen. Auf einer Landkarte markierte sie die Fundorte, von denen Wollfäden zu Mikroskop-Ausdrucken führten, die als abstrakte Kunstwerke die Wände schmückten. Letzten Sommer hatte Chloe ihr gnädig angeboten, Sand aus Bali mitzubringen. Bobbie hatte dankend abgelehnt. «Es geht nicht ums Haben. Es geht ums Finden», sagte sie. Für Chloe ein absurder Gedanke.

Bobbies Mutter machte keinen Hehl daraus, dass sie das Zimmer ihrer Tochter gerne mädchenhafter gestalten würde. Sie hatte sogar versucht, Lena auf ihre Seite zu ziehen. «Sag du ihr doch mal, wie ungemütlich es hier ist.» Lena hatte nur mit den Achseln gezuckt. Bobbie stand nicht auf Schnickschnack und Deko. Genauso wie ihr Kurzhaarschnitt, der immer ein bisschen rausgewachsen war, musste das Zimmer vor allem praktisch sein. Sie besaß ein einziges Kuscheltier. Das abgeliebte Stück Stoff stellte einen räudigen Straßenköter dar – schmutzig grau, platt wie eine Flunder, mit hängenden Ohren und einem einzigen Auge. Bobbie liebte ihren Otto heiß und innig, auch wenn er aussah, als wäre er bereits dreimal unter den Bus gekommen. Oder vielleicht genau deswegen. Viel mehr als Spiele und Krimskrams interessierten Bobbie Rätsel.

Lena hatte bereits alles probiert, die Uhr in Gang zu bekommen, bevor sie damit zu Bobbie gegangen war. «Was nutzt eine lebenslange Garantie, wenn der Ort, wo die Uhr gekauft ist, nicht existiert.»

Zum hundertsten Mal studierte sie den bruchstückhaften Garantieschein, auf dem der Name ihrer Mutter stand. Es blieb ihr ein Rätsel, warum Rhea Friedrich die Uhr Jahre vor ihrer Geburt angeschafft hatte. Beim Passus *So finden Sie unseren Laden* fehlten die entscheidenden Stücke, man sah aber einen winzigen Kartenausschnitt, der immerhin zeigte, dass der *Uhrenladen im Eulengraben* in einem Wander- und Waldgebiet lag.

«Wie verrückt muss man sein, einen Laden mitten im Naturschutzgebiet zu eröffnen?», wunderte sich Lena. «Oder kommt da noch eine Stadt?»

Seltsamerweise hatte eine schnelle Google-Suche keinen einzigen Treffer ergeben. Vielleicht gab es das Geschäft längst nicht mehr.

«Die spannenden Dinge passieren immer nur anderen», seufzte Bobbie. «In meinem Leben gibt es keine Geheimnisse.»

Bobbies Vergangenheit lag offen wie ein Buch. Wenn Lena ihre Freundin besuchte, stieg sie im imposanten Treppenhaus der Familienvilla an Dutzenden Fotos vorbei. Die Aufnahmen zeigten Bobbie in jeder Lebenslage. Bobbie mit Mama, Papa, Opa, Oma, Hund, Katze, Ball, Bobbie in der Krabbelgruppe, im Kindergarten, bei der Einschulung, dem Sommerkonzert, am Strand, beim Wandern in den Bergen, beim Sport. Bobbie in klein, mittelklein, groß, in Schwarzweiß, Farbe, altmodischem Ocker, als Foto, 3-D-Figur, Collage und Ölgemälde. Selbst ein Ausschnitt aus der hiesigen Tageszeitung, *Der Morgen*, über einen Nikolausbesuch in Bobbies Kindergartengruppe war dabei. Das ernste Mädchen mit dem Bubikopf, braver Bluse und kariertem Rock war unschwer zu erkennen. Neben ihr kauerte ein ängstlicher kleiner Junge mit braunen Locken. Erst vor ein paar Wochen war Lena aufgefallen, dass es sich bei dem verschüchterten Kind um niemand anderen als Jonas handelte.

«Im Kindergarten waren wir allerbeste Freunde», hatte Bobbie nüchtern erklärt. «Hat sich später gegeben.»

Während in Lenas Familie die Vergangenheit in unsortierten Umzugskartons hinter dicken Rolltoren verstaubte, zelebrierte die Familie Albers gemeinsame Erinnerungen.

«Meine Eltern sind Wissenschaftler», kommentierte Bobbie nüchtern. «Alles muss lückenlos für die Nachwelt dokumentiert und archiviert werden.»

Ihr Vater trug in jeder Lebenslage seine teure Kameraausrüstung mit sich herum, ihre Mutter hielt in einem Tagebuch die Meilensteine in Bobbies Entwicklung fest.

«Die ersten Jahre sind in Ichform geschrieben», beschwerte sich Bobbie. «Als ob ich nicht selber entscheiden kann, was in meinem Leben wichtig ist.»

«Ich hätte gerne so ein Buch», gestand Lena leise.

«Hättest du nicht», widersprach Bobbie. «Wen interessiert das erste Mal Nikolaus, Weihnachten, Ostern, Babyschwimmen, Impfen, Kindergarten? Willst du lesen, dass du mit vier Monaten Windelausschlag und mit achtzehn Monaten Keuchhusten hattest, ab zweieinhalb Pipi ins Töpfchen gemacht und mit drei bei der musikalischen Früherziehung versagt hast?»

«Ja», gab Lena unumwunden zu. «Sonja erzählt nie von früher. Die schimpft bloß.»

Bobbie legte betroffen die Uhr zur Seite. «Vor lauter Uhr habe ich das ganz vergessen. War's schlimm?», fragte sie.

Lena nickte stumm. Wenn sie an das Gespräch mit der Tante dachte, spürte sie einen unangenehmen Klumpen im Magen.

«Jetzt erzähl schon», insistierte Bobbie besorgt. «Was hat sie zu Bio gesagt?»

«Ich war zu feige», gab Lena ehrlich zu. Sie schob die quälenden Gedanken an das ausstehende Geständnis beiseite: «Bis wir die Arbeit zurückkriegen, fällt mir was ein», sagte sie.

Sie war froh, dass der Besuch des Entrümplers die Laune der Tante so sehr gehoben hatte, dass sie es Lena erlaubte, Bobbie zu besuchen. Lena brach es das Herz, wenn sie daran dachte, dass mit dem LKW die letzten tastbaren Erinnerungen aus dem Leben ihrer Eltern für immer verloren waren. Vergeblich hatte sie versucht, wenigstens noch ein paar der Sachen für sich selbst herauszuhandeln.

«Das ist alles durchweicht und modrig», hatte ihre Tante erklärt. «So was schimmelt nur.»

Die Uhr tröstete sie über den Verlust hinweg. Und Bobbie war Weltklasse – wenn es jemandem gelang, das Geheimnis zu lüften, dann ihr.

«Vielleicht muss man einen bestimmten Code einstellen?», mutmaßte Lena. «Wenn man die richtige Kombination erwischt, springt der Deckel hoch, und man sieht, was sich im Inneren befindet. Wie bei einem Medaillon.»

Aus Angst, das teure Stück unrettbar zu verstellen oder

gar kaputt zu machen, traute sie sich nicht, die Knöpfe auszuprobieren.

«Es muss irgendwas mit der Acht zu tun haben», überlegte Lena.

Sie hatte bereits festgestellt, dass die Uhr nicht nur eine achteckige Form und acht Zeiger besaß. Auch die Ziffern von null bis neun wiederholten sich achtmal auf der spiralförmigen Zahlenschlange. Bobbie schrieb auf, auf welchen Ziffern Zeiger standen, wie bei einer richtigen Uhr im Uhrzeigersinn: 3, 2, 0, 1, 2, 6, 1, 0.

«Die Uhrzeit kann es jedenfalls nicht sein», sagte Lena. «Das ergibt keinen Sinn.»

«Es sind acht Ziffern», stellte Bobbie fest. «Vielleicht zeigt der Chronometer ein Datum und keine Uhrzeit an?»

Beim Lesen kamen Lena Zweifel. «32.01.2610?» Auch gegen den Uhrzeigersinn schien die Zahlenfolge mehr als unlogisch. «30.16.2102?»

«Vielleicht hat das was mit der Klimaerwärmung zu tun», schlug Bobbie vor. «In hundert Jahren gibt es sechzehn Monate in einem Jahr.»

«Warum sollte man eine Uhr tragen, die ein Datum anzeigt?», fragte Lena. «Nur um sich vierundzwanzig Stunden am Tag davon zu überzeugen, dass immer noch heute ist?»

Bobbie gab ihr recht: «Menschen müssten ganz schön langsam leben, um eine Uhr mit Datumsanzeige zu brauchen.»

«Vielleicht eine Spezialanfertigung für vergessliche Leute», schlug Lena vor. «Eine Art Alzheimeruhr.»

«Wenn die Zeit so unwichtig ist, ist es fast schon egal, welcher Tag es ist», meinte Bobbie.

«Vielleicht eine Kombination aus Datum und Geheimzahl?», setzte Lena neu an. «Aber dann ist der Code falsch. Sonst würde etwas passieren.»

Bobbie holte eine Schere, schnitt die acht Ziffern aus und ordnete sie der Größe nach: 0.0.1.1.2.2.3.6. Neugierig schob sie die Zahlen hin und her.

«Wenn man die richtige Zahlenkombination trifft, entfaltet sich die Magie von allein», mutmaßte sie.

Magie? Die beiden sahen sich an. Bisher hatte es keine von ihnen ausgesprochen, aber es stimmte. Die Uhr schien verzaubert.

Lena fügte die Zahlen zu einer neuen Kombination. «10.06.1322?», las sie. Besonders logisch klang das nicht. «Was soll eine Uhr, die ein Datum im Mittelalter anzeigt?»

«Vielleicht ist es ein Schmuckstück, das an ein historisches Ereignis erinnert», sagte Bobbie. «Eine Erinnerungsuhr sozusagen.»

Der Gedanke faszinierte Lena. Eine schnelle Suche im Internet bot wenig Anhaltspunkte. Sie fanden raus, dass der 10.6.1322 ein Donnerstag gewesen war. Und mächtig lange her. 696 Jahre, um genau zu sein. Der Rest des Tages blieb im Dunkel der Vergangenheit.

Bobbie puzzelte unverdrossen weiter: «13.02.1602? 12.03.1602? 21.03.1602?»

«Und was ist mit Daten, die in der Zukunft liegen?», meinte Lena und veränderte die Zahlenordnung noch einmal.

«12.06.2031? Oder was ist mit dem 01.01.2236? Findest du nicht, dass die Uhr futuristisch aussieht?»

«Und wer hat sie aus der Zukunft mitgebracht? Deine Aliens vielleicht?», lachte Bobbie. «Die Uhr ist 1998 gekauft.»

«So kommen wir nicht weiter», erkannte Lena.

«Rechnerisch gibt es 40320 Möglichkeiten», überschlug Bobbie.

Einen Moment verfielen sie in dumpfes Schweigen. Es schien aussichtslos. Doch Aufgeben war keine Option.

«Dein Name steht auf der Uhr. Also muss das Datum was mit deinem Leben zu tun haben», probierte Bobbie einen neuen Ansatz.

Lena nickte aufgeregt. Sie versuchten, sich dem heutigen Datum so weit wie möglich zu nähern.

«06.12.2013?», fragte Bobbie. «Sagt dir das was?»

«Nikolaustag», sagte Lena.

Ihre Gedanken schweiften automatisch zum Zeitungsartikel im Flur ab. «Das Foto an der Treppe stammt aus dem Jahr 2006», sagte Bobbie, die mal wieder einen siebten Sinn dafür bewies, was in Lena vor sich ging.

«An den Nikolaus habe ich übrigens noch nie geglaubt», ergänzte sie. «Nicht mal als Kleinkind. Ich habe nur mitgespielt, weil ich dachte, meine Eltern glauben die Geschichte.»

«16.03.2012», probierte Lena eine andere Kombination.

«Und was war da?», fragte Bobbie neugierig.

Lena zuckte die Schultern. «Wie soll ich mich daran erinnern, was ich vor ein paar Jahren getan habe?», sagte sie. «Ich kann mich nicht mal erinnern, was letzten Dienstag los war.»

«Wir waren beim Handballtraining, und du hast Jonas verliebt hinterhergeschaut», sagte Bobbie.

«Hab ich gar nicht», wehrte sich Lena.

«Und zwar die ganze Zeit», insistierte Bobbie. Sie legte den Kopf schief, imitierte Lenas schmachtenden Blick und hickste theatralisch. Manchmal war es ausgesprochen lästig, eine Freundin zu haben, die einen so durchschaute. Bobbie machte keinen Hehl daraus, dass sie Lena manchmal besser verstand als Lena sich selbst. Leugnen hatte keinen Sinn.

«Und vorhin bist du auf der Treppe bei seinem Bild stehen geblieben», setzte sie nach. «Ich werde nie kapieren, was du an Jonas findest. Ich habe mit dem gemeinsam auf dem Töpfchen gesessen. So was vergisst man nie wieder.»

«Wir verstellen das Datum und testen, ob die Uhr sich öffnet», lenkte Lena ab. Sie wollte nicht über Jonas reden.

«06.12.2013 klingt gut, oder?», sagte sie.

Vorsichtig nahm sie die Uhr auf und drückte zum zweiten Mal auf den obersten Knopf. Das Zifferblatt flammte grün auf, sämtliche Zeiger rutschten wie von Zauberhand auf die Null. Mit dem doppelten Klick erreichte man also eine Art Grundstellung. Der Chronometer wurde schlagartig warm in ihrer Hand. Erschreckt zog Lena den Finger zurück.

«Was soll passieren?», erklärte Bobbie nüchtern. «Im schlimmsten Fall explodiert das Ding in deiner Hand. Ein Funken fliegt auf den Teppich. Dann brennt das Haus nieder, und wir lernen die coolen Jungs von der freiwilligen Feuerwehr kennen.»

Lena lachte. Bobbie hatte diese unstillbare Freude an Untergangsszenarien.

«Jetzt mach schon», sagte Bobbie. «Alles besser als Langeweile.»

Über die Knöpfe am Rand, die sie im Uhrzeigersinn drückte, stellte Lena das gewählte Datum ein: 06.12.2013. «Was, wenn wir dunkle Mächte heraufbeschwören?», fragte sie.

«Darum geht es ja», antwortete Bobbie begeistert. «Unwissenheit ist schlimmer als jede Katastrophe.»

Lena war nicht sicher, ob sie das unterschreiben würde. Mit zitternden Händen drehte sie vorsichtig am letzten Stellknopf. Langsam kroch der letzte Zeiger Richtung drei. Neun, acht, sieben. Bobbie rückte so nahe wie möglich an Lena heran, um nichts von dem Spektakel zu verpassen. Sechs, fünf, vier. Die Uhr brannte in Lenas Hand wie Feuer. Wer wusste schon, was passierte, sobald der letzte Zeiger einrastete? Die Stimmen in Lenas Kopf meldeten sich alle gleichzeitig zu Wort. Die wagemutigen Draufgänger rangen mit den Panikmachern und Angsthasen. Sie überschrien sich gegenseitig. Vorsichtig drehte Lena am achten Knopf. In einem letzten Schritt hakte der Zeiger auf der Drei ein. Bobbie griff nach der Hand der Freundin. Das Zifferblatt leuchtete hell auf und gab ein schnarrendes Geräusch von sich. Lena hielt den Atem an. Bobbie biss vor Aufregung in die Unterlippe. Hochkonzentriert starrten sie auf den Chronometer. Und dann passierte es.

Mit einem lauten Knall sprang die Tür zum Kinderzimmer auf. Im Rahmen stand Bobbies Mutter mit einem fröhlichen Lachen. «Ich habe euch eine Kleinigkeit zurechtgemacht», rief sie.

Bobbie und Lena starrten sie an, als käme sie aus einer anderen Galaxie. Das Ergebnis ihrer Testeinstellung hätte nicht ernüchternder ausfallen können. Statt aufregenden neuen

Erkenntnissen präsentierte das Schicksal ihnen einen Teller Schnittchen.

Instinktiv rollte Lena mit ihrem Körper über die Papiere und die Uhr. Eine Stimme flüsterte ihr zu, dass es besser war, keinen Erwachsenen in ihr Geheimnis einzuweihen. Am allerwenigsten Frau Albers. Dass nichts Spannendes in Bobbies Leben passierte, lag vor allem an der überbordenden Liebe ihrer Mutter. Lena kannte das schon. Alle fünf Minuten stürmte Henriette Albers das Kinderzimmer: Vielleicht ein wenig Obst? Einen Tee? Ein paar Kekse? Geht es euch gut? Wollt ihr nicht das Fenster kippen, hier ist es so stickig? Ist alles in Ordnung bei euch?

Frau Albers hatte ihre Arbeitszeiten im Labor der Wenninger-Werke so gelegt, dass sie ihre Nachmittage Bobbie und dem Haushalt widmen konnte. Nach dem Servieren der Brote befand sie, dass es höchste Zeit sei, die Pflanzen in Bobbies Zimmer zu wässern. Eine plötzlich auftretende Dürre duldete offenbar keinerlei Handlungsaufschub.

«Ich bin ganz still», rief sie aufgekratzt. «Lasst euch durch mich nicht stören.»

Henriette Albers dachte nicht im Traum daran, das Zimmer zügig zu verlassen, sondern betreute die Pflanzen mit unerträglicher Langsamkeit. Liebevoll zupfte sie verdorrte Blüten ab, polierte jedes einzelne Blatt und wässerte hingebungsvoll. Die zeitraubende Prozedur bot ihr ausreichend Gelegenheit, herumliegende Bücher, Telefone und den Computerschirm zu scannen, um herauszufinden, was die Mädchen aktuell beschäftigte.

«Geschichte?», sagte sie. «Ich dachte, ihr wolltet Englisch lernen.»

«Mama», rief Bobbie entnervt.

Im Gegensatz zu Lena litt Bobbie unter einer Überdosis Familie. Manche kämpften mit Helikoptereltern, über Bobbie kreiste eine ganze Hubschrauberflotte wohlmeinender Verwandter, die sich um ihr Wohl sorgte. Insgeheim beneidete Lena ihre Freundin um die Großeltern, Tanten und Onkel, die sich neben Vater und Mutter um Bobbie kümmerten. Heute war die Familie einfach nur lästig. Es dauerte eine gefühlte Ewigkeit, bis Frau Albers das Kinderzimmer verließ. Bobbie versetzte der Tür, die sie offen zurückließ, einen wütenden Tritt und blockierte die Klinke mit ihrem Schreibtischstuhl. Es half nichts. Die Luft war raus.

«Vielleicht ist es nur ein Schmuckstück», meinte Bobbie enttäuscht.

«Ich mag sie trotzdem», sagte Lena und legte die Uhr an. Das Armband fühlte sich angenehm warm an und schmiegte sich so perfekt um ihr Handgelenk, als habe jemand es Lena auf den Leib geschmiedet. Kaum schnappte der Verschluss ein, passierte etwas Eigenartiges. Die Knöpfe blinkten auf, wie von Zauberhand gesteuert schnurrten alle Zeiger der Uhr zurück in ihre anfängliche Position. Einer nach dem anderen.

«Mach noch mal», rief Bobbie aufgeregt.

Lena stellte ein willkürliches Datum ein, und das Spiel wiederholte sich. Welche Ziffern sie auch auswählten, die Zeiger rutschten immer wieder in ihre ursprüngliche Einstellung zurück. Nach ein paar Versuchen stellten sie fest, dass die Lichtsignale einer bestimmten Ordnung folgten: Erst blinkte der oberste Knopf, dann der zweitunterste auf der rechten Seite, der zweioberste rechts und immer weiter im Zickzack. Als letzter flammte der Knopf oben links auf.

«Vielleicht muss man den Code auf diese Weise lesen», sagte Bobbie. Lena malte die Stellknöpfe der Uhr auf ein Papier und zog eine Linie, um die Reihenfolge nachzuvollziehen. Wie auf einem Kinderbild, bei dem man Punkte verbinden musste, ergaben die Linien und Ziffern eine Figur: Die Striche bildeten einen achtzackigen Stern. Genau so einer schmückte in Goldprägung die Schatulle. Lena und Bobbie sahen einander mit angehaltenem Atem an. Sie waren auf der richtigen Spur.

Wie in Zeitlupe bewegte Lena die Papiere mit den Zahlen in die Ordnung, die durch das Nacheinander der Lichtsignale vorgegeben war: 3. 1. 1. 2. 2. 0. 0. 6.

«31. Dezember 2006. Silvester», sagte Bobbie.

Sie hatten den Code geknackt. Jetzt mussten sie nur noch herausfinden, was es mit diesem Datum auf sich hatte.

10
Tanzende Schatten

Irgendetwas stimmte nicht. Harry König ahnte die Bedrohung mehr, als dass er sie konkret wahrnahm. Konzentriert blickte er aus seinem Aquarium nach draußen. Ein sonderbares Sausen und Wispern hing in der Luft, Müllreste fegten über den Platz, ein leerer Joghurtbecher knatterte über den Boden, auf dem Asphalt tanzten Wolkenschatten. Huschte da eine Gestalt zwischen den Autos hindurch? Harry richtete sich kerzengrade auf und rutschte auf dem Sitz nach vorne. Adrenalin pumpte durch seinen Körper. Für diese Momente lebte er. Seine Fähigkeit, winzige Veränderungen wahrzunehmen, hatte ihn in Sicherheitskreisen zu einer Legende gemacht. So hatte er sich gefühlt, als er vor fünf Jahren einen bewaffneten Einbrecher stellte, oder in der Nacht, als der Mieter von Box 57 die Lagerräume seiner Nachbarn ausraubte. Harry bildete sich etwas ein auf seinen siebten Sinn, Eindringlinge zu spüren, bevor sie ins Licht traten. Nach der Geschichte mit Lena hatte er etwas zu beweisen.

Harry König schwenkte die Überwachungskamera von der Schranke am Eingang auf den Platz zwischen den Autos. War da etwas? Eine Bewegung? Ein Schatten? Angestrengt starrte er auf den Monitor, als ein heftiger Schlag ihn vom Stuhl riss. Eine Windböe drückte die schwere Eingangstür auf. Glas splitterte. Harry erlitt beinahe einen Herzinfarkt. Wie ein Springmesser schnellte er vom Sitz hoch. Die kleinen Bildschirme, die Aufnahme der Sicherheitskameras in die Pförtnerloge übertrugen, zeigten verstörende Bilder. Die Lichter in den Gängen zuckten wie hysterische Discolampen. Hell, dunkel, hell, dunkel. Nach ein paar Sekunden war der Spuk vorüber. Das seltsame Gefühl verflog. Vielleicht war er schlicht urlaubsreif? Oder lag es an den bunten Cocktails, die er gestern Abend mit seiner alten Flamme Lilliane bei Tonis Burgerbude genossen hatte? Die Mixgetränke schlugen ihm genauso auf den Geist wie die Frau, die mit ihm redete, als wäre er eines ihrer Kindergartenkinder. Er sah offenbar Gespenster. Harry erhob sich, um den Schaden an der Tür zu begutachten. In seinem Rücken zeigte Monitor 4, wie sich das Rolltor von Box 187 hob.

11
Wir sind ein Team

Fassungslos starrte Dante in den Lagerraum. Das Füllmaterial eines Stofftiers bedeckte den Boden. Abgesehen von den Flusen herrschte in Box 187 gähnende Leere. Seine Hoffnung, einmal im Leben einem Unterseer zu begegnen, platzte wie eine Seifenblase. Seit Dante im operativen Dienst unterwegs war, hatte er ein paarmal miterlebt, dass ein Bewohner der unsichtbaren Stadt nicht vom Einsatz zurückgekehrt war. Keiner von ihnen trug die Mitarbeiternummer 4477.

«Hast du rausbekommen, wer das Signal ausgelöst hat?», fragte eine muntere Stimme.

Dante fuhr um. Hinter ihm trat Coco ins Licht. Ihr Gesicht glühte vor Aufregung, so sehr hatte sie sich beeilt, ihm zu folgen.

«Du bist nicht der Einzige, der sich ein paar Koordinaten merken kann», verteidigte sie sich, bevor Dante seiner Überraschung Ausdruck geben konnte.

«Du musst sofort zurück», sagte er.

Coco war eine der Neuen und noch längst nicht so weit, sich auf schwierige Einsätze zu begeben. Ihr Temperament führte sie meist von einem Fettnapf in den nächsten.

«Ich bin Profi», antwortete Coco. «Und für jeden Notfall gerüstet.»

Stolz zeigte sie ihm den Inhalt ihres Rucksacks, der nicht nur Lebensmittel enthielt, sondern auch Notizbücher aus ihrer Ausbildung, vierzehn Stifte, einen Schraubenzieher, Ersatzstrümpfe, einen Fernstecher und den unvermeidlichen Thailand-Reiseführer aus dem Jahr 1967. Coco hatte das dünne Büchlein in einem Antiquariat entdeckt, sich in das Cover verliebt und schleppte es seitdem mit sich herum. «In dem Buch sehen alle aus wie ich», sagte sie. Wie alle anderen war sie als Baby in die unsichtbare Stadt gekommen und wusste nichts über ihre Herkunft.

«Weiß jemand, dass du hier bist?», fragte Dante beunruhigt.

«Ich bin heimlich gekommen», sagte Coco. «Ich musste. Ich bin schließlich deine Assistentin.»

Dante schnappte nach Luft. «Seit wann?»

«Seit eben», sagte sie. Die Worte sprudelten aus ihr heraus. «Gerade Leute, die meinen, keinen Assistenten zu brauchen, sollten einen Assistenten haben, denn offenbar haben sie so wenig Überblick über die Anforderungen ihrer Arbeit, dass ihnen gar nicht klar ist, dass sie ...»

«Du gehst sofort zurück», unterbrach Dante. «Es ist viel zu auffällig, wenn wir beide fehlen.»

Er ließ sie stehen und zog weiter Richtung Getränkeautomat. Coco hastete hinter ihm her. Ihre Stiefel stampften über den Boden, die Neonlampen blitzten hektisch auf. Dass sie unentwegt in die Lichtschranken trat und für eine imposante Lightshow in Harrys Loge sorgte, ahnte sie nicht. Unsichtbarkeit war noch nie ihr Metier gewesen.

Coco war beseelt von ihrer neuen Aufgabe. «Ich kann im Hintergrund dafür sorgen, dass niemand merkt, dass du ohne Auftrag unterwegs bist.»

«Du bringst dich in riesige Schwierigkeiten», warnte Dante.

Coco grinste ihn an. Gelassen spielte sie ihren Trumpf aus. «Wenn du mich zu deiner Assistentin machst, verrate ich dir, was Ines an deinem Computer angestellt hat.»

Damit hatte sie erreicht, was sie wollte: Sie besaß Dantes ungeteilte Aufmerksamkeit. Coco genoss sichtlich, endlich wichtig genommen zu werden.

«Ich will dir helfen», sagte sie. «Zu Hause ist es so langweilig ohne dich.»

«Was weißt du?», fragte Dante.

«Nicht hier», sagte Coco wichtig.

Mit Mühe unterdrückte Dante den aufkeimenden Ärger. Coco hielt sich offenbar für einen Geheimagenten, der Informationen nur unter komplizierten Vorsichtsmaßnahmen weitergeben konnte. Was hatte Coco sich wohl ausgedacht? Er befürchtete das Schlimmste. Einen toten Briefkasten etwa, ein Verschlüsselungssystem oder eine Schnitzeljagd durch die halbe Stadt.

Coco fasste ihren Vorschlag in zwei Worten zusammen. «Frittierter Burger?», flüsterte sie verschwörerisch. «Beim Essen redet es sich so viel leichter.»

Dante verlor die Nerven. «Du hast zehn Sekunden. Wenn du bis dahin nicht gesagt hast, was du weißt, bist du gefeuert.»

Coco begriff, dass es ihm ernst war. «Nichts», sagte sie triumphierend.

«Wie, nichts?»

«Ines hat nichts unternommen», wiederholte sie. «Sie hat den Alarm deaktiviert, und dann ist sie zu ihren Lehrlingen zurück. Als wäre nichts. Sie hat die Information nicht mal nach oben weitergegeben.»

Dante antwortete nicht. Aus dem Augenwinkel hatte er nämlich etwas entdeckt, das beim Getränkeautomaten auf dem Boden lag und rein gar nicht in die klinisch reinen Gänge passte.

Freundschaftlich legte er seinen Arm um Coco und drängte sie langsam Richtung Ausgang. «Geh zurück, Coco. Du musst dich darum kümmern, dass in der unsichtbaren Stadt alles läuft.»

«Lass uns erstmal den Laden hier auf den Kopf stellen», sagte Coco. «Irgendwo muss das Signal hergekommen sein.»

Dante seufzte. Coco ahnte nicht, worauf sie sich einließ. Es war ihm ja selbst nicht ganz klar. Kontakte mit Unterseern waren strengstens verboten. Sein eigenmächtiges Handeln konnte Verbannung oder sogar den Tod bedeuten. Noch nie hatte er jemanden getroffen, der das riskiert hätte. Die sagenumwobenen Geschichten der untergetauchten Mitarbeiter fesselten ihn. Er hätte Coco gerne eingeweiht, aber das Risiko, dass sie ihre gemeinsame Mission verriet, bevor sie überhaupt begonnen hatte, war für Dante unkalkulierbar. Ihr Mund lief chronisch über.

«Ich bin gut», verhandelte Coco. «Ich bin wie ein Spürhund. Ich rieche sofort, wenn was faul ist. Ich kann Leute für dich befragen. So detektivmäßig ...» Sie zog eine Grimasse, von der sie glaubte, dass sie zu einem Detektiv passte, und gab ihrer Stimme einen tiefen Ton: «Wo waren Sie Samstagnacht?»

«Ich brauche jemanden in der Zentrale», antwortete Dante. «Du darfst Ines keine Sekunde aus dem Auge lassen. Wir müssen rausfinden, was sie vorhat.»

So leicht ließ Coco sich nicht abschütteln. «Du willst mich loswerden? Ausgerechnet jetzt, wo es spannend wird?»

«Wer weiß, vielleicht macht Ines gemeinsame Sache mit unseren Gegnern», sagte Dante.

«Mit einem Unterseer?», flüsterte Coco erschrocken.

«Warum sollte sie den Alarm sonst vertuschen?»

Coco verstummte. Die Vorstellung, dass jemand es wagen könnte, mit einem Abtrünnigen zu kooperieren, war offenbar so ungeheuerlich, dass es ihr die Sprache verschlug.

«Partner?», insistierte Dante und streckte seine Hand aus. Coco schlug ein. «Wir sind ein Team.»

Ihre Hand fühlte sich so warm und klebrig an, als habe sie vor ihrer Reise einen letzten Boxenstopp in einer Konditorei eingelegt.

«Ich halte dir den Rücken frei», sagte sie. «Und einmal am Tag tauschen wir unsere Erkenntnisse aus.»

«Versprochen», sagte Dante.

Coco verzog sich. Nicht ohne hemmungslos in alle Lichtschranken zu tapsen. Ihr Rückzug sorgte vermutlich für eine zweite Show in der Pförtnerloge.

Die Zeit drängte. Ungeduldig wartete Dante, bis Coco um die Ecke bog. Dann erst beugte er sich runter zum Getränkeautomaten, unter dem die Ecke eines bunt eingeschlagenen Vokabelhefts hervorlugte. Er schlug die erste Seite auf. Englisch, 9. Jahrgangsstufe, las er. Darunter stand in schönster Mädchenhandschrift der Name der Eigentümerin: Lena Friedrich. Den Namen Lena hatte er in seinem Leben nur zwei Mal gehört. Beide Male war er hinter der Hand geflüstert worden. Es waren verbotene Gespräche über ein verbotenes Thema gewesen: Rhea und ihre Tochter Lena. Konnte das wahr sein? Die Erkenntnis traf ihn wie ein Schlag. 4477 war kein normaler Unterseer. Die Mitarbeiternummer gehörte vermutlich zu der Tochter von Rhea. Einen Moment lang verschlug es ihm den Atem. Rheas Verschwinden aus der unsichtbaren Stadt war ein einziges großes Mysterium, der Name für immer aus den Annalen gestrichen. Wenn er fiel, dann nur spätabends, in dunklen Ecken, unter vier Augen. Niemals offen.

Ein Stück weiter legte Coco ihren Zeige- und Mittelfinger auf die Uhr an ihrem Handgelenk und aktivierte den Sensor für Personenerkennung. Das Zifferblatt verschwand. Über die Knöpfe am Rand gab sie eine vierstellige Mitarbeiternummer ein. Schwach schimmerte ein heller Schein und zauberte eine lebendige Szene vor ihre Augen. Zwischen Kellerassel und Papierkäfer erschien in Form eines durchschimmernden Hologramms das besorgte Gesicht von Ines. Hektisch sah sie sich um.

«Und?», flüsterte sie, als habe sie Angst, dass jemand Zeuge ihrer geheimen Unterredung wurde.

«Er hat keine Ahnung», sagte Coco.

Auf dem Weg in die Vergangenheit

*I*ch war auch am Wenninger-Gymnasium», erzählte die Rezeptionistin aufgekratzt.

Im eiligen Stechschritt lotste die junge Frau mit den kurzen Locken Lena und Bobbie zwischen Zimmerpflanzen, Arbeitsplätzen und Monitorwänden, auf denen stumm Nachrichten und Börsennews liefen, hindurch. Das Archiv der Tageszeitung, *Der Morgen*, war die letzte Hoffnung der beiden Mädchen, nachdem ihre Recherche auf verschiedenen Nachrichtenportalen keinen Hinweis auf einen möglichen Zusammenhang zwischen Lena und dem historischen Datum auf der Uhr geliefert hatte.

Keiner der Redakteure interessierte sich für die jungen Besucherinnen. An den Schreibtischen, die sternförmig um den Platz des Nachrichtenchefs angeordnet waren, wurden Verhandlungen und Telefongespräche geführt, Interviews angefragt, Termine koordiniert, Rückrufe vereinbart und Anzeigen verkauft. Ein schrilles Konzert aus Klingeltönen, Druckersummen und dem Fauchen einer Kaffeemaschine lag in der Luft. In all dem Getümmel und Lärm hämmerten Mitarbeiter auf ihre Tastaturen ein, als säßen sie hinter einer Lärmschutzmauer.

«Gibt es die Eisermann noch?», fragte die Rezeptionistin neugierig.

«Und wie», bestätigte Lena.

«Früher habe ich die gehasst», erzählte die junge Frau. «Jetzt denke ich, dass die toten Frösche und Schweineaugen in ihrem Unterricht die perfekte Vorbereitung waren für den Umgang mit einem schwierigen Chef.»

Ihr Blick wanderte zu einem Mann mit Glatze und feuerrotem Bart, der vor versammelter Mannschaft einen schreckensbleichen Mitarbeiter abkanzelte. Wie Geschosse flogen Sätze und Beleidigungen durch den Raum. «Für was halten Sie den Leser? Für ein Schwein, das alles frisst?» Mit grimmiger Miene zerriss er den Text in seinen Händen.

«Der Fuchs hat Carl Rasmus in den Keller verbannt», erklärte die junge Frau. «Dabei war er mal unser Bester. Kein Unfall, kein Brand, kein explodierendes Haus, kein Skandal ohne seine Fotos. Seine Vor-Ort-Reportagen waren legendär.»

«Rasmus? Carl Rasmus?», fragte Lena überrascht.

«Das ist der Papa von Jonas», erklärte Bobbie. «Den kenne ich noch von früher. War der coolste Vater von allen.»

Die Empfangsdame stieß die Tür zum Treppenhaus auf. Ihre Absätze knallten auf der metallenen Wendeltreppe, die in die unteren Gefilde führte.

«Er ist ein bisschen komisch», warnte sie und schob die Mädchen ins Archiv.

Die schwere Feuerschutztür fiel donnernd hinter ihnen zu. Schlagartig verschwanden die Geräusche aus den oberen Stockwerken. Der *Morgen* lag an der vielbefahrenen Straße am Wenninger-Platz, oben hetzten Dutzende von Menschen durch die Redaktion, doch in dem kühlen Gewölbe unter der Erde herrschte Totenstille. Lediglich das Ticken eines altmodischen Weckers sorgte dafür, dass man das Gefühl für die Zeit nicht verlor. Lena und Bobbie waren bei ihrem Ausflug in die Vergangenheit allein auf sich gestellt. Zögerlich betraten sie einen spärlich beleuchteten Vorraum, in dem sich auf einem meterlangen Arbeitstisch Aktenordner, Kisten und Mappen türmten. Eine Gestalt schlich im Schneckentempo auf einen großen Scanner zu. Lena glaubte ihren Augen nicht zu trauen. Die Ähnlichkeit zwischen Vater und Sohn war geradezu unheimlich: dieselbe schlaksige Gestalt, dieselben halblangen wirren Locken. Als ob man Jonas in eine Zeitmaschine gesteckt hätte, die ihn über Nacht um Jahrzehnte hätte altern lassen. Das Leben hatte es offenbar nicht gut mit Carl Rasmus gemeint. Die Haltung des Journalisten war gebückt, sein Gesicht von Sorgenfalten durchzogen, die Haut schimmerte grau und durchsichtig. Wann hatte er wohl zum letzten Mal Sonnenlicht getankt?

«Er sieht anders aus», flüsterte Bobbie.

Der Mann ließ mit keiner Geste erkennen, ob ihm bewusst war, dass er Besucher hatte. Mit weiß behandschuhten Händen und fast schon religiöser Hingabe hob er vorsichtig Fotos aus einem säurefesten Archivkarton. Mit äußerster Sorgfalt, so als habe er es mit einem zerbrechlichen Gegenstand zu tun, sichtete, ordnete und scannte er das Material. Alle paar Sekunden erstrahlte sein Gesicht in dämonischem Licht, wenn der Scanner über ein Objekt fuhr, das er als archivierungswürdig eingestuft hatte.

Bobbie wagte den ersten Schritt. Beherzt ging sie auf die düstere Gestalt zu: «Hallo, Herr Rasmus. Ich bin's. Bobbie.»

Keine Reaktion.
«Roberta …»
Schweigen.
«Roberta Albers. Jonas und ich waren im Kindergarten befreundet. Sie haben ein Foto für die Zeitung von uns gemacht, an Nikolaus, es hängt bei uns im Flur», sagte sie. Rasmus holte aus und schlug mit der flachen Hand auf den Tisch. Seine Kaffeetasse sprang in die Luft, der Löffel fiel klirrend auf den Boden. Bobbie und Lena zuckten erschreckt zusammen. Mit einer Pinzette nahm Rasmus ein totes Insekt auf, das sich unvorsichtigerweise in seine Kellerräume verirrt hatte, und entsorgte es. Als er sich nach dem Löffel bückte, fiel sein Blick auf die beiden Mädchen. Ein Strahlen erhellte sein Gesicht. Er pulte die drahtlosen Kopfhörer aus seinen Ohren. Aus den winzigen Knöpfen ertönte klassische Musik. Kein Wunder, dass er sie nicht gehört hatte.

«Wir gehen mit Jonas in eine Klasse …», begann Bobbie noch einmal. Rasmus drängte sie mit einer entschiedenen Handbewegung zur Seite, um Lena genauer in Augenschein zu nehmen. Er hielt inne und musterte sie mit diesem prüfenden Blick, den Lena sonst nur von Bobbies Tanten, Onkeln, Opas und Omas kannte, kurz bevor sie in ein begeistertes «Kind, was bist du groß geworden» ausbrachen. Rasmus sagte nichts. Seine Augen schimmerten dunkelbraun wie die von Jonas. Carl Rasmus erschien ihr wie die Verkörperung von Jonas' dunkler Seite.

«Du hast dir Zeit gelassen», sagte er.

Sein Atem verströmte einen Geruch von kaltem Zigarettenrauch, Alkohol und Trostlosigkeit. Lena wich unwillkürlich ein Stück zurück.

Ihre Abwehrbewegung blieb nicht unbemerkt. «Wir hatten gestern was zu feiern», entschuldigte sich Rasmus. Sein nachlässiges Äußeres strafte seine Reden Lügen. «Wenn man die Zeit zurückdrehen könnte», seufzte Rasmus und legte eine vielbedeutende Pause ein. «Wenn ich die Zeit zurückdrehen könnte, würde ich jeden einzelnen Fehler wiederholen.»

Er lachte laut auf, bis er merkte, dass er der Einzige war, der sich amüsierte. Peinlich berührt richtete er seine Haare und strich sein verschwitztes Hemd glatt. Offenbar war er Besuch nicht mehr gewohnt.

«Früher kamen die Redakteure hier runter, wenn sie Hintergrundwissen brauchten», erklärte er seinen Zustand. «Die neue Generation Schreiber da oben googelt sich ihre Geschichten zusammen und glaubt, das wäre Journalismus. Die senden nur noch. Auf Twitter, auf Instagram, auf Facebook, Snapchat, YouTube. Aber für richtigen Journalismus musst du zuhören. Und beobachten.»

«Wir brauchen Informationen über einen bestimmten Tag», hob Lena an.

Rasmus lachte heiser, nahm ungeniert einen Schluck aus einem silbernen Flachmann und sah Lena an. Sein Blick durchbohrte sie. Lena wurde es ungemütlich.

«Du hast diese neugierigen, wachen Augen. Die sind mir damals schon aufgefallen», sagte er. «Es gibt Menschen, die stellen Fragen, und es gibt Menschen, die posaunen Antworten heraus. An den Augen kannst du ablesen, in welche Kategorie jemand gehört. Ich wusste, du wirst irgendwann kommen.»

Lena warf ihrer Freundin einen besorgten Blick zu. Bobbie

zog, wie zuvor abgesprochen, ihr Handy aus der Tasche und gab ihrer Mutter zur Sicherheit ihren Aufenthaltsort durch. «Wer weiß, worauf wir stoßen», hatte Bobbie gesagt. «Wenn was schiefgeht, wissen sie wenigstens, wo sie nach uns suchen müssen.» Aus dem Augenwinkel beobachtete Lena, wie Bobbie verzweifelt auf dem Telefon herumtippte. Die Nachricht blieb anscheinend im Ausgang hängen. Wer meinte, dass Handy-Entzug dem inneren Frieden förderlich war, hatte noch nie ein Archiv unter der Erde besucht. Rasmus rückte sein Gesicht ganz nah an das ihre.

«Ich habe es in deinen Augen gelesen», sagte er. «Du hast nicht geweint. Du hast auf meinem Arm gesessen und mich fragend angesehen.»

Er hatte sie auf dem Arm gehabt? Wann? Wieso? Wovon redete der? War der noch ganz dicht im Kopf? Rasmus drehte auf dem Absatz um, trat an eines der Regale und setzte es über das Handrad an der Kopfseite in Bewegung.

«Irgendwann kommen sie alle. Irgendwann begreifen sie, was für Schätze hier lagern. Die denken, ich arbeite an meiner eigenen Abschaffung. In Wirklichkeit arbeite ich an der Zukunft. Ich weiß, wo die Geschichten sich verstecken.»

Elegant glitt die Regalwand auf perfekt geölten Schienen nach links und gab die Sicht auf einen langen Gang frei. Lena und Bobbie schauten neugierig um die Ecke. Seite an Seite, Grau in Grau, reihten sich Hunderte von Regalen mit kartonierten, säuberlich mit Datum beschrifteten Mappen aneinander. Lena wollte schon hinterher, als Rasmus sich zu ihr umdrehte.

«Ihr rührt euch nicht vom Fleck», befahl er.

Unsichtbarkeit für Anfänger

«Und?», fragte eine bekannte Stimme. «Kommt das Signal aus der Zeitungsredaktion?»

Dante sank in sich zusammen. Nicht schon wieder Coco.

«Einmal am Tag tauschen wir uns aus», verteidigte sie sich. «Einmal am Tag ist jetzt.» Dabei hatten sie sich erst vor ein paar Stunden getrennt.

Dante hatte sich auf einer Bank auf dem Wenninger-Platz positioniert, von der aus er den Haupteingang vom *Morgen* am besten im Auge behalten konnte. Er stöhnte auf. Seine sogenannte Assistentin besaß die Rückschlagkraft eines Bumerangs und die Anhänglichkeit einer Klette.

«Ines hat keine Ahnung», berichtete Coco. «Sie interessiert sich kein bisschen für dich und noch weniger für mich. Ich habe gesagt, ich fühl mich nicht wohl. Der Magen. War ihr auch egal.»

Dante suchte in ihrer Miene nach Zeichen von Betrug. Konnte er ihr vertrauen? Die Freundin schien wie immer: ausgehungert, ungeduldig und zappelig.

«Es ist Lena Friedrich», sagte er. Die Erkenntnis war so überwältigend und schockierend, dass er sie einfach nicht für sich behalten konnte.

Coco zuckte zusammen, als hätte sie einen Stromschlag erlitten. Ihre Augen weiteten sich: «Die Tochter von ...»
Dante nickte.
«Oje, oje, ojemine, was machen wir denn jetzt?», jammerte Coco.
«Wir behalten sie im Auge», sagte Dante. «Lena hat den Chronometer aktiviert. Ohne seine wirklichen Kräfte zu kennen. Und nun stellt sie neugierige Fragen.»
«Im Auge behalten, kann man das auch von einem Restaurant aus? Wenn man isst, fällt man viel weniger auf», schlug Coco vor.
Coco konnte einfach nicht still auf der Bank sitzen. Wie auch? In der unsichtbaren Stadt galt Beschäftigtsein als Tugend, Leerzeiten wurden als Laster betrachtet. Die Regeln verpflichteten Mitarbeiter, jede freie Minute für Weiterbildung zu nutzen. Coco trottete über den Wenninger-Platz. Essbares tat sie nicht auf, dafür einen alten Regenschirm, der trotz zweier kaputter Speichen halbwegs funktionstüchtig war. Mit viel Mühe gelang es ihr, ihn aufzuspannen, um sich dann kompliziert darunter zusammenzufalten.
«Wer weiß, wie lange sich Beobachten und Warten hinzieht», sagte sie. «Ich kann so viel Licht nicht vertragen.»
«Was bist du? Ein Vampir, der sich bei Sonne auflöst?», fragte Dante.
«Ich bin sommersprossengefährdet», sagte Coco.
Dante begriff nicht, warum die paar blassen Sommersprossen auf ihrer Nase Coco so verstörten.
«Ich finde, deine Sommersprossen sind ...» Er suchte nach dem passenden Wort.
Coco wartete das Ende des Satzes nicht ab. «Niedlich, sag

schon. Wer will schon niedlich sein? Ich wollte nicht mal als Baby niedlich sein. Ich habe sechs Stunden am Tag geschrien, damit niemand auf die Idee kommt, ich bin niedlich.»

«Vermutlich hattest du Hunger», meinte Dante.

Sein Blick blieb unverwandt auf das Eingangsportal vom *Morgen* gerichtet, während Coco in Geständnislaune weiterplapperte.

«Das ging die ganze Schulzeit so. Die haben mich wie ein Kind behandelt. Wenn man klein ist, wird man dauernd unterschätzt. Jeden Morgen stehe ich auf und sage mir *Sei froh, dass du keine Lähmung im Gesicht hast oder eine Brandnarbe*. Das klappt super. Bis ich versuche, in den Spiegel zu schauen, und nur den Haarknoten auf dem Kopf sehe.»

Ein Windstoß sortierte den Regenschirm neu. Hektisch zog Coco ihre Füße, die in Trekking-Sandalen steckten, zurück.

«Hast du Angst, deine Zehen bekommen Sommersprossen?»

«Wer Sommersprossen hat, hat es viel schwerer, nicht aufzufallen», verteidigte sich Coco.

Dante wusste nur zu gut, dass potenzielle Sommersprossen Cocos geringstes Problem waren, wenn es darum ging, sich bei Einsätzen unauffällig zu verhalten.

Ein wesentlicher Teil des Trainings in der unsichtbaren Stadt zielte darauf, sich wie ein Chamäleon an unterschiedliche Umgebungen anzupassen. Dante war so ein Meister darin, sich geräuschlos durch die Zeiten zu bewegen, dass er sich sogar leisten konnte, einen langen schwarzen Mantel zu tragen. «Unsichtbarkeit ist eine Frage der Haltung», sagte er immer.

Coco dagegen fegte wie ein ungeleitetes Projektil durch ihre Einsätze. Und das, obwohl sie den Kurs «Unsichtbar werden für Anfänger» viermal besucht hatte, bevor sie von einer entnervten Kursleiterin ihr Diplom überreicht bekam. «Ich kann mit keinem arbeiten, dessen Lieblingsworte Frühstück, Mittag- und Abendessen sind», hatte sie gewütet. Mit dem Zeugnis verbunden war die Auflage, sich unter keinen Umständen bei einem Auffrischungskurs anzumelden.

«Ich kriege einen Sonnenkoller, wenn wir hier noch länger rumhängen», beschwerte sich Coco. «Die Sonne macht mich nervös. So lange an einem einzigen Ort, das ist nichts für mich.»

Dante konnte das nachvollziehen. Er kannte kaum jemanden, der so schlecht darin war, mit seiner Umgebung zu verschmelzen. Alles wäre einfacher, wenn sie wirklich unsichtbar wären. Aber das waren sie nicht. Und Coco am allerwenigsten.

«Verschwinde, Coco», sagte er.

«Ich bleibe so lange, bis du zur Vernunft kommst», sagte sie. «Es ist gefährlich, mit Menschen in persönlichen Kontakt zu treten.»

Coco hatte nicht unrecht. Ihm fehlte jede Erfahrung, privat mit Personen umzugehen, die jenseits der unsichtbaren Stadt groß geworden waren. In ihrer Welt gab es überschaubare und klare Regeln, Vorschriften – und Strafen. Hier draußen schien alles viel ungeordneter abzulaufen.

«Vielleicht will ich sie ja gar nicht ansprechen», sagte Dante.

«Die direkte, auf Dauer angelegte Verbindung mit Menschen ist unter allen Umständen zu vermeiden», zitierte

Coco aus dem *Leitfaden für Unsichtbare*, einem Standardwerk, das sie alle studiert hatten. «Menschen sind Träger von tödlichen Viren, genannt Gefühle. Infektionen führen zu irreversiblen Gesundheitsproblemen und können im schlimmsten Fall tödlich enden.»
«Ich habe Fragen, keine Gefühle», wehrte sich Dante.
«Weißt du nicht mehr, was mit Rhea passiert ist?», fragte Coco und bemühte sich, den verbotenen Namen so gut wie möglich zu vernuscheln. «Irrationalität ist ansteckend.»
«Ich habe das im Griff», sagte Dante.
«Das hat Rhea auch geglaubt», sagte Coco. «Und dann ist sie von einem Tag auf den anderen aus der unsichtbaren Stadt verschwunden. Ich will nicht, dass du ein Unterseer wirst.»
Das große Wort war gefallen. Sie erschraken beide, als ihnen klarwurde, was auf dem Spiel stand.

Ihr Gespräch wurde in einen nüchternen Versammlungsraum übertragen. Ines zeigte ein paar älteren Mitarbeitern die Aufnahme, die Coco mitgeschnitten hatte.
Die Übertragung brach ab. Niemand wagte, etwas zu sagen. Entsetzen stand in ihren Gesichtern.
«Wir müssen die Zeitmeisterin informieren», sagte ein älterer Mann.
«Wir warten ab», entschied Ines. «Wir dürfen keine alten Wunden bei ihr aufreißen. Wer weiß, ob das Mädchen etwas rausfindet.»

Das erste Mal

«Das kann doch nicht wahr sein, das muss doch hier sein, wie kann man nur so doof sein», schimpfte Rasmus aus den Tiefen des Archivs.

Bobbie und Lena tauschten besorgte Blicke aus. Im Hintergrund rutschten ununterbrochen Regale über das Schienensystem. Rasmus' kratzige Stimme hallte durch die Gänge. Der Journalist führte wütende Selbstgespräche, die zeigten, dass er sich selber auch nicht besonders gut leiden konnte.

«Seit wann kennst du den Vater von Jonas?», flüsterte Bobbie.

Lena zuckte ratlos die Schultern. «Er kennt mich. Das ist etwas anderes.»

«Vielleicht haben die Leute recht damit, dass er verrückt ist», sagte Bobbie. «Deswegen bringt Jonas ihn nie mit.»

Was hatte Jonas wohl auf die Frage nach den charakteristischen Eigenschaften in seiner Familienlinie geantwortet? Rasmus war im Archiv verschwunden, ohne eine einzige Frage zu stellen. Warum tat er so, als kenne er Lena schon seit Babytagen? Ungeduldig wartete sie mit Bobbie auf das Ergebnis seines Zugs durch die Vergangenheit. Nach einer gefühlten Ewigkeit schlurfte Rasmus mit triumphierendem Lachen und einer großen Mappe heran.

«Damals war ich noch Volontär. Ich dachte, Lokalberichterstattung ist der erste Schritt zur großen journalistischen Karriere. Ich hatte meiner Frau versprochen, mit Jonas Schlitten zu fahren. Nachtrodeln auf dem Eichberg. War damals sehr populär. Und dann kam die Meldung rein.»

Rasmus legte einen kartonierten Band mit gebundenen Zeitungen auf dem Tisch ab. Für einen Moment versanken die Mädchen in einer Staubwolke. Als sich der Dunst legte, erschien das Datum vor ihren Augen. 30.12.2006 bis 15.01.2007.

Er öffnete die Mappe. *2007 kommt! Der Morgen wünscht der Welt Liebe, Glück, Gesundheit, Erfolg und Frieden*, lautete die Überschrift der letzten Ausgabe des Jahres. Doch darum ging es ihm nicht. Rasmus blätterte weiter bis zu der Zeitung vom 2. Januar, die die Berichte aus der Silvesternacht enthielt. Die Zeitung machte mit der Schlagzeile «Guter Rutsch» und einem Bild vom Eichberg auf. Vier ausgelassene Rodler rasten die in Flutlicht getauchte Piste runter, während im Hintergrund das Silvesterfeuerwerk aufflammte. Der Bericht stammte vom 31.12.2006.

Lena zuckte zusammen. Seit sie die mysteriöse Uhr gefunden hatte, passierten die merkwürdigsten Dinge in ihrem Leben. Woher wusste Rasmus so genau, was sie ins Archiv geführt hatte?

«Das erste Mal vergisst man nicht», erklärte er. «Die erste Liebe, den ersten Job, das erste Mal Dienst am Polizeifunk. Ich war der erste Journalist an der alten Zollbrücke und der einzige.»

Lena verharrte in Schockstarre. Ihre Beine wurden weich. Polizeifunk? Zollbrücke? Wovon redete der? Sie wagte nicht, die erste Seite mit dem harmlosen Foto vom Wintervergnügen umzuschlagen. Vielleicht glich die Wahrheit einem Grünen Knollenblätterpilz: Die pure Berührung reichte, einen zu vergiften.

«Mach du», raunte sie Bobbie zu.

Bobbie blätterte durch die Ereignisse der Silvesternacht 2006. Neben dem Nachtrodeln am Eichberg vermeldete der *Morgen* einen gewalttätigen Tankstellenüberfall, eine Gruppe Verrückter, die sich auf die Ankunft von Außerirdischen vorbereitete, den Kampf von Toni um den Erhalt der Imbissbude am Hafen, eine Verlobung an Silvester.

«Deine Tante», rief Bobbie begeistert.

«Sie hat ja gesagt», jubelte die Überschrift im Lokalteil. Darunter das bekannte Foto von Sonja und dem schönen Hugo. Pünktlich um Mitternacht war Hugo vor einem selbstgepinselten Graffito im Hafen auf die Knie gegangen.

«Polizeifunk. Rasmus hat was von Polizei gesagt», sagte Lena. Ihr Mund fühlte sich trocken an. Ihre Stimme war eher ein Krächzen. Bobbie blätterte weiter. Mit jeder Seite, die belanglose Lokalnachrichten enthielt, wuchs Lenas Unruhe. Plötzlich hielt Bobbie erschrocken inne.

Lenas Blick streifte die Seite flüchtig. «Tod in der Neujahrsnacht», lautete die Überschrift.

Sie ahnte, worum es hier gehen könnte. «Ein Autounfall», mehr Informationen hatte Sonja nie losgelassen. Ihre Tante machte keinen Hehl daraus, dass ihre Entscheidung, Lena sämtliche Details zu verschweigen, ebenso bewusst wie unumstößlich war.

«Die Bilder wirst du nie wieder los», sagte sie zu Lena. «Besser, sie entstehen gar nicht erst. Man kann nicht unter Schicksalsschlägen leiden, an die man sich nicht erinnert.»

Lena hatte nie gewagt, diese unsichtbare Grenze zu überschreiten. Sie las noch einmal die Schlagzeile. «Tod in der Neujahrsnacht». Die Stimmen in ihrem Kopf überschlugen sich: «Willst du wirklich wissen, was damals geschehen ist? Was, wenn Sonja recht hat und die Wahrheit dich für den Rest des Lebens quält? Lass es. Renn weg, solange es noch geht.»

Lena zwang sich, genauer hinzusehen. «Junges Ehepaar stirbt bei Unfall an der alten Zollbrücke», stand da als Unterzeile. Darunter prangte groß der Name des Journalisten. «Von Carl Rasmus». Ein körniges Schwarz-Weiß-Foto erzählte von der aufwendigen Bergung des Unfallwagens. Im Schein provisorisch aufgebauter Scheinwerfer baumelte ein dunkler Golf, der aus der Schrottpresse zu kommen schien, am Arm des Abschleppplasters. Rechts davon beratschlagten sich eine Reihe Feuerwehrmänner. Die Sicherheitsstreifen ihrer schweren Uniformjacken leuchteten in die Nacht hinein. Fassungslosigkeit stand auf ihren Gesichtern. Die Nachtaufnahme atmete klirrende Kälte. Im Kegel des aufgebauten Notlichts tanzten dicke Schneeflocken. Bäume ächzten unter der Last des frischen Schnees.

Lena versuchte, den zugehörigen Text zu lesen. Die Namen ihrer Eltern schienen auf und verschwammen wieder. Buchstaben zappelten wie wild gewordene Hip-Hopper vor ihren Augen, bevor sie in Tränen zerliefen. Ihre Phantasie schlug Purzelbäume. Sie hörte das Quietschen der Bremsen, den schweren Schlag, sie hörte das Splittern von Glas, Metall, das zerbarst, sie roch das Benzin. Beißender Rauch stieg in ihre Nase. Sie meinte, den Frost zu spüren, der in ihre Glieder kroch, den kalten Wind, den Schnee auf ihrer Haut.

«Vielleicht ist die Uhr beim Unfall stehengeblieben», hörte sie Bobbies Stimme aus weiter Ferne an ihr Ohr dringen. «So was sieht man dauernd in Krimis.»

Es war zu viel. Der Tsunami an Gefühlen, Bildern und falschen Sinneswahrnehmungen überwältigte Lena. Sie stürzte nach draußen. Vorbei an Rasmus, der mit einem Stapel Fotos aus den Archivfluchten kam.

«Ich habe noch ein paar Originale gefunden», sagte er.

Lena rammte ihn zur Seite. Sie brauchte Luft, Licht, sie brauchte Leben um sich herum.

Zu viel und noch mehr

Alles drehte sich: Bilder, Stimmen, Geräusche. Erinnerungsfetzen stiegen auf wie Silvesterböller, leuchteten und verglühten, bevor Lena sie festhalten konnte. Ihr Kopf drohte zu platzen.

Lenas Leben kannte viele Herausforderungen: die kleinen Schwestern, Schluckauf, Frau Eisermann, Jonas. Aber das hier war unendlich viel schlimmer: die diffusen Bilder aus der Vergangenheit, dieses Gedankenkarussell, das sich immer weiterdrehte, bis ihr schlecht wurde.

Während ihre Welt aus den Fugen geriet, gingen die Menschen auf dem Wenninger-Platz ihren gewöhnlichen Tätigkeiten nach. Am Brunnen lümmelten ein paar Jugendliche herum, die Mitarbeiter der umliegenden Büros verließen allmählich ihre Arbeitsplätze, Menschen hasteten mit gefüllten Einkaufstaschen zum Bus, Touristen fotografierten sich gegenseitig vor der imposanten Gestalt des Firmengründers, die Uhr am Rathausturm sprang eine Minute weiter. Irgendwo weinte ein Kind voller Verzweiflung. Dieses Weinen traf Lena bis ins Mark. Warum tröstete keiner das Kind? Wo war es? In ihrem Kopf?

Ihr Blick streifte einen ungewöhnlichen Jungen, der sie

von seinem Platz auf einer Sitzbank unverhohlen beobachtete. Sein Gesicht war feingeschnitten, seine Haare, die er lässig nach hinten strich, fast weiß. Mit seinem langen schwarzen Mantel, den er über Jeans und weißem T-Shirt trug, sah er einfach umwerfend aus. Selbst aus der Entfernung bemerkte Lena, wie besonders seine Augen waren. Eins schimmerte blau, das andere leicht grünlich. So cool waren sonst nur Rockstars oder Hollywood-Schauspieler. Er hob leicht die Hand, als wolle er sie grüßen. Dabei war sie ihm bestimmt noch nie begegnet. Neben ihm kauerte ein Mädchen. Als wäre es eine komplizierte Yogaübung, hatte sie sich unter dem schützenden Regenschirm so weggeduckt, dass nur Zehen und Schuhe hervorblitzten.

Etwas war merkwürdig. Sie sah in die geheimnisvollen Augen des Jungen, und das Gewitter im Kopf verstummte. Er lächelte schief. Die Zeit hielt den Atem an. Es war ein winziges Verharren, ein Sprung in der Platte, eine Schaltsekunde, in der die Uhr stehen blieb. Gerade so lang wie das Zwinkern eines Augenlids. Anders als bei Jonas, auf den sie immer mit Schluckauf reagierte, fühlte der Blick dieses Jungen sich warm und vertraut an. Wie ein Magnet zogen seine Augen sie in seine Richtung.

Aufgeregtes Hupen riss sie aus dem angenehmen Gefühl heraus. Lena fuhr herum und erkannte Henriette Albers, die gerade schwungvoll auf dem Bürgersteig bremste. Nach der SMS ihrer Tochter, die es irgendwie aus dem Keller herausgeschafft hatte, war sie kurzerhand ins Auto gestiegen, um die Mädchen abzuholen. Schließlich hatte Bobbie, obwohl für später heftige Regenschauer angesagt waren, das Haus am Nachmittag ohne Schirm verlassen.

Lena drehte sich um. Doch es war zu spät. Die Bank, auf der der mysteriöse Junge eben noch gesessen hatte, war leer. Einzig ein kaputter Regenschirm, den der Wind über den Asphalt trieb, erinnerte an die Anwesenheit des seltsamen Duos. Noch bevor sie sich weiter wundern konnte, öffnete sich die Eingangstür vom *Morgen*, und Bobbie stürmte heraus.

Lenas Beine fühlten sich schlapp an, als sie sich in das Polster des Autositzes fallen ließ. In der Hoffnung, einen weiteren Blick auf den Jungen erhaschen zu können, drehte sie sich immer wieder um, bis der Wenninger-Platz ihrem Sichtfeld entschwunden war. Der Junge war wie vom Erdboden verschluckt. Lena fühlte einen Anflug von Enttäuschung. Nachdenklich strich sie über den Chronometer an ihrem Handgelenk. Er war warm. Beschwor die Uhr Kräfte herauf, die sie nicht unter Kontrolle hatte? Sie spürte Bobbies Hand, die nach ihrer griff, und fühlte sich gleich ein wenig besser. Mit der anderen Hand zog Bobbie verstohlen einen dicken Manila-Umschlag unter ihrer Bluse hervor.

«Für dich», sagte sie. «Darin ist alles, was du wissen musst.»

Ist da jemand?

Der braune Umschlag lag ungeöffnet auf dem Schreibtisch. Lena traute sich nicht, das Paket zu öffnen. Als ob der Tod der Eltern erst dann unwiderruflich und endgültig würde, sobald sie die Details kannte. Sie fühlte sich nicht stark genug, die Einzelheiten des Unfalls nachzulesen. Noch nicht. Doch schlafen konnte sie ebenso wenig. Wann immer sie die Lider schloss, sah sie den ungewöhnlichen Jungen mit den verschiedenfarbigen Augen vor sich. Der flüchtige Blickwechsel hatte sich auf ihre Netzhaut gebrannt. Sie spürte, dass es einen Zusammenhang gab zwischen der Uhr, dem Unfall und der geheimnisvollen Gestalt auf der Bank. Warum war er so plötzlich verschwunden?

Die halbe Nacht wälzte sie sich in ihrem Bett hin und her und lauschte in das Dunkel. Irgendwann bog ein Auto auf den Parkplatz, die Schranke surrte in die Höhe, und das Licht der Scheinwerfer traf ihr Fenster. Schatten tanzten über ihre Wände. Vertraute Geräusche vermittelten den Eindruck von Normalität: Eine Autotür klappte auf und zu, Schritte bewegten sich über den Vorplatz. Der Wind trug gedämpfte Stimmen an ihr Ohr, das Quietschen der Rolltore und das charakteristische Rattern der Gepäckwagen. Menschen brachten und holten Gegenstände aus dem Lager. Um 2 Uhr hielt sie es nicht mehr aus. Sie erhob sich aus ihrem Bett und lugte verstohlen hinter der Gardine hervor auf den nächtlichen Parkplatz. Der Schriftzug *Citybox* spiegelte sich in schmutzigen Pfützen, ein Penner rollte einen voll beladenen Einkaufswagen über den Asphalt, Harry hockte in seiner schwach beleuchteten Box. Schlief der arme Kerl eigentlich nie? Sein Gesicht funkelte bläulich vom Widerschein des Fernsehers. Alles war ruhig.

Auf einmal gab Lenas Handy einen Ton von sich. Das Licht des Displays erhellte einen Teil des Zimmers. Jemand hatte ihr eine Nachricht geschickt. Mitten in der Nacht. Vorsichtig tastete Lena sich heran, als ginge von dem Telefon selbst eine Gefahr aus.

Geh schlafen, Lena. Morgen musst du fit sein, stand da. Die Nachricht kam von Harry. Lena kehrte verblüfft zum Fenster zurück. Harry König winkte ihr aus seiner Box zu. Wie machte er das bloß? Irgendwie tröstete es sie, dass Harry König auf sie aufpasste. Lena kuschelte sich zurück in ihre Kissen und schloss die Augen.

«Lena, steh endlich auf», «Lena, beeil dich», «Lena, Frühstück.» Lena hier, Lena da. Irgendwann musste sie eingeschlafen sein. Der Samstagmorgen begrüßte sie mit dem vertrauten Chaos. Ihre Klamotten lagen verstreut im Zimmer, die Schwestern brüllten auf dem Gang, die Zeit tickte, und das letzte Spiel der Saison stand an. Nur die geheimnisvolle Uhr, die sie am Handgelenk trug, erinnerte an ihre Abenteuer. Und der Manila-Umschlag, der sie vorwurfsvoll anblickte. Sie wollte bereits in Richtung Badezimmer stürmen, als ihr etwas Merkwürdiges auffiel. Auf dem Fensterbrett lag ihr Vokabelheft, aufgeschlagen an einer Stelle, die so gar nichts mit dem aktuellen Stand der Klasse zu tun hatte. Kapitel 12 listete weibliche Freundschafts- und Verwandtschaftsbezeichnungen auf: *Freundin – girlfriend, Mutter – mother, Tante – aunt, Tochter – daughter, Großmutter – grandmother, Enkelin – granddaughter.* Uralter Lehrstoff. Der Chor von Unkenrufern in ihrem Kopf hob zu seinem Morgenkonzert an. Diesmal waren sie ausnahmsweise einer Meinung. «Jemand war nachts in deinem Zimmer», schrien sie. Lena redete sich ein, dass der Fund nichts zu bedeuten habe. Ihre Tante hatte das Buch beim Aufräumen am Getränkeautomaten gefunden und nachts in ihr Zimmer gebracht. So musste es sein. Schluss. Aus. Alles ganz einfach.

Sie wollte an das Handballspiel denken. Und daran, dass sie Jonas sehen würde. Da hatte sie wirklich keine Zeit, den Panikmachern in ihrem Kopf zuzuhören. Sie versteckte den Manila-Umschlag in ihrem Schulrucksack, dem einzigen Platz, der vor der Neugier ihrer kleinen Schwestern sicher war. Nach dem Spiel blieb genug Zeit, sich um die Vergangenheit zu kümmern.

Trotz aller Selbstbeschwörung kehrte in ihrem Kopf keine Ruhe ein. Lena konnte es nicht greifen, nicht hören, nicht schmecken, riechen, sehen oder beweisen: Das übermächtige Gefühl, dass jemand sie beobachtete, ließ sie nicht los. Unsichtbare Augen begleiteten sie beim Zähneputzen, beim hastigen Frühstück im Stehen, sie begleiteten sie in ihr Zimmer, wo sie hastig Trikot und Sportsachen zusammensuchte. Sie begleiteten sie in den Sportpark.

Die Außenfelder der Sportanlage grenzten direkt an den Stadtpark mit dem Eichberg. Zweimal die Woche hechtete Lena im Training den steilen Hügel rauf, hoch zum Spielplatz, an der steilen Seite runter, einmal um den Ententeich, dann zurück über Berg und Parkplatz. Das Gelände bot die perfekte Strecke für das obligatorische Lauftraining der Handballer. Heute lag der Hügel in dichtem Nebel. Es herrschte eine unwirkliche Atmosphäre. Lena starrte in die graue Suppe hinein und versuchte, aus den Grautönen etwas herauszulesen. Verbarg sich dort jemand? Im Schutz der Büsche? Der fremde Junge vielleicht? Sosehr sie sich auch bemühte, die Erinnerung an seine geheimnisvolle Erscheinung schob sich dauernd vor ihre Wirklichkeit.

«Was trödelst du hier rum?», rief eine Stimme. «Wir sind viel zu spät dran.» Ihre Mannschaftskollegin Elif hakte sie unter und zog sie weiter in die Katakomben der Sporthalle.

In der Umkleidekabine führte Chloe wie üblich das große Wort. Sie sprang in BH und Unterhose herum und präsentierte nicht nur perfekte Rundungen, sondern zugleich auch ihre neuen, regenbogenfarbenen Kopfhörer.

«Eigentlich habe ich mir die zum Geburtstag gewünscht. Aber Mama hat sie mir jetzt schon gegeben. Sie hat sie beim Shoppen in London entdeckt. Ist Regenbogen überhaupt noch in?», fragte sie in die Runde. Eine Antwort erwartete sie nicht. Wozu auch? Wenn Chloe etwas neu hatte, dann war es in. Die Trends am Wenninger folgten Chloe, nicht umgekehrt.

Lena stellte ihre Tasche neben Bobbie ab, die sich in den hintersten Winkel der Kabine zurückgezogen hatte. Sie versank beinahe in den schwarzen Turnhosen und dem orangefarbenen Shirt. Das Trikot schlotterte an ihrem Körper wie ein schlecht sitzendes Faschingskostüm. Dass Bobbie als Mitglied im Mannschaftskader akzeptiert wurde, lag weniger an ihrem Talent als am unermüdlichen Einsatz ihrer Mutter für den Club. Bobbie wäre nie freiwillig in einen Sportverein gegangen. Sie war von Henriette Albers zwangsverpflichtet, die alles daransetzte, ihre Stubenhockerin hinter den Lehrbüchern hervorzulocken.

«Ein Teamsport», dozierte sie gerne, «unterstützt die gesunde, sozio-emotionale Entwicklung junger Frauen. Vor allem ein körperlicher Sport wie Handball.»

Lena war der Star der Mannschaft, Chloe das Aushängeschild, Elif die auffallendste Gestalt (als gläubige Muslima spielte sie mit einem elastischen Tuch um den Kopf), alle anderen Mittelfeld. Für Bobbie blieb die Rolle als schwächstes Glied.

«Und? Was sagst du zu dem Artikel?», fragte Bobbie.

«Noch nicht gelesen», gab Lena ehrlich zu. «Mir ist jetzt schon schlecht.»

Ihre Freundin nickte verständnisvoll. «Ich habe was für dich», sagte sie.

Sie wühlte in ihrer Sporttasche und drückte Lena etwas in die Hand: ein Bonbon in buntem Glitzerpapier.

«Ich habe die ganze Nacht daran gearbeitet», sagte sie und blinzelte verschwörerisch.

Erst als Bobbie einmal theatralisch hickste, begriff Lena, worum es ging. Eine Freundin wie Bobbie war wirklich Gold wert. Leider bekam Lena schneller Gelegenheit, die Erfindung auszuprobieren, als ihr lieb war. Auf dem Weg in die

Halle stießen sie auf Jonas. Er schleppte schwer an einem Bauchladen mit Getränken, Süß- und Knabberzeug, die er in der Halle verkaufen würde. Lena warf das Bonbon ein und bereute ihre Aktion im selben Augenblick. Ein widerlicher Geschmack breitete sich auf ihrer Zunge aus.

«Was ist das?», ächzte sie.

Ihr Mund zog sich zusammen, Tränen liefen ihr über die Wangen. Sie japste nach Luft.

«Eine Kombination aus Zucker, Chili und Essigessenz», erklärte Bobbie. «Das erschreckt die Nerven in Mund und Hals, sodass sie nicht mehr in der Lage sind, den Befehl zum Hicksen weiterzugeben.»

Bobbies Idee funktionierte perfekt. Lena hickste nicht mehr, sondern würgte.

«Bei der Gestaltung des Geschmacks ist deutlich Luft nach oben», ächzte sie und rannte an Jonas vorbei Richtung Toilette.

Bobbie verzichtete auf weitere Erklärungen. Sie grinste ihren alten Kindergartenfreund schief an.

Alles oder nichts

Gerade noch rechtzeitig! Zwanzig Sekunden vor dem Start des Spiels stürzte Lena auf das Feld. Vermutlich war sie noch ein bisschen blass um die Nase, aber schluckauffrei und hochmotiviert. In der Halle tobte das Publikum. Anders als an normalen Wettkampftagen war die Tribüne gut besetzt. Auf den Bänken saßen Väter, Mütter, Opas, Omas, Freunde und Geschwister dichtgedrängt, um ihre jeweilige Mannschaft zur Meisterschaft zu jubeln. Bobbie winkte gequält ihrer überambitionierten Mutter, die begeistert ein Spanntuch mit der Aufschrift Go, *Roberta, go* schwenkte.

«Sie hat das Prinzip Teamsport noch nicht richtig begriffen», sagte Bobbie müde und nahm auf der Ersatzbank Platz.

Harry König pfiff das Spiel an. Schwarz-Orange gegen Rot-Weiß. Es ging um alles. Sieben Mädchen standen für jedes Team auf dem Feld, vier weitere warteten auf der Bank auf Einwechslung. Mit den ersten Spielzügen entspannte sich Lena. Das Handballfeld war der einzige Ort der Welt, an dem ihre Gedanken zum Stillstand kamen. Sie rannte, prellte, fälschte ab, errang den Ball und kämpfte sich los. In der Sporthalle verblassten alle Probleme: ihre komplizierte Familie, die Schwestern, Bio, die Vergangenheit, selbst der

Junge mit den verschiedenfarbigen Augen verschwand aus ihrem Kopf. Beim Handball zählten nur zwei Dinge: Wo ist der Ball, und wo ist das Tor? Sobald Lena das Leder in ihrer Hand hielt, verstummten die Stimmen. Es gab nur noch den Trainer, der von der Seitenlinie ununterbrochen seine Anweisungen ins Feld brüllte.

«Wach werden, ihr Schlafmützen. Kommt in Bewegung. Abwehr enger zusammen, Torchancen nutzen. Nach rechts, Lena, du musst über die rechte Seite. Wollt ihr torlos enden?»

Lena galt nicht umsonst als eine der besten Spielmacherinnen des Clubs. «Sie hat Durchsetzungsvermögen und Ballgefühl», lobte ihr Trainer immer. In Wirklichkeit hieß ihr Erfolgsgeheimnis Bobbie. Die konnte weder schnell rennen noch hoch springen, passen oder gar werfen. Oft verlor sie den Ball beim einfachen Prellen, ganz sicher aber, wenn sie von einer Hand auf die andere wechselte.

«Was Handball betrifft, bin ich eine Ente», sagte sie oft. «Enten können laufen, fliegen, tauchen, schwimmen und singen. Gemessen an anderen Kreaturen nichts wirklich gut.»

Ihre ewigen Stunden auf der Ersatzbank hatte Bobbie genutzt, sich in Handballtheorie zu vertiefen.

«Handball ist wie Schach», behauptete sie. «Alles eine Frage von Taktik.»

Auf dem Feld mochte sie eine Niete sein, in Strategie übertrumpfte sie alle. Leider wollte niemand ihre Ideen hören. Am allerwenigsten ihr Trainer.

«Nach rechts, Lena», brüllte der Trainer. «Du musst über die rechte Seite.»

«Nach links, Lena. Nach links», rief Bobbie.

Lena vertraute ihrer Freundin blind. Während ihr Trainer noch schwamm, hatte Bobbie vermutlich längst das Muster durchschaut, nach dem Rot-Weiß seine Abwehr organisierte. Lena täuschte eine Rechtsbewegung vor und prellte den Ball in einem überraschenden Manöver in die linke Hand. Von ihrer Position im Rückraum rollte sie über die Außenbahn gekonnt das Feld von hinten auf, wuselte mit dem Ball an Chloe vorbei, die mal wieder im Weg stand, weil sie zu sehr damit beschäftigt war, gut auszusehen. Drei Gegnerinnen blockierten den Zugang zur Siebenmeterzone. Lena drückte sich ab und schoss in die Höhe. Mit dem rechten Ellenbogen wehrte sie die Verteidigerin ab, mit der Linken holte sie aus, drehte den Rumpf in der Luft und feuerte auf das Tor. Sie beendete ihren phänomenalen Alleingang mit einem Treffer aus einem unmöglichen Winkel. Bobbie sprang von der Bank auf, das Publikum tobte, Jonas pfiff auf seinen Fingern. Selbst der Unparteiische, Harry König, konnte sich ein anerkennendes Grinsen nicht verkneifen. Alleine der Trainer grummelte.

«Halt du dich in Zukunft raus», zischte er Bobbie an.

Als Lenas Blick auf die Tribüne fiel, wich ihre Freude bitterer Enttäuschung. Die für ihre Familie reservierten Sitze waren leer geblieben. Bis zuletzt hatte Lena gehofft, dass Sonja ihre Meinung änderte und sie live demonstrieren konnte, warum Handball mehr war als ein Hobby. Das offenkundige Desinteresse traf Lena bis ins Mark.

The game must go on. Lenas Mitspielerinnen bekamen ihren Frust deutlich zu spüren. Verbissen rempelte Lena Chloe aus dem Weg und foulte sich an der gegnerischen Mannschaft vorbei, als die Saaltüren aufschwangen und ein verspäteter Zuschauer die Sporthalle betrat. Im Laufen erkannte Lena eine blasse, fast weißhaarige Gestalt. Der Junge, der Junge vom Wenninger-Platz, er war hier, in der Sporthalle. Aus dem Augenwinkel beobachtete sie, wie ein sehr viel kleineres, asiatisches Mädchen mit blasslilafarbenen Haaren ihn mit Händen und Füßen am Betreten des Spielfelds hindern wollte. Irgendwann gab sie auf und verschwand schimpfend. Lena stolperte orientierungslos durch die Halle und verlor einen sicher gewähnten Ball. Ein ohrenbetäubendes Pfeifkonzert brandete auf, gepaart mit Johlen von den gegnerischen Rängen, Chloes Ellenbogen bohrte sich wütend in ihre Seite. «Was machst du für einen Scheiß?», brüllte sie.

Lena hielt in der Bewegung inne. Sie konnte den Blick nicht abwenden von dem wundersamen Besucher, der mit seinem wehenden schwarzen Mantel anders aussah als alle Jungen, denen Lena bislang begegnet war. Wie alt mochte er sein? Eine Sonnenbrille verhinderte jede vernünftige Schätzung und verwehrte den Blick auf seine geheimnisvollen Augen.

Um sie herum tobten die Spieler und Spielzüge, für Lena stoppte die Zeit. Von ferne drang Harrys Pfeifen an ihr Ohr, die Anfeuerungsrufe von Bobbie vibrierten durch die Luft. Lena sah das verzerrte Gesicht ihres Trainers, der sich wie in Zeitlupe bewegte. Seine Arme ruderten, als wolle er zum Rundflug abheben, sein Mund öffnete und schloss sich, die Augen schienen aus den Höhlen zu quellen, so laut brüllte er. Keines seiner Worte erreichte Lena. Der Fremde zog sie ganz und gar in seinen Bann. Seine Hosen hatten Hochwasser und entblößten nackte Fesseln in weißen Turnschuhen.

Die Sohlen quietschten auf dem weichen PVC-Belag, als er mit selbstbewusstem Schritt näher kam.

Ein heftiger Windstoß wirbelte durch die Halle. Die Zeiger der Turnhallenuhr, die eben noch 15 Uhr 08 anzeigten, kreisten wild, als wären es die Rotorblätter eines Hubschraubers. Entgeistert zog Lena Chloe am Ärmel und zeigte auf die Uhr. Doch die reagierte nicht. Genauso wenig wie Elif und Sophie. Wieso interessierte sich niemand im Publikum für das sonderbare Schauspiel? War sie wirklich die Einzige, die bemerkte, dass die Zeit aus den Fugen geriet? Um sie herum wurde ungerührt weitergespielt. Als die Uhr zum Stillstand kam, zeigte sie 15 Uhr 01 an.

Harry König pfiff das Spiel an. Schwarz-Orange gegen Rot-Weiß. Es ging um alles.

Wie konnte das sein? Was passierte mit ihr?

«Wach werden, ihr Schlafmützen. Kommt in Bewegung», brüllte der Trainer. «Abwehr enger zusammen, Torchancen nutzen. Nach rechts, Lena, du musst über die rechte Seite. Wollt ihr torlos enden?»

Lena Blick streifte die Anzeigetafel. 0:0? Eben hatte sie den Ball im Netz versenkt und für ihre Mannschaft die Führung erkämpft. Wieso zeigte das Bord keinen Treffer an? Niemand außer ihr schien irgendetwas Komisches an der Situation zu finden. Niemand reagierte auf den Jungen, der über das Spielfeld spazierte. Dabei stand Harry König nur ein paar Meter von ihm entfernt.

«Nach rechts, Lena», brüllte ihr Trainer. «Du musst über die rechte Seite.»

«Nach links, Lena», rief Bobbie wieder – genau wie vorher schon einmal.

Alle Szenen spielten sich ein zweites Mal vor ihren Augen ab. Dieselben Dialoge, dieselben Pässe, dieselben Kommandos von König, dieselben Einwände von Bobbie.

«Nach links», brüllte sie.

Die Welt um sie herum verschwamm. Es gab nur noch sie und den Jungen. Er schien sie aufzufordern, mit ihm zu kommen. Lena verstand ihn, ohne dass er seine Botschaft laut aussprechen musste. Der Ball flog in einer geraden Linie direkt auf sie zu. Chloe trabte in ihre Richtung. Eben hatte Lena die Mannschaftsführerin rabiat zur Seite gedrückt, doch anstatt das Leder ein zweites Mal zu fangen und, wie zuvor, Richtung Tor zu ziehen, bewegte Lena sich wie ferngesteuert auf den Jungen zu.

Der Ball knallte ihr hart ins Gesicht. Lena ging sang- und klanglos zu Boden: Sie kippte rückwärts. Ihr Hinterkopf donnerte auf den harten Betonboden, der nur mit einer dünnen PVC-Schicht überzogen war. Reglos blieb sie liegen, die Augen starr zur Decke gerichtet. Ein kollektiver Aufschrei bebte durch die Halle, Bobbie schnellte von der Bank hoch, Frau Albers schlug entsetzt die Hände vor den Mund. Schockstarre ergriff ihre Mitspielerinnen. Lena nahm die entsetzten Gesichter um sich herum nicht wahr. Ihre Welt bestand nur noch aus diesem mysteriösen Jungen, der seine Hand ausstreckte, um ihr hochzuhelfen. Er nahm die Brille ab, sein Lächeln füllte den Raum, seine Augen – eins blau und eins grün – blitzten sie frech an. Ein noch nie erlebtes Gefühl machte sich in Lena breit. Es fühlte sich an wie heißer Tee an einem klirrend kalten Schneetag, das letzte Teil beim Puzzle einzufügen, den vermissten Hausschlüssel zu finden oder am letzten Schultag vor den großen Ferien die Schultür hinter sich zuzuschlagen in der tiefen Gewissheit, nach einem langen Sommer als eine andere zurückzukehren. Die Luft flirrte sonderbar. Der Junge wirkte vertraut und fremd zugleich. An seinem Handgelenk trug er einen Chronometer, der haargenau so aussah wie ihrer. Dasselbe rätselhafte Zifferblatt, dieselben Knöpfe am Rand, dasselbe glänzende Gliederarmband. Und doch gab es einen Unterschied. Anders als ihre Uhr sendete sein Chronometer unbegreifliche Lichtsignale. Sie spürte eine warme Welle an ihrem Handgelenk, als kommunizierten die Zeitmesser miteinander. Lena wunderte sich über nichts mehr. Es schien alles logisch, so passend, wie Zahnräder, die nahtlos ineinandergriffen. Lena streckte die Hand aus, als sich Harrys Gesicht vor den Jungen schob. Ein nasser Schwamm klatschte ihr ins Gesicht. Eiskaltes Wasser lief ihr in Augen, Nase, Mund und Ohren. Lena schnappte nach Luft. Verzweifelt probierte sie hochzukommen. Sie fühlte diesen unstillbaren Drang, dem Jungen zu folgen. Mit aller Kraft kämpfte Lena sich frei und fuhr hoch. Der Junge mit dem hellen Haar und den ungleichen Augen hatte sich in Luft aufgelöst. Die Zeit fand wieder in ihren gewohnten Gang.

Zurück blieb ein Gefühl unendlicher Leere.

Gute Nacht, Lena

Erschöpft sank Lena in ihr Kopfkissen. Harry hatte darauf bestanden, sie höchstpersönlich nach Hause zu bringen. Lena hatte nicht einmal mehr Gelegenheit gehabt, mit Bobbie zu sprechen. Sie fühlte sich ausgelaugt, verwirrt, schwach, müde, und das alles gleichzeitig.

«Wir dürfen kein Risiko eingehen», sagte Harry. «Mit einer Kopfverletzung ist nicht zu spaßen.»

Lena wäre lieber in der Sporthalle geblieben. Dort, wo ihre Mannschaft einen knappen Sieg über Rot-Weiß feierte. Dort, wo sie dem geheimnisvollen Jungen begegnet war. Sie ärgerte sich über sich selber. Warum hatte sie nicht schneller reagiert? Warum war sie nicht auf ihn zugegangen? Sie hätte ihn nach seinem Namen fragen können. Einmal zu Hause, war sie sich nicht mehr sicher, ob sie sich ihn und seine übermenschlichen Fähigkeiten eingebildet hatte. Verfügte dieser Junge wirklich über die Kraft, auf zauberhafte Weise die Zeit neu zu ordnen? Oder ging die Phantasie mit ihr durch? So wie Sonja immer sagte? Hatte sie sich durch merkwürdige Klamotten, wundersame Augen und eine unkonventionelle Haarfarbe blenden lassen? Vielleicht war er der exzentrische Freund einer Spielerin, ein Bruder, jemand vom Club? Und der Chronometer, der seit der Begegnung mit dem Fremden eigentümliche Signale absonderte: Vermutlich hatte der Sturz lediglich einen eingerosteten Mechanismus in Gang gesetzt.

Morgen würde sie Chloe fragen. Chloe kannte alle und jeden und vielleicht auch den fremden Jungen.

Lena kramte ihr Telefon hervor. Bilder in den Social Networks zeigten ihr, was sie alles verpasst hatte: das letzte Tor, die Umarmungen der Siegermannschaft, Chloe mit Pokal, Jonas mit regenbogenfarbenen Kopfhörern. Mit jedem Bild, das auf ihrem Account auftauchte, rutschte Chloe ein Stück näher an Jonas heran. Die Bilder schienen wie aus einem anderen Leben, zu dem sie nicht mehr dazugehörte.

Von unten tönte ausgelassenes Lachen durch das Haus. Lena wunderte sich. Sonja gurrte und kicherte. Ein bisschen zu laut und ein bisschen zu aufgesetzt. Neugierig tappte Lena auf den Gang. Von der Treppe aus hatte sie einen guten Blick ins Untergeschoss. Ihre Tante tänzelte gutgelaunt mit einer leeren Flasche Rotwein Richtung Küche, nur um binnen Sekunden mit einer neuen Flasche ins Wohnzimmer zurückzukehren. Und das nicht, ohne im Flurspiegel Haare, Make-up und Ausschnitt zu korrigieren. So gelöst hatte Lena ihre Tante seit Ewigkeiten nicht erlebt. Auf Zehenspitzen nahm Lena die Treppenstufen nach unten. War Hugo zu seiner Familie zurückgekehrt? Durch den Türspalt erspähte sie ein Paar Turnschuhe mit grellorangem Flammenmuster, Tennissocken, eine schwarze Jeans und dann den Mann, der auf dem Sofa Platz genommen hatte. Harry König wirkte, als wäre er im verkehrten Film gelandet. Der durchtrainierte Mann sah nicht aus wie jemand, der gerne wohltemperierten Rotwein trank oder sich auf roten Plüschsofas wohlfühlte.

«Merkwürdig, dass wir noch nie Gelegenheit hatten, uns besser kennenzulernen», sagte Sonja und goss nach.

«Es war mir wichtig, dass Sie Bescheid wissen», sagte Harry. «Lena wirkte in letzter Zeit so bedrückt.»

Lena schnappte nach Luft. Was wusste Harry König schon über ihr Leben?

Sonja sah es offenbar genauso. «Sie ist fünfzehn», fiel sie ihrem Angestellten ins Wort. Als ob das Alter eine umfassende Erklärung für alles lieferte.

«Hat sie so was öfter?», fragte Harry. «Sie sah aus, als wäre sie einem Geist begegnet.»

Lena hielt den Atem an. Sie wartete darauf, dass Harry den Jungen erwähnte. Doch nichts. Die Erkenntnis, dass der Mann, dem kaum etwas entging, den Jungen übersehen hatte, verstörte sie fast noch mehr als die Tatsache, dass die beiden sich über sie unterhielten.

Die Tante zuckte mit den Schultern. «Sie hat eine blühende Phantasie.»

«Wussten Sie, dass Lena sich oft im Lager herumtreibt? Sie fragt unseren Kunden Löcher in den Bauch. Sie will alles von früher wissen.»

Lena schrak zusammen.

Die Tante wedelte aufgeregt mit den Händen. «Ich will so was nicht wissen», wehrte sie ab. «Mir reichen die Probleme, die ich bereits auf dem Tisch habe. Neue brauche ich wirklich nicht.»

«Ich bin auf Ihrer Seite», sagte König. «Mir geht es um Lena.»

Die Tante versank in düsteres Schweigen.

«Es kann nicht gut sein, Probleme in sich reinzufressen», sagte Harry.

«Lena geht es gut», sagte Sonja, die sich deutlich angegriffen fühlte. «Wir haben das Kind so gut aufgefangen, wie uns das möglich war. Sie hat alles, was sie braucht.»

Harry König rutschte ein Stück näher an sie heran und packte ihre Hände.

«Was ist los, Sonja?», fragte er.

Ihre Tante kämpfte mit den Tränen. Ihr fiel nicht einmal auf, dass er sie zum ersten Mal mit dem Vornamen angesprochen hatte. «Ich mache mir Sorgen, dass sie so wird wie ihre Mutter», platzte sie auf einmal heraus.

«Wäre das so schlimm?», fragte Harry nach.

Sonja nickte. «Rhea war überirdisch schön, aber schrecklich nervös und überängstlich. Sie sah am helllichten Tag Gespenster. Überall witterte sie Gefahren und Verfolger. Ich durfte Lena nicht mal anfassen. Niemand aus der Familie durfte das Kind anfassen. Rhea wirkte, als wäre der Teufel hinter ihr her.»

Lenas Nackenhaare stellten sich auf. Die Geständnisse ihrer Tante kamen aus heiterem Himmel. Sie hatte Sonjas Vorbehalte gegenüber Rhea immer gespürt, auch wenn sie nie ein Wort darüber verloren hatte.

«Und Ihr Bruder?», erkundigte sich König.

«Ich habe ihn nie darauf angesprochen», gab Sonja zu. «Unsere Beziehung war nicht sehr vertraut. Wir hatten den gleichen Vater, sind aber getrennt aufgewachsen. Mit Rhea hat er sich vollkommen aus unserer Familie zurückgezogen. Die wollten nur zu dritt sein.»

«Sie waren frisch verliebt», verteidigte Harry das junge Paar. «Da hat man so was manchmal.»

Sonja schüttelte einfach nur den Kopf. «Das war es nicht. Da war etwas anderes. Eine große dunkle Wolke schwebte über ihr.»

Sie verfiel in Nachdenken.

König startete einen neuen Versuch. «Ich weiß, wie das ist. Ich habe meine Familie früh verloren. Wenn Sie wollen, kann ich …»

Sonja ließ ihn gar nicht erst ausreden. «… mit Lena? Kommt gar nicht in Frage. Die alten Geschichten machen nur traurig.»

«Es kann Lena helfen, einmal mit einem Unbeteiligten über den Verlust ihrer Eltern zu sprechen», sagte König.

«Wozu? Kein Gespräch kann ungeschehen machen, was damals passiert ist. Ich will, dass sie wie ein ganz normales Mädchen aufwächst.»

«Und was, wenn Lena nicht so ist wie jedes andere Kind?», unternahm Harry einen letzten Versuch.

Die Tante sprang auf und räumte energisch die Gläser ab.

«Am besten, Sie gehen jetzt.», sagte sie. «Ich verbiete Ihnen, Lena mit so was zu belasten. Je weniger wir an alten Wunden rühren, umso besser für das Kind.»

Spuren im Schnee

Lena eilte die Treppe nach oben. Das alles war hochgradig verwirrend. Eine Familie, die die Vergangenheit wegstopfte. Eine Uhr, die ein Datum anzeigte. Ein Unfall, über den gelogen wurde. Ein Junge, der über magische Kräfte verfügte.

Sie schlüpfte zurück in ihr Zimmer, griff unter das Bett und zog ihren Rucksack hervor. Der braune Manila-Umschlag brannte förmlich in ihren Händen. Sie hatte keine Wahl. Wenn sie ihre eigene Geschichte je verstehen wollte, musste sie den Mut haben, sich mit dem Tod der Eltern auseinanderzusetzen. Mit einem energischen Zug riss Lena den Umschlag auf. Ihr Herz klopfte bis zum Hals, als ihr die Originalzeitung mit den Berichten aus der Silvesternacht entgegenfiel. Mit zitternden Händen schlug sie die Seiten um, bis sie auf die bekannte Seite stieß. Lena atmete tief durch und zwang sich, den Text zu lesen, bevor die Stimmen sich meldeten.

Tod in der Neujahrsnacht
Junges Ehepaar stirbt bei Unfall
an der alten Zollbrücke
Von Carl Rasmus

Ein tragischer Unfall ereignete sich am Silvesterabend auf der B375 an der alten Zollbrücke. Gegen 19.30 Uhr kam ein mit drei Personen besetzter VW Golf von der Straße ab und stürzte mehrere Meter in die Tiefe. Trotz unmittelbaren Eintreffens von Feuerwehr und Polizei kam für zwei der Insassen jede Hilfe zu spät. Rhea und Thomas F. (beide 24) erlagen noch an der Unfallstelle ihren Verletzungen. Wie durch ein Wunder überlebte die dreijährige Tochter ohne nennenswerte Verletzungen. Die Polizei fahndet momentan nach Verwandten. Näheres über die Unfallursache sei noch nicht bekannt, teilte eine Sprecherin des Polizeipräsidiums mit. Gerüchte über ein zweites Fahrzeug, das in den Unfall verwickelt war, wollte sie nicht bestätigen. Die Brücke wurde für Untersuchungen gesperrt. Bis 23 Uhr bildete sich ein Rückstau von dreizehn Kilometern.

Der Zeitung hatte Carl Rasmus einen Stapel Schwarzweißfotos von der Unglücksstelle beigelegt. Die Aufnahmen dokumentierten die halbverschneiten Autospuren, das Wrack und umherliegende Gegenstände. Auf der weichen Schneedecke verstreut lagen ein aufgeplatzter Koffer, Kleidungsstücke, ein Karton mit Geschirr, Bücher und eine kaputte Puppe mit verdrehten Gliedern. Es waren die Gegenstände, die sie in Box 187 gefunden hatte. Eine Welle von Traurigkeit überwältigte Lena. Die Flut der Bilder stoppte auch nicht mit geschlossenen Lidern. Sie sah ihre Eltern, die in aller Eile den dunkelblauen Golf beluden. Sie sah das Auto hohem Tempo über die dunkle Landstraße jagen. Sie sah ihre Mutter, die sich hektisch umdrehte. Sie sah die grellen Scheinwerfer in der rückwärtigen Scheibe, hörte die aufdringliche Hupe, sie spürte einen harten Aufprall. Die Erkenntnis traf sie wie ein Hammerschlag. Die Unfallbilder in ihrem Kopf, die Geräusche, die Erinnerungen an Gerüche und die Kälte des Schnees: das waren keine Ausgeburten einer blühenden Phantasie. Ihre Eltern waren nicht auf dem Weg zu einer ausgelassenen Silvesterparty gewesen, sie waren auf der Flucht. Und Lena war bei ihnen.

In einem zweiten Artikel vom 22. Juli 2007 berichtete Carl Rasmus von der Einstellung der Ermittlungen und der Unterbringung des Mädchens bei ihrer Tante. «Der kleinen Lena geht es den Umständen entsprechend gut», las sie.

Das war eine glatte Lüge. Fassungslos saß Lena vor dem Material. Die Bilder in ihrem Kopf waren fragmentarisch, verborgen unter einer dicken Schicht, unklar. Sie kam sich vor wie eine dieser ineinandergeschachtelten russischen Puppen. Wie in einer Matrjoschka existierten in ihr verschiedene Lenas. Kleine Lenas, an die sie sich nur bruchstückhaft erinnerte. Nachdenklich betrachtete sie das Dreierporträt über ihrem Bett.

«Ich kriege raus, was damals passiert ist», versprach sie. Sie würde diejenigen finden, die für den Tod ihrer Eltern verantwortlich waren. Doch dafür musste sie das Geheimnis, das ihre Mutter umwehte, lösen. Der Weg, das spürte sie, führte über die geheimnisvolle Uhr.

20

Ich komme nicht mit

Wo blieb Bobbie nur? Seit zwanzig Minuten drückte Lena sich auf dem Spielplatz der hügeligen Grünanlage herum. Die dicken Büsche, die den Stadtpark vom Sportgelände abgrenzten, gaben ihr Deckung und Schutz vor neugierigen Blicken. Von hier oben konnte Lena das Treiben beobachten, ohne selbst gesehen zu werden. Auf dem Parkplatz vor der Sporthalle herrschte aufgeregtes Treiben. Überall wuselten Handballer herum. Die Betreuer hatten alle Hände voll zu tun, Kinder, Taschen, Zelte, Schlafsäcke und Sportausrüstungen gleichmäßig auf die wartenden Busse zu verteilen. Der Handballverein brach ins traditionelle Pfingstlager auf.

Lena beobachtete den Rummel mit einem Gefühl von Abstand. Vor ein paar Tagen hatte ihr die Aussicht, ein paar Tage mit Jonas zu verbringen, Schmetterlinge im Bauch verursacht. Seit sie den Chronometer gefunden hatte, betrachtete sie ihr altes Leben wie durch eine Glasscheibe, die ihr den Rückweg in die Normalität versperrte. In der Nacht hatte sie gemeinsam mit Bobbie einen Schlachtplan ausgeheckt.

Ein Geräusch riss sie aus ihren Gedanken. Lena fuhr herum. Hinter ihr raschelte etwas im Gebüsch. Äste knackten, schweres asthmatisches Atmen ließ die Blätter erzittern. Ein Paar brauner, nasser Augen, so groß und rund, dass sie das Weiß im Auge verdrängten, blickten sie durchdringend an. Bevor Lena begriff, was vor sich ging, brach ein übergewichtiger Mops kläffend aus dem Dickicht hervor. Er fletschte seine Zähne, ungehalten darüber, dass jemand es wagte, seinen Lieblingsbaum zu blockieren. Seine Besitzerin, ebenso missmutig wie ihr Hund, leitete in einiger Entfernung eine Gruppe übergewichtiger Männer zu Fitnessübungen an. Der Eichberg war sommers wie winters ein beliebter Erholungsort. Der Text auf ihrem T-Shirt, *Zieh Leine. Ich bin eine Mops-Mama*, verhieß nichts Gutes. Weder für die Männer noch für Lena. Bloß keine Aufmerksamkeit auf sich ziehen! Lena machte gute Miene zum bösen Mops. Ein Stück Wurstbrot wirkte Wunder: Beim ersten Bissen, den Lena ihm hinwarf, schlug die Empörung des Mopses um in Schockverliebtheit und Hungerattacke. Wo das Stück Wurstbrot herkam, verbargen sich womöglich weitere Köstlichkeiten. Man musste nur genug wedeln und bellen.

Lena atmete erleichtert auf, als der rote Volvo von Bobbies Mutter schwungvoll auf den Parkplatz bog. Eine Nachricht ging auf ihrem Handy ein. **Schnell meine Mutter verabschieden**, schrieb Bobbie. Lena antwortete sofort: **Warte oben beim Spielplatz**.

Angespannt beobachtete sie, wie ihre Freundin aus dem Auto stieg. Entgegen allen Hoffnungen der Mädchen hatte Henriette Albers nicht vor, Bobbie ohne ausführliche Verabschiedung ins Pfingstlager zu entlassen. Mit energischen Schritten bahnte sie sich mit dem übergroßen Koffer ihrer Tochter den Weg Richtung Bus.

«Ich habe dir einen warmen Schlafanzug eingepackt», sagte sie, während Bobbie neben ihr her trottete und es kaum erwarten konnte, endlich mit Lena zu sprechen. «Am See wird es abends empfindlich kalt, vor allem im Zelt. Und nicht vergessen, dich einzucremen. Ich habe mich im Internet informiert, die Sportfelder liegen den ganzen Nachmittag in der prallen Sonne.»

Dank der tatkräftigen Unterstützung ihrer Mutter war Bobbie für einen mehrjährigen Aufenthalt in unterschiedlichsten Klimazonen ausgerüstet. Neben Schlafsack, Isomatte und Zelt schleppte sie Kleidung für jede erdenkliche Wetterkatastrophe mit sich. Bobbie brauchte weder arktische Kälte noch sintflutartige Regenfälle oder tropische Hitzewellen zu fürchten.

Frau Albers ließ nicht locker. «Du musst sagen, dass dir im Bus schlecht wird, dann setzen sie dich in die erste Reihe», empfahl sie.

Bobbie rollte ihre Augen gen Himmel. Ihre Mutter begriff nicht, dass die Verteilung der Sitze in Bussen ähnlichen Regeln unterworfen war wie die Aufteilung im Klassenzimmer. In der ersten Reihe drückten sich ausschließlich Nerds, Blinde und Lehrers Lieblingskinder herum, mit denen niemand etwas zu tun haben wollte. Hinten im Bus saßen die Coolen mit den Megaboxen, den vielen Freunden und dem heimlichen Vorrat an verbotenen Energydrinks.

«Mir ist noch nie im Bus schlecht geworden», protestierte Bobbie.

«Du bist noch nie länger mit dem Bus gefahren», wandte ihre Mutter ein. «Mir wird immer übel im Bus. Das ist was Genetisches.»

«Mama», stöhnte Bobbie entnervt auf. «Ich mach das schon.»

Mit Müh und Not hatte Bobbie verhindern können, dass Henriette Albers sich als freiwillige Begleitung für das Pfingstlager meldete.

«Hast du die Packliste gelesen?», hatte Bobbie sich gewehrt. «Da steht nichts davon, dass man Mama und Papa mitbringen soll.»

Von ihrem erhöhten Standpunkt beobachtete Lena ungeduldig, wie Frau Albers sturzflutartig auf ihre Tochter einredete. Wieso dauerte das so lange? Der Mops, missmutig wegen Lenas fehlender Zuwendung, ging zur Selbstbedienung über und versenkte seinen dicken Körper in Lenas Rucksack. Lena wollte ihn eilig wegziehen, doch zu spät. Jeden Versuch, wenigstens einen Teil ihrer Wegzehrung zu retten, quittierte der Hund mit wütendem Gekläffe. Wenn Bobbie ihre Mutter nicht schnell abwimmelte, blieb Lena kein Proviant mehr für die Reise.

«Wenn du uns erreichen willst ...», begann Frau Albers und rupfte eine fünfzehn Nummern umfassende Telefonliste aus ihrer Handtasche.

«Im Zeltlager sind Handys verboten», fiel Bobbie ihr eilig ins Wort. «Elektronische Geräte stören das Lagerleben.»

Das war glatt gelogen, fiel aber, so befand Bobbie, unter den strafmildernden Tatbestand der Notwehr. Als sie damals mit der Klasse im Skilager war, hatte Henriette Albers jeden erdenklichen Vorwand genutzt, bei der Lagerleitung anzurufen, um sich zu vergewissern, dass keine Nachricht tatsächlich eine gute Nachricht war. Die Skilehrer behandelten Bobbie wie ein rohes Ei. Nach zwei Nächten und sechsundvierzig Kontrollanrufen gab sie auf und fuhr nach Hause. Ihre Mutter war noch nicht so weit, längere Zeit alleine zu bleiben.

Peinlich berührt blickte Bobbie um sich. Andere Handball-Eltern nahmen zügig Abschied von ihren Kindern. Wenn sie überhaupt den Weg zum Bus fanden. Chloe rauschte mit Taxi und elegantem Sportkoffer an, Jonas wie üblich mit seinem Fixie-Rad. Um seinen Hals baumelten lässig die regenbogenfarbenen Kopfhörer von Chloe. Den vergleichsweise winzigen Leinensack schwang er lässig über seine Schulter. Die Klimakatastrophe würde ihn vermutlich unvorbereitet treffen.

«Und bloß nicht anrufen», sagte Bobbie. «Unter keinen Umständen.»

Wie erzogen andere ihre Eltern? Wie schaffte man es, dass Eltern sich nicht in alles einmischten? Es gab Hunderte Websites, die erläuterten, wie man mit Kindern umging, die unter Heimweh litten, keine einzige beschäftigte sich damit, wie man mit Eltern fertigwurde, die vor Sehnsucht vergingen.

Um Henriette Albers' Mundwinkel zuckte es verräterisch. Sie benahm sich, als wäre der Abschied für immer. Dabei blieben sie gerade mal fünf Tage und vier Nächte. Bobbie konnte alles gebrauchen, nur keine Mutter, die vor den Augen des gesamten Handballvereins in Tränen ausbrach.

«Du musst jetzt gehen», sagte sie entschieden.

Ungeduldig trat Lena von einem Fuß auf den anderen, bis es ihrer Freundin endlich gelang, sich der krakenhaften Umarmung ihrer Mutter zu entziehen. Hastig lief Bobbie an Chloe vorbei, die noch schnell ein Livevideo für ihre Follower drehte: «OMG, das war so krass», sprudelte sie hervor. «Das muss ich euch noch schnell erzählen. Gestern hat mein Vater versprochen, mich zu bringen. Ich also den Wecker auf 6 Uhr 20 gestellt. Killing, sage ich euch. Einfach killing. Und dann werde ich um 8 Uhr 12 wach. Hat mein Vater mich vergessen. Ich also ein Taxi gerufen. Sagen die, zwanzig Minuten warten. Spinnen die? Und dann kommt einer, der keine Ahnung von der Stadt hat ...»

Chloes Stimme ging in wüstem Bellen unter. Bobbie hatte Lenas Versteck erreicht und wurde von einem aufgebrachten Mops begrüßt. Die dicke Töle ärgerte sich über die vermeintliche Konkurrenz und schnappte eifersüchtig nach Bobbies Waden. Bobbie brachte ihn mit einer energischen Handbewegung zum Schweigen. Der Mops schlich eingeschüchtert davon, als ahne er, dass Bobbie Expertin im Sezieren von Tieren war. Lenas Wangen glühten vor Aufregung.

«Und? Hat sie geglaubt, dass wir keine Handys benutzen dürfen?», fragte sie.

Bobbie nickte: «Sie gibt sich Mühe.»

Der vorderste Bus hupte, die Handballer verschwanden in den Bussen. Es wurde Zeit. Eilig tauschten die beiden Mädchen ihre Handys aus.

«Es reicht, wenn du Sonja heute Abend auf WhatsApp schreibst, dass wir gut angekommen sind. Und ab und an mal eine Story auf Instagram posten. Und die Sachen von meinen Schwestern liken. Sonst werden die misstrauisch.»

Bobbie nickte ernst. In ihrem nächtlichen Telefongespräch waren sie übereingekommen, dass sie kein Risiko eingehen durften. Bobbie würde mit einem regelmäßigen Strom von Nachrichten aus dem Handballlager dafür sorgen, dass bei der Tante Fragen gar nicht erst aufkamen. Für den Rest sorgte eine E-Mail, die sie heimlich von einem gefälschten Account an den Verein geschrieben hatte. Der Inhalt besagte, dass Lena immer noch unter Kopfschmerzen litt und wegen Verdachts auf Gehirnerschütterung das Bett hüten musste. Mit Bobbies Hilfe hatte Lena ein halbes Dutzend medizinischer Fachbegriffe und unbegreiflicher Kürzel in den Text geschmuggelt, bis sie fanden, dass das Schreiben ausreichend nach Arztjargon klang.

Die Bushupe schallte über den Platz. Die Trainer scheuchten die letzten Spieler in die Busse.

Sie fielen sich noch einmal in die Arme. Ihre Herzen waren schwer: Was kam auf sie zu? Bobbie zog etwas aus ihrem Rucksack.

«Der passt auf dich auf», sagte sie, drückte ihrer Freundin den abgeliebten Stoffhund in den Arm und rannte den Hügel hinunter.

Lena stopfte Otto gerührt in ihre Tasche. Das gruselige Stofftier verjagte garantiert jeden Geist.

Bobbie quetschte sich an Chloe vorbei in den Bus. Erleichtert stellte sie fest, dass in der Mitte eine Bank freigeblieben war. Hinten im Bus wartete Chloes Gang auf ihre Anführerin. Die Musik dröhnte, lautes Lachen erschallte. Auch ohne Energydrinks waren sie voll in Fahrt.

Bobbie war nicht geheuer bei der Vorstellung, fünf Tage

auf sich alleine gestellt zu sein. Ohne Lena. Noch schlimmer war nur die Vorstellung, zu Hause zu bleiben. Sie drehte sich noch einmal Richtung Spielplatz um. Das Letzte, was sie sah, war ein dicker Mops, der panisch auf den Parkplatz rannte. Als hätte er einen Geist gesehen.

21
Ein Zug nach Nirgendwo

«Wohin?», bellte die Dame hinter der gläsernen Scheibe. Ihr Busen füllte die Hälfte des Fensters, die Stimme den ganzen Schalterraum.

«Eulengraben, hin und zurück», wiederholte Lena.

Bei ihrer Recherche hatte sie nicht einmal herausbekommen, ob sich hinter dem Begriff «Eulengraben» ein Gebiet oder ein konkreter Ort verbarg. Sie vertraute darauf, dass die Bahnbeamtin ihr besser helfen konnte als die Online-Fahrplanauskunft, die auf ihre Verbindungsanfrage stereotyp ausgespuckt hatte: «Bitte wenden Sie sich an Ihr DB-Reisezentrum.»

Die Dame beugte sich über ihren Computer. Ihre Kunstnägel klickten routiniert auf der Tastatur herum. Lena hatte sofort nach Ankunft ihre Handballausrüstung, die Sportsachen, Schlafsack und Reisetasche in ein Schließfach gequetscht. Die maximale Mietdauer von 72 Stunden, so kalkulierte sie, würde hundertmal ausreichen, dem Uhrenladen im Eulengraben einen Besuch abzustatten und sich in die Funktionsweise des sonderbaren Chronometers einweisen zu lassen. Wenn denn die Dame den passenden Fahrschein hervorzauberte.

«Haben wir nicht», sagte sie und starrte Lena gelangweilt an. «Eulengraben? Wo soll das liegen?»

Lena zog den Garantieschein hervor. Unter dem Punkt *Anreise mit der Bahn* stand *Umstieg am Bahnhof Augusten...* Der Rest des Wortes war unleserlich.

«Augustenberg. Bahnhof Augustenberg», schlug sie vor.

Lena fühlte Verzweiflung aufsteigen. Wenn sie bei der offiziellen Verkaufsstelle keinen Zugriff auf geheime Buslinien und abgelegene Stationen hatten, wo sonst? Der Blick der Schalterbeamtin verunsicherte sie. Lenas Erfahrungen mit Zugreisen beschränkten sich auf einen Wandertag mit der Schule, einen Ausflug mit Bobbie und ihren Eltern und den sechzigsten Geburtstag von Sonjas Onkel Wolfgang, der sein Jubiläum damit verbrachte, die Familie zu beschimpfen, bevor er gegen zwei Uhr nachmittags betrunken vom Stuhl kippte. Man musste kein Experte in Bahnreisen sein, um zu verstehen, dass das genervte Rumgetippe auf der Computertastatur nichts Gutes verhieß.

Während es in Lenas Kopf zuging wie bei Hempels unterm Sofa, wuchs die Schlange ungeduldiger Reisender hinter ihr stetig. Der erste Ferientag lockte Wanderer, Radgruppen, vor allem aber gestresste Familien an. Stadtbusse, Privatautos und Taxis spuckten immer neue Pfingsturlauber aus. Überall turnten Kinder herum. Aus den Lautsprechern tönten Informationen über eine Signalstörung, die Zugausfälle, Verspätungen und Gleisänderungen zur Folge hatte. Immer mehr Reisende drängten zu den Fahrkartenschaltern, um dort einen echten Menschen zu finden für Auskünfte über alternative Verbindungen, Blitzableiter für ihre Frustrationen oder wenigstens ein Formular für die Kostenrückerstattung.

«Augustenhof», riet Lena ein zweites Mal. «Oder Augustenburg. Irgendwas mit Augusten ... im Eulengraben.»

Die Schalterbeamtin dachte nicht im Traum daran, Lenas neuen Auftrag auszuführen. Lena ziepte verlegen an dem Jackett, das sie aus dem Kleiderschrank der Tante ausgeliehen hatte. Damit musste sie mindestens wie achtzehn aussehen. Oder wenigstens wie siebzehn. Alt genug jedenfalls, um alleine zu verreisen.

«Was ist das hier? Eine Quizshow?», fragte die Frau hinter der Scheibe.

Chloe war in den letzten Sommerferien alleine nach Bali geflogen, wo ihre Mutter ein Yoga-Retreat besuchte. Lena konnte sich gut an Chloes Vlog erinnern, der zeigte, wie eine Stewardess sie auf einem Elektrokarren zum Flugzeuggate kutschierte. Um den Hals baumelte eine blaue Klarsichtmappe, die sie als alleinreisendes Kind auswies. Chloe flog um die halbe Welt und durchquerte Zeitzonen, sie selbst drohte schon am Fahrkartenschalter zu scheitern. Hinter ihr stöhnte jemand demonstrativ auf. Niemand hatte Geduld mit einem Mädchen, das zum ersten Mal alleine auf Tour war. Nicht einmal die Schalterbeamtin.

«Wenn du nicht weißt, wo du hinwillst, warum willst du überhaupt dorthin?», fragte die Dame misstrauisch.

Sie riss ihre Lesebrille von der Nase und rückte näher an die Scheibe, um ihre unwissende Kundin genauer in Augenschein zu nehmen.

«Wie alt bist du überhaupt?», fragte sie. «Wissen deine Eltern, dass du hier bist?»

«Es ist eine Überraschung für Pfingsten», stammelte Lena nach Chloes Vorbild. «Für meine Mutter. Sie nimmt dort an einem Kurs teil.»

Den Hinweis auf Yoga sparte sie sich. Die Vorstellung, dass Sonja, die ihren Tag traditionell mit schwarzem Kaffee, Zigarette und einem wütenden Anruf bei Hugo einläutete, auf einer Matte herumturnte, erschien ihr zu abwegig.

Der Blick der Bahnbeamtin schweifte über Lenas Kopf hinweg. Blitzschnell kalkulierte Lena ihre Fluchtchancen. Wenn alles schiefging, konnte sie immer noch wegrennen. Die Dame am Schalter war so unfassbar rund, dass der Drehstuhl vermutlich an ihrem Po hängen blieb, wenn sie hinter ihr herwollte. Sie drehte sich um und bemerkte zwei Polizisten der Bundespolizei, die mit Schäferhund patrouillierten. Das Tier tobte an der Leine und bellte mit fletschenden Zähnen eine Glasfassade an, in der sich Leuchtreklame spiegelte. Bewegte sich da ein Schatten? Ein Schatten, der bis aufs Haar der Statur des weißhaarigen Jungen glich?

Hinter ihr in der Schlange wuchs die Unruhe. Eine ältere Dame beugte sich über Lenas Schulter.

«Augustenquelle», rief sie. «Das ist der Bahnhof Augustenquelle. Wunderbares Wandergebiet.»

«Hin und zurück», nickte Lena erleichtert.

Fünf Minuten später sendete sie ein Foto der frisch erworbenen Fahrkarte an Bobbie. **Alles bestens**, schrieb sie. RE 477 fuhr um 10.45 Uhr von Gleis 4b ab. Ihr blieben achtzehn Minuten bis zur Abfahrt. **Habe sogar jemanden gefunden, der die Gegend kennt**, fügte sie hinzu. Lena drückte sich im Schalterraum herum, um die ortskundige alte Dame abzufangen, sobald sie ihr Ticket erworben hatte. Plötzlich zuckte sie zusammen: In der Warteschlage erkannte sie die Mieterin von Box 185. Die Friseuse mit dem Kitschfimmel war von Kopf bis Fuß in auffälligem Leopardenmuster gekleidet und zog ihre Tochter auf einem rosa Koffer hinter sich her. Zehn Meter hinter ihr boxte sich ihr Mann mit Kinderwagen, Koffer und Kuscheltieren durch die Wartenden. Sie reihten sich unweit von Lena in die Schlange ein.

Lena senkte den Kopf, zog die Haare ins Gesicht und wünschte sich, möglichst unsichtbar zu sein. Sie fürchtete, jeden Moment von einer Stimme aufgeschreckt zu werden: «Lena, was suchst du denn hier? Sonja hat erzählt, du fährst ins Handballlager?» Doch die Leopardenfrau hatte kein Auge für die Umgebung. Ihre Tochter hielt sie auf Trab. «Empompie, Kolonie, Kolonastik, Empompie», klang die hohe Kinderstimme aus dem Gemurmel der Reisenden heraus. «Koloniee! Aka-de-mie. Safari. Akademie. Puff puff!»

Das kleine Mädchen wollte sich ausschütten vor Lachen, weil die Mutter weder Motorik noch Rhythmus hinbekam. Die Nähe zwischen den beiden rührte Lena. Wie hätte ihr Leben ausgesehen, wenn der Unfall nie geschehen wäre? Was für eine Mutter war Rhea gewesen? Das Bild von der überbehütenden, fast panischen Mutter, das Sonja im Gespräch mit Harry König von Rhea skizzierte, hatte keinerlei Ähnlichkeit mit der ausgelassenen Frau vom Familienporträt, die auf dem Sofa herumhüpfte. Lena blickte unverwandt zum fröhlichen Mutter-Tochter-Duo herüber, als das Mädchen den Kopf wandte und sie entdeckte. Lena war den beiden oft genug bei Citybox begegnet. Einen Moment schien die Zeit stehenzubleiben. Lena hielt erschrocken die

Luft an. Sie rechnete jede Sekunde damit, dass der Zeigefinger des kleinen Mädchens in ihre Richtung schoss und eine hohe Mädchenstimme erschallte: «Schau mal, Mama, da ist die Lena vom Lager.»

Die Göre stierte provozierend zu ihr rüber, warf ihre blonden Locken in den Nacken und streckte Lena die Zunge raus. In einem Anflug von Ärger tat Lena es ihr gleich. Das kleine Mädchen bemerkte es nicht. Sie klatschte ihrer Mutter auf den Bauch: «Empompie, Kolonie, Kolonastik, Empompie. Kolonie!»

Lena schrak zusammen. Noch vier Minuten. Hektisch drehte sie sich um. Ein paar Sekunden Unaufmerksamkeit hatten gereicht: Die alte Dame hatte den Fahrkartenschalter verlassen. Sie war wie vom Erdboden verschluckt.

22

Die Ersten und die Letzten

«Jonas, komm nach hinten», lockte Chloe.
Der Bus glitt über die Autobahn. Auf der heiß begehrten Rückbank drückten sich Chloe, Elif, Sophie und ein Teil der B-Mannschaft herum. Es wurde geschrien, gelacht, gekitzelt, gegessen und gekabbelt. Und das alles in einer Lautstärke, die auch dem letzten Businsassen deutlich machte, wie unglaublich cool, gut gelaunt, fröhlich und populär Chloe und der Rest ihrer Gang waren. Wer nicht im Dunstkreis der letzten Bank Platz nehmen durfte, drehte sich unablässig nach hinten, um nichts vom Spektakel zu verpassen. Bobbie vermutete, dass ihre Mutter ihre Meinung über Mannschaftssport schnell ändern würde, wenn sie mitbekam, wie wenig der Teamgeist jenseits des Feldes gelebt wurde.

«Komm zu uns, Jonas», schrie Chloe ein zweites Mal durch den Bus. «Wir brauchen jemanden mit einer coolen Playlist.»

«Kein Bedarf», winkte er ab.

Bobbie bewunderte die Lässigkeit, mit der er ein Angebot ablehnte, auf das die Hälfte der Handballer vergebens wartete. Jonas interessierte nicht, was andere von ihm hielten. Er nahm einen Doppelplatz im ruhmlosen Mittelteil in Beschlag, um ein Nickerchen zu machen. Seine langen Beine hingen wie üblich in den Mittelgang. Oberhalb des Knöchels trug er ein winziges blaues Tattoo, das eine Welle darstellte. Bobbie zog ihr Notizheft heraus, in dem sie eine immerwährende Liste mit zehn Dingen führte, die sie vor ihrem sechzehnten Geburtstag erledigen und erleben wollte.

1. *Das Kinderbett verkaufen.*
2. *Einen Hund retten. (Zur Not eine Katze)*
3. *An einem Tag Sonnenaufgang und Sonnenuntergang beobachten.*
4. *Einen Roman schreiben.*
5. *Bei Vollmond schwimmen.*
6. *Die Haare lila färben.*
7. *Drei Menschen suchen, die ebenfalls Roberta Albers heißen. Den nettesten besuchen.*
8. *Eine Woche lang schweigen.*
9. *50 Euro für Süßigkeiten ausgeben.*
10. *Eine Nacht bei Ikea verbringen.*

Bobbie strich die alte Nummer 9. Aus dem Alter, in dem eine Überdosis Süßigkeiten erstrebenswert schien, war sie eindeutig raus. Auch die Nacht im Möbelhaus hatte ihren Reiz verloren. Die Aussicht, es mit Wachmännern wie Harry König aufnehmen zu müssen, schreckte sie. Stattdessen ergänzte sie ihre Liste um zwei neue Punkte:

9. *Ein Tattoo stechen lassen. (Atom?)*
10. *Auf der letzten Bank im Bus sitzen.*

Bobbie grübelte noch darüber, ob das mit dem Roman realistisch war, als Lenas Telefon klingelte. Sie brauchte eine Weile zu realisieren, dass das Klingeln ihr galt.

«Geh halt ran», rief Jonas ungehalten. Zum wiederholten Mal schrak er aus dem Schlaf hoch.

Bobbies eigene Nummer leuchtete auf dem Display. Während Chloe alle Aufmerksamkeit auf sich zog, konnte sie sich ungestört via Videogespräch mit Lena austauschen.

«Und? Wie ist es bei euch?», fragte Lena.

Ihre Stimme verschwamm in den Hintergrundgeräuschen eines übervollen Bahnhofs. Ganz offensichtlich lief sie gerade Richtung Zug.

Statt einer Antwort hielt Bobbie das Telefon in den Mittelgang, sodass Lena live miterleben konnte, was sie verpasste. Von der letzten Bank klang laute Musik. Trotz aller Ermahnungen des Busfahrers tanzte Chloe im Bus herum, um auch noch dem letzten Handballer zu beweisen, dass sie sich hinter Beyoncé nicht verstecken musste. Chloe war dabei, sich mächtig zu produzieren, als der Bus eine scharfe Rechtskurve nahm. In hohem Bogen flog Chloe theatralisch und nicht ganz ohne Absicht auf den Schoß von Jonas, was mit noch mehr Gekreische kommentiert wurde. Jonas zog sich in die erste Reihe zurück.

«Alles wie immer», kommentierte Bobbie trocken.

Lenas Gesicht auf dem Display verzog sich. «Mein Zug kommt gleich», sagte sie tapfer. «Ich melde mich, wenn ich im Eulengraben angekommen bin.»

«Und ich schicke Fotos an deine Familie», versprach Bobbie.

Ihr war schwer ums Herz, als sie auflegte. Wie sollte sie das

Camp ohne Lena überleben? Beklommen blickte Bobbie aus dem Fenster. Der Bus bog gerade von der Autobahn ab und raste über eine ebenso einsame wie schadhafte Landstraße. Der Fahrer hatte es offenbar eilig, die lautstarke Truppe so schnell wie möglich loszuwerden. Mit ungebremstem Tempo rauschte er in jedes Schlagloch und katapultierte die Gruppe in der letzten Reihe von ihren Sitzen. Wie Donner auf Blitz folgte auf jede Kurve ein kollektiver Aufschrei von Chloe und ihrer Crew. Der Bus schrammte an den Ästen der Tannen vorbei, die rechts und links die schmale Straße säumten. Nach zwei Kilometern Buckelpiste durch den Wald und viel Protestbekundungen von Chloe und ihren Freunden öffnete sich der Blick auf das Areal des Campingplatzes Grünsee. Mit einem erleichterten Schnaufer kam der Bus zum Stillstand. Bobbie seufzte auf. Bis hierhin war es einfach gewesen. Jetzt fing das Abenteuer wirklich an.

Ein Geisterzug

«Uhrenladen im Eulengraben?», fragte der Schaffner. Ratlos drehte und wendete er den Garantieschein mit der bruchstückhaften Landkarte in seinen Händen. «Vielleicht eines der einsamen Gehöfte? Gut möglich, dass da ein kauziger Uhrmacher wohnt», mutmaßte er. «Am Bahnhof kann man dir sicher weiterhelfen.»

Lena sank in ihren Sitz zurück. Trotz der Ungewissheit schwieg der Chor der Stimmen. Der Nebel in ihrem Kopf verzog sich. Die Zukunft stand ihr klar vor Augen. Sie hatte ein Ziel, eine Fahrkarte und eine Mission. Sie würde herausfinden, was mit ihren Eltern passiert war. Der erste Schritt auf diesem Weg war zu verstehen, was es mit der geheimnisvollen Uhr, die ihre Mutter ihr hinterlassen hatte, auf sich hatte. Lena lehnte sich zufrieden zurück. Die Aussicht, bald eine Antwort auf all die drängenden Fragen zu bekommen, gab ihr zum ersten Mal seit Tagen ein Gefühl von Freude und Zuversicht.

Lenas Reisegepäck beschränkte sich auf Bobbies Smartphone, einen Apfel, drei vom Mops angeknabberte Wurstbrote und den dicken Umschlag, den Bobbie aus dem Zeitungsarchiv mitgebracht hatte. Der einzige persönliche

Besitz, den sie außer Hund Otto bei sich trug, war das Foto ihrer Eltern, das sie vorsichtig aus dem Rahmen gelöst hatte. Im Rucksack klimperten die Münzen, die sie bei Citybox verdient hatte, am Handgelenk trug sie den Chronometer. Zum hundertsten Mal studierte Lena die rudimentäre Karte, um einzuschätzen, wie weit es vom Bahnhof Augustenquelle bis in den Eulengraben war. Die halbe Nacht hatte sie gegrübelt, was auf dem Weg zum Bahnhof alles schiefgehen konnte. Einmal im Zug, fiel die Angst, ihre Expedition könnte auffliegen, bevor sie begonnen hatte, von ihr ab. Sie lehnte sich zufrieden zurück. So musste sich Christoph Kolumbus gefühlt haben, als er sich aufmachte, den westlichen Seeweg nach Indien zu finden. Der Weltumsegler verfügte über ein klares Ziel, die Route dorthin war eine gewagte Theorie. Während Kolumbus besessen von der Idee war, die lückenhaften Landkarten seiner Zeit zu komplettieren, träumte Lena davon, die weißen Flecken in ihrer Biographie mit Bildern und Geschichten zu füllen. Als Pionier musste Kolumbus noch fürchten, dass die Erde eine Scheibe war und man, wenn es dumm lief, vom Rand der Welt kippte. Lena war umgeben von Mitreisenden, die auf derselben Strecke unterwegs waren und die derlei Sorgen nicht kannten. Drei Reihen hinter ihr amüsierte sich eine Gruppe rüstiger Rentner in schriller Funktionskleidung. Bei der fröhlichen Truppe Ruheständler ging es genauso zu wie im Bus der Handballspieler. Eine Blondine, die aussah, als wäre sie achtzig Jahre alt (und hätte vierzig davon beim Friseur verbracht), führte das große Wort.

«Werner», flötete sie mit durchdringender Stimme, «komm auf den Schoß von deinem Häschen. Mir ist so kalt.»

Leider hatten weder Werner noch sein Häschen jemals etwas vom Eulengraben gehört. Lenas grenzenlosem Optimismus tat das keinen Abbruch. Sie stöpselte die Kopfhörer ein. Im Takt der Musik verschwammen die Gespräche ihrer Mitreisenden. Monotones Rattern streifte gleichmäßig ihr Ohr. Mit jedem Kilometer fiel es Lena schwerer, die Augen offen zu halten. Bleierne Müdigkeit ergriff ihren Körper.

«Zwei Stunden dauert die Fahrt», hatte der Schaffner verkündet. Bis Augustenquelle würde sie längst wieder wach sein. Wortfetzen drangen an ihr Ohr. Und dann nichts mehr.

Ein schriller Warnton ließ sie hochfahren. Der Gegenzug donnerte vorbei und ließ die Fenster erzittern. Sie musste fest eingeschlafen sein, denn die Rentnertruppe war inzwischen ausgestiegen. Draußen hatte es zu regnen begonnen. Aufwirbelndes Spritzwasser trübte die Sicht. Eine graue Suppe aus Feldern, Wiesen und Wäldern schwamm an ihrem Fenster vorbei. Im Zug war es gespenstisch ruhig. Vor ein paar Minuten waren ihr die Mitreisenden noch gehörig auf die Nerven gegangen, jetzt vermisste Lena ihre ausgelassenen Reisegenossen schmerzlich. Hatte sie etwa ihre Haltestelle verpasst? Selbst Google Maps half nicht weiter. Sie hatte jede Verbindung verloren. Wie viel Zeit war vergangen, seit sie zuletzt mit Bobbie gesprochen hatte?

Schräg hinter ihr öffnete sich die Tür mit einem Zischen. Sie fuhr herum. Lenas momentane Erleichterung wich nackter Panik, als sie bemerkte, dass das Licht im Zug ausgefallen war. Hinter ihr tat sich eine dunkle Höhle auf.

«Hallo? Ist da jemand?», rief sie in den düsteren Gang hinein.

Stand da jemand? Im Dunkel? Eine Gestalt? Ein Schatten, der sich zwischen den Sitzen herumdrückte? Oder bildete sie sich das alles nur ein?

«Wissen Sie, wann Augustenquelle kommt?», rief sie betont munter. Es blieb still. Je mehr der Zug beschleunigte, umso lauter und drängender klang das Rattern der Räder. Die automatische Tür schloss sich wieder. Lena wünschte sich sehnlichst, dass der Schaffner erschien, um ihre Fahrkarte zu kontrollieren. Oder ein Getränkeverkäufer. Beim Einsteigen hatte sie bemerkt, dass der Zug in der Mitte ein Bordbistro mit sich führte. Nach ein paar Minuten hielt sie es nicht mehr auf ihrem Sitz aus. Sie stand auf, packte ihren Rucksack und musste sofort Halt suchen. Der Zug fuhr mittlerweile so schnell, dass Lena Mühe hatte, sich auf dem schwankenden Boden zu halten. Wie eine Betrunkene tastete sie sich durch verlassene Großraumabteile. Die roten LED-Anzeigen deuteten auf einen vollbesetzten Zug hin. Wo waren die Reisenden geblieben? Als sie die Mitte des Zugs erreichte, fand sie das Bistro ausgestorben. Die Kaffeemaschine zischte, der Becher auf dem Stehtisch fühlte sich lauwarm an. Auf den Tischen lagen Zeitungen, halbgegessene Brote und ein angefangenes Kreuzworträtsel. Irgendetwas stimmte nicht mit diesem Zug.

Der Zugführer war ihre letzte Hoffnung. Lena kämpfte sich weiter in den vordersten Wagen. Aus dem Fahrerstand drang ein schmaler Streifen Licht. Hinter der Tür tauschte eine hektische weibliche Stimme Informationen mit der Leitstelle aus. Die einzelnen Worte verschwammen in Rauschen und Rattern. Sie verstand die Wörter «Notfall», «Fehlfunktion» und «Schienenersatzverkehr». Lena klopfte. Erst ein bisschen schüchtern, dann immer lauter. Die Stimme der Zugführerin erstarb. Lena trommelte mit beiden Händen an die Tür. Die Bremsen quietschten, der Zug verlor rapide an Fahrt, bevor er mit einem harten Ruck zum Stillstand kam.

Raus! Nur raus hier. Lena raste zum Ausstieg und ruckelte an der sperrenden Tür. Als sie sich mit der Schulter dagegenwarf, öffnete sie sich. Lena stürzte auf den Bahnsteig. Schmerzerfüllt rieb sie sich das Knie. Am anderen Ende des Bahnsteiges stieg der Schaffner aus. Mit zorniger Miene kam er auf sie zu.

«Was machst du denn noch im Zug?», wütete er. «Wir haben einen technischen Defekt. Alle anderen sind an der letzten Station in Busse umgestiegen.»

Der Schaffner schüttelte den Kopf über so viel Unvernunft. «Jetzt musst du selber sehen, wie du weiterkommst», sagte er. «Auf der Strecke fährt heute nichts mehr.»

Offenbar hatte Lena viel fester geschlafen als gedacht. Noch bevor sie weitere Fragen stellen konnte, verschwand er wieder. Der Zug setzte sich mit einem gellenden Pfiff in Bewegung.

Mühsam erhob sich Lena. In welcher Einöde war sie nur gelandet? Unkraut überwucherte das Gleisbett und siegte selbst im Kampf um die Bahnsteige. Überall bohrten sich Pflanzen durch die Asphaltschicht. Trostlos und verlassen lag das winzige Bahnhofsgebäude da. Selbst die Bahnhofsuhr war nur noch als Skelett vorhanden. Der Wind gab den Takt vor, indem er die offenstehende Eingangstür in unregelmäßigen Abständen auf- und zuknallte. Der Putz der dreckig roten Fassade bröckelte offenbar bereits seit Jahrzehnten. Als sie näher kam, erkannte sie verwitterte, weiß-graue Buchstaben, die in ihrer Unvollständigkeit deutlich verrieten, wo sie gelandet war: Aug-stenq--lle. Lena ballte die Fäuste zu einer Siegesgeste. Was für ein Glück! Nicht auszudenken, wenn sie mit allen anderen ausgestiegen wäre. Sie atmete erleichtert auf.

Freudig betrat sie das Bahnhofsgebäude. Fahrkartenschalter und Kiosk waren mit Brettern verrammelt. Auf den Holzplatten hatten Teenager ihre Flüche und Liebesschwüre verewigt. Daneben hingen verblichene Poster, die zum Flohmarkt und Weihnachtskonzert im nächsten Dorf einluden und für 1999 die Renovierung des Bahnhofs ankündigten. Hypermoderne blitzende Automaten, die wie außerirdische Besucher neben dem alten Gebäude am Ausgang standen, ersetzten menschlichen Kontakt. An einem konnte man Zugkarten kaufen, an dem anderen Getränke herauslassen. Daneben lehnte ein windschiefer Prospektaufsteller. Ernüchtert stellte sie fest, dass die Fächer mit den Karten, die Wanderern und Radlern das ausgedehnte Naturgebiet erschließen sollten, leer waren.

Als sie nach draußen trat, erlebte sie eine weitere Überraschung. Die Station war weder an weiterführende Verkehrsmittel angebunden noch an eine vernünftige Straße. Wanderwege führten in alle Richtungen. Gegenüber dem Bahnhof lag ein offener Schuppen, in dem eine Armee blitzender Leihfahrräder auf nicht existierende Besucherscharen wartete. Ein Wegweiser zeigte, wohin der Radweg führte: *Eulengraben, 3 Kilometer*.

24
Camping für Anfänger

Das Wettrennen war eröffnet. Der Busfahrer hatte kaum die Türen entriegelt, als Lenas Mannschaftskollegen den Zeltplatz stürmten. Während Bobbie ihre Sachen zusammensuchte, sprinteten Chloe und ihre Freundinnen in Richtung Campingwiese, um sich die besten Plätze zu sichern. Eine Vorhut des Handballvereins war bereits am Vortag aufgebrochen, um das Essenszelt und Biergarten-Garnituren aufzustellen, Lebensmittel anzuschleppen, Spiele aufzubauen und den Feuerplatz einzurichten. Überall waren Aufbauarbeiten im Gange. Es roch nach Erbsensuppe, Rauch und dem modrigen Wasser des Waldsees.

Bobbie sah sich mit gemischten Gefühlen um. Die «Campingwelt Grünsee» bestand aus einem langgestreckten gemauerten Flachbau mit sanitären Anlagen und Küche, einem Aufenthaltsraum für Schlechtwetter, einer Sanitätsstation und zwei Schlafräumen für die Betreuer. Alles andere war Natur pur. Inmitten der Grün- und Brauntöne bildeten die Zelte, die wie bunte Pilze aus der Wiese hochschossen, die einzigen Farbtupfer.

Die besten Plätze waren bereits vergeben, als Bobbie ihren übergroßen, viel zu schweren Koffer über die bucklige Wiese wuchtete. Chloe und ihre Mädchen hatten sich einen populären Platz auf ebenem Untergrund und in maximaler Entfernung von den Schlafstätten der Erwachsenen gesichert. Auch der Platz bei den Außenduschen war dicht belegt. Hier versammelten sich vor allem die unteren Jungenmannschaften. Wann genoss man schon mal freie Sicht auf Mädchen im Bikini? Für Bobbie blieb eine hucklige Stelle am Waldrand, die vor allem bei Ameisen beliebt war. Ein paar Meter weiter schälte Jonas aus seinem Leinensack eine knallgrüne Hängematte samt selbstfüllender Isomatte, die er mit ein paar gekonnten Handgriffen an zwei großen Ahornbäumen befestigte. Binnen weniger Minuten verfügte er über einen Logenplatz mit Seeblick. Seine Schlafstatt schaukelte über dem bemoosten Boden gefährlich nah über dem Abhang, der steil zum See abfiel. Das Wasser leuchtete moorig düster, als habe es etwas zu verbergen. Im Geiste strich Bobbie die nächtliche Schwimmaktion von ihrer To-do-Liste. Der modrige Tümpel mit seinem schmutzig braunen Wasser lud nicht ein, darin zu baden. Schon gar nicht nachts. Der Grünsee machte seinem malerischen Namen keine Ehre.

Bobbie hatte sich auf ein Camping-Abenteuer mit Lena gefreut. Jetzt musste sie sich alleine zurechtfinden. Neugierig packte sie die Einzelteile ihres Zelts aus. Bei Familie Albers logierte man in bequemen Hotels, gemütlichen Pensionen oder bei Verwandten. Zelt, Isomatte und Schlafsack waren daher nigelnagelneu. Auf Unterstützung ihrer Mannschaftskollegen brauchte Bobbie nicht zu zählen. Sie war auf dem besten Weg, so ganz nebenbei Punkt 8 ihrer Liste zu erledigen: Eine Woche lang schweigen. Seit der Abfahrt hatte niemand das Wort an sie gerichtet. Die Einzigen, die sich für sie interessierten, waren die Mücken. Selbst die Wunderwaffen ihrer Mutter, allesamt Testmodelle aus dem Labor der Wenninger-Werke, schienen die lästigen Blutsauger nicht davon abzuhalten, sich überall auf ihrer Haut mit juckenden Stichen zu verewigen. Dank der Minivampire würde sie morgen herumlaufen wie ein Streuselkuchen.

Die neuen Plastikplanen sahen eher nach Müllsack aus als nach Zweimannzelt und strömten einen fischigen Geruch aus. Vermutlich wurde man selbst zum Fisch, wenn man sich länger darin aufhielt. Aber das eröffnete völlig neue Möglichkeiten. Bobbie konnte sich nicht vorstellen, dass Mücken auf eingeschweißten Rollmops standen.

Während alle anderen anfingen zu bauen, sortierte Bobbie die Einzelteile nach Größe und Art und breitete Zeltplanen, Stangen, Verbindungsstücke und Befestigungsleinen ordentlich auf dem Boden vor sich aus. Ein Nachbar der Familie Albers testete regelmäßig im Garten nebenan die Funktionstüchtigkeit des Familienzeltes, bevor man zum Campingurlaub an die Costa Brava aufbrach. Besonders klug hatte der Mann nicht ausgesehen. Was der hinbekam, schaffte sie schon lange.

Verblüfft sah sie zu Chloe, die gekonnt ein paar Schnallen löste und ihr Zeltpaket mit Schwung in die Luft schleuderte. Wie von Zauberhand stellte sich das Zelt von alleine auf. Während Bobbie Einzelteile sortierte, bezogen Chloe, Elif und Sophie zu dritt die neue Heimstatt. Fröhliches Lachen und Kichern klang unter der Plastikkuppel hervor. Ihr Handy gab ein Geräusch von sich. Elif schrieb ihr: **Soo schade, dass du nicht da bist. Wir haben noch Platz für dich in unserem Zelt.** Bobbie brauchte eine Sekunde zu begreifen, dass die freundliche Einladung nicht ihr galt. Schließlich hielt sie Lenas Telefon in Händen. Neugierig klickte Bobbie sich durch die Nachrichten, die auf Lenas Handy eingegangen waren. Nicht nur Elif und Chloe sendeten Genesungswünsche, der halbe Handballverein nahm Anteil an Lenas Gehirnerschütterung. Selbst Jonas hatte Lena einen Bericht hinterlassen. **Schade!!!!**, stand da mit vier Ausrufezeichen. Das angehängte Foto zeigte ihn alleine in seiner Zweierreihe im Bus. Auf dem Stuhl neben ihm weinte ein trauriges Emoji. Wie reagierte man auf so einen Text? Zurückschreiben? Aber was? Lena und Bobbie hatten beim Handytausch nicht bedacht, dass in der Zwischenzeit Nachrichten eingehen könnten, deren Beantwortung unabdingbar war. Sie konnte Jonas unmöglich fünf Tage auf eine Antwort warten lassen.

Hektisch klickte sie sich durch Lenas Fotos, bis sie eines fand, das als Social-Media-taugliche Gehirnerschütterung durchgehen konnte, versah es mit einem Emoji und drückte auf Senden. Sie hatte Angst, Lenas Ton nicht zu treffen, wenn sie etwas dazuschrieb. Bobbie konnte live verfolgen, wie Jonas, der unweit von ihr Balltricks übte, sein Handy aus der Hosentasche zog, das Foto betrachtete, lachte und sofort tippte. **Fröhliche Weihnachten**, schrieb er zurück. Entsetzt stellte Bobbie fest, dass sie in der Hektik übersehen hatte, dass im Hintergrund ein Stück Adventskalender zu sehen war. Lügen lag ihr nicht. Hektisch schickte sie sieben Nachrichten hinterher, um ihren Patzer zu maskieren.

Lügt an der Zeitverschwendung zwischen uns.
Liebt an der Zeitverschwendung.
Liegt.

Liegt an der Zeitvereidu
Zeitverschiebung.
Liegt an der Zeitverschiebung.
Kann nihct tippn. KPf dröhnt. Kopf.

Bobbie grinste zufrieden. Sie fand, dass sie die optischen Störungen, die mit einem heftigen Kopfschmerz einhergingen, gut hinbekommen hatte. Jonas reagierte sofort. Ist jemand bei dir?, erkundigte er sich besorgt. Meine Tante saugt für mich, schrieb Bobbie zurück. Die Antwort kam umgehend. Wer spricht da? Du oder deine Gehirnerschütterung? Bobbie sendete acht lachende Emojis. Sorgt, meine ich. Eine Weile blieb es still auf dem Display. Dann kam ein neuer Text von Jonas. Schade, dass du nicht dabei bist, schrieb er. Bobbie zögerte. Um Himmels willen. Was sollte sie darauf antworten? Beim Flirten fehlte ihr jede Erfahrung.

Sorry, muss Schlüssel machen.
Shcuss.
Schluss machen, tippte sie eilig.
Bin müde.

Jonas sendete ein Herzchen und starrte angestrengt auf sein Display, als erwarte er weitere Nachrichten. Ernüchtert gab er auf. Als er hochschaute, fiel sein Blick auf Bobbie. Ihr Herz rutschte in die Hose. Jonas setzte sich in Bewegung und kam direkt auf sie zu. Lügen war nichts für sie. Wann immer sie es probierte, ging es schief.

«Brauchst du Hilfe?», fragte er und deutete auf die Einzelteile des Zeltes, die fein säuberlich nach Größe und Art geordnet in der Wiese lagen. Panisch ließ Bobbie Lenas Telefon in ihre Hosentasche gleiten. Hoffentlich hatte er es nicht erkannt.

«Ich google gerade nach einer Anleitung», redete sie sich heraus.

Sie ärgerte sich, dass sie sich dümmer stellte, als sie wirklich war. So ein Zelt ließ sich mit ein bisschen Logik sicher locker aufbauen.

Ohne ein weiteres Wort zu verlieren, kniete sich Jonas hin und steckte gekonnt die ersten Stangen zusammen.

«Und?», fragte er so beiläufig wie möglich. «Noch was von Lena gehört?»

Bobbie ärgerte sich, dass alle sich mehr um die abwesende Lena sorgten als um die anwesende Bobbie. Verliebtheit war eine sonderbare Angelegenheit. Musste ein interessantes Phänomen sein, das Gehirnwindungen so durcheinanderwirbelte. Vielleicht sollte sie

10. *Auf der letzten Bank im Bus sitzen.*

ersetzen durch

10. *Sich verlieben.*

«Sie muss das Bett hüten», log Bobbie. «Kein Computer, kein Fernsehen, kein Licht. Sie kann nur heimlich Appen, wenn ihre Tante nicht um sie herum ist.»

Bobbie freute sich über ihre plötzliche Eingebung. Die Idee mit der Tante lieferte eine perfekte Erklärung für mögliche Gesprächspausen und erlöste sie von dem Zwang, sich weiter in die Gespräche mit Jonas einzumischen.

«Ihr macht viel zusammen, oder? Du und Lena», fragte Jonas, während er so tat, als erfordere der Zeltaufbau seine ganze Konzentration. Bobbie wurde schummerig zumute. Es reichte, wenn sie heimlich mit ihm Textnachrichten austauschte. Sie musste ihm nicht zusätzlich Lenas Geheimnisse anvertrauen.

«Geht so», sagte sie.

«Aha», antwortete er und knetete seine Hände.

Bobbie wunderte sich. Hinter seiner selbstbewussten Fassade versteckte sich immer noch der ängstliche kleine Junge, den sie aus der Kindergartenzeit kannte. In Wirklichkeit war er furchtbar unsicher. Fast so unsicher wie sie selber. Er schenkte ihr ein schiefes Lächeln und wusste plötzlich nicht mehr weiter. Die Gesprächspause überfiel Bobbie wie ein Raubtier aus dem Hinterhalt. Jonas räusperte sich. Im Hintergrund brüllte ein Lautsprecher, Kinder schrien herum, irgendwo plärrte laut Musik. Bobbie zermarterte sich den Kopf, worüber sie mit Jonas sprechen durfte. Das peinliche Schweigen breitete sich aus wie ein Ölfleck auf Wasser.

«Magst du einen Energieriegel?», fragte sie. «Meine Mutter hat mir viel zu viele eingepackt.»

Ihre Mutter hatte nicht nur das Labor, sondern auch den Werksverkauf geplündert. Dank ihres Einsatzes schleppte sie die halbe Produktkette der Wenninger-Werke mit sich herum: Sonnencreme, Mückenschutz, Desinfektionsmittel, Pflaster, Verband, Gel für mögliche Verstauchungen und eine Notration an Energieriegeln. Bobbie wollte am liebsten im Boden versinken. Das war wirklich das Uncoolste, was sie je im Leben hätte sagen können. Aber es war schon zu spät.

«Die gesunden von deiner Mutter? Damit hat sie mich früher schon gefüttert», sagte er und strahlte über das ganze Gesicht. «Sie hatte immer Essen dabei. Ich sehe uns noch im

Schnee stehen, Käsebrote verputzen, lauwarmen Tee trinken und angefrorene Mandarinen lutschen.»

«Ich erinnere mich nur daran, dass wir mit deinem Vater Schlittenfahren waren», sagte Bobbie verwundert.

Jonas schüttelte energisch den Kopf. «Kann nicht sein. Der hat nur was mit mir unternommen, wenn er es gleichzeitig für die Zeitung verwenden konnte», sagte er bitter.

«Jonas, wo bleibst du denn?», rief eine Stimme. Chloe tauchte auf. «Ich habe uns beim Tischtennis eingetragen. Sollen wir ein bisschen üben?»

Jonas zögerte einen Moment. Seine Haltung zeigte, dass er sich gerne länger mit Bobbie unterhalten hätte.

«Man sieht sich», sagte er und trabte mit Chloe und Energieriegel davon.

Keiner fragte, für welche Aktivität sie sich angemeldet hatte.

Auf dem Weg in den Eulengraben

Heftiger Gegenwind peitschte Lena ins Gesicht. Dunkle Wolken am Horizont ließen Schlimmes erahnen – als hätten sich die Elemente gegen Lena verschworen. Tapfer trat sie in die Pedale ihres Leihrads, das sie über eine App und ihre EC-Karte hatte aktivieren können. Die fünfzehn Euro, die sie auf dem Konto hatte, reichten dafür allemal. Leider war das Rad in keinem sonderlich guten Zustand. Sie hatte das Gefühl, auf dem wackligen Ding kaum voranzukommen. Der Fahrradweg schlängelte sich endlos über die sanften Hügel, rechts und links breiteten Felder sich aus wie ein gestreifter Teppich. Die windschiefen Gehöfte, die versprengt in der einsamen Landschaft lagen, wirkten verlassen. Hier wohnte und arbeitete schon lange keiner mehr. Der Wind wehte hier und da Abfall über die Äcker. Am Anfang der Strecke waren ihr vereinzelt Wanderer entgegengekommen. Sie grüßten und verschwanden mit eiligem Schritt. Wie lang zogen sich drei Kilometer? Warum hatte sie nicht nach dem Weg gefragt? Die Piste verwandelte sich in einen holprigen Feldweg mit tiefen Furchen. Das konnte unmöglich richtig sein. Ihre Finger umklammerten den Lenker, um einigermaßen in der Spur zu bleiben. Sie geriet ins Trudeln, manövrierte in ein Wasserloch, Schlamm spritzte um ihre Knöchel.

Erleichtert atmete sie auf, als sie am Horizont eine Kreuzung mit Wegweisern entdeckte. Ihre Freude wich Ratlosigkeit, als sie die Schilder aus der Nähe entzifferte. Der Eulengraben lag nun seltsamerweise hinter ihr. In der Richtung, aus der sie gekommen war. Hatte sie eine Abzweigung verpasst? Eine heftige Windböe setzte den Wegweiser in Bewegung. Wie ein Wetterhahn drehte er sich um die eigene Achse. Das Schild *Eulengraben* zeigte jetzt auf eine Erhebung im Westen. Der Anblick war atemberaubend. Wie ein verwunschenes Königsschloss ruhte ein imposanter alter Industriebau auf einem großen, steil abfallenden Felsen. Die Idee, mit all den ungelösten Fragen im Kopf unverrichteter Dinge nach Hause zurückzukehren, schreckte Lena noch mehr als die Aussicht, sich die Anhöhe hochzukämpfen. Lena war auf sich und ihre Instinkte gestellt. Was auch immer sich hinter dem Begriff «Eulengraben» verbarg: Von dort oben, so ihre Hoffnung, hatte man einen perfekten Überblick. Wenn der Eulengraben so nahe war, musste man ihn von dem Felsplateau, auf dem die Fabrik stand, sehen. Die Steigung forderte ihre letzten Kräfte. Der Wind drohte sie vom Fahrrad zu pusten und nahm ihr fast die Luft zum Atmen. Sie spürte ihre Muskeln erlahmen und kam immer mehr ins Schwitzen. Im Fahren riss sie sich ihr Tuch vom Hals und band es um das Lenkrad. Sie griff zum Telefon, um ihr Elend in einem Lagebericht für Bobbie zu dokumentieren. Sie sollte hautnah miterleben, wie anstrengend ihre Reise sich gestaltete.

«Hi, Bobbie», keuchte sie. «Ich hoffe, dir geht es besser als mir.»

Eine heftige Böe trug ein Stück Noppenfolie in ihren Weg. Das Stück Plastik verfing sich in ihrem Vorderrad. Lena beugte sich über den Lenker, um die Folie zu entfernen, die sich in Rekordgeschwindigkeit um Dynamo und Bremsen wickelte. Mit der anderen Hand hielt sie gleichzeitig Telefon und ein Stück des Lenkers umklammert. Das Geräusch platzender Blasen klang wie eine Gewehrsalve. Paff, paff, paff tönte es, bis es mit einem Schlag still wurde. Mit einem letzten Ruck stoppte das Fahrrad. Lena flog über die Lenkstange und landete unsanft im Straßengraben. Endstation! Das Plastik hatte sich rettungslos verheddert und blockierte das Vorderrad. Wütend sammelte Lena Telefon und Rucksack ein und pfefferte das Fahrrad in die Büsche.

Aufgeben war keine Option. Sie musste zu Fuß weiter. Lena hatte längst jedes Gefühl für die Zeit verloren. Setzte die Dämmerung bereits ein? Oder nahmen die dichten Wolken der Sonne die Kraft? Der heftige Wind trug aus einer unbestimmten Ferne Motorengeräusch zu ihr. Lena schöpfte neue Hoffnung. Da war eine Straße, ein Wagen, jemand, der ihr aus der Patsche helfen konnte. Sie rannte querfeldein, sie stolperte, versank im weichen Untergrund, strauchelte über trockene Äste und kämpfte sich weiter. Völlig außer Atem erreichte sie die Straße und stürzte sich, ohne weiter nachzudenken, in die Mitte des Weges, um den Fahrer aufzuhalten. In letzter Minute bremste der Wagen mit quietschenden Reifen. Erschrocken verharrte Lena. Das fahrende Ersatzteillager vor ihr war keiner Zeit und keinem Autotyp zuzuordnen: Material aus den Albträumen jedes TÜV-Prüfers. Selbst ein Laie wie Lena ahnte, dass keines der Teile arbeitete wie vorgesehen. Die Rostlaube erzählte von einer bewegten Vergangenheit. Der Auspuff legte interessante Krümmungen zurück und war via Tau an der verbeulten Stoßstange festgezurrt, Kotflügel und Karosserie waren mit Dellen und Beulen übersät und bewiesen eindrucksvoll, dass der Fahrer dieses Wagens keiner Feindberührung mit Bordsteinkanten, Bäumen und lästigen Hindernissen wie gegnerischen Verkehrsteilnehmern aus dem Weg ging. Sie konnte von Glück sagen, dass das abenteuerliche Gefährt sie nicht überrollt hatte. Die bemooste Motorhaube federte auf und zu, als wolle das Auto sie auslachen. Ein einsamer Scheibenwischer quietschte über die verdreckte Scheibe und enthüllte das Gesicht des Fahrers. Lena zuckte zusammen, als hätte der Blitz sie getroffen. Sie konnte es kaum glauben. Am Steuer saß der mysteriöse Junge. Trotz des schlechten Wetters trug er eine Sonnenbrille.

Lena setzte alles auf eine Karte. Noch einmal würde sie ihn nicht entschwinden lassen. Der Griff der Beifahrertür brach sang- und klanglos ab, als sie versuchte, in den Wagen einzusteigen. Kurzerhand riss sie die Hintertür auf, warf ihren Rucksack ins Auto, kletterte über den Rücksitz nach vorne und ließ sich frech neben dem Jungen auf den Sitz fallen.

Lena blickte ihn unverwandt an. Mitten im Naturgebiet wirkte sein exzentrischer Aufzug noch bizarrer.

«Nimmst du mich zum Eulengraben mit?», fragte sie.

Der Junge brach in schallendes Gelächter aus. Doch so leicht ließ sich Lena nicht einschüchtern. Sie hielt ihm den Chronometer unter die Nase.

«Ich habe einen Termin im Uhrenladen», sagte sie unverfroren.

Immer noch lachend, streckte der Junge ihr die Hand hin. «Dante», stellte er sich vor. «Dante nach dem Fußballer, nicht nach dem Dichter», schob er hinterher. Seine Stimme klang eigentümlich heiser und verursachte ein sachtes Kribbeln in ihrem Rücken.

Noch bevor Lena einschlagen konnte, zog er die Hand zurück. Der Junge blieb unberechenbar. Und nach seiner kurzen Vorstellung ausgesprochen schweigsam. Stattdessen gab er Gas. In letzter Sekunde gelang es Lena, die rückwärtige Tür zu schließen. Er gab kein Zurück mehr.

Mission Impossible 2.0

Bobbie schlenderte über das Terrain des Campingplatzes. An langen Biertischen schrieben sich die Sportler für verschiedene Aktivitäten ein. Morgens stand Handball auf den Feldern des benachbarten Vereins auf dem Programm (inklusive Waldlauf dorthin), nachmittags konnte man an Discgolf, einer Schnitzeljagd oder einem Tischtennisturnier teilnehmen.

Allein das Lesen des Programms verursachte Muskelkater bei Bobbie. Die wenigen Angebote, die sich nicht um Wettrennen und Gewinnen drehten, waren ausgebucht. Vor allem die Supermarkttouren ins drei Kilometer entfernte Dorf waren beliebt, seit das Gerücht ging, dass der Laden eine Handy-Aufladestation bereithielt. Eine wunderbare Alternative zu den schwer umkämpften und ewig besetzten Steckdosen im Funktionsbau. Bobbie schrieb sich bei der Essensbrigade ein. Das klang am wenigsten bedrohlich. Abends gab es für alle die obligatorische Nachtwanderung, Karaoke, eine Quizshow und am Ende einen Bunten Abend.

«Wir wollen bei dem Fest mit der ganzen Mannschaft auftreten», sagte Chloe, die neben ihr aufgetaucht war. «Machst du mit?»

Bobbie schüttelte energisch den Kopf. Mit Schrecken erinnerte sie sich daran, wie sie im Skilager einen Schluck Wasser nehmen musste und vor versammelter Mannschaft am Mikrophon «Atemlos» vorgurgeln musste. Fünfmal, denn keiner im Saal erriet, was sie da gurgelte. Sie hoffte, beim Quiz so viele Punkte zu erspielen, dass ihr Team aus lauter Dankbarkeit darauf verzichten würde, sie am Abschlussabend beim Gurgeln oder Tanzen einzuteilen.

«Lieber nicht», sagte sie.

«Du singst im Hintergrundchor», erklärte Chloe ungerührt. «Ich singe, und ihr tanzt mit Glitzerpompons um mich herum. Wie Cheerleader.»

Bobbie verschlug es die Sprache. Die Idee, als alberne Tanzmaus für Chloe aufzutreten, verursachte ihr Magendrücken. Mehr aber noch beunruhigte sie das laute Hupen, das vom Parkplatz erschallte. Bobbie erkannte den Wagen, der schwungvoll in die Parklücke vor der Rezeption bog, sofort. Die Tür des silberfarbenen Mercedes flog auf, ein Turnschuh mit orangefarbenen Flammen setzte auf dem Schotter auf. Schwungvoll schälte Harry König sich aus dem Wagen. In der Hand trug er eine große Sporttasche und ein Netz mit Handbällen. Er war gekommen, um zu bleiben. Anders als Bobbie. Kopflos sprintete sie Richtung Sanitäranlage. Etwas Besseres fiel ihr spontan nicht ein.

«Ich werte das als Ja», schrie Chloe ihr hinterher.

Bobbie verschanzte sich in der Mädchentoilette, dem einzigen Ort der Welt, wo Harry König sie nicht auftreiben konnte. Was jetzt? Was bedeutete sein Auftauchen für ihren Plan? Panisch schickte sie eine Tonaufnahme an Lena. «König ist hier. Melde dich so schnell wie möglich.»

Sie schrak zusammen, als die Tür stürmisch aufflog. Schritte trappelten über die Fliesen.

«Bobbie macht auch mit», hörte sie Chloes Stimme. «Dann haben wir zehn Tänzer.»

«Fehlt nur noch der Text», sagte Elif.

Neben den beiden Mädchenstimmen erkannte Bobbie das aufdringliche Kichern von Sophie, die als ewige Dritte im Bunde mitgekommen war. Wie üblich ging Chloe nur mit Eskorte aufs Klo.

«Ach je, der Text», sagte Chloe mit einem dramatischen Seufzer. «Weißt du was über Harry König?»

Bobbie spitzte die Ohren. Das Gespräch entwickelte sich spannender als gedacht.

«Wieso?», fragte Sophie.

«Sie wollen ihm einen Preis geben, und Chloe soll ihn besingen», erklärte Elif.

«Du darfst es niemandem sagen. Ist noch geheim», erklärte Chloe.

Sophie tat überrascht. Dabei wusste jeder, dass der Verein traditionell am Ende des Pfingstlagers freiwillige Mitarbeiter, die sich übers Jahr im Verein hervorgetan hatten, mit Preisen, Urkunden und Reden auszeichnete. Ebenso traditionell fiel Chloe als Tochter des Hauptsponsors grundsätzlich die Ehre zu, als Höhepunkt des Abends den Mitarbeiter des Jahres mit einem selbstgetexteten Lied zu bedenken.

«Ich habe den gegoogelt», sagte Chloe. «Der hat keine Frau, keine Kinder, keine Vergangenheit, kein Facebook, Instagram, Twitter, Snapchat … Der existiert überhaupt nicht.»

«Wer weiß, vielleicht heißt er gar nicht Harry König», unkte Sophie.

«Oder er war im Ausland», schlug Elif vor.

«Auf dem Mars?», fragte Sophie. «Woanders haben sie Internet.»

«Es wird eine Katastrophe», lamentierte Chloe. «Ich hab nicht mal was anzuziehen. Ich bin so fett geworden.»

«Unsinn», sagte Elif.

«Schau doch. Ich sehe aus wie ein Pudding», rief Chloe. Vermutlich drückte sie gerade ihre nicht vorhandenen Fettrollen zusammen. «Schau mal, der Pudding kann sprechen», rief sie.

Es brauchte mehrere Runden an Beschwichtigungen und Beteuerungen von Elif und Sophie, bis Chloe zufrieden war und sich traute, wieder in die Welt hinauszutreten. Es wurde still in der Kabine.

Millionen Fragen schwirrten durch Bobbies Gehirnwindungen. Harry König saß zu jeder Tages- und Nachtzeit in der Box. Was, wenn er beobachtet hatte, wie Lena am Morgen zum Trainingscamp aufgebrochen war? Wie lange würde es dauern, bis er Lena in dem Gewusel vermisste? Glaubte er die offizielle Version, dass Lena eine Gehirnerschütterung auskurierte? Was, wenn er Sonja anrief, um sich persönlich nach Lenas Wohlbefinden zu erkundigen? Was, wenn er dahinterkam, dass Lena weder zu Hause noch im Pfingstlager war? Eine Myriade an Schreckensszenarien entwickelte sich vor ihren Augen.

Du machst dir zu viele Sorgen, sagte sie sich immer wieder vor. Auf dem Campingplatz wuselte es Tag und Nacht, die Gruppen unterlagen ständigen Veränderungen. Wie sollte ihm in dem Trubel auffallen, dass Lena fehlte? Sie musste einfach vermeiden, Harry König in die Arme zu laufen. Jede

Frage, die er ihr stellen konnte, war eine zu viel. Sie hoffte inständig, dass die Erfahrung aus vierunddreißig heimlichen Citybox-Touren half, Harrys Röntgenblick zu entweichen. Bobbie erklärte ihren Aufenthalt am Grünsee zu *Mission Impossible 2.0*. Diesmal spielte sie alleine gegen König.

Bist du sicher?

Neugierig blickte Lena ihren Fahrer von der Seite an. Dante hieß er also. Von nahem sah er wesentlich jünger aus. Ob er überhaupt einen Führerschein hatte? Das Merkwürdige war, dass ihre inneren Stimmen keinerlei Bedenken anmeldeten. Ganz offensichtlich mochten sie Dante, obwohl er ausgesprochen sonderbar war. Vielleicht auch gerade deswegen. Schwungvoll steuerte Dante das Auto durch endlose Kurven Richtung Anhöhe, die viel weiter weg war, als sie sich das vorgestellt hatte. Mit dem Fahrrad hätte sie die Fabrik nie erreicht. Immer wieder leuchtete die Klinkerfassade der alten Industrieanlage durch die Bäume hindurch.

«Ist das Zufall, oder verfolgst du mich?», fragte Lena leichthin.

«Ich verfolge dich», gab Dante unumwunden zu. «Aber du solltest es nicht merken.»

Lena spürte ein Flattern im Magen. Sie hatte sich den heimlichen Beobachter also nicht eingebildet. Gleichzeitig amüsierte sie seine direkte Antwort. «Sind die alle so komisch, wo du herkommst?»

«Leider nicht», antwortete er. «Das ist ja gerade das Problem.»

Mit quietschenden Reifen ging der Wagen in Schräglage. Das Auto klapperte dramatisch, als könne es jeden Moment auseinanderfallen. Lena fiel gegen die Autotür, die auf einmal nachgab. Dante, der alles im Auge zu haben schien, hielt Lena an der Jacke fest. In der nächsten Kurve schloss die Fliehkraft die Tür mit einem Knall. Unwillkürlich rutschte sie näher an Dante heran. Ihre Schulter berührte fast die seine. Ganz ohne Schluckauf.

«Du musst nicht so rasen», sagte Lena. «Ich hab's nicht eilig.»

«Wir brauchen Tempo», erklärte ihr exzentrischer Chauffeur. «Das erste Mal kriegt man den Weg noch nicht alleine hin. Deswegen das Taxi.»

Lena kicherte nervös. «Das soll ein Taxi sein?»

Sie konnte sich beim besten Willen nicht vorstellen, dass jemand freiwillig diese Klapperkiste bestieg. Jemand, der nicht Lena Friedrich hieß und mit einem Abenteuergen ausgestattet war.

«Wir brauchen den Wagen nicht so oft», erklärte er. «Dieser stand seit fünfundzwanzig Jahren still.»

Machte er sich lustig über sie? Alles, was der Junge sagte, klang merkwürdig unlogisch. Träumte sie? Lena nahm ihren Zeigefinger und pikste ihn vorsichtig in seinen Oberarm. Dante lachte schallend auf, verriss das Lenkrad und landete vor lauter Übermut auf der Gegenbahn. Vor ihnen tauchte ein Traktor auf. Wie aus dem Nichts. Im allerletzten Moment wich Dante dem landwirtschaftlichen Gefährt aus. Während Lena nach Luft schnappte, blieb ihr Chauffeur unbeeindruckt von der Beinahe-Kollision. So, wie das Auto aussah, führte er solche Fahrmanöver mit wechselhaftem Erfolg aus.

«Für was hältst du mich? Für einen Geist?», fragte er gutgelaunt.

«Du tauchst wie aus dem Nichts auf und bist genauso schnell wieder verschwunden», antwortete Lena. «Wer weiß: Vielleicht gibt es nicht nur Geister in weißen Nachthemden, sondern auch im schwarzen Mantel?»

«Du hast keinen blassen Schimmer, oder?», sagte Dante.

Es klang eher nach Feststellung als nach Frage. Lena grummelte. Wenn sie ehrlich war, hatte sie nicht einmal eine Ahnung, wovon sie keine Ahnung hatte. Ihr ganzes Leben hatte sich in ein großes Rätsel verwandelt, das selbst die besserwisserischen inneren Stimmen ratlos machte. Je näher sie Anhöhe und Fabrik kamen, umso grimmiger zeigte sich das Wetter. Eine tiefschwarze Wolkenfront hing drohend über ihnen. Am Horizont fielen dunkle Fäden wie ein Vorhang. Dante schien die Perspektive, in ein unkalkulierbares Unwetter hineinzufahren, nicht weiter zu beunruhigen.

«Willst du gar nichts fragen?», erkundigte er sich.

«Woher kommst du? Was willst du von mir? Warum verfolgst du mich? Wie machst du das mit der Zeit? Warum gerät alles durcheinander, sobald du auftauchst?», schlug Lena vor.

Dante nickte.

«Würdest du mir antworten?», fragte Lena.

«Nein», sagte Dante.

«Siehst du», sagte Lena. «Deshalb frage ich erst gar nicht.»

Der Junge wandte sich Lena überrascht zu. Sie grinste ihn provozierend an. Frech sein konnte sie auch.

«Du musst Geduld haben», erklärte Dante ein bisschen verlegen. «Wir müssen erst mal den Weg schaffen.»

Täuschte sie sich? Oder war er ein kleines bisschen nervös? Was hatte er vor? Lena rutschte erwartungsvoll auf ihrem Sitz nach vorne, um den Moment nicht zu verpassen, an dem sich der Blick ins Tal öffnete. Ihre Hoffnung, eine Übersicht über die umgebenden Täler zu bekommen, erwies sich als Trugschluss. Wohin sie sich auch wendete, behinderten Wolkenfronten die Sicht. Wohin führte der Weg? Was erwartete sie dort oben?

«Wenn du nicht zu Hause bist, was vermisst du dann am meisten?», fragte Dante.

«Warum willst du das wissen?», fragte Lena.

«Wenn du mit mir kommst, wird dein Leben nie mehr so sein, wie es war.»

«Ich will ja nicht bleiben», sagte Lena. «Ich will in den Uhrenladen.»

Das war nur die halbe Wahrheit. Sie spürte, dass es nicht der richtige Moment war, ihm vom Unfall der Eltern und den Fragen, die damit einhergingen, zu berichten. Dante bemerkte ihr Zögern nicht. Sein Lächeln war einer ernsten Miene gewichen. Starren Blickes behielt er die Straße im Auge. Mit einem Mal war ihr mulmig zumute.

«Was ist denn so besonders an dem Laden?», fragte sie.

Dante hatte keine Zeit mehr für Erläuterungen. «Halt dich fest», sagte er. «Es geht los.»

Kein Anschluss unter dieser Nummer

Vorsichtig lugte Bobbie aus dem Klohäuschen heraus. Überall hatten sich Grüppchen gebildet. Es wurde gelacht, herumgetollt, Tischtennis und Fußball gespielt. Harry König war nirgendwo zu sehen.

Bobbie bemühte sich, ein bewegliches Ziel abzugeben und in irgendeiner der Gruppen abzutauchen. Leider schien sich niemand für sie zu interessieren. Bobbie fühlte sich latent unsichtbar. Bislang hatten ihre Mitspielerinnen sie vor allem als Lenas Begleitung wahrgenommen.

Sie sehnte den Abend herbei wie einen lang vermissten Freund. Im Dunkeln würde es weniger auffallen, wie alleine sie über den Platz streunte. Die Nacht würde sie vor den forschenden Blicken von Harry König schützen. Bis es so weit war, lag ein elend langer Tag vor ihr. Während sie über die Wiese schlenderte, fiel Bobbie wieder ein, wie sich das Leben angefühlt hatte, bevor Lena ihre Freundin wurde. Sie beschloss tapfer, dass sie das schüchterne und wortlose Mädchen von damals erfolgreich hinter sich gelassen hatte, und steuerte entschlossen auf ihre Mannschaftskolleginnen zu. Auf dem Sportfeld trainierten vier Mannschaften. Jonas brachte den allerjüngsten Handballern Wurftechniken bei,

Sophie und Elif bauten gerade Hütchen und Hürden auf. Ohne zu fragen, griff Bobbie eines der Sportgeräte und gesellte sich zu ihnen.

«Der Dennis hat Schluss gemacht mit mir», sagte Sophie. «Dabei habe ich Leon nur ein Mal geküsst. Und das nur aus Versehen.»

«Der Dennis war sowieso nichts für dich», sagte Elif.

«Wie kannst du das sagen?», fauchte Sophie. «Man konnte sich ganz toll mit ihm unterhalten.»

«Über was genau?», fragte Elif. «Der kriegt die Zähne nicht auseinander.»

«Es ist schön, wenn man nicht immer reden muss», sagte Sophie. «Man muss in einer Beziehung auch mal schweigen können.»

«Vielleicht solltest du dich entschuldigen», sagte Bobbie in Verkennung der Tatsache, dass hier kein vernünftiger Ratschlag gefragt war. Elif und Sophie starrten sie entgeistert an. Offensichtlich ging es um das Drama, nicht um Lösungen. In den Frauenmagazinen ihrer Mutter standen ständig Mutmacher-Artikel mit Überschriften wie «Sei du selbst». Aber das galt wohl nicht für sie. Mädchen wie Bobbie sollten am besten nicht sie selbst sein, wenn sie mitreden wollten.

Sophie ignorierte Bobbies zaghaften Versuch, sich einzubringen.

«Zu einer Trennung gehören immer noch zwei», begann sie von neuem ihr Klagelied, während Bobbie sich geknickt davonschlich.

Bei der nächsten Gruppe lief es kaum besser. Chloe probierte, mit ein paar anderen Mädchen das perfekte Foto für Instagram zu inszenieren, auf dem sie alle gleichzeitig in die

Luft sprangen. Bobbies Timing kannte vor allem Extreme: Entweder sprang sie als erste oder als letzte, zu hoch oder zu niedrig, niemals jedoch synchron mit der Gruppe.

«Bobbie muss an den Rand», beschied Chloe gnadenlos beim Sichten der Ergebnisse. «Dann können wir sie immer noch abschneiden.»

Vielleicht wäre es Bobbie noch gelungen, den richtigen Zeitpunkt zu erwischen, wenn nicht in diesem Augenblick Harry König auf dem Sportplatz aufgelaufen wäre. Statt Absprung wählte Bobbie den Abflug.

Eilig zog sie sich in ihr Zelt zurück und klickte sich durch die Snapchats ihrer Mannschaftskolleginnen. Alle schienen eine großartige Zeit im Trainingslager zu verleben. Das Leben ihrer Teamgenossinnen wirkte so mühelos, so bunt, so perfekt. Wie machten die das bloß? Dank eifrig eingesetzter Filter funkelte selbst der modrige Grünsee so verführerisch türkis, dass er locker mit einem Ziel in der Karibik konkurrieren konnte. Bobbie kannte die Wahrheit, trotzdem fühlte es sich an, als würde das Leben an ihr vorbeigehen. Neugierig spielte sie Chloes neuesten Vlog «Crazy me» ab, der in sechs Minuten 486 likes erhalten hatte.

«OMG, das war so krass», sprudelte Chloe vor dem Bus hervor. «Das muss ich euch noch schnell erzählen. Gestern hat mein Vater versprochen, mich zu bringen.»

Verblüfft entdeckte Bobbie sich selbst im Hintergrund. Die Filmaufnahme erfasste exakt den Moment, in dem sie sich von Lena verabschiedete und den Berg runterlief. In der Panik, rechtzeitig zum Bus zu gelangen, hatte sie keine Notiz davon genommen, was um sie herum vor sich ging. Wieso war ihr der Junge mit den eisblonden Haaren und dem wehenden dunklen Mantel nicht aufgefallen? Sie war fast mit ihm zusammengestoßen und konnte sich nicht an ihn erinnern. Als ob er unsichtbar wäre. Noch verstörender war die Erkenntnis, dass der Junge direkt auf den Platz zuging, wo Lena sich verborgen hielt. Der Mops rannte panisch durch den hinteren Bildausschnitt. Als hätte er einen Geist gesehen.

29

Am Rand der Welt

Mit Vollgas steuerte Dante den Wagen in den Sturm hinein. Lena wurde angst und bange. Regen klatschte gegen die Scheibe. Heftige Schauer erschwerten jede Orientierung. Die Scheibenwischer hatten Mühe, der Wassermassen Herr zu werden. Tropfen schlugen auf das Autodach ein, als seien es Hagelkörner. Der Lärm war infernalisch, die Sicht mehr als begrenzt. Dante schien es nicht einmal zu bemerken. Er hielt stur Kurs und wirkte gutgelaunt und gelassen.

«Willst du uns umbringen?», ächzte Lena.

Dante lachte nur. «Halt dich lieber fest, wenn du unversehrt ankommen willst.»

Er drückte das Gaspedal durch. Der Wagen schoss noch schneller durch den Regen. Hatte sie so etwas nicht schon einmal erlebt? In der Silvesternacht? Als sie mit ihren Eltern auf der verschneiten Landstraße unterwegs war? Die Bilder vom Unfall standen Lena lebendig vor Augen. Wie Luftblasen unter Wasser tauchten sie an die Oberfläche. Sie sah sich selbst als Mädchen auf dem Rücksitz des Unfallwagens. Thomas' Hände krampften sich so sehr um das Steuer, dass seine Fingerknochen weiß schimmerten, daneben kauerte leichenblass ihre Mutter Rhea. Das kleine Mädchen drehte sich ängstlich um. Scheinwerfer blendeten sie. Ein Auto klebte förmlich an der hinteren Stoßstange. Ängstlich verbarg das Mädchen den Kopf in den Haaren ihrer Puppe, als ein Knall das Auto erschütterte und vom Kurs abbrachte.

«Anhalten!», schrie das kleine Mädchen in ihrem Kopf.

«Anhalten», brüllte Lena Dante an. «Lass mich raus.»

Ihr Aufschrei verhallte ungehört. Dante steuerte ungerührt in das Inferno. Woher wusste er, wo es langging? Der Chronometer brannte auf ihrer Haut. Wie in einer gigantischen Autowaschanlage prasselte das Wasser von allen Seiten auf den Wagen ein. Die Naturgewalt hebelte den verbliebenen Scheibenwischer aus der Verankerung. Die Fahrt wurde zum Blindflug. In dem verschwommenen Grau blitzten Warnschilder auf. *Keine Wendemöglichkeit. Sackgasse. Achtung, Lebensgefahr.* Schwach erkannte sie die Konturen der Fabrik am Ende der Straße. Ein drei Meter hohes Metallgitter, das rund um die Industrieanlage lief, sicherte das Gelände. Ihren Fahrer interessierte das eher weniger. In rasender Fahrt ging es Richtung Barrikade. Warnleuchten blinkten hysterisch. Lena wimmerte. Ihre Fingernägel krallten sich in die Sitzpolster. Dante störte das Hindernis nicht im Geringsten. Mit unverminderter Geschwindigkeit rauschten sie in die schweren Absperrgitter und schleuderten auf das Fabrikgebäude zu. Nur ein paar Meter trennten sie jetzt noch von dem imposanten Eingangsportal. Wo wolle Dante hin? Warum bremste er nicht? Wie ein Wahnsinniger hielt er stur auf das gigantische Stahltor zu, auf dem das Logo der Fabrik prangte: eine stilisierte Eule. Die Augen, der Körper, die Flügel – das ganze Tier setzte sich aus drehenden Zahnrädern zusammen, wie bei einem gigantischen Uhrwerk. Sie spürte ihren Chronometer glühen, die dämonischen Eulenaugen sendeten einen gleißend hellen Blitz aus, der sie einen Moment blendete. Im nächsten Moment sprengte ein gigantischer Knall ihren Kopf, der Druck nahm ihr die Kraft zu atmen. Funken flogen, ein Sausen, Wispern und Heulen schwoll an. Es war ihr, als wären sie in einer Art Tunnel gelandet. Im Licht der Scheinwerfer tauchte auf einmal Jonas mit seinem Fahrrad auf. Und dann Bobbie, Sonja, ihre Schwestern. Was geschah mit ihr? Woher kamen diese Bilder? Es schwindelte sie. Eine unsichtbare Macht drückte ihre Augen zu. Die digitale Zeitanzeige im Auto stoppte. Das Letzte, was sie wahrnahm, war der Chronometer, dessen Licht von rot auf grün wechselte. Es kam ihr vor, als ob das Auto ins Schwimmen geriete. War da überhaupt noch Straße unter ihnen? Oder befanden sie sich im freien Fall? Lena wurde schwarz vor Augen.

Essen fassen

Bobbie fuhr aus dem Schlaf hoch. Sie musste im Zelt eingenickt sein. Draußen schallte eine Kuhglocke über den Platz. Unter viel Gelächter schleppten die jüngsten Teilnehmer des Camps das schwere Gerät quer über die Wiese und riefen mit infernalischem Gebimmel die Handballer zum Essen.

Den ganzen Nachmittag war es Bobbie erfolgreich gelungen, Harry König auszuweichen. Die Mahlzeiten stellten eine besondere Herausforderung dar. Bobbie nahm ihren Platz in der mobilen Essensausgabe an der Station *Nudeln mit Soße* ein. Das Austeilen von Essen lief perfekt, bis Chloe an die Reihe kam.

«Sind das deutsche oder italienische Nudeln?», erkundigte sie sich.

«Keine Ahnung», meinte Bobbie. «Bis jetzt haben sie noch nichts gesagt.»

In der Schlange wurde gelacht. Chloe baute sich drohend vor Bobbie auf. Noch beunruhigender als Chloes Auftritt war aber das, was sich am Eingang abspielte. Im Hintergrund kam König mit der B-Jugend vom Trainingsfeld zurück. Mit hochroten Köpfen, hängenden Zungen und verschwitzten

Trikots strebte die Truppe Richtung Duschen. König sammelte die Bälle ein. Vorsichtshalber drückte Bobbie ihren Kopf auf die Brust und zog die Fransen in die Stirn.

«Sind die Spaghetti mit Ei?», insistierte Chloe, verärgert darüber, dass man ihre Sorgen offenbar nicht ernst nahm.

«Mit Soße», sagte Bobbie, die nur halb hingehört hatte. «Willst du vegetarisch oder Fleisch?»

«Was kann ich dafür, dass ich allergisch gegen Hühnerei bin?», rief Chloe so laut, dass alle Umstehenden aufmerksam wurden. «Es ist nicht fair, sich darüber lustig zu machen, Roberta Albers! Weißt du, wie das ist, wenn man auf die leckersten Dinge verzichten muss? Nudeln sind göttlich, alle mögen Nudeln. Und ich? Ich kriege eine allergische Reaktion. Erst juckt es, und dann kommt der Hautausschlag mit Pusteln: Ich werde todkrank von bestimmten Nudeln. Dabei liebe ich Pasta. Die anderen gehen zum Italiener. Und ich? Meinst du, es ist toll, nur im Sushi-Restaurant essen zu können?»

Keinem der Umstehenden entging die Szene. Bobbie stöhnte auf. Die Hälfte der Kinder aß vegetarisch, manche vegan, ein paar glutenfrei. Keiner machte eine derartige Show aus seinen Essgewohnheiten.

«Da ist kein Ei drin», verkündete Bobbie, nachdem sie auf der leeren Packung nachgesehen hatte.

«Ich nehme nur was vom Salat. Dann hungere ich eben», sagte Chloe leidend. Sich zu produzieren lag ihr wesentlich mehr, als zuzuhören. Inzwischen hatte sich eine Traube um die Essensausgabe gebildet. Hektisch schaffte Bobbie einen Teller Salat herbei.

«Da sind ja Tomaten drin», kreischte Chloe.

Sie musste das laute Mädchen so schnell wie möglich abfertigen, bevor auch noch der Letzte auf dem Campingplatz auf die Szene aufmerksam wurde.

Bobbie griff in den Teller und fischte eigenhändig die Tomaten raus. «Jetzt nicht mehr.»

Chloe quietschte schrill auf. Bobbie duckte sich weg und flüchtete von der Essensausgabe.

«Wo ist denn deine zweite Hälfte?», rief eine freundliche Stimme hinter ihr. «Lena und du, ihr seid doch sonst wie siamesische Zwillinge.»

Sie drehte sich um und sah in die Augen von Harry König. Ohne Lena an ihrer Seite fühlte sich ihre persönliche Mission Impossible nicht mehr wie ein Spiel an. Bobbies Knie gaben nach. Im Gegensatz zu ihrer Freundin hatte Bobbie immer gehörigen Respekt vor dem Wachmann gehabt.

«Ist alles in Ordnung?», fragte König. Er klang ehrlich besorgt.

«Lena ist zu Hause geblieben», sagte Bobbie tapfer. «Sie musste noch mal zum Arzt. Wegen der Gehirnerschütterung.»

So mussten sich Roulettespieler fühlen, die alles auf eine einzige Zahl setzten. Ihr blieb nichts anderes übrig, als die offizielle Version zu wiederholen und darauf zu hoffen, dass er zu beschäftigt war, weiter über die Tochter seiner Chefin nachzudenken.

Die andere Seite

Lena öffnete vorsichtig ein Auge. Ein Sonnenstrahl blendete sie. War sie tot? Lebte sie?

«Beim nächsten Mal geht es schon leichter», hörte sie Dantes Stimme. «Alles eine Frage der richtigen Atmung. Wer sich entspannt, reist viel bequemer.»

Lena hätte den Jungen erwürgen können. Wenn sie nicht so benommen wäre.

«Du bist ein miserabler Autofahrer», sagte sie.

Weiter kam sie nicht. Ihr Magen drehte sich um. Eine Sekunde später stand sie am Wegesrand und spuckte sich die Galle aus dem Leib. Im Geiste dankte sie dem gefräßigen Mops, der dafür gesorgt hatte, dass ihr Bauch beinahe leer war. So schlecht war ihr zuletzt gewesen, als sie sich mit Zuckerwatte im Magen an drei Runden Kettenkarussell gewagt hatte. Damals wusste sie, warum ihr schlecht war. Heute versagten ihre Erklärungsversuche.

«Man gewöhnt sich an die Passage», sagte Dante.

Lena sah irritiert auf und blickte verblüfft um sich. Hinter ihr schlossen sich riesige graue Stahltüren, nicht unähnlich dem Eingangsportal der Fabrik. Sie verschwammen im Felsen, als hätte es sie nie gegeben. Sie hatte einfach zu wenig gegessen und getrunken, sagte sie sich vor, um sich selber zu beruhigen. Dazu die schlaflosen Nächte vor ihrem Ausflug. Kein Wunder, dass ihre Wahrnehmung getrübt war.

Hoch über ihnen thronte die Fabrik, die jetzt aus einer anderen Perspektive zu sehen war, unter ihnen schwebten dichte Nebelschwaden, die darauf hindeuteten, dass sie noch nicht in der Talsohle angekommen waren. So richtig verstand Lena immer noch nicht, wie sie hier gelandet waren. Waren sie durch einen Tunnel von dort oben gekommen? War das alles mit physikalischen Gesetzen logisch erklärbar? Sie ärgerte sich, dass sie in eine Art Ohnmacht gefallen war und den wichtigsten Moment der Reise verpasst hatte.

Dante lächelte zufrieden. Ganz offensichtlich war alles nach Plan verlaufen. Doch was sollten sie hier? Die Straße endete auf einer großen planierten Freifläche, die kurioserweise als Taxistandplatz gekennzeichnet war. Tatsächlich hatte das Ganze etwas von einem Hubschrauberlandeplatz, denn um den Parkplatz herum lag raue Wildnis. Im Gegensatz zu der dichten Vegetation, die Lena auf der anderen Seite wahrgenommen hatte, herrschte hier offenbar ein raueres Klima. Das Gras war von heftiger Sonneneinstrahlung gelb und ausgedörrt. Büsche und Bäume wuchsen so schräg, als fielen ständig starke Winde über sie her und drückten sie zu Boden. Überall verteilt lagen von der Sonne ausgebleichte, zerklüftete Felsbrocken, als habe ein Riese sie absichtslos in die verdorrte Wiese geschleudert. Eine verwunschene unwirtliche Landschaft in unzählig vielen Brauntönen.

«Und das ist der Eulengraben?», fragte Lena verwirrt. Von einem Uhrenladen war weit und breit nichts zu sehen. Wieso führte Dante sie in dieses öde Niemandsland? Ein schepperndes Geräusch ließ sie zusammenfahren. Es war die Stoßstange des Wagens, die sich endgültig verabschiedete und zu Boden ging. Nach der beängstigend holprigen Passage verstand Lena, warum das sogenannte Taxi so mitgenommen aussah. Das Auto dampfte und ächzte, als wolle es jeden Moment in sich zusammenbrechen.

«Du musst genauer hinsehen», sagte Dante und wies mit einer ausladenden Handbewegung auf die Nebelfront im Tal.

Mühsam erhob sich Lena. Eine merkwürdige Kraft zog sie weiter: dieser Drang zu wissen, was sich hinter der nächsten Ecke verbarg, hinter den Bergen und jenseits des Meeres und des Horizontes. Ratlos starrte sie in den Dunst hinein. Und tatsächlich: Wenn man genauer hinschaute, wirkte es so, als bräche sich gerade die Sonne ihren Weg durch die Schwaden. Vor ihren Augen spielte sich ein magisches Schauspiel ab. Der Nebel verzog sich. Grelles Licht blendete sie.

«Was ist das?», fragte Lena irritiert.

«Sieh hin», sagte Dante. Er nahm ihren Kopf und drehte ihn leicht.

Sosehr Lena sich auch anstrengte: Sie sah nichts. War das wie bei den dreidimensionalen Bildern vom magischen Auge, wo man die Nasenspitze auf die Zeichnung drücken und ein bisschen schielen musste, bevor man etwas wahrnahm? Sie kniff die Lider zusammen und versuchte, in dem See von Licht Konturen zu erkennen.

«Was soll das sein?», fragte sie.

«Du bist zu ungeduldig», sagte Dante.

Sie probierte es noch einmal. Je länger sie schaute, umso deutlicher schälten sich Schatten, vage Umrisse und schließlich Linien heraus. Erst undeutlich und schwach, dann immer stärker. Es war, als ob vor ihren Augen eine Stadt aus dem Licht aufstünde.

«Man muss wissen, wo man suchen muss», sagte Dante, als ahne er, was in ihrem Kopf vor sich ging. «Für Uneingeweihte bleibt die Stadt auf immer unsichtbar, selbst wenn sie es auf diese Seite geschafft haben. Es braucht Talent und einen Begleiter.»

Lena konnte es immer noch nicht so recht fassen, welch phantastisches Bild allmählich vor ihren Augen entstand. Geborgen zwischen Felswänden und steilen Hügeln, lag eine Stadt, die so groß war, dass man ihre Ausmaße von hier oben gerade mal erfassen konnte. Wie ein Ring umschloss ein Fluss die Stadt. Sie zählte vier schmale Brücken, die auf enge Tore zuliefen. Die Bebauung war in drei Achtecken angeordnet, eines immer kleiner als das andere. Zwischen den Häuserreihen befanden sich große Straßen, die sich ebenfalls über das ganze Oktagon erstreckten. Alles wie am Reißbrett geplant, als wäre der Ort eine geometrische Figur auf Zeichenpapier. Im Inneren der Stadt wiederholte sich die Linienführung. Das Herzstück formte ein riesiges achteckiges Gebäude, in dessen Mitte sich eine gigantische Halbkugel aus Metall erhob, die strahlend hell glänzte. Kein Wunder, dass sie von diesem Übermaß an Licht erst einmal geblendet worden war.

Das Gebäude erinnerte sie an die Insektenaugen, die sie im Unterricht bei Frau Eisermann unter dem Mikroskop untersucht hatten. Bei genauem Hinsehen war das Metall in unzählige achteckige Facetten unterteilt. Die Stadt mutete auf den ersten Blick wie eine mittelalterliche Festung an, auf den zweiten wirkte sie durch die Kuppel geradezu futuristisch. Hier gaben sich Vergangenheit und Zukunft die Hand. Lena rang um Atem. Es war seltsam. Jetzt, wo sie diesen magischen Ort entdeckt hatte, konnte sie sich nicht mehr erklären, wieso ihr das eben nicht gelungen war.

«Das ist die unsichtbare Stadt», erklärte Dante in einem feierlichen Ton.

Als Lena sich umdrehte, stellte sie fest, dass die Anhöhe mit der Fabrik in den Wolken verschwunden war. Als hätte es sie nie gegeben. Sie war auf der anderen Seite angekommen.

«Sollen wir weiter?», fragte Lena. Ihr ging es schon viel besser.

Sie deutete auf den schmalen Weg, der von der Straße in die Stadt führte.

«Wenn wir einmal unten angekommen sind, kann ich für nichts mehr garantieren», warnte Dante.

Lena blickte auf die Häuser und Straßen hinab. Dort unten verbargen sich die Antworten auf all ihre Fragen. Sie konnte kaum erwarten, sich auf die Suche nach dem Uhrenladen zu machen.

«Worauf warten wir?», sagte sie.

32

Geisterstunde

Bobbie hielt inne. War da jemand? Hatte sie eine Stimme gehört? Einen Schrei in der Nacht? Ihre Füße knirschten auf dem frisch geharkten Kiesweg, der vom Parkplatz Richtung Wald lief, wo die Handballer sich zur Nachtwanderung versammelten.

Geplant war, dass die Teams geschlossen im Zehnminutentakt aufbrachen. Bobbies Mannschaft bildete die Spitze. Leider stand zu befürchten, dass die eingeteilten Geister sich bei den ersten Wanderern besonders motiviert zeigten. Am Abend waren Regenwolken auf- und vorübergezogen, und bis zuletzt hatte Bobbie gehofft, dass das Wetter ihnen einen Strich durch die Rechnung machen würde. Oder sie sich beim nachmittäglichen Training den Fuß verstauchte. Gerade schwer genug, dass der mitgereiste Sanitäter den Kopf schütteln würde und sie mit einem sorgenvollen «Hochlagern, mindestens einen Abend lang» von der Last, sich noch mal in Gefahr zu begeben, befreien würde. Die Regenwolken verdrückten sich, ohne ihre Pflicht zu erfüllen. Es sprach nichts dagegen, sich eine halbe Stunde nach Sonnenuntergang am Waldeingang zur Nachtwanderung einzufinden.

Auf dem Parkplatz hatte sich bereits der Großteil ihres Handballteams eingefunden. Bobbie atmete erleichtert auf: keine Spur von Harry König.

Elif schoss auf sie zu. «Das war cool von dir», sagte sie kichernd.

«Superlustig», lobte Sophie. «Du hättest Chloe sehen sollen, wie sie sich aufgeregt hat.»

«Den ganzen Abend», bestätigte Elif, ein paar andere nickten eifrig.

Seit dem Tomaten-Desaster bei der Essensausgabe hatte Bobbie ihre Mannschaft gemieden. Nun stellte sie verblüfft fest, dass allein die Tatsache, dass sie es gewagt hatte, sich öffentlich gegen Chloe zu stellen, ihr Ansehen enorm gesteigert hatte. Offenbar war sie nicht die Einzige, die sich an Chloes Herrschsucht störte. Zum ersten Mal fühlte sie sich auch ohne Lena als ein Teil der Mannschaft. Als Chloe auftauchte, bedachte sie Bobbie mit einem vernichtenden Blick und zog mit scharfem Stechschritt davon.

«Komm einfach mit», flüsterte Elif. «Die beruhigt sich schon wieder.»

Während Chloe und ihre Freundinnen selbstbewusst ins Dunkel marschierten, fummelte Bobbie an ihrer flackernden Taschenlampe herum. Ehe sie es sich versah, lag sie dreißig Meter zurück. Dann eben ohne Licht.

Bobbie sagte sich vor, dass so eine Nachtwanderung war wie Handball, kurz vor einem wichtigen Spiel. Man spürte den Gegner, lange bevor man ihm von Angesicht zu Angesicht gegenübertrat.

«Angst vor dem Gegner ist überlebenswichtig», stand in ihren Handball-Lehrbüchern. «Nur wer Angst spürt und zulässt, bringt genug Respekt vor dem Konkurrenten aufs Feld.» Aber wie verhielt sich das mit der Angst, wenn der Gegner unbekannt war? Bobbie liebte Horrorfilme und Grusel, vor allem, wenn sie sich in ihren eigenen vier Wänden abspielten und mit Fernbedienung zu regulieren waren. Auf Selbstversuche in freier Wildbahn verzichtete sie lieber. Im schlimmsten Fall war heute Nacht zu allem Überfluss Harry König als Waldgespenst unterwegs. Nach den Erfahrungen bei Citybox zweifelte sie keinen Moment daran, dass der Wachmann einen großartigen Erschrecker abgab.

Anstatt zügig zu ihrem Team aufzuschließen, schlich Bobbie in Alarmhaltung über den düsteren Parkplatz. Die Bäume, die sich gegen den dunklen Himmel stemmten, sahen aus wie Broccoli. Vor überdimensioniertem Gemüse musste niemand Angst haben. Nicht einmal die, die wie Bobbie Broccoli hassten. In ihrem Rücken raschelten Blätter. Glühende, orangefarbene Augen verfolgten aus einem Gebüsch heraus jeden ihrer Schritte. Eine Katze! Es musste eine Katze sein. Was sonst? Sie stierte so angestrengt nach vorn, dass sie ganz vergaß, auch nach hinten zu schauen. Plötzlich legte sich eine kühle Hand auf ihre Schulter. Bobbie schrie auf.

«Willst du bei uns dabei sein?», fragte eine lachende Stimme. Sie gehörte Jonas.

Bobbie schnappte nach Luft. Das Adrenalin jagte Stromstöße durch ihren Körper.

Jonas amüsierte sich prächtig. «Du brauchst dich nicht zu fürchten. Wir sind alle noch hier.» Er beugte sich zu ihr und flüsterte ihr verschwörerisch ins Ohr: «Wir sind die Geister.»

Bobbie erkannte die Gesichter von sieben Jungen aus der

B-Mannschaft. Erleichtert stellte sie fest, dass König nicht zur Gespenster-Truppe gehörte. Sie hatte sich den ganzen Nachmittag umsonst Sorgen gemacht, ihm im nächtlichen Wald über den Weg zu laufen.

«Wir haben kein einziges Mädchen gefunden, das bei den Waldgeistern mitmachen will. Dabei sind die hohen Stimmen die gruseligsten», erklärte Jonas. «Hast du Lust?»

Mit Laub rascheln, Äste knacken lassen, Tiergeräusche imitieren, geheimnisvolle Blinkzeichen abgeben und dabei furchterregende Töne ausstoßen: Die Idee, eine Hauptrolle in ihrem eigenen Gruselfilm zu übernehmen, begeisterte Bobbie. Besser, als mit einer feindseligen Chloe durch den Forst zu tapern und jede Sekunde damit zu rechnen, dass jemand aus dem Unterholz hervorbrach.

Die Geister teilten sich in vier Gruppen auf und verschwanden in alle Himmelsrichtungen, bevor das nächste Team sich auf dem Parkplatz versammelte.

Gemeinsam mit Jonas kletterte Bobbie über ein Eisengatter. Finsternis begrüßte sie, als sie auf dem schmalen Trampelpfad in die Schattenwelt des Waldes eintauchten. Die Baumstämme, die den Weg säumten, standen Spalier, als wären es nachlässig hingekritzelte Striche. Der Blick in den Himmel verlor sich auf halber Strecke, das Blätterdach war allenfalls zu erahnen. Vorsichtig tastete sie sich mit Jonas auf dem weichen Boden voran. Schweigend überquerten sie einen schlammigen Wassergraben, krabbelten über morsche Bäume und schoben Büsche zur Seite. Der Boden unter ihnen raschelte, eine Eule schrie durch die Nacht. Im Dunkel blinkten Augen. Mal irgendwo in der Nähe des Bodens, dann wieder auf Hüfthöhe.

«Vielleicht ein Fuchs», flüsterte Bobbie. «Oder Rehe.»

Seine Hand griff nach der ihren, um ihr über eine morastige Stelle zu helfen. Es war unheimlich, verwirrend, aber irgendwie auch gruselig schön, neben ihm durch den dusteren Wald zu wandern. Plötzlich blieb er wie angewurzelt stehen.

«Sind wir noch auf der richtigen Route?», fragte er verwundert.

«Wie soll ich das wissen?», raunte Bobbie ihm zu.

«Gibt es überhaupt eine Route?», fragte Jonas. Nur um eine Sekunde später in prustendes Gelächter auszubrechen.

«Kleiner Scherz», sagte er. «Wir sind die Strecke heute Nachmittag schon abgegangen.»

Bobbie prügelte scherzhaft auf ihn ein. Jonas fing ihren Arm und hielt ihn fest. Sie hörte seinen Atem, spürte die Wärme seines Körpers. Einen Moment lang. Zu lange. Unwillkürlich dachte Bobbie an Lena und entwand sich seiner spielerischen Umarmung.

«Weißt du noch, wie wir mit deinem Vater im Stadtpark Verirren gespielt haben?», lenkte sie ab.

«Mein Vater?», fragte Jonas erstaunt, während sie weiterliefen.

«Ich fand den immer toll», gestand Bobbie. «Bei dem durfte man alles, was zu Hause verboten war. Mit Feuer spielen, das Messer ausprobieren, sich hoffnungslos verlaufen.»

«Weil es ihm egal war», sagte Jonas bitter. «Merkwürdig, dass du dich an meinen Vater erinnerst. Dem war Karriere immer wichtiger als Familie. Aber auch die hat sich mittlerweile in Rotwein aufgelöst.»

Bobbie wunderte sich, welche Kapriolen das Gedächtnis vollführte. Hatten die Unternehmungen mit Jonas' Vater so einen Eindruck bei ihr hinterlassen, dass sie sich, obwohl selten, für immer in ihr Gedächtnis gebrannt hatten? Oder irrte Jonas, der so viel Schlechtes mit dem Vater erlebt hatte, dass alle guten Erinnerungen darin untergingen? Jeder bastelte sich seine eigene Wahrheit und Vergangenheit.

«Vielleicht ergeben deine und meine Geschichte erst zusammen ein Ganzes», sagte Bobbie nachdenklich.

Jonas griff ihre Hand und zog sie wortlos weiter auf eine Lichtung. Sie hatten das Ziel ihrer Abendwanderung erreicht. Von hier oben hatte man einen atemberaubenden Blick auf den Campingplatz. Der zunehmende Mond hing als dünne Sichel zwischen Tausenden Sternen. Auf einmal konnte sie erkennen, welchem Phänomen der See seinen Namen verdankte. Im fahlen Mondlicht schimmerte er in tiefem Grünblau. Bobbie entschied, dass das magische Licht Sonnenaufgang und Sonnenuntergang an einem Tag toppte. Punkt 3 würde sie von ihrer Liste streichen.

Seite an Seite nahmen sie auf einem Baumstamm Platz und harrten gespannt der Ankunft der Wanderer. Bobbie zitterte vor Erwartung. Es war eine faszinierende Vorstellung, selber der Schatten zu sein, der als unheimliches Wesen neben dem Weg schwebte. Das Fehlen optischer Reize schärfte den Sinn für Details, die normalerweise im Tageslärm untergingen. Kein Rascheln entging ihr, kein Rufen eines Nachtvogels, keine Maus, die durch das Unterholz raschelte. Es fühlte sich gut an: das Warten, die Vorfreude, die Spannung … Jonas. Seine Anwesenheit und die warme Hand in ihrer lösten ein angenehmes Prickeln aus.

«Kennst du Blobfische?», fragte Bobbie.

«Ich kenne nur Fischstäbchen», sagte Jonas belustigt.

«Blobfische sind die hässlichsten Tiere der Welt», erklärte Bobbie. «Sie sehen aus wie graue Schleimklumpen. Labbriger Körper, dicke Lippen, Trinkernase im Gesicht, überall Falten, wie ein mürrischer kahlköpfiger Opa. Aber dem Fisch kann das vollkommen egal sein. Er lebt nämlich in vollständiger Finsternis. Dunkelheit hat auch etwas Tröstendes. Wusstest du, dass es wissenschaftlich erwiesen ist, dass man nachts die besten Ideen hat?»

«Komisch», sagte Jonas. «Ich habe nachts nur dumme Ideen.»

Bobbie spürte, dass er sie von der Seite ansah. Es fühlte sich merkwürdig an. Genauso wie das plötzliche Schweigen bei ihrer letzten Begegnung sich sonderbar angefühlt hatte.

«Hast du Angst?», fragte Jonas.

«Warum sollte ich?», sagte Bobbie.

«Also, ich habe Angst», gab Jonas zu. «Alle haben immer Mitleid mit den Spukopfern. Aber stell dir mal die armen Geister vor: Kaum öffnen sie eine Tür, schreit sie einer an. So ein Gespenst muss doch traumatisiert sein.»

«Du warst schon im Kindergarten ein richtiger Schisser», kicherte Bobbie. «Und immer bis an die Zähne bewaffnet.»

«Ich wollte Jedi-Ritter werden», verteidigte sich Jonas. «Ich musste üben.»

«Und jetzt?»

«Will ich immer noch Jedi-Ritter werden», antwortete er. «Aber ich bin zu feige, es zuzugeben.»

Er fuchtelte mit seiner Taschenlampe in der Luft herum, als wäre sie ein Lichtschwert. Ein Aufschrei gellte durch die Nacht. Er hatte offenbar eine Gruppe Nachtwanderer aufgeschreckt. Chloe und die anderen Mädchen waren sehr viel näher als gedacht. Der Wind trug ihre aufgepeitschten Stimmen durch Bäume und Gebüsch. Nervöses Lachen schwoll an und verebbte wieder, ein Wildschwein brach aus dem Unterholz hervor. Panisch suchte das Tier Deckung vor Bobbies Teamgenossinnen, die ihr wachsendes Unbehagen niedergrölten. Die Lichtkegel ihrer Lampen durchschnitten das Schwarz. Sie waren da!

«Dahinten ist was», kreischte eine Stimme durch den dunklen Wald.

Chloe, Elif, Sophie und ein paar andere rückten zusammen, bis sie eine dichte Traube bildeten. Sie waren so nah, dass Bobbie sie erkennen konnte. Im Tross bewegten sie sich unsicher weiter. Das war das Signal. Jonas nahm ein Stück Holz und knallte er rhythmisch an den Baum. Wieder und wieder hallten die dumpfen Schläge durch den Wald, wie ein Riese, der sich den Weg bahnt. Bobbie ließ Äste knacken und freute sich über die aufgeregten Reaktionen ihres Teams. Geist spielen war noch lustiger, als sie sich das ausgemalt hatte.

«Das sind nur die Jungs von der B-Mannschaft», beschwichtigte Elif. Richtig beruhigen konnte das niemanden mehr.

Plötzlich klang klar die Stimme von Chloe durch das Geschnatter. «Wo ist eigentlich Bobbie?», rief sie. «Sie war doch eben noch da.»

«Sie ist hinter uns gelaufen», sagte Elif. «Ich weiß es genau.»

Bobbie sandte einen markerschütternden Schrei durch den Wald, Jonas ließ Büsche rascheln.

Die Gruppe blieb stehen. Binnen weniger Sekunden wurde

aus dem Spiel Ernst, aus dem angenehmen Grusel eine ausgewachsene Panik. Keine hatte mehr Lust, weiter durch die Finsternis zu spazieren.

«Vielleicht ist sie schon zurückgelaufen», mutmaßte Sophie.

«Und wenn nicht?», wandte Elif ein.

Vierzehn Paar Mädchenaugen suchten die Dunkelheit nach verdächtigen Spuren oder einem Hinweis ab.

«Bobbie?», riefen ihre Teamgenossinnen in die Dunkelheit. «Bobbie!»

«Kennt ihr diesen Film, wo einer nach dem anderen von der Gruppe weggeholt wird?», sagte Chloe. «Am Ende sind alle tot.»

«Ruf sie an!» Sophies Stimme überschlug sich beinahe.

Einen Moment war es still.

«Und, was ist?», fragte Elif.

«Es klingelt», verkündete Chloe. «Geh ran, geh ran, geh ran ...» Und dann ein ernüchterndes «Voicemail».

«Bobbie, meld dich, wenn du im Lager bist. Das ist nicht lustig. Kein bisschen ...»

Nackte Panik ergriff die Gruppe. Alle schrien hysterisch durcheinander. Die Situation drohte zu entgleisen.

«Du solltest Chloe zurückrufen», flüsterte Jonas Bobbie zu. «Sonst bekommt die einen Nervenzusammenbruch.»

Sie hatte das Telefon schon herausgeholt, als ihr einfiel, dass sie Chloe nicht zurückrufen konnte. Nicht von Lenas Telefon.

«Ruf du sie an. Erzähl ihnen, dass du mich gefunden hast», schlug Bobie hastig vor.

Es war zu spät.

«Das ist Lenas Telefon», sagte er.

In Bobbies Ohren rauschte es. Sie verfügte über wenig Erfahrung mit Lügen. Noch weniger Erfahrung hatte sie nur darin, beim Lügen erwischt zu werden.

«Nur ihre Hülle», stammelte sie. Hilflos zappelte sie herum.

«Es hat eben nicht geklingelt», bemerkte Jonas. «Chloe hat dich angerufen, und wir haben nichts gehört.»

Wie kam sie aus dieser Nummer wieder raus? Was würde er unternehmen? Alles war schiefgegangen, was schiefgehen konnte. Aber es kam noch schlimmer.

«Hast du mir heute Nachmittag Nachrichten geschickt?», fragte er.

Sie spürte ihre Wangen rot anlaufen. Schuldbewusst senkte sie den Kopf. Im Geiste strich sie alle zehn Punkte auf ihrer To-do-Liste und ersetzte sie durch einen einzigen Wunsch: *Lügen lernen*. Und das sofort, auf der Stelle, bitte.

Jonas blickte Bobbie kopfschüttelnd an: «Was ist das für ein dämliches Spiel, das ihr beiden da spielt?»

Er drehte auf dem Absatz um und verschwand im Gebüsch. Bobbie eilte ihm hinterher. Sie hatte keine Ahnung, wie sie ihm die Situation erklären sollte, sie wusste nur, dass der Abend so nicht enden durfte. Sie rannte auf den Weg, direkt in die Arme ihrer Mannschaftskolleginnen. Ein erleichterter Aufschrei ging durch das Team. Nur Chloe zeigte sich verärgert.

«Wie kannst du uns so erschrecken!», schimpfte sie. «Bist du verrückt geworden? Ich sterbe tausend Tode wegen dir. Wieso meldest du dich nicht, wenn ich anrufe?»

Bobbie hatte nicht die geringste Lust, sich einen neuen Vortrag von Chloe anzuhören, der sich vor allem um deren eigene Befindlichkeit drehte. Sie wollte weiter. Jonas hinterher. Ihm erklären. Etwas. Egal was. Doch sie hatte die Rechnung ohne Elif gemacht.

«So gut, dass nichts passiert ist», sagte sie und drückte Bobbie, als wolle sie ihre Teamgenossin nie wieder loslassen. «Ich habe solche Angst um dich gehabt.»

Als Bobbie sich aus der liebevollen Umklammerung löste, hatte der Wald Jonas verschluckt.

Betreten verboten

Lena zählte mit: 365 steile und schief ausgetretene Stufen führten vom Taxistand hinunter in die Stadt. Ihr Herz klopfte bis zum Hals. Je näher sie kamen, umso mehr schwoll das Tosen und Murmeln des Flusses, der sich rund um den Ort in den felsigen Untergrund gegraben hatte, an. Baumstämme und Treibgut hingen in den Felsen und deuteten auf widrige Wetterumstände und vergangenes Hochwasser. So massiv die Außenmauer der Stadt erschien, umso improvisierter wirkte die Brücke. Bei jedem Schritt, den Lena tat, seufzten die morschen Bohlen, die zu einem schmalen Trittsteig zusammengezimmert waren.

«Die wenigsten kommen zu Fuß», erklärte Dante, während sie auf das Stadttor zusteuerten. Lena hatte mit Wächtern gerechnet, mit Leibesvisitation, mit Befragungen. Stattdessen passierten sie das Portal unbehelligt. Als sie sich umsah, entdeckte sie, dass verborgen in dem altertümlichen Stein Sensoren blitzten, die vermuten ließen, dass ihre Ankunft nicht unbemerkt bleiben würde. In der Technik waren die Bewohner der unsichtbaren Stadt offenbar ihrer Zeit weit voraus. Gespannt trat Lena durch das große, steinerne Tor auf eine Straße. Das musste wohl das äußere Achteck sein. Alles wirkte aus nächster Nähe viel größer und und viel eintöniger. Als ob alle Gebäude in einem Guss gebaut worden waren, erstreckte sich rechts und links, so weit das Auge reichte, ein sechsstöckiger Klinkerbau, der eine verspielte Fassade mit unzähligen Fenstern und Erkern aufwies.

Dante bog nach links ab. Ein Hochgefühl ergriff Lena. Mit jedem Schritt, den sie über das altmodische Kopfsteinpflaster schwebte, kam sie ihrer Mutter ein Stück näher. Sie sah Rhea förmlich vor sich, wie sie auf demselben Weg zum Laden eilte, um dort einen Chronometer zu kaufen und mit dem Namen Lena gravieren zu lassen. Wie weit war der Weg?

Mit zunehmender Verwunderung lief Lena an der immergleichen Fassade entlang, an der bunte Leuchtreklamen blitzten. Alle paar Meter tauchte ein neuer Eingang mit einem neuen Schild auf: *Hotel Garni*, *Pension zur schönen Aussicht*, *Zentral*, *Zur Linde*, *Krone* oder *Adler*. Darunter blinkten Angaben wie *Alle Betten belegt*, *voll*, *Gästezimmer besetzt*. Warum gab es in der Stadt so viele Hotels? Und warum sahen sie von außen alle gleich aus? Angesichts der Fülle von Unterbringungsmöglichkeiten war es Lena ein Rätsel, warum ihre erste Google-Suche nach dem Eulengraben nichts erbracht hatte. Wie fanden all die Reisenden ihren Weg in die unsichtbare Stadt? Dante machte keine Anstalten, ihr irgendetwas zu erklären. Im Zickzack führte er sie durch die Stadt. Lena blieb immer wieder zurück. Staunend sah sie sich um. Überall standen und hingen Uhren in allen Macharten. Komischerweise funktionierte keine einzige ordnungsgemäß. Der Stab der Sonnenuhr in einem kleinen Park hing verbogen und windschief herab, die Ziffern der digitalen Uhr am Supermarkt sprangen fortwährend um, und die Sanduhr beim Friseur drehte sich um die eigene Achse, als wolle sie mit einer Windmühle konkurrieren. Die Bewohner der unsichtbaren Stadt schienen besessen davon zu sein, die Zeit zu messen, und doch konnte man nirgendwo die Uhrzeit zuverlässig ablesen.

«In der unsichtbaren Stadt ticken die Uhren anders», kommentierte Dante lapidar.

Mit gutgelauntem, wippenden Gang eilte er voraus, so schnell, dass sein Mantel um ihn herumwehte. Von oben war klar erkennbar gewesen, dass die Bebauung der Stadt in achteckigen Ringen lief, einmal unten angekommen, verlor Lena sofort die Orientierung. Statt Hotels beherbergte das zweite Achteck offenbar nur Geschäfte. Ihr Blick flog von einer Seite zur anderen. Sie erwartete jeden Moment, zwischen Boutiquen, dem Supermarkt, zwischen Zeitungskiosk und Friseur den Laden mit dem achtzackigen Stern im Logo zu entdecken. Vergeblich. Ihr Weg führte vorbei an einer endlosen Reihe von Antiquitätenläden, in denen Klamotten, Gebrauchsgegenstände und Bücher aus allen Jahrhunderten und Jahreszeiten angeboten wurden. Aus einem Schaufenster grüßten Osterhase und Weihnachtsmann in einträglichem Miteinander. Der Laden nebenan verkaufte vor allem Sonnenschirme, Strandspielzeug und Badesachen, daneben jedoch auch Langlaufski und Schlitten.

«Hier sieht es aus wie in den Boxen im Lagerhaus», stellte Lena fest.

«Der Unterschied ist: Wir benutzen die Sachen täglich», sagte Dante.

Ski und Schlitten? An Pfingsten? Überall in der Stadt

schlugen Bäume aus und blühten Büsche um die Wette. Bunte Blumenrabatten ließen den Gedanken an Skiausflüge unsinnig erscheinen. In einem Moment starrte sie in den Laden, im nächsten knallte sie gegen drei junge Männer. Wo kamen die so plötzlich her? Sie hätte schwören können, dass sie vor ein paar Sekunden noch nicht auf dem Bürgersteig gelaufen waren. Und wie die aussahen! Der eine trug gelbe Schlaghosen, einen handgestrickten Pullunder und darunter ein schwarzes Hemd mit absurd spitzem und langem Kragen. Abgerundet wurde das Gesamtbild mit einer helmartigen Fönfrisur, artigem Seitenscheitel und einem dicken Schnauzer Marke Walross. Begleitet wurde er von einem Dandy im weißen Leinenanzug und Strohhut und einem Soldaten aus dem Ersten Weltkrieg, der eine Pickelhaube auf dem Kopf trug. Sie liefen ebenso schnell wie Dante, starrten sie aber im Vorbeieilen mit aufgerissenen Augen an. Die Verblüffung war gegenseitig. Kannte hier jeder jeden? Verriet ihr Äußeres sie als Besucher von außerhalb?

Niemand nahm sich Zeit für einen Schwatz, für ein paar Worte. Selbst ein Gruß schien zu viel Zeit in Anspruch zu nehmen. Inmitten dieser Exzentriker, die offenbar anzogen, was sie auf dem Dachboden der Großeltern entdeckten oder in der Altkleidersammlung ergatterten, wirkte Dantes Aufzug ziemlich normal.

Sie blieb wie angewurzelt stehen. «Kommen die alle zu spät zur Kostümparty?»

«Weiterlaufen», sagte Dante. «Verhalt dich so normal wie möglich.»

Lena schnappte nach Luft. Sie war umgeben von Sonderlingen. Und Dante fand, dass sie diejenige war, die auffiel?

«Ich erkläre es dir im Laden», sagte er und wich auf dem engen Gehsteig einem distinguierten Mann mit Anzug, Zylinder und Spazierstock aus.

«Erklär es mir jetzt», sagte sie. «Was ist das hier? Eine Karnevalstruppe, die sich zu Pfingsten Weihnachtsmänner schenkt und auf dem Rasen Schlitten fährt?»

Dante bog abrupt nach rechts ab. Lena verschlug es den Atem, als sie zum ersten Mal einen freien Blick auf die Kuppel hatte, die sich majestätisch über den Häuserfronten erhob. Sie näherten sich offenbar dem Stadtzentrum. Aus dieser Perspektive sah das Gebäude noch überwältigender aus. Das Facettenauge reflektierte die Wolken und den tiefblauen Himmel ins Unendliche. Als sie näher kam, realisierte sie, dass es nirgendwo einen Eingang zu geben schien. Sie liefen endlos an einer blinden, fensterlosen Mauer entlang, bis in der Ferne ein Ladenschild auftauchte. Lena zitterte am ganzen Leib, als sie die altertümliche Schrift entzifferte: *Uhrenladen im Eulengraben.*

Über der schmucklosen Eingangstür schaukelte eine demolierte Uhr, deren verrostete Zeiger lose herabhingen und dem Spiel des Windes überlassen waren, als wäre Zeit belanglos. Darunter leuchtete das verbeulte Ladenschild, auf das eine weitere Uhr gepinselt war. Hier also hatte ihre Mutter den rätselhaften Chronometer, der so seltsame Nebenwirkungen entfaltete, erworben.

Plötzlich wurde die Tür von innen aufgerissen. Ein Mädchen im Dirndl kam aus der Tür gerannt und verschwand eilig. Lena begriff auf den ersten Blick, dass das kein normaler Uhrenladen war. Wer auch immer Laden und Werkstatt führte, gab sich nicht die geringste Mühe, Käufer anzulocken. An der Tür, wo normalerweise Öffnungszeiten verzeichnet waren, las der geneigte Kunde ein lapidares: *Morgen. Vielleicht.*

Die Tür, die eben noch auf- und wieder zugegangen war, zeigte sich fest verschlossen. Sosehr sie rüttelte und zog, nichts rührte sich. Dante machte keinerlei Anstalten, ihr zu helfen. Er schien selber verwundert, dass ihr der Eintritt verwehrt blieb.

«Einen Termin hast du jedenfalls nicht», sagte er nüchtern.

Hatte er ihr die Lüge wirklich abgekauft? Wozu brauchte man Termine in einem Geschäft?

«Und wenn schon», sagte Lena. «Jetzt, wo ich hier bin, werden sie mich schon reinlassen.»

Neugierig presste Lena ihr Gesicht an die kalte Glasscheibe. Eine windschiefe Jalousie dahinter gab den Blick auf den Laden frei. Uhren sah sie keine, dafür unendliche Reflexionen von Licht. Sie fühlte sich an Carlottas Kaleidoskop erinnert. Wenn man es in die Sonne hielt und hineinsah, leuchteten die Farben in sich ständig verändernden Mustern. In dem Meer glitzernder Tupfen erahnte sie die Silhouette einer Frau mit langen weißen Haaren. Ihre Haut war so hell und durchscheinend, dass ihre Konturen mit den Wänden verschwammen, als sei sie nur ein Hauch, eine Ahnung. Fast schon unsichtbar. Die Frau, die im Geschäft ihrer geheimnisvollen Tätigkeit nachging, zeigte nicht das geringste Interesse, den Laden zu öffnen.

Aufgeregt klopfte Lena an die Ladentür. Die Jalousie bewegte sich keinen Zentimeter. Verblüfft stellte sie fest, dass der altertümlich wirkende Laden mit dickem Panzerglas gesichert war, das jeden Schall schluckte. Wie schon am Tor täuschten das mittelalterliche Ambiente und leicht runtergekommene Äußere darüber hinweg, dass die Bewohner der unsichtbaren Stadt über modernste Technik verfügten. Was in aller Welt verkaufte ein Laden, dass es solche Schutzmaßnahmen erforderte? Uhren waren es jedenfalls nicht. Lena sah in das winzige Schaufenster, das von hinten mit einer schwarzen Wand zum Ladeninnern abgeschirmt war. In der Auslage summte eine einsame Fliege über leere Samtflächen.

Lena trat einen Schritt zurück, um das ganze Haus in Augenschein zu nehmen, und wurde fast von einer Vespa überfahren. In letzter Sekunde wich die Fahrerin aus. Die Reifen quietschten, als sie ihr Gefährt zum Stillstand brachte. Lena starrte sie entgeistert an. Die Frau trug allen Ernstes ein bodenlanges Biedermeierkleid aus schwerem, goldglänzendem Samt mit Ballonrock und dicken Puffärmeln. Statt Sturzhelm thronte auf ihrem Kopf ein kunstvoller Knoten mit seitlichen Korkenzieherlocken. Sie musterte Lena verblüfft und etwas neugierig, ging kopfschüttelnd auf den Uhrenladen zu, öffnete die klingelnde Ladentür und verschwand. Lena hechtete zum Eingang. Die Tür fiel vor ihrer Nase ins Schloss. Lena zog daran, doch wieder rührte sich nichts.

«Vielleicht können wir anrufen», schlug Lena vor.

Dante lachte, als habe sie einen besonders originellen Witz gemacht. «Du bist gut. Man kann nicht einfach in den Uhrenladen gehen. Es geht darum, ob sie dich dort empfangen.»

«Und was kann ich dafür tun?», fragte Lena.

Dantes Blick fiel auf zwei junge Frauen, die in hohem Tempo auf den Laden zusteuerten. Unvermittelt zog er Lena in eine Nische zwischen den Häusern und drückte sie unsanft hinter die Mülleimer. Es roch nach altem Kaffeesatz, nach moderndem Fisch und Bananenschalen. Eine Ratte huschte über den Boden. Lena wollte schon aufschreien, da legte sich Dantes Hand über ihren Mund.

«Was soll das?», presste sie hervor.

Lena hatte genug von der Heimlichtuerei und Bevormundung.

Neugierig streckte sie ihren Kopf hervor. Ein hochgewachsenes auffallend blasses Mädchen, das durchsichtig und überirdisch schien, näherte sich ihrem Versteck. Sie trug sehr kurze rote Haare. Neben ihr trippelte ein kleineres asiatisches Mädchen. Ihre helllila Haare flogen, während sie aufgeregt auf ihre Begleiterin einredete und in der Gegend herumfuchtelte, als wolle sie jeden Moment losfliegen. Sie erkannte das Mädchen sofort. Genauso hatte sie auf Dante in der Sporthalle eingeredet.

«Ich habe es versucht», haspelte sie. «Ich habe es wirklich versucht, Dante davon abzubringen. Ich schwöre es.»

«Warum hast du mich nicht eher verständigt?», fragte die Rothaarige.

«Ich konnte doch nicht ahnen, dass er das Mädchen hierherbringt. Ausgerechnet Rheas Tochter», wehrte sich das kleine Mädchen. Bei der Nennung des Namens zuckte sie merklich zusammen.

«Die Zeitmeisterin tobt», antwortete die Rothaarige wütend.

Die Tür öffnete sich, die Ladenglocke spielte eine Melodie, die Lena nur allzu vertraut war. Es war die Melodie der alten Spieluhr, in der der Chronometer versteckt gewesen war. Töne aus ihrer Kindheit.

Die Stimmen erstarben. Dante wirkte schockiert und kaute auf seiner Unterlippe herum. Sein Gesichtsausdruck schwankte zwischen Ärger und Sorge. Lena begriff, dass etwas passiert war, womit Dante nicht gerechnet hatte.

«Können wir jetzt in den Laden?», fragte Lena unsicher.

«Ich muss erst ein paar Dinge klären», sagte Dante.

Lena öffnete den Mund, um zu protestieren. Dantes blasses Gesicht ließ sie innehalten. In seinen Augen stand nackte Angst.

Dante schob sie energisch weiter. «Du kannst erst einmal im Hostel unterkommen.»

Lena überlegte. Das kurze Gespräch der Mädchen bestätigte, was Lena längst ahnte. Ihre Mutter war einmal an diesem Ort zu Hause gewesen. Und das war Grund genug hierzubleiben.

Niemanden ansprechen

Lenas Füße schmerzten, ihre Glieder waren müde vom langen Weg und den Aufregungen. Lichtjahre trennten sie von dem Morgen, an dem sie sich von Bobbie verabschiedet hatte. Vom Uhrenladen waren sie wieder in Richtung äußeres Achteck gelaufen. Als sie zum zweiten Mal die Stadt durchquerte, schälte sich etwas wie ein Muster heraus. Ganz innen lag die Kuppel, die umschlossen von Häusern war und offenbar nur einen einzigen Eingang hatte: den Uhrenladen. In der Mitte befand sich die Geschäftsstraße. Jetzt liefen sie anscheinend im äußeren Achteck. Lena erkannte die Zuckerbäckergiebel und die Hotelbeschilderung. Keine einzige Beschriftung kam ihr bekannt vor. Offenbar waren sie in einem anderen Teil der Stadt. Aber wo wollte Dante bloß hin? Sie liefen an einem Hotel nach dem anderen vorbei, bis er schließlich vor einem Eingang stoppte, über dem schlicht *Hostel* stand. An der Tür blinkte eine digitale Anzeige: *Zimmer belegt.* Auch das noch. Lena sah sich bereits durch die nächtliche Stadt eilen auf der Suche nach einem freien Bett. Dante ließ sich von der Mitteilung nicht abhalten. Er stieß die große Flügeltür auf, um sie einzulassen. Lena trottete ergeben hinter ihm her.

«Sprich mit keinem Menschen», warnte Dante. «Bleib auf dem Zimmer, bis ich dir Bescheid gebe.» Er sah sie eindringlich an, und seine Augen verdunkelten sich so, dass sie nun fast die gleiche Farben hatten.

«Kommst du nicht mit?», fragte sie.

«Es ist alles geregelt», sagte er. «Du musst einfach in den Aufzug steigen.»

Wieso sollte alles geregelt sein? Wer hatte wann was geregelt? Und warum? Niemand ahnte, dass sie hier am Abend aufschlagen würde. Noch nicht einmal sie selber.

«Ist das Hostel teuer?», fragte Lena. Sie hatte nicht damit gerechnet, über Nacht wegzubleiben.

«Frag nicht so viel. Mach einfach», forderte er sie auf.

«Ich brauche noch einen Code fürs Internet», sagte Lena.

«Wenn du Kontakt mit Zuhause aufnehmen willst, musst du in den Uhrenladen», sagte er. «Dort wird die Außenkommunikation geregelt.»

Außenkommunikation? Was hieß das schon wieder?

«Die Stadt ist unsichtbar und damit auch die Bewohner. Niemand kann uns hier sehen», erklärte Dante. «Der Preis ist, dass du keinen Kontakt mit drüben aufnehmen kannst.»

Eine Sekunde später verschwand er in der Dunkelheit der Gasse. Als ob damit alles klar wäre.

«Und die Zimmernummer?», rief sie Dante hinterher. Es blieb still. Lena musste sich alleine zurechtfinden.

Neugierig betrat sie das Hostel. Eine Rezeption gab es nicht, dafür lümmelten im Foyer ein paar versprengte Reisende in umgekippten Schubkarren, die als Sessel dienten. Ein Punker mit farbenfrohem Irokesenschnitt saß einträchtig neben einem Mädchen im jungfräulich weißen Kommunionskleid, das ein dickes Kassengestell aus den Sechzigern trug, einem Kreuzritter und einer schwer übergewichtigen englischen Krankenschwester der Jahrhundertwende mit gestärkter Schürze, großer Brosche, schwarzem Unterkleid und Haube. Wie alle anderen Bewohner schienen auch diese Gäste ihre Outfits am liebsten im Secondhandladen zusammenzustellen. Die unsichtbare Stadt schien der ultimative Geheimtipp für Exzentriker zu sein – oder Schauplatz der weltgrößten Karnevalsparty.

Die Krankenschwester lehnte sich zurück und pflückte einen Apfel. Das, was Lena zunächst für eine Tapete gehalten hatte, war in Wirklichkeit ein vertikaler Garten. Der Punker naschte von Himbeeren, der Kreuzritter schob sich eine Chilischote nach der anderen rein. Kronleuchter aus umgewandelten Pümpeln, Plastikabfall und alten Flaschen tauchten diese moderne Version des Schlaraffenlands in gemütliches Licht. Alles war hier Recycling und nützlich. Für einen Moment war Lena versucht, die Krankenschwester anzusprechen. Doch die Hotelgäste gaben sich nicht sonderlich auskunftsfreudig. Sie starrten gebannt auf Tablets, studierten Bücher und Zeitungen und wirkten ungeheuer beschäftigt. Hinter ihr ertönte ein aufforderndes Klingeln. Die Türen eines Fahrstuhls glitten summend auf.

«Du musst einfach in den Aufzug steigen», hallten Dantes Worte in ihr nach. Zögernd betrat Lena den klaustrophobisch kleinen Raum, in den nur ein einziger Mensch hineinpasste. Wie brachte man damit bloß morgens alle Gäste zum Frühstück und zum Auschecken? Der winzige Aufzug entsprach in keinster Weise der Größe des Hostels. Beim Eintreten bemerkte sie zu allem Überfluss, dass der Lift über kein Bedienfeld verfügte. Nirgendwo konnte man ein Stockwerk eingeben. Stattdessen wanderte ein waagerechter, roter Streifen innerhalb weniger Sekunden von den Füßen bis zum Kopf und wieder zurück. Ein Laser, wie eine Art Bodyscanner. Sollte auf die Art und Weise das passende Bett gesucht werden? Der Aufzug setzte sich so ruckartig in Bewegung, dass Lena beinahe umgefallen wäre. Wenn man in der engen Röhre hätte umfallen könnte. Der Höllenritt nach oben dauerte ein paar Sekunden. Genauso abrupt, wie der Lift in die Höhe geschossen war, stoppte er. Die Türen surrten auf. Vor ihr öffnete sich ein endlos langer Gang, schwach erhellt von funzeliger Notbeleuchtung. War sie hier richtig?

Lena wäre am liebsten umgedreht, hatte aber keine Ahnung, wie sie den Lift in Bewegung setzen konnte. Alles in dieser Stadt fühlte sich fremd und unheimlich an. Selbst der Aufzug besaß ein Eigenleben. Orientierungslos blickte sie nach rechts und links. Die Türen, die im Abstand von drei Metern den Gang säumten, besaßen weder Türklinken, Schlüssellöcher noch Vorrichtungen für ein elektronisches Schlüsselsystem. Auf Augenhöhe leuchteten flammend rot vierstellige Nummern.

Lena probierte, eine Tür aufzudrücken. Nichts passierte. Unschlüssig irrte Lena erst nach links, dann nach rechts, als ihr auffiel, dass das Licht ihr auf wundersame Weise den Weg wies. Wann immer sie einen Schritt in die richtige Richtung nahm, erhellte sich der Gang für den Bruchteil einer Sekunde an dieser Stelle, um hinter ihr wieder in Dunkelheit zu versinken. Lena nahm sich vor, Dante morgen nach dem Hersteller des Systems zu fragen. Sonja würde begeistert sein von dieser neuen Methode, Strom zu sparen. Lena hatte das Gefühl, das gesamte Achteck ein zweites Mal abzulaufen. Endlich schimmerte in dem Meer von roten Lämpchen ein grünes Licht. Verblüfft las Lena die Zimmernummer. 4477. Es war dieselbe Nummer, die auf ihrem Chronometer eingraviert war. Einer plötzlichen Eingebung folgend, hielt sie die Armbanduhr an die Tür, die sich sofort mit einem lauten Surren öffnete. Dieses Zimmer hatte nur auf sie gewartet.

Zimmer 4477

Erschöpft sank Lena in sich zusammen. Das winzige, aber freundliche Zimmer enthielt nur das Allernotwendigste: ein einfaches Bett, das aus Abfallholz und alten Rohren zusammengezimmert war, einen schmalen Schrank mit eingebauter Schreibfläche und Stuhl sowie ein Badezimmer, das eher den Namen Nasszelle verdiente. Zimmer 4477 glich einer Mönchsklause. Wer hier unterkam, der verweilte nicht lange oder hatte keine Bedürfnisse.

Das Fenster ging nach vorne hinaus. Vorsichtig schob Lena den Vorhang beiseite und erkannte die besondere Bauweise des Hostels. Der Erker ermöglichte einen weiten Blick in die Straße hinein. Hinter der Häuserreihe gegenüber erhob sich majestätisch und zugleich drohend die Kuppel, die im letzten Sonnenlicht strahlte. Eine unheimliche Sogwirkung ging von dem Auge aus, das die Stadt vierundzwanzig Stunden am Tag zu kontrollieren schien. Von ihrem Spaziergang kannte Lena bereits den Zugang zur Kuppel. Aber dafür musste sie erst einmal in den Uhrenladen eingelassen werden.

Müde ließ sie sich auf die Pritsche fallen. Ihre Augen wanderten über die Wände, die, ganz im Sinne des Recycling-Prinzips, mit alten Zeitungen tapeziert waren.

Lena wollte ihr Zimmer für Bobbie fotografieren, ihr alles erzählen. Von der beängstigenden Reise mit dem Zug, ihrer Begegnung mit Dante, der merkwürdigen Erfahrung im Auto, das sie auf magische Weise an einen Ort getragen hatte, der aus der Zeit gefallen zu sein schien. Und das, obwohl die Bewohner besessen von Uhren waren. Alle Fäden ihrer Biographie liefen in der sonderbaren Stadt zusammen. Vor allem aber wollte sie Bobbie von Dante berichten, ihrem seltsamen Begleiter. Und den beiden Mädchen, die ihn so beunruhigt hatten. Die zitternden Hände versagten ihr den Dienst. Sie war nicht mehr in der Lage, das Handy zu halten, geschweige denn zu tippen. Vielleicht später.

Lena drehte die Dusche auf. Heißes Wasser prasselte auf ihre Haut. Das Badezimmer glänzte, als wäre es noch nie benutzt worden: weiße Fliesen, weiße Wände, weiße Duschkabine, weiße Armaturen, weiße Seife, wabernder weißer Nebel, der langsam den Spiegel beschlug. Nach der langen und verwirrenden Reise war Lena glücklich, einen Raum ohne Geschichte und Geschichten vorzufinden. Energisch schrubbte sie die Angst und den Staub des Tages von ihrer Haut ab, bis diese knallrot leuchtete. Ein Geräusch riss sie aus ihren Gedanken. Was hörte sie da? Die Tür ihres Zimmers? Schritte? Lena ließ das Wasser laufen, schlüpfte vorsichtig aus der Dusche, hüllte sich in das bereitliegende Badehandtuch und tapste auf Zehenspitzen zur Tür. Vorsichtig legte sie das Ohr an den Durchgang. Papier raschelte, etwas fiel. Jemand war in ihrem Zimmer. Kein Zweifel möglich. Lena zögerte einen Moment. Dann atmete sie einmal durch und riss mit einem einzigen Ruck die Zimmertür auf. Dunkelheit schlug ihr entgegen. In rasender Geschwindigkeit war die Nacht über die unsichtbare Stadt hereingebrochen. Die hellerleuchtete Kuppel sandte einen schmalen Lichtschein in das Zimmer. Auf dem Boden lag irgendetwas. Ihre Augen brauchten einen Moment, bis sie das undefinierbare Bündel als den Stoffhund Otto identifizieren konnte. Ihr Reisegepäck, das sie auf dem Bett abgelegt hatte, lag auf der Tagesdecke verteilt. Alarmiert suchte sie nach dem Umschlag mit der Zeitung und den Fotos. Erleichtert stellte sie fest, dass alles noch vorhanden war. Außer den Resten ihrer Brote.

36
Verschwinde von hier

Nie wieder! Coco schwor es hoch und heilig. Nie wieder würde sie unerlaubt in ein Hotelzimmer eindringen. Sie war nicht schnell genug für solch gewagte Unternehmungen. Um ein Haar hätte Lena sie beim Schnüffeln ertappt. Vielleicht hätte sie in dem Kurs «Unsichtbar werden» besser aufpassen müssen. Aber das war es nicht allein: Die Bilder vom Unfall schockierten sie. Niemand in der unsichtbaren Stadt verlor je ein Wort darüber, was mit Rhea geschehen war. Der Unfall war ungeklärt, stand in dem Artikel. Was auch immer das bedeuten mochte. Hastig verließ sie Lenas Hostel über Treppe und Notausgang. Coco eilte Richtung Stadttor, als sie an einer Straßenecke aufgeregte Stimmen vernahm. Eine Gruppe Unsichtbarer hatte sich an der kaputten Sonnenuhr versammelt.

«Wie konntest du Lena hierherholen?», zischte Ines. «Nach allem, was ihre Mutter uns angetan hat?»

Coco schlich näher. Ines kanzelte Dante vor allen anderen ab. Keiner arbeitete mehr. Sie lauschten alle der Auseinandersetzung.

«Wie kannst du dich über die Wünsche der Zeitmeisterin hinwegsetzen?»

«Sie ist eine von uns», sagte Dante.

«Sie ist die Tochter eines Handballers», sagte Ines verächtlich.

«Und die Tochter von Rhea», antwortete Dante.

Ines zuckte zusammen wie vom Blitz getroffen. Ein Raunen ging durch die Umstehenden. «Die Unterseer gehören nicht mehr zu uns.»

«Rhea», wiederholte Dante noch einmal lauter. «Du hast sie gekannt, ihr alle habt sie gekannt und mit ihr zusammengearbeitet. Und jetzt tut ihr so, als hätte es sie nie gegeben.»

«Sie interessiert mich nicht», sagte Ines.

«Und deswegen hast du Coco hinter mir hergeschickt?», fragte Dante.

Coco traf fast der Schlag. Woher wusste er das? Sie war so vorsichtig gewesen. An Ines aber perlte der Vorwurf ab. Sie hielt es nicht für nötig, sich zu rechtfertigen.

«Hörst du mir überhaupt zu?», fuhr Dante sie an.

«Sagst du denn was Wichtiges?», antwortete Ines gelassen. «Oder spielst du dich nur auf? Was soll die ganze Aktion?»

«Vielleicht ist die Zeitmeisterin ja glücklich, wenn sie Lena sieht», sagte Dante herausfordernd.

Ines lachte bitter auf. «Du reißt nur alte Wunden auf.»

Immer mehr Neugierige kamen hinzu. Alle redeten durcheinander. Lenas Ankunft schlug hohe Wellen.

Dante verteidigte sich lautstark. «Wir waren mal ein lustiger Haufen, wir haben gefeiert und Spaß gehabt. Jetzt heißt es nur noch Arbeit, Arbeit, Arbeit. Habt ihr euch nie gefragt, was die Unterseer in der Welt finden?»

Die Umstehenden verzogen keine Miene.

«Was ist dadraußen in der Welt, was wir nicht haben?», ereiferte sich Dante.

«Alleine der Gedanke ist verwerflich», sagte Ines.

Dante beharrte auf seiner Einstellung. «Lena bringt frischen Wind.»

«Das Mädchen wird vor allem Ärger bringen», mischte sich von hinten eine schwere Stimme ein. «Wie alle Unterseer.»

Dante fuhr herum. Hinter ihm stand eine energische Mittfünfzigerin mit schlohweißem langen Haar und einem weiten weißen Hosenanzug. Die Menge trat ehrfürchtig zurück und bildete eine Gasse. In der Luft hing ein Schleier von Feindseligkeit. Coco hielt den Atem an. Sie konnte die Male, die sie der Zeitmeisterin persönlich begegnet war, an einer Hand abzählen. Es musste schon etwas Besonderes geschehen sein, dass sie sich herabließ, sich höchstpersönlich unter ihr Volk zu mischen.

Ines drängte sich sofort an ihre Seite. Wären nicht die feuerroten Haare, man hätte das Führungsgespann für Mutter und Tochter halten können, so sehr bemühte Ines sich, Kleidungsstil, Mimik und Gestik ihres Vorbilds zu imitieren.

Coco war immer wieder aufs Neue beeindruckt von der natürlichen Autorität, die das Oberhaupt der unsichtbaren Stadt ausstrahlte. Sie hielt sich extrem gerade, was sie noch größer und imposanter erscheinen ließ. Bittere Falten hatten sich um ihren Mund gegraben, ihre dunkelgrauen Augen feuerten Blitze ab. Sie wirkte kühl, unnahbar und unversöhnlich. Die Zeitmeisterin zupfte einen unsichtbaren Fussel vom Ärmel und nahm sich unendlich viel Zeit, bevor sie das Wort an Dante richtete.

«Du kennst die Regeln», sagte sie. «Es ist verboten, sich mit Leuten von außerhalb einzulassen.»

Ihre Stimme war tiefer und fester, als Coco sie in Erinnerung hatte. Sie sprach wie jemand, der es gewohnt war, kurze und knappe Anweisungen zu geben.

«Ich hatte das Gefühl …»

Noch bevor Dante zur Gegenrede ansetzen konnte, brachte die Zeitmeisterin ihn mit einer einzigen Handbewegung zum Verstummen.

«Wir arbeiten wie Chirurgen. Präzise, mit ruhiger Hand», unterbrach sie ihn. «Gefühle sind unprofessionell.»

«Sie hat den Chronometer gefunden. Sie stellt Fragen …», ereiferte sich Dante.

«Ich habe nichts mit ihr zu schaffen», beschied die Zeitmeisterin.

Sie wandte sich an Ines: «Sorgt dafür, dass das Theater aufhört. Sie verlässt die Stadt. Sofort.»

Ines gab ein paar Männern ein Handzeichen und eilte mit ihnen davon.

«Das ist meine Sache», sagte Dante.

«Du hältst dich raus», antwortete die Zeitmeisterin. «Du hast wahrlich genug Unheil angerichtet.»

Dante gab sich immer noch nicht geschlagen.

«Ich kenne sie», sagte er. «Sie ist nicht gefährlich – nur neugierig.»

«Ich gebe dir eine letzte Chance, den Mund zu halten», herrschte die Zeitmeisterin ihn an. «Noch so ein Alleingang, und du bist vom Dienst suspendiert.»

Die Menge lichtete sich wortlos. Niemand wagte es, für Dante Partei zu ergreifen. Die weiße Dame verließ die

Bühne. Erst als sie um die Ecke verschwunden war, traute sich Coco aus der Deckung hervor. Zerknirscht und unsicher näherte sie sich ihrem Freund. Dante lief an ihr vorbei, ohne sie eines Blickes zu würdigen. Coco rannte ihm hinterher.

«Es war Notwehr», verteidigte sie sich. «Ich habe gemacht, was jeder Freund getan hätte.»

«Mich verraten?»

«Ich habe versucht, dich vor Dummheiten zu bewahren», wehrte sich Coco.

«Sehe ich aus, als wüsste ich nicht, welches Risiko ich eingehe?», fragte Dante.

«Ja», sagte Coco. «Genauso siehst du aus.»

«Du hast alles brühwarm Ines weitererzählt», schleuderte Dante ihr entgegen.

«Ich habe Ines für dich im Auge behalten», erklärte Coco. «Sie glaubte, dich im Griff zu haben, solange ich dir auf den Fersen bleibe. Ich habe dich beschützt, nicht verraten. Was glaubst du, warum sie dich nicht eher zurückgepfiffen haben?»

Dante blieb stehen und sah sie an.

«Ich bin's, Coco», sagte sie eindringlich. «Ich bin auf deiner Seite.»

«Woher weiß ich, ob du mir jetzt die Wahrheit sagst?», fragte Dante.

«Du bist mein einziger Freund. Ich will nicht, dass dir was passiert.»

«Es geht nicht um mich», sagte Dante. «Es geht um Lena.»

«Was werden sie mit ihr tun?», fragte Coco.

Dante zuckte mit den Schultern.

«Ich hab's nur gut gemeint», sagte sie kleinlaut. «War

wohl nichts. Und das doofe Brot, das ich geklaut habe, riecht nach Hund. Ich glaube, mein Leben hasst mich.»

Dante ließ sie einfach stehen.

«Was hast du vor?», rief Coco ihm hinterher.

«Wenn ich schon suspendiert werde, dann aber richtig», sagte Dante.

Nachrichten aus der Zukunft

Lena schreckte hoch. Die Uhr zeigte 3 Uhr 12. Trotz der frühen Stunde herrschte Hochbetrieb im Hostel. Vom Gang klangen aufgeregte Stimmen, klappernde Türen und eiliges Getrappel, begleitet vom Schnurren zahlreicher Rollkoffer, die auf den Gängen über das Linoleum glitten. An- und Abreisen schienen hier vor allem nachts stattzufinden. Lena vermisste Bobbie schmerzlich. Gruselnächte machten zu zweit wesentlich mehr Spaß.

Wie es ihnen wohl im Handballlager erging?

«Ich vermisse dich», sprach sie in das Handy. «Die sind hier alle komisch. Und ich habe keine Ahnung, wie es weitergehen soll.»

Ihre Videobotschaft blieb im Postausgang hängen. Wie alle vorherigen Nachrichten auch. Die Vergangenheit war undeutlich, die Gegenwart verwirrend und die Zukunft ungewiss. Lena fühlte sich verloren.

Warum nur hatte sie sich auf dieses Abenteuer eingelassen? Es war alles so unbegreiflich und rätselhaft.

Ihr Blick fiel auf die Tapete. Mit einem Ruck setzte sie sich auf. Wieso war ihr das gestern nicht aufgefallen? Lena glaubte, ihren Augen nicht zu trauen, als sie zwischen den alten Blättern einen Bericht über den letzten Sieg ihrer Handballmannschaft entdeckte. Ein Stück weiter klebte der bekannte Artikel über den Unfall, daneben ein kulinarischer Bericht über Tonis Burgerbude. Sie spürte Tränen aufsteigen, als sie das Nikolausfoto von Jonas und Bobbie entdeckte: das kleine Mädchen mit dem Bubikopf und kariertem Rock, daneben Jonas als kleiner Jedi-Ritter. Ein Stück weiter fand sie einen Artikel, der im Vergleich zu den anderen nagelneu wirkte.

Schülerin spurlos verschwunden
Große Suchaktion am Grünsee
Die vierzehnjährige Roberta A. wird seit 48 Stunden aus dem Trainingslager eines Handballvereins am Campingplatz Grünsee vermisst. Jonas R. (14) wurde Zeuge, wie die Schülerin …

Hier brach der Text ab. Ausgerechnet an der Stelle, an der die Details erläutert wurden, klebte eine Werbeanzeige für Toaster über dem Zeitungsausschnitt. Verblüfft registrierte Lena das Datum. Die Geschichte erschien in der Zeitung von übermorgen. Die Frage, wie der Artikel an die Wand gekommen war, brannte ihr unter den Nägeln. Wollte ihr jemand Angst einjagen? Sie warnen?

Laute Stimmen von der Straße lockten Lena ans Fenster. Im grellen Licht der Straßenlaternen erkannte sie das rothaarige Mädchen, das mehreren Wachmännern in weißen Uniformen Anweisungen gab. Sie deutete in Richtung von Lenas Zimmer. Im letzten Moment duckte Lena sich hinter der Scheibe weg. Jetzt hielt sie es keine Sekunde länger mehr hier aus. Sie konnte unmöglich warten, bis Dante sie abholte.

Sie brauchte eine Internetverbindung, sofort. Sie musste herausfinden, was es mit der rätselhaften Meldung von Bobbies Verschwinden auf sich hatte.

«Der Kontakt zur Außenwelt wird im Uhrenladen geregelt», hatte Dante gesagt. Vielleicht ging es dort zu wie beim Apple Store am Wenninger-Platz. Selbst wenn der Laden geschlossen war, konnte man sich vor die Glasfassade stellen und zu jeder Tages- und Nachtzeit das WLAN-Netzwerk anzapfen.

Lena wartete, dass die Geräusche vom Gang verebbten, bevor sie sich nach draußen wagte. Erschrocken sah sie, wie die Rothaarige in diesem Moment den Fahrstuhl verließ. Zwei Wachen traten aus der Dunkelheit des Ganges hervor. Gab es ein Treppenhaus? Sie rannte den Gang in entgegengesetzter Richtung hinab. Da, ein Notausgang. In ihrer Panik wäre Lena um ein Haar daran vorbeigerannt.

Als sie sich noch einmal umdrehte, sah sie, wie Ines an ihre Zimmertür klopfte. Die Wachen standen neben ihr. Entsetzt beobachtete sie, wie der Größere umstandslos die Tür eintrat. Sie war keine Sekunde zu früh geflohen.

Vertrau mir

Camping war nichts für sie. Noch vor einer Woche hatte sich Bobbie das Handballlager so romantisch vorgestellt: unter freiem Himmel liegen, gemeinsam mit Lena Sterne zählen, sich verrechnen, wieder von neuem beginnen und dabei langsam in den Schlaf hinübergleiten. Stattdessen wälzte sie sich nun unter einem fischigen Polyesterhimmel schlaflos auf ihrer Isomatte umher. Eisiger Wind zerrte an der Plane, der Boden hauchte Nässe aus, Kälte kroch ihr in die Glieder, und der Rücken schmerzte. Den ganzen Tag hatte sie die Dunkelheit herbeigesehnt, jetzt brachte sie der Gedanke, dass Lena irgendwo dadraußen war, fast um. Bobbie wurde wahnsinnig vor Sorge.

Von draußen hörte sie unterdrückte Stimmen, Rascheln im Gras, Reißverschlüsse, die auf und zu zippten. In Chloes Zelt herrschte munteres Kommen und Gehen. Jonas und ein paar der Geister schlüpften zu den Mädchen. Ihre Teamgenossinnen hatten den Horror der Nachtwanderung verarbeitet und amüsierten sich mit Spielen.

Bobbie nickte ein und schreckte wieder hoch. Jedes Mal dauerte es ein paar Sekunden, bis Körper und Geist wieder zueinander fanden und sie begriff, wo sie war. Auf dem

Telefon leuchtete die Zeit. 5 Uhr 41. Seit fünfzehn Stunden fehlte jedes Lebenszeichen von Lena. Sie wählte ihre eigene Handynummer und hörte sofort ihren Voicemail-Text. Batterie leer, Telefon ins Klo gefallen, kein Empfang: Es gab hundert gute und harmlose Gründe für die Funkstille. Aber tausend dafür, dass Lenas hartnäckiges Schweigen ein schlechtes Zeichen war. Irrte Lena orientierungslos in der Kälte umher? Übernachtete sie in einem schmutzigen Hauseingang? War sie bei einer verständnisvollen Oma untergeschlüpft oder in einer dubiosen Nachtbar gestrandet? Was, wenn sie Menschen begegnete, die es nicht gut mit ihr meinten? Leuten, die ihren Gegnern die Füße einzementierten, um sie danach im Fluss zu versenken? Wann war der richtige Zeitpunkt, Alarm zu schlagen?

Ruhig bleiben, sagte sie sich ununterbrochen. Ihre Blase hörte nicht auf Beschwichtigungen, sondern wechselte auf Stressbetrieb und verlangte lautstark nach einem sofortigen Ausflug Richtung Klo. Umständlich pellte Bobbie sich aus dem Schlafsack und krabbelte zum Zeltausgang. Mit klammen Fingern öffnete sie den Reißverschluss zwischen den Zeltplanen, die sich genauso feucht anfühlten wie ihre Kleidung.

Nach der ausgelassenen Nacht hing nun unheimliche Stille über einem Campingplatz im Tiefschlaf. Der Morgen dämmerte bereits herauf, auf dem See tanzten dünne Nebelschwaden. Ein paar Enten trieben auf dem Wasser, als wären es Attrappen, die Hängematte von Jonas schlingerte hin und her. Sie war leer.

Wasser drang durch Bobbies karierte Stoffturnschuhe, als sie, steif von der Nacht auf dem harten Boden, über die große Wiese Richtung Toilettenhäuschen taperte. Morgentau überzog den Rasen wie ein glänzender Teppich, das fahle Licht legte einen sanften Grauschleier über die Grasdecke und schluckte die schrillen Farben der Zelte. Am Feuerplatz knisterte die letzte Glut, die beiden Nachtwachen schliefen auf dem Boden. Bobbie zuckte zusammen, als sie in einem der Jungen Jonas erkannte. Seit der Nachtwanderung hatte er sie keines Blickes mehr gewürdigt. Bobbie machte einen großen Bogen um ihn und seinen Kumpel. Das Licht vom Verwaltungsgebäude schimmerte freundlich durch die Dämmerung. Der schmucklose gelbbraune Flachbau atmete den Geist der Vergangenheit. Zwischen verstaubten Plastikpalmen erzählten Fotos von vergangenen Trainingslagern und der ruhmreichen Meisterschaft 2000.

«Und was bist du?», fragte eine Stimme in ihrem Rücken. «Nachtschwärmer oder früher Vogel?»

Bobbie fuhr herum. Hinter ihr stand Harry König. In der Hand trug er einen großen Stoffsack, der den Geruch von frischen Brötchen verströmte. Offenbar war er bereits im Einsatz für das Lager. Bobbie zog automatisch den Kopf ein. Wie oft hatte sie diese Situation schon erlebt, wenn er sie bei Citybox stellte. Doch heute war alles anders. Bobbie erkannte den lässigen und selbstbewussten Mann nicht wieder. Er wirkte konfus und musste erst nach Worten suchen.

«Ich muss etwas mit dir besprechen», begann er zögernd.

«Ist was mit Lena?», platzte Bobbie heraus.

«Das frage ich dich», antwortete König.

Bobbie zuckte zusammen. Hatte sie bereits zu viel verraten? Sie biss sich auf die Lippen, und ihr Herz schlug so heftig, dass sie befürchtete, jeden Moment das Bewusstsein zu verlieren. Hinter der Palme erspähte sie einen Defibrillator an der Wand. Sollte sie tot umfallen, könnte man sie mit ein paar gezielten Stromstößen wiederbeleben und zu einer Aussage zwingen.

«Lenas Mutter hat mir heute Nacht eine SMS geschickt», erklärte König. «Sie wollte wissen, ob es Lena besser geht. Sonja fand sie so komisch bei der Abfahrt.»

Der Super-GAU, die Katastrophe. Was sollte sie antworten, wenn offenbar die ganze Welt vor Sorge um Lena verging?

«Wo ist Lena?», fragte König. «Sie hat das Haus morgens Richtung Handballcamp verlassen und dann …»

Bobbies Blick klammerte sich an der traurigen Plastikpalme fest, die schief wie ein Betrunkener im Blumentopf hing. Man sollte ihren Fuß in Beton gießen, so wie man das in Mafiafilmen mit Verrätern machte. Schon wieder hatte Bobbie dieses Bild vor Augen, sie guckte definitiv die falschen Filme.

«Ich weiß, du willst Lena beschützen», fuhr König fort, «aber manchmal macht falsch verstandene Loyalität alles nur noch schlimmer.»

Bobbie spielte im Kopf ihre Möglichkeiten durch. Wenn ihr nicht postwendend etwas Geniales einfiel, würde König Sonja verständigen, vielleicht sogar die Polizei. In Endlosschleife jagten Gedanken auf Kollisionskurs durch ihre Gehirnwindungen. «Du hast es Lena versprochen» und «Eine gute Freundin verrät keine Geheimnisse» befanden sich im Ringkampf mit Argumenten wie «Vielleicht braucht sie Hilfe?» und «Was, wenn Lena etwas zugestoßen ist?». Hatte

Bobbie überhaupt noch die Möglichkeit zu schweigen? Ihre Lüge war längst aufgeflogen.

«Sie besucht die Familie ihrer Mutter», sagte sie leise.

König riss die Augen auf.

«Sie dürfen Lena nicht an Sonja verraten», schickte Bobbie schnell hinterher. «Sie wollte ihre Tante nicht damit belasten.»

Das Gespräch erstarb. König sagte seltsamerweise nichts mehr. War das ein gutes oder ein schlechtes Zeichen? Er blickte nachdenklich, sein Unterkiefer mahlte. Es fiel Bobbie schwer, König einzuschätzen. Sie hatte sich immer zu Tode erschrocken, wenn er sie bei Citybox stellte. Sie fürchtete seine Stimme, sein polterndes Auftreten, seinen harten Griff, wenn er sie aus irgendeiner Ecke zog. Und doch hatte er sie nicht ein einziges Mal an Sonja verraten. Als ob ihm der Wagemut der Mädchen heimlich imponierte.

«Ich verstehe dich», sagte er überraschenderweise. «Ich verstehe dich besser, als du dir vorstellen kannst.»

Bobbie wunderte sich über die plötzliche Wendung.

«Ich hatte auch mal einen besten Freund. Zusammen waren wir die Könige der ersten Male. Die erste Jugendmeisterschaft beim Handball, der erste Vollrausch, der erste Kuss, der erste Urlaub ohne Eltern, die erste Freundin. Und dann wurde er der erste Tote, den ich sah. Dabei war er gerade Vater geworden.»

Bobbie zuckte erschrocken zusammen.

«Weißt du, was das Schlimmste ist?», fuhr König fort. «Ich hätte es verhindern können. Ich ahnte, dass etwas nicht stimmt. Er zog sich immer mehr zurück, zuckte beim leisesten Geräusch zusammen und zog ständig mit seiner kleinen

Familie um. Er benahm sich, als ob der Teufel seine Seele jagte.» Königs Stimme brach. «Es war kein Unfall. Es war Mord.»

Er zog aus seiner rückwärtigen Hosentasche sein Portemonnaie heraus und pulte ein abgegriffenes Foto hervor. Die Abbildung zeigte zwei junge Männer im orangefarbenen Trikot ihres Handballvereins. Links stand ein junger Harry König, ohne Muskeln, dafür mit langen Haaren. Seine Hand lag auf der Schulter seines Jugendfreunds.

«Thomas Friedrich war mein bester Freund», sagte er.

Bobbie sah wie paralysiert auf das Foto. Lenas Vater? Er war Handballer, das stimmte. Gut möglich, dass die beiden zur gleichen Zeit im Verein gespielt hatten.

«Manchmal besucht Thomas mich im Traum», berichtete König weiter. «Er ist leichenblass, über seine Stirn läuft eine Blutspur. Er stellt mir immer dieselbe Frage: Warum hast du nichts unternommen?»

Er schluckte tief. Bobbie hegte keinen Zweifel, dass er die Wahrheit sprach. Aber genau wie bei der Geschichte, die sie ihm eben serviert hatte, fehlten die wichtigsten Puzzlestücke.

«Warum machen Sie ein Geheimnis daraus?», fragte Bobbie.

«Weil ich im richtigen Moment das Falsche getan habe», gab er zu. «Nichts.» Stockend erzählte er weiter. «Ich habe mich nicht einmal auf die Beerdigung getraut. Ich hatte Angst vor Vorwürfen, Fragen, Anschuldigungen. Stattdessen habe ich auf einem Schiff angeheuert. Die Albträume haben mich über die Ozeane verfolgt. Die Schuld klebte an mir wie Pech. Als ich im Internet die Anzeige von Lenas

Tante fand, nahm ich das als ein Zeichen. Ich wollte Lena und ihre neue Familie beschützen, weil ich Thomas und Rhea nicht beschützen konnte.»

Er verfiel in dumpfes Nachdenken. «Ich wünschte, ich könnte die Zeit zurückdrehen und ein besserer Freund sein», gestand er.

Bobbie verstand den inneren Konflikt von Harry König nur zu gut.

«Wenn es Mord war, haben Sie eine Idee, wer für den Tod von Lenas Eltern verantwortlich ist?», fragte sie leise.

König zuckte die Schultern. «Es ging nicht um Thomas», sagte er. «Es ging um Rhea. Irgendetwas aus ihrer Vergangenheit.»

Die Mitteilung traf sie wie ein Peitschenschlag. Der Ball lag in ihrer Hälfte. Bobbie musste sich entscheiden, ob sie König vertraute. Sie schwieg hartnäckig.

«Wir halten ihre Tante raus», versprach König.

«Und die Polizei», sagte Bobbie. Sie wollte auf keinen Fall verantwortlich dafür sein, dass Lena in Schwierigkeiten kam.

«Ich verspreche dir, selber nach dem Rechten zu schauen, wenn du mir die Adresse gibst», sagte König.

«Ich will mitkommen», forderte Bobbie König auf. Sie würde die Informationen, die sie hatte, nicht ohne Gegenleistung preisgeben.

«Auf keinen Fall», sagte König.

«Und wenn sie sich von unterwegs bei mir meldet?», fragte sie.

König zögerte sichtlich.

«Ich weiß, wo sie hinwollte», sagte Bobbie. «Ich weiß nur nicht, ob sie angekommen ist.»

Sie presste die Lippen aufeinander. Mehr Informationen würde sie ohne eine Zusage, dass sie ihn begleiten durfte, nicht herausrücken. Fünf Minuten später saß sie auf dem Beifahrersitz in Königs Mercedes.

«Wohin?», fragte König ungeduldig.

«Bahnhof Augustenquelle», sagte Bobbie. Sie hoffte, dass sie keinen Fehler gemacht hatte.

Das Letzte, was sie sah, bevor der Sportwagen vom Parkplatz bog, war das überraschte Gesicht von Jonas. Es war 5 Uhr 52.

Da bist du ja

Was für eine merkwürdige Geschichte. Bobbie spurlos aus dem Handballcamp verschwunden? Lena schlich durch die nächtliche Stadt, peinlich bemüht, allen Passanten auszuweichen, die in den frühen Morgenstunden unterwegs waren. Sie drückte sich in der Nähe des Uhrenladens herum und versuchte, Empfang zu bekommen. Sie sah, dass sie Nachrichten bekommen hatte, konnte jedoch keine einzige vom Server abrufen. Was hatte Dante über die Außenkommunikation gesagt? Sie waren hier unten abgeschnitten von der Welt. Die alte Fabrik, so viel hatte sie schon verstanden, war eine Art Portal zwischen der Welt, die sie kannte, und der unsichtbaren Stadt. Vielleicht musste sie zurück auf die Anhöhe, um Kontakt mit zu Hause aufnehmen zu können.

Lena ging den äußeren Stadtring entlang, bis sie endlich das richtige Tor und die Brücke fand. Die Sensoren blinkten hektisch, als sie das Portal durchquerte und auf die morsche Brücke hinaustrat. Nebelschwaden hingen über dem Fluss, der über Nacht angeschwollen war. Auf den Steintreppen kämpfte sie sich im Morgengrauen immer weiter nach oben, Richtung Tunnel. Beim Hinaufsteigen kamen ihr die 365

Stufen viel länger vor. Auf dem Telefon erschien vage ein Balken und verschwand wieder. Sie war auf dem richtigen Weg.

Völlig erschöpft und mit schmerzenden Beinen erreichte sie den Kopf der Treppe. Das Auto, das sie hierhergebracht hatte, sah noch mitgenommener aus als am Vortag. Drei von vier Reifen hatten jede Luft verloren. Wo hatte Dante den Wagen nur aufgegabelt? Würde er noch einmal jemanden in die unsichtbare Stadt bringen können? Sie wandte sich um. Vor ihren Augen entwickelte sich ein seltsames Schauspiel. Eine enorme Nebelwand rollte durch das Tal. Die Schwaden wirbelten über die Anhöhen, drängten sich in die Straßen, ließen die knallroten Häuser der Hotelreihe verblassen, bis sie im weißen Nichts verschwammen. Eine letzte weiße Woge verschluckte die Kuppel. Die unsichtbare Stadt verschwand in einer dicken Nebelschicht. Nichts wies mehr darauf hin, dass dort unten der merkwürdigste Ort lag, den sie je im Leben gesehen hatte. Als sie sich wieder umdrehte, erspähte sie im Zwielicht des jungen Tages die Anhöhe mit dem Fabrikgebäude und dem hohen Schornstein. Wie eine Festung ragte der Bau aus dem morgendlichen Dunst. Sie kontrollierte ihr Handy. Nichts. Lena verfluchte die Technik.

Sie erreichte den Taxistandplatz, doch nirgendwo entdeckte sie den Zugang zum Tunnel. Um sie herum erstreckte sich nur öde Wildnis. Irgendwo mussten sie doch hergekommen sein. Lena ärgerte sich, dass sie die Passage nicht bewusst miterlebt hatte. Ihr fiel ein, was Dante gesagt hatte: «Das erste Mal kriegt man den Weg noch nicht alleine hin. Deswegen das Taxi.»

Das bedeutete doch, dass irgendwo ein Pfad sein musste,

der ohne Auto zurückzulegen war. Irgendwo in ihr verborgen lag eine Art geheimes Wissen, das es zu erwecken galt. Aber wie? Auch die inneren Stimmen hatten keinen Vorschlag, wie sie aus dieser Zwischenwelt herausfinden konnte. Wenn schiere Logik versagte, dann lieferte vielleicht das Unterbewusstsein eine Antwort. Sie schloss die Augen und setzte vorsichtig die Füße voreinander. Das trockene Gras raschelte, Büsche streckten ihre dornigen Äste nach ihr aus, ein verrotteter Baumstumpf gab unter ihrem Gewicht nach. Sie strauchelte und fiel. Als sie die Augen öffnete, bemerkte sie, dass sie der Felswand ein ganzes Stück näher gekommen war. In ihrem Rücken spürte sie einen kalten Windhauch. Entsetzt fuhr sie um. Nur ein paar Meter weiter entdeckte sie die riesigen grauen Stahltore, die sich quietschend öffneten und den Zugang zum Tunnel freigaben. War das der richtige Weg? In den Felsen hinein? Lena holte tief Luft und trat zaghaft in das Halbdunkel. Der Boden war feucht und gab bei jedem Schritt federnd nach. Modder zerrte an ihren Beinen und umklammerte ihre Fesseln, als wolle der Grund Lena verschlingen. Mit jedem Schritt, den sie sich in den Gang hineinwagte, wurde es ein bisschen dunkler und enger. Schließlich gab es nur noch ihren Atem und die absolute Schwärze um sie herum. Schweiß sammelte sich auf ihrem Rücken. Vorsichtig tastete sie die Wände ab. Die Oberfläche war rau und kalt, ab und an fühlte sie Moos und kaltes Wasser. Plötzlich ging es nicht mehr weiter. Es war, als ob der Fels sie auf einmal von allen Seiten umschlösse. Was für eine irrsinnige Idee, diesen Tunnel zu betreten. Wie sollte sie jemals wieder zurückfinden? Ihre Hände suchten hektisch nach einer Öffnung und fanden in Bodennähe einen

Durchgang. Der Weg zwang sie in die Knie. Auf allen vieren ging es weiter, aufwärts, erst leicht, dann immer steiler. War das ein gutes Zeichen? Sie hatte Mühe, auf dem glitschigen Boden nicht rückwärtszugleiten. Ihr Herz klopfte bis zum Hals. Die Luft wurde so schlecht, dass ihr schwindelte. Alles um sie herum drehte sich. Hatte sie überhaupt noch Boden unter den Füßen? Genauso hatte Lena sich gefühlt, als sie im Wagen unterwegs waren. Kurz bevor sie das Bewusstsein verlor. Krampfhaft versuchte sie, wach zu bleiben. Plötzlich veränderte sich etwas. Statt kaltem Fels erspürten ihre Fingerkuppen Ziegel. Hier war eine Mauer, die sich plötzlich vor ihr ausdehnte. Auf einmal konnte sie wieder stehen. Vor ihr tanzten Lichtpunkte. Als sie näher kam, erkannte sie, dass es sich um Astlöcher in einer Holztür handelte. Sie drückte die Tür auf und stand in einem heruntergekommenen, dusteren Kellergeschoss. In den verlassenen Abteilen standen Ruinen von dreistöckigen Betten, die aus einfachen Brettern zusammengezimmert waren. Winzige Luken sorgten für frische Luft und einen Strahl Licht. Was war das? Eine Art Gefängnis? Am Ende des Ganges erspähte sie eine rostige Stahltür. Sie war nicht verschlossen, nur tonnenschwer, als Lena sie mühsam aufdrückte. Verblüfft sah sie sich um. Sie stand in der riesigen Produktionshalle der alten Fabrik. Als sie sich umdrehte, war die Tür hinter ihr verschwunden.

Falsche Freunde

«Noch was Neues?», fragte König.

Bobbie schüttelte den Kopf. Sie hielt das Handy fest umklammert in der Hoffnung, dass jeden Moment eine erlösende Nachricht eintreffen könnte. Zum hundertsten Mal starrte sie auf Lenas letztes Lebenszeichen: Ein Selfie zeigte sie mit ihrem Leihfahrrad am Bahnhof Augustenquelle vor einem windschiefen Schild, das angab, in welche Richtung der Eulengraben lag. Ihre Stirn war in Falten gelegt, die Schultern hochgezogen, als wolle sie in ihre Jacke hineinkriechen. Mit hochgestelltem Kragen und Tuch trotzte sie dem beißenden Wind, der die Bäume im Hintergrund zwang, sich ehrfürchtig zu verneigen. Trotz der widrigen Wetterumstände reckte sie den Daumen in die Höhe.

Bobbie versuchte, eine geheime Botschaft aus Lenas Miene herauszulesen. Wirkte sie ängstlich? Beunruhigt? Spiegelte sich etwas Verdächtiges in den Fensterscheiben der verlassenen Bahnhofsstation? Konnte sie etwas aus der Nummer des Fahrrads entnehmen, die vorne auf dem Gestell prangte?

Der Morgen dämmerte herauf, als der Mercedes sich auf einer unbefestigten Schotterstraße dem Bahnhof Augustenquelle näherte.

«Halt», schrie Bobbie. «Hier ist was!»

König bremste das Auto. Bobbie sprang aus dem Wagen. Sie hatte Lenas Leihfahrrad im Straßengraben entdeckt, das charakteristische Tuch noch immer um die Lenkstange gewickelt. Betroffen betrachtete sie die Noppenfolie, die das Fahrrad, kilometerweit von jeder menschlichen Behausung entfernt, unbrauchbar gemacht hatte. Bobbie stellte sich vor, wie verloren Lena sich gefühlt haben musste.

«Wie kann sie nur so leichtsinnig sein?», schimpfte König ungehalten. «Warum hat sie sich keinem Erwachsenen anvertraut?»

Bobbie verteidigte ihre Freundin. «Wem denn? Ihre Tante hat doch alles dafür getan, Lena über ihre Vergangenheit im Unklaren zu lassen.»

Königs Blick schweifte über die einsamen Felder und Hügel. Der Morgennebel hing über den Ackerfurchen, ein Adler zog seine Kreise.

«Was würdest du an ihrer Stelle tun?», fragte er.

«Mir einen Überblick verschaffen», sagte Bobbie und wies auf die Anhöhe mit der alten Industrieanlage.

Die Sonne brach hervor, als der Mercedes sich die Kurven Richtung Fabrik hochschraubte, vorbei an zahlreichen Warnschildern. *Keine Wendemöglichkeit. Sackgasse. Lebensgefahr.* An der Straßensperre stoppte König den Wagen. Hier ging es nicht mehr weiter mit dem Auto. Das Metallgitter wirkte, als wäre es schon Dutzende Male demoliert und dann mit neuem Draht wieder befestigt worden. Aber es saß bombenfest. Bobbie stieg aus dem Wagen aus. Neugierig lief sie an dem meterhohen Zaun entlang, bis sie eine schadhafte Stelle entdeckte, gerade groß genug, sich durch das Gitter zu zwängen. Die Fabrik lag groß und imposant vor ihr. Der hohe Schornstein erinnerte an die Tage, als die Maschinen noch mit Kohle betrieben wurden. Jetzt eroberten Pflanzen sich den Lebensraum zurück. Grüner Efeu schmiegte sich an die porösen Außenmauern. Kaum ein Fenster, das nicht gesprungen war. Die verwitterte Aufschrift *Klok & Söhne Uhrenfabrikation* enthüllte die frühere Bestimmung des langgestreckten Klinkerbaus. Auf der verbeulten Stahltür war blass das verwitterte Logo zu erkennen: eine stilisierte Eule, deren Augen und Körper sich aus Zahnrädern zusammensetzten, ein Zeiger symbolisierte den Schnabel. Nirgendwo war ein Mechanismus zu erkennen, der die Türen öffnete.

«Lena? Bist du hier?», rief Bobbie.

Sie drehte sich zu König um, der die Aufschrift und die abgeblätterte Zeichnung fotografierte. Wie konnte er sich nur mit so etwas aufhalten?

«Vielleicht hat sie heute Nacht hier geschlafen», sagte Bobbie.

«Du bleibst besser beim Auto», beschied König. «So eine Industrieruine ist eine Todesfalle. Ich würde mir nie verzeihen, wenn dir etwas passiert.»

Unbeeindruckt von seiner Warnung, eilte Bobbie weiter. Sie würde sich nicht davon abhalten lassen, auf eigene Faust nach Lena zu suchen. Ein paar Meter neben den Stahltoren fand sie eine kleinere Tür, auf der Schilder ungebetene Besucher warnten: *Betreten verboten. Einsturzgefahr.* Bobbie rüttelte an der verrosteten Klinke, als diese unverhofft nachgab. Knarzend öffnete sich der Zugang zur Fabrik. Bobbie atmete durch. Die hohe Produktionshalle empfing sie wie eine Kathedrale. Zehn Meter hoch erhoben sich gewaltige, wenn auch größtenteils zerstörte Glasfronten. Das schadhafte Dach gab an vielen Stellen den Blick in den Himmel frei. In der Halle hing der Geruch von zurückgelassenen alten Maschinen und Öl. Die Sonne brach sich in den kaputten Scheiben und tauchte die alte Fertigungshalle in ein magisches Zwielicht. Bobbie war, als könne man die säuselnden Stimmen der Arbeiter hören, die durch die Jahrzehnte zu ihr herüberschallten. Oder war das nur der Wind, der durch Fenster und Fluchten heulte?

«Lena?», rief sie. Ihre Stimme hallte.

41

Eine von uns

Lena hob den Kopf. Hatte sie eine Stimme gehört? Die von Bobbie? Vermutlich spielten ihr Einbildung, Sehnsucht und Sorge einen Streich. Irritiert bewegte sie sich durch die große Produktionshalle. Der Boden war bedeckt von alten Büchern, Scherben und verkohlten Einrichtungsgegenständen. An den Wänden leuchteten bunte Graffiti.

Vergessene Gegenstände erzählten von den Menschen, die hier ein und aus gegangen waren: ein eingedrückter Blechnapf, eine alte Schürze, ein nagelneuer karierter Mädchenschuh. Lena blieb fast das Herz stehen. Wie oft war sie mit Bobbie am Schaufenster des Schuhladens vorbeiflaniert, bevor die Freundin genug gespart hatte, um sich das teure Paar leisten zu können? Zuletzt hatte sie die Schuhe auf dem Weg ins Sommerlager getragen. Mit dem Eintritt in die reale Welt meldete sich der Chor der Stimmen, der sich in der unsichtbaren Stadt vornehm zurückgehalten hatte, mit aller Macht zurück. «Mir gefällt's hier gar nicht. Hier stimmt was nicht», kreischten die einen. «Hau ab» die anderen. Lena hörte nicht auf sie.

Irgendwo klang das metallene Geräusch einer Tür, die ins Schloss fiel. Schritte hallten von ferne durch die verlassene

Uhrenfabrik, knirschten auf dem Schutt zusammengestürzter Wände und kaputter Scheiben. Sie war nicht mehr allein.

«Bobbie», rief sie. «Bobbie?»

Wie sollte sie die Freundin in dem endlosen Gewirr von Produktionsstätten, Gängen und Büros finden? Sie griff zum Telefon und wählte ihre eigene Nummer. Aus weiter Ferne, irgendwo hoch über ihrem Kopf tönte der vertraute Klingelton durch die leere Halle. Bobbie! Sie musste hier sein! Aber warum nahm sie nicht ab? War das eine Falle? Was hatte das zu bedeuten?

Eine Stahltreppe führte in die oberen Stockwerke. Vorsichtig setzte sie ihren Fuß auf die vom Rost zerfressenen Stufen. Bei jedem Schritt ächzte die Treppe unter ihrem Gewicht. Angespannt schlich Lena durch die zerstörten Zimmerfluchten ehemaliger Büros. Herabgestürzte Dachbalken bildeten einen Hindernisparcours. Wo früher einmal die Verwaltung der Fabrik gewesen war, wuchs nun ein Baum mitten aus dem zweiten Stock bis in die obere Etage. In ein paar Jahren würde er den Rest des Dachs sprengen und aus seiner Befestigung heben. Scherben von Dachziegeln knirschten unter Lenas Schuhsohlen. Eine spitze Kante bohrte sich in ihre Haut. Wind fegte eine Schindel vom Dach. Putz bröckelte, alte Tapeten hingen in Streifen von den Wänden. Ein monströser, von Holzwürmern zerfressener Eichenschreibtisch und ein altes Stück Teppich zeugten davon, dass hier einmal jemand residiert haben musste, der für die Fabrik wichtig gewesen war. Die imposante Glasfassade bot einen großartigen Blick auf die Steilwand und den gähnenden Abgrund. Lag dort unten irgendwo die unsichtbare Stadt?

Plötzlich ein Geräusch. In ihrem Rücken. Sie fuhr herum. Ein schwarzes Etwas schoss in hohem Tempo auf sie zu. Lena zuckte zusammen, bis sie begriff, dass es nur eine Fledermaus war, die aufgeregt an ihr vorbeiflatterte. Eine von vielen, wie sie amüsiert bemerkte. Die kleinen Biester hatten sich in den verlassenen Räumen eingenistet. Als sie sich umdrehte, sah sie in das lächelnde Gesicht von Harry König.

«Lena, endlich», sagte er.

Lena war überrascht, aber auch froh, ein vertrautes Gesicht zu sehen. Es schien Ewigkeiten her zu sein. «Was tun Sie denn hier? Ist Bobbie bei Ihnen?»

«Wir haben uns solche Sorgen um dich gemacht», sagte er. «Wir alle.» Er klang erleichtert und erfreut.

«Wo ist Bobbie?»

«Sie ist in Sicherheit», sagte König. «Im Gegensatz zu dir.»

Lena verharrte regungslos in ihrer Position. Sie wusste nicht, wie sie den überraschenden Auftritt des Wachmanns einordnen sollte.

«Es geht um deine Eltern», fügte König hinzu.

Er zog ein Foto aus seiner Brieftasche und legte es wie einen Köder auf dem Schreibtisch ab. Lena schwankte zwischen Misstrauen und Neugier. Bobbie war der einzige Mensch, der von ihrer Mission wusste. Sie musste ihn hierhergeführt haben. Vorsichtshalber verharrte sie in ihrer Position.

«Ich war Thomas' bester Freund», sagte König. «Ich war dabei, als er deine Mutter kennenlernte.»

Lena rührte sich nicht von der Stelle. Ein Freund ihres Vaters? Seit wann? Wovon sprach er? Und was war mit Bobbie? Ihr Blick glitt nervös durch den Raum. Warum hielt sie sich verborgen?

«Ich habe dieselben Fragen wie du, Lena», insistierte König. «Ich will dir helfen, den Unfall aufzuklären. Doch das kann ich nur, wenn wir beide an einem Strang ziehen. Ich sage dir, was ich weiß. Und du erzählst mir, was du herausgefunden hast.»

«Ich will erst mit Bobbie sprechen», sagte Lena.

«Du musst deine Freundin raushalten», sagte König. «Wir haben es mit Leuten zu tun, die vor nichts zurückschrecken. Je weniger sie weiß, umso sicherer ist sie.»

Nichts von dem, was König sagte, ergab einen Sinn. Lenas Augen suchten nach einem Ausweg. Hinter ihr war eine Glasfront, links eine Mauer, rechts klaffte ein riesiges Loch in der Fassade. König blockierte den einzigen Ausgang. Sein Blick fiel auf den Chronometer, den sie am Handgelenk trug.

König trat auf sie zu. Schritt für Schritt. Steine knackten unter seinen Turnschuhen. «Wir können nur gewinnen, wenn wir zusammenarbeiten.»

Instinktiv wich Lena zurück. Sie spürte in ihrem Rücken das Fenster. König kam näher und näher, doch Lena war unfähig, sich zu bewegen.

«Lass uns in den Eulengraben fahren und dort in Ruhe sprechen», schlug König vor. Die pure Nennung des Namens ließ alle Alarmglocken schrillen. Ob er von der Existenz der unsichtbaren Stadt wusste?

«Woher kennen Sie den Eulengraben?», fragte sie. «Waren Sie schon einmal dort?»

Mit einer blitzschnellen Bewegung schnappte Harry König nach ihrem Arm. Im letzten Moment zog eine Hand sie weg. Dante! Wie aus dem Nichts erschien er neben ihr und riss sie zur Seite. Für den Bruchteil einer Sekunde sah sie seine Augen: ein blaues und ein grünes. Sein freundlicher Blick war wie ein Zuhause.

«Wir müssen raus hier», flüsterte er. Seine Stimme wackelte. Im Angesicht von König wirkte der sonst so coole Junge ehrlich besorgt.

«Ich sehe, du hast bereits Freunde gefunden», sagte König. «Er kann gerne mitkommen. Vielleicht kann er ein paar Lücken in der Geschichte füllen.»

War das eine freundliche Einladung? Oder schon eine Drohung? Auf einmal bemerkte Lena die frischen Wunden auf seinem Arm. Waren das Kratzspuren? Ein paar Tropfen Blut fielen auf den Boden. Was war hier in der Halle geschehen?

«Das Taxi hat den Geist aufgegeben», raunte Dante ihr zu. «Diesmal musst du springen.»

«Lena, die Täter von damals verstecken sich an einem geheimen Ort. Du vertraust den falschen Leuten», warnte König.

«Hör nicht auf ihn», sagte Dante.

Seine Augen funkelten so wütend, dass der Farbunterschied zwischen den Augen kaum mehr auffiel.

Die Stimmen in Lenas Kopf kreischten so laut, dass es schwierig war, sich zu konzentrieren: «Denk an das rothaarige Mädchen. Was wollte die in deinem Zimmer? Die hassen deine Mutter. Aus welchem Grund auch immer. Und denen willst du vertrauen?»

«Leg Zeige- und Mittelfinger auf die Uhr», flüsterte Dante.

«Was ist mit Bobbie?», fragte Lena zweifelnd.

Der karierte Schuh, der Klingelton: Das hatte sie sich doch nicht eingebildet.

König, der Lenas Zögern nur zu gut spürte, spielte seinen letzten Trumpf aus.

«Deine Freundin wäre sicher sehr traurig, wenn sie erfährt, dass du nicht auf sie gewartet hast.»

«Er lügt», sagte Dante.

«Ich kann sie nicht alleine lassen», raunte Lena ihm zu.

«Darum kümmern wir uns später», drängte Dante. «Wir müssen abhauen.»

König verlor die Geduld. Er griff eine Stange vom Boden. «Den Chronometer», sagte er. «Du willst doch nicht, dass Bobbie etwas passiert.»

König drohte offen. Er gab sich keine Mühe mehr, seine wahren Absichten hinter einer Maske aus Freundlichkeit zu verstecken.

Den Zeige- und Mittelfinger auf die Uhr legen? Mit zitternden Händen tat sie, wie Dante ihr geheißen hatte. Der Chronometer glühte an ihrem Handgelenk. Die Zeiger kreisten wild. Es war, als kommuniziere ihre Uhr mit der von Dante.

«Spring», flüsterte Dante. «Wir müssen springen.»

Springen? Wovon sprach Dante? Das konnte nicht sein Ernst sein. Vorsichtig blickte Lena nach unten. Der Abgrund gähnte unter ihr. Bis zum Boden waren es mindestens fünfundzwanzig Meter. Ein einziges Mal war sie in ihrem Leben vom Fünfmeterturm gesprungen. Es hatte ihr nicht gefallen.

«Bist du wahnsinnig?»

«Merkst du nicht, dass er dich manipuliert?», sagte König.

«Er gehört zu den Leuten, die deine Eltern auf dem Gewissen haben.»

«Du musst dich konzentrieren», rief Dante. «Schieb alle Gedanken an die Seite.»

Konzentrieren? Wie denn? Worauf?

«Stell dir etwas vor. Ein Bild. Einen Ort, an dem du gern wärst.»

Vor ihr drohte König, hinter ihr der Abgrund.

«Das ist Wahnsinn.»

«Lass dich fallen», sagte Dante.

Sie erinnerte sich an das erste Trainingslager, wo sie das Vertrauensspiel gespielt hatten. Man musste sich rückwärts fallen lassen und darauf hoffen, dass einer der Mannschaftskollegen hinter einem stand und einen auffing.

«Es geht nicht darum, Gefahren abzuwägen», hatte der Trainer damals gesagt. «Es geht um blindes Vertrauen.»

Ihre inneren Stimmen wimmerten nur noch. Das Blut rauschte in ihren Ohren, ihr Puls hämmerte, die Hände lösten sich, und sie ließ sich steif wie ein Brett nach hinten wegsacken. Warum hatte sie das Hostel auf eigene Faust verlassen? Warum hatte sie sich nicht in einen der Schubkarrensitze fallen gelassen, Obst von den Wänden gepflückt und darauf gewartet, dass andere das Ruder übernahmen? Sie hörte sich selber aufschreien. Oder war es Harry König, der eine Art Urschrei abgab? Sie sah seine aufgerissenen Augen, die Panik in seinem Blick, den offenen Mund, seine Hände auf der Glatze, bevor alles verschwamm.

Wie oft hatte sie sich hoch in die Wolken gewünscht. Jetzt wünschte sie sich nur noch Boden unter den Füßen.

«Wach bleiben, Lena», sagte eine Stimme in ihrem Kopf. «Du musst wach bleiben.» Die Stimme klang wie die von Dante, aber der war nirgendwo zu sehen.

Wie ein Fisch im Wasser schwebte sie schwerelos zwischen hier und jetzt, gestern und heute, Leben und Tod. Ein Fall in das große leere Nichts. Sie versank in die Tiefe, vielleicht auch in sich selbst. Es fühlte sich an wie in der Trommel einer Waschmaschine, die in Zeitlupe lief und immer neue Bilder produzierte. «Lena», rief eine Stimme. Sie gehörte Bobbie. Sie sah, wie die Freundin vor der alten Uhrenfabrik aus Königs Mercedes stieg. Sie sah, wie sie auf das Hallentor zuging. Sie sah, wie König das verwitterte Logo fotografierte. Schwach erkannte sie eine Eule, zusammengesetzt aus den Zahnrädern einer Uhr.

«Vielleicht hat sie heute Nacht hier geschlafen», hörte sie Bobbies merkwürdig verzerrte Stimme, die aus einer anderen Wirklichkeit zu ihr drang.

«Du bleibst besser beim Auto», hallte Königs Stimme durch Zeit und Raum. «So eine Industrieruine ist eine Todesfalle. Ich würde mir nie verzeihen, wenn dir etwas passiert.»

«Pass auf, Bobbie», wollte Lena rufen. Ihre Stimme versagte. Hilflos ruderte sie mit Armen und Beinen und fand nirgendwo Halt.

«Lena», rief Bobbie. Sie öffnete eine kleinere Tür und wollte weiter in die Fabrik, als sich von hinten eine Hand über Nase und Mund legte. Mit dem anderen Arm hielt König sie fest umklammert. Lena war, als könne sie den stechenden, unangenehm süßlichen Geruch, der ihr Gehirn vernebelte, wahrnehmen. Sie rang um Atem, wollte schreien, doch kein

Ton verließ ihre Kehle. Sie sah Bobbies Fingernägel, die sich in Königs Haut bohrten und dort blutige Schrammen hinterließen. Bobbie trat, sie strampelte, sie wehrte sich gegen die Umklammerung, bis die Kräfte sie verließen. König lockerte den Griff. Bobbie sackte in sich zusammen. Lena wollte zu ihr eilen, eingreifen und konnte sich selber nicht einmal helfen. Machtlos musste sie mitansehen, wie König Bobbie im Kofferraum verstaute. Dann veränderte sich das Bild. Sie sah Bobbie in ihrem Kinderzimmer mit den Zahlen herumpuzzeln, sie sah sie durch die Gänge von Citybox rasen. In Endlosschleife schob Bobbie ihr Brote zu, bis das Lunchpaket verschwand und auf dem Tisch ihre alte Schultüte lag. Lief ihr Leben rückwärts an ihr vorbei? Fiel sie durch ihre eigene Geschichte?

Und dann war da nur noch Licht, ein zartes buntes Glitzern. Hunderte von Lichtern tanzten wie kleine Elfen um sie herum. War sie im Himmel angekommen? War sie tot? Wind streichelte kühl ihre Wange. Sie fühlte sich, als wäre sie im Inneren eines Marshmallows gelandet. Alles war weich, gab nach, jede Bewegung war verlangsamt. Mühsam öffnete Lena die Augen. Es dauerte eine Weile, bis es ihr gelang, das Bild scharf zu stellen.

Dante wedelte ihr mit einem Stück Papier Luft zu. Sie hob ihren dröhnenden Kopf. Die blinkenden Lämpchen gehörten zu einer Lichterkette, die einen Weihnachtsbaum schmückte. Silberne Zapfen, bemalte Glöckchen und goldene Sterne glänzten in den Zweigen einer stattlichen Tanne. In den Kugeln spiegelte sich dutzendfach in Rot, Blau, Silber und Gold ihr entgeistertes Gesicht. War im Paradies immer Weihnachten? Aber warum sah der Himmel aus wie das

Foyer ihres Hostels? Die Einteilung des Raums war dieselbe, nur die Einrichtung hatte sich über Nacht verändert. Die hippen Selfmade-Möbel waren verschwunden. Stattdessen zierten durchgesessene Blümchensofas und niedrige Tische die Lobby. Selbst die technische Ausrüstung atmete den Hauch von gestern. Das Schnurtelefon, der Computer auf dem Rezeptionstisch, ein überdimensionierter Röhrenfernseher: alles Relikte aus der elektronischen Steinzeit. Es roch nach Zimt, nach Gewürznelken, nach Glühwein, Tannengrün und Kerzenwachs. Neben dem Weihnachtsbaum wartete ein strahlender Dante darauf, dass sie zu sich kam.

«Gut gemacht», sagte er.

Lena kämpfte sich hoch.

«Wo ist Bobbie?», schrie sie auf. «Wir müssen uns um Bobbie kümmern. Sie ist im Auto. Ich habe es gesehen. Mit eigenen Augen.»

«Sie ist in Ordnung», sagte Dante. «Sie liegt friedlich in ihrem Bett. Zu Hause.»

Lena betrachtete ihn neugierig. Konnte sie ihm Glauben schenken?

«Was bist du? Eine Art Superheld?», fragte sie.

Dante schüttelte den Kopf. «Superhelden sind die in den Strumpfhosen», sagte er.

Lena, immer noch benommen, starrte ihn mit leerem Blick an.

«Ist dir noch nie aufgefallen, wie viele Superhelden Strumpfhosen anhaben?», sagte er. «Ich habe mich immer gefragt, warum. Ist das wegen dem Fahrtwind beim Fliegen? Weil Socken runterrutschen? Oder erkälten sich Superhelden dauernd?»

«Wenn du kein Superheld bist, was bist du dann?»

«Wir sind Zeitreisende», erklärte Dante. «Und du bist eine von uns. Genau wie deine Mutter.»

Lena blickte fassungslos auf ihren exzentrischen Begleiter. Wovon redete er?

«Wir sind hier gelandet, weil deine Gedanken dich hierhingelenkt haben. Und die Datumsangabe auf deinem Chronometer.»

«So ein Blödsinn.»

«Wir leben auf einem blauen Planeten, der um einen Feuerball kreist, der neben einem Mond liegt, der in der Lage ist, das Meer zu bewegen. Wenn das wahr ist, warum sollte man nicht durch die Zeit reisen können?»

Aus der Zeit gefallen

Lena stürzte nach draußen. War sie wirklich in einer anderen Zeit gelandet? Der Wind riss Lena die Tür aus der Hand. Eiskalte Luft schlug ihr entgegen und nahm ihr den Atem. Noch bevor sie verstand, was mit ihr passierte, zog es ihr die Beine weg. Im nächsten Moment entlud ein vorbeirasender Schneepflug eine nasse Schneedusche über sie. Entgeistert sah sie sich um. In den paar Stunden, in denen sie weg gewesen war, hatte der Winter Einzug in der unsichtbaren Stadt gehalten. Eine dicke weiße Decke legte sich über das Pflaster. Eine Frau schippte in sommerlicher Kleidung unermüdlich Neuschnee von den Bürgersteigen, der Verkehr kroch über die vereiste Straße. Der Wintereinbruch drosselte das Tempo in der Stadt. Die Erker waren mit Weihnachtsbeleuchtung erhellt, vor dem Supermarkt stand ein improvisierter Weihnachtsbaum aus grünen Eierkartons. Ein Händler schenkte Glühwein aus. Im T-Shirt!

«Wie lange habe ich im Foyer gelegen?», wunderte sich Lena und rieb sich den Hintern. Offenbar war sie auf einer Eisplatte ausgerutscht.

«Zwei Minuten», sagte Dante. «Nicht schlecht für deine erste eigenständige Tour.»

Nichts von alledem machte Sinn. «Wieso ist auf einmal Weihnachten?», fragte sie.

«Hier schlägt die Zeit genauso schnell um wie anderswo das Wetter», erklärte Dante. «Man gewöhnt sich daran.»

Lena konnte es immer noch nicht glauben. Während sie bibberte, schien Dante vom Temperatursturz unbeeindruckt. Wie alle anderen war er für das Wetter vollkommen unpassend gekleidet. Waren die alle immun gegen Kälte?

«Was für ein Datum haben wir heute?», fragte sie eine vorbeieilende Frau, die aussah wie eine Meerjungfrau auf Füßen. Sie trug ein bodenlanges, ärmelloses Abendkleid mit blau-grün schimmernden Pailletten. Bei Lenas Frage brach sie in glockenhelles Lachen aus. «Du musst deine Arbeit schon alleine erledigen, junge Dame», sagte sie.

Lena staunte. Seit wann hatte das Datum etwas mit Arbeit zu tun? Die Frau tickte nicht ganz richtig. Warum war sie sonst in Galakleidung auf einer winterlichen Straße unterwegs? Dante störte sich nicht am Verhalten der Frau.

«Sie kommt gerade von einem Auftrag zurück», erklärte er ihren Aufzug. «Berlin 1922. Eine junge Sängerin ist auf der Bühne erschossen worden. Jetzt will sie wissen, ob ihre Strategie aufgegangen ist.»

Strategie? Bevor Lena nachfragen konnte, zog Dante sie mit sich über die Straße, Richtung Zeitungsladen. In dem überraschend geräumigen Geschäft stapelten sich meterhoch Zeitungen, manche neu, manche schon ganz vergilbt. Dante wühlte in einem der Stapel, bis er eine Berliner Zeitung vom 4.5.1922 fand.

Chanteuse Mimi Wiese überlebt Mordanschlag. Das Mirakel vom Deutschen Theater, las Lena.

Als sie das Blatt zurücklegen wollte, bemerkte sie, dass die Zeitung darunter das Kriegsende 1945 verkündete, dahinter verbarg sich wiederum die Eisenbahnzeitung von 1845 und ein Exemplar der Bravo 1977 mit einem Teil vom «Abba-Starschnitt». Was sollte das denn sein? Daneben prangte eine Süddeutsche Zeitung vom 12.9.2001, die mit dem Terroranschlag auf das World Trade Center in New York aufmachte. Lena durchstreifte fasziniert den Laden. Die Zeitungen, die hier angeboten wurden, kamen aus unterschiedlichsten Epochen, Jahreszeiten und Gebieten. Die überalteten Nachrichtenblätter fanden reißenden Absatz. Zu Hause lasen alle ihre Zeitungen auf elektronischen Geräten. Die Bewohner der unsichtbaren Stadt dagegen waren wild nach tastbaren Dokumenten aus längst vergangenen Zeiten. Auch die festlich gekleidete Dame. Sie riss Lena die Zeitung aus den Händen.

«Das Wunder, das sind wir», erklärte Dante.

«Die Frau kommt aus dem Jahr 1922?»

Lena sah sich um. Plötzlich machten all die Verrückten Sinn. «Die Leute in ihren merkwürdigen Kleidern haben alle Aufträge in der Vergangenheit?», fragte sie überrascht.

«Was ist daran so verwunderlich? Wir waren eben noch in der Gegenwart. Und dann sind wir gesprungen. Auf das Datum, das dein Chronometer angab.»

«Gut. Sagen wir, das stimmt. Wo stelle ich dann den Ort ein?», fragte Lena.

«Die Navigation geschieht durch die Kraft deiner Gedanken», erklärte Dante. «Das muss man lernen.»

Kein Wunder, dass sie hier gelandet waren. Sie erinnerte sich an den letzten glasklaren Gedanken. *Warum lasse ich mich nicht in einen der Schubkarrensitze fallen und pflücke Obst von den Wänden?* «Ich habe mich hierherkatapuliert? Mit Hilfe des Chronometers?»

Dante nickte. «Aber pass auf», hob er an, «es gibt noch viel mehr zu lernen. Reisen durch die Zeit sind nicht immer so einfach ...»

Lena hörte ihn kaum. Ein See von Möglichkeiten entfaltete sich vor ihrem inneren Auge. «Kann ich Bio noch mal schreiben? Alle peinlichen Momente aus meinem Leben radieren? Die Lottozahlen von morgen tippen? Könnte ich Hitler umbringen?»

Ihre Stimme überschlug sich beinahe.

«Du kannst dich nicht so frei bewegen, wie du meinst», warnte Dante.

Lenas Phantasie ging mit ihr durch. Der Gedanke, durch die Zeit zu reisen, war unglaublich, aber unendlich verführerisch.

«Wenn ich will, kann ich Jesus kennenlernen? Oder ich reise an den Anfang der Zeit und schaue persönlich nach, wer die Erde geschaffen hat. Auf dem Rückweg nehme ich mir einen kleinen Saurier als Erinnerung mit. Damit ich jedem beweisen kann, dass ich wirklich da war.»

«Die erste Lektion, die wir lernen, ist Geheimhaltung», sagte Dante.

Lena malte sich lieber aus, welche Möglichkeiten sich ihr als Zeitreisender boten. «Oder ich fliege ins alte Ägypten und erkundige mich, wie sie die Pyramiden gebaut haben und was auf ihren Schrifttafeln steht. Dann drehe ich ein YouTube-Video darüber, das mich weltberühmt macht. Jeder hält mich für ein Genie, und ich muss nie mehr zur Schule.

Ich knacke die größten Rätsel der Weltgeschichte, finde jeden Schatz, der je vergraben und vergessen wurde, und löse jeden ungeklärten Mord.»

Sie erschrak, als ihr bewusst wurde, was sie da gerade so leichthin ausgesprochen hatte.

«Heute ist der 31.12.2006?», fragte sie.

Dante nickte. «Vorübergehend.»

«Könnte ich zur alten Zollbrücke fahren?», fragte sie. «An die Unfallstelle?»

Dante schüttelte energisch den Kopf. «Eingreifen in die eigene Biographie ist nur etwas für Profis.»

«Aber ich kann in die Vergangenheit reisen und meine Eltern kennenlernen?», fragte Lena.

Dante griff ihre Hände. «Tu das nicht, Lena. Bitte. Du bringst dich und andere in Gefahr.»

In seinen verschiedenfarbigen Augen las sie ehrliche Sorge. Das Gefühl, das die Berührung in ihr auslöste, verwirrte sie. Dafür hatte sie jetzt keine Zeit.

Lena zog ihre Hände weg. «Wir müssen sofort zurück», sagte sie bestimmt. «Wir müssen Bobbie suchen.»

Dante lächelte. «Es ist der 31.12.2006», sagte er. «Sie ist in Sicherheit. Für die nächsten zwölf Jahre.»

Weiter kam er nicht mit seinen Erklärungen.

«Die Zeitmeisterin will euch sprechen. Heute Abend. Alle beide», sagte eine Stimme. Vor ihnen baute sich das Mädchen mit den raspelkurzen, roten Haaren auf. Dante und Lena fuhren auseinander. Die Augen des Mädchens flogen misstrauisch zwischen ihnen hin und her. Ihre Haltung drückte Feindseligkeit aus.

Der Uhrenladen

Im Schutz der Dunkelheit stapften Dante und Lena durch die verschneite Stadt Richtung Uhrenladen. Schneeflocken tanzten vor ihren Gesichtern. Im Licht der Straßenlampen glänzte die vereiste Straße, die Luft war beißend kalt. An den Hausdächern und Erkern wuchsen Eiszapfen. Während Dante unbeeindruckt von der Temperatur blieb, zog der Frost schmerzhaft in Lenas Glieder. Das Knirschen ihrer Schuhe auf dem Schnee bewies eindrucksvoll, wie weit die Temperatur unter null gesunken war. Eine seltsame Stille lag über der Stadt. Es fühlte sich gut an, schweigend neben Dante durch die Winterlandschaft zu stapfen.

Einmal am Uhrenladen angekommen, führte Dante Lenas Handgelenk mit der Uhr an das Schild *Morgen. Vielleicht.* Die Tür öffnete sich summend, die Ladenglocke spielte die vertraute Spieluhren-Melodie aus Kinderzeiten.

«Willkommen in der *Agentur für Schicksalsschläge*», sagte Dante.

Neugierig trat Lena näher. Hinter der Eingangstür lag ein überraschend kleiner Raum. An einem schmucklosen Empfangstresen schoben zwei gelangweilte Wachmänner in Uniform Dienst. Drei Türen führten aus dem Uhrenladen in das Gebäude. Instinktiv näherte sich Lena der großen Flügeltür an der Rückseite, die durch eine Schleuse gesichert war. Ähnlich wie beim Lift sorgte ein Scanner dafür, dass nur autorisierten Personen Zutritt gewährt wurde. Als Lena eintrat, flammte rotes Licht auf, ein Alarm ertönte. Noch bevor die Wachleute reagierten, zog Dante sie weg.

«Geradeaus geht es in die Kuppel», sagte Dante. «Da kommst du nur mit Sondergenehmigung rein.»

Lena sah ihn fragend an.

«In der Kuppel werden alle Einsätze überwacht. Das ist der Hochsicherheitstrakt», erklärte Dante weiter. «Rechts ist die Revision. Wir müssen in der Bibliothek warten, die ist links.»

Er zog sie weiter. Hinter der unscheinbaren Tür eröffnete sich ein Palast aus Licht, vier Meter breit und fünf Meter hoch, der sich endlos dahinzuziehen schien. Die Regalfront an der linken Seite war eckig, so wie das Gebäude, die Regale an der rechten Seite liefen in einem eleganten Rund. Sie bildeten offenbar die Außenmauer zur Kuppel. An beiden Seiten erhoben sich mächtige Stellagen vom Boden bis zur Decke. Auf durchsichtigen Regelbrettern lagerten unendlich viele Bücher. Doch es waren keine normalen Exemplare. Als sie näher herantrat, erkannte sie, dass die Bücher aus Glas waren. Sie standen nicht in ihren Fächern, sondern schwebten darin, dicht an dicht.

«Wie viele sind das?», fragte sie beeindruckt.

Dante zuckte mit den Schultern. «Tausende. Millionen. Bibliothek und Revision laufen rund um die Kuppel. Das ganze innere Achteck ist voll damit.»

Bei näherem Hinsehen prangten auf den Rücken der gläsernen Bücher keine Titel, sondern Hologramme. In dem Glas schimmerten dreidimensionale Porträtfotos von Menschen. Die plastischen Kunstbilder wirkten so lebendig, als sei Lena in ein Universum aus Miniaturmenschen getreten. Ein unerklärliches, dumpfes Brummen lag in der Luft. Eine Woge von Traurigkeit überrollte Lena. Keiner dieser Menschen, die körperlos und gleichzeitig so anwesend waren, strahlte Glück, Freude oder auch nur Zufriedenheit aus.

«Die schauen mich an, als erwarteten sie etwas von mir», flüsterte Lena eingeschüchtert.

«Jedes Hologramm steht für einen Fall, den die Agentur bearbeitet», erklärte Dante. «Wir versuchen, Menschen zu helfen, bei denen das Schicksal allzu erbarmungslos zugeschlagen hat.»

Wahllos deutete er auf eines der Bücher. «Minna Simons, einzige Überlebende eines Häuserbrands, 1656. Der Bäcker von nebenan hatte nicht ganz erloschene Holzkohle auf dem Speicher ausgekippt. Die ganze Familie mit einem Schlag ausgelöscht. Das sechsjährige Mädchen blieb unversorgt zurück. Es ist für Minna nicht gut ausgegangen.»

Ganz allmählich setzte sich bei Lena das Bild zusammen: Der Uhrenladen versammelte also die Ungerechtigkeiten dieser Welt. Neben der Feuerwaisen stand, wie Dante erläuterte, die Akte eines sechzehnjährigen Mädchens, das als Hexe auf dem Scheiterhaufen geendet war, weil sie mit Kräutern und ihren Heilwirkungen vertraut war. Daneben leuchtete das Gesicht eines älteren Mannes auf, der 1996 einen kleinen Jungen und seinen Hund aus einem Eisloch gerettet hatte und selber dabei ertrank.

Der sogenannte Uhrenladen atmete den Geist eines hypermodernen wissenschaftlichen Labors. Lena fühlte sich an Bobbies Sammlungen erinnert, nur wurden hier kein Gestein, keine Erdproben oder Krabbeltiere aufbewahrt, sondern Geschichten von Menschen. Lena schauderte vor der Gewalt an Schicksalsschlägen, die über sie hereinbrach. Je länger sie sich im Uhrenladen aufhielt, umso mehr verstand sie, dass das Brummen nichts anderes war als ein Durcheinander Tausender Stimmen, die wie eine vage Erinnerung in der Luft hingen. Hier eine Lawine, die Wanderer verschüttete, dort ein Schiffsunglück, eine Sturmflut, Verkehrsunfälle, ein unüberlegter Selbstmord.

«Nie schlägt der Blitz dort ein, wo er gerade gebraucht wird», sagte Dante. «Und manchmal ist das Schicksal besonders grausam und verwöhnt selbst die schlechtesten Menschen. Wir reisen durch die Zeit und korrigieren, wo das Schicksal Menschen zu hart bestraft hat. Der Uhrenladen verkauft keine Uhren, sondern stellt die Uhren von Menschen zurück.»

Lena streifte neugierig durch die langen Gänge des gläsernen Palastes. Zehn Meter, zwanzig, fünfundzwanzig. Sie erschrak, als sie plötzlich auf einem Buchrücken das Porträt ihres Vaters entdeckte.

«Thomas war Stammkunde bei uns», erklärte Dante. «Wir mussten uns mehrfach um ihn kümmern. Schon als Kind bastelte er selber Raketen. Ein Wunder, dass er das Erwachsenenalter mit allen Fingern erreichte. Er lebte immer ein bisschen riskanter als alle anderen.»

«Darf ich?», fragte Lena.

Dante schüttelte den Kopf. «Wir müssen weiter.»

Doch Lena konnte der Versuchung nicht widerstehen. Sie

zog das Glasbuch heraus. Es fühlte sich eiskalt und tot an. Als sie den Deckel hob, verströmte es einen intensiv herben Geruch.

«Das ist sein Rasierwasser», sagte Lena, ohne zu wissen, aus welchen Tiefen ihres Gehirns dieses Wissen entsprang. «Es stand bei uns im Badezimmer. Eine rote Flasche.»

«Die Zeitmeisterin wartet auf uns», sagte Dante. Er klang nicht sonderlich überzeugend. Anscheinend konnte er ihren Drang, der eigenen Geschichte auf die Spur zu kommen, verstehen. Lena war nicht in der Lage, das Buch aus der Hand zu legen. Ihr ganzes Leben lang hatte es sie geschmerzt, dass die Erinnerungen an ihre Eltern verschüttet waren. Hier bot sich die Chance, in Thomas' Leben einzutauchen.

«Jeder Mensch verdient zu wissen, wo er herkommt», sagte sie.

Trotzig schlug sie das Buch auf. Trotz seiner gläsernen Beschaffenheit ließ es sich leicht aufklappen. Zu ihrer Überraschung erschien kein Text, sondern ein Film. Die Aufnahmen schwebten als Hologramm vor ihr. Zum Greifen nahe und doch aus einer fernen Welt. Sie erkannte die Szenerie sofort.

«Das ist die Sporthalle», rief sie begeistert.

Dante trat von einem Bein aufs andere. Sie spürte seine Unruhe und konnte dennoch ihren Blick nicht von der Szene abwenden. Ihr Herz machte einen fröhlichen Hüpfer, als sie ihren Vater erkannte. Er kletterte auf dem Dach der Sporthalle herum, um ein übergroßes Spanntuch aufzuhängen, das der ganzen Welt verkündete, dass seine Mannschaft deutscher Meister 2000 geworden war. Der Gewinn war bis heute legendär im Verein. Thomas' Oberkörper hing gefährlich über die Dachrinne, während er eine Seite des Spanntuchs befestigte. Lena wurde bereits vom Zusehen schwindelig. Sie war nicht die Einzige, der auffiel, dass Thomas mit seinem Leben spielte.

«Für wen hältst du dich? Für Spider-Man?», rief eine aufgeregte Stimme und drückte aus, was Lena empfand. Nur einen Moment später trat der junge Harry König ins Bild. Er trug haargenau dieselben Kleider wie auf dem Foto, das König ihr in der Fabrik gezeigt hatte. Im Jahr 2000 war er nicht mehr als ein unsicherer Junge mit Topffrisur.

«Das ist Irrsinn», rief er. «Komm sofort runter.»

Während König sich vorsichtig auf dem Dach bewegte, riskierte Thomas alles. Eine falsche Bewegung, ein Stück morsche Regenrinne, das unter ihm wegbrach, und dann war es passiert. Thomas verlor die Balance und stürzte ungebremst zehn Meter tief in den Abgrund. Sein Körper schlug dumpf auf dem Asphalt auf. Mit verdrehten Gliedern blieb er liegen, den Blick starr in den Himmel gerichtet. Er rührte sich nicht mehr. König schlug die Hände vor den Mund. Oben flatterte das Spanntuch im Wind. Das Filmfragment brach ab.

«Das stimmt doch gar nicht», protestierte Lena. «Das ist nie passiert. Mein Vater ist bei einem Autounfall ums Leben gekommen.»

Während sie sich noch lautstark wunderte, öffnete sich das nächste Stück Film.

König kletterte über die Feuerleiter nach unten. In der Hektik rutschten seine Füße von den Sprossen ab, die zitternden Hände fanden kaum Halt. In seinem Gesicht stand nackte Panik.

«Ich komme», rief er. «Ich bin sofort bei dir.» Als er den Parkplatz erreichte, bot sich ihm ein überraschendes Bild. Thomas schüttelte seine Beine aus, so als wäre er nur mal kurz gestolpert. Vor ihm stand eine langhaarige Schönheit, die verlegen den Staub von seiner Jacke klopfte. Es war ihre Mutter. Lena atmete schwer durch. Wie hatte sie das nur angestellt? In welchem Sekundenbruchteil hatte sie Thomas gerettet? Es musste ein ganz besonderer Trick sein, der sich ihr leider nicht erschloss.

«Es tut mir leid», sagte Rhea. «Ich bin ein bisschen spät dran.»

Zum ersten Mal in ihrem Leben hörte Lena bewusst die Stimme ihrer Mutter. Sie klang nach Mandelmilch, warm und weich. Sie sang eher, als dass sie sprach. Lena war überwältigt davon, ihre Eltern auf einem Stück Film zu sehen. Tränen ließen das Bild verschwimmen. Sie war soeben Zeuge davon geworden, wie ihre Eltern sich kennenlernten. Gerührt sah sie das Blitzen in Thomas' Augen, die schüchternen Gesten ihrer Mutter. Zögernd zog Rhea ihre Hand zurück, als bemerke sie erst jetzt, dass sie mit der Berührung zu weit gegangen war. Verlegen schob sie die Haare hinter die Ohren, senkte ihren Kopf und konnte doch den Blick nicht von Thomas wenden. Und dann hörte Lena ihren Vater aufhicksen.

«Das ist die netteste Begrüßung, die ich je gehört habe», sagte Rhea.

Sie lachten, als wäre das Hicksen ihr geheimes Erkennungszeichen.

«Frau Eisermann hätte besser nach meinem Vater gefragt», sagte Lena.

Ihre Eltern sahen so jung und hoffnungsvoll aus. «Liebe auf den ersten Blick», flüsterte Lena.

«Pure Dummheit», sagte eine tiefe Stimme im Hintergrund.

Aus dem Dunkel trat eine eindrucksvolle Gestalt mit langen weißen Haaren. Die Frau trug einen weißen Anzug, in dem sie sich kerzengrade hielt. Kein Lächeln huschte über ihr Gesicht. An ihrer Haltung war unschwer abzulesen, dass sie die Zeitmeisterin war, über die die Rothaarige gesprochen hatte. Das musste diejenige sein, die Lena zu sich zitiert hatte. In ihrer Nähe fühlte man sich automatisch klein und unbedeutend. Lena war, als ob der Raum ein paar Grad kälter würde. Sollte sie sich der Frau vorstellen? Sie begrüßen? Irgendetwas sagte ihr, dass sie besser darauf verzichtete. Die Zeitmeisterin hatte einen unsichtbaren Bannkreis um sich herum, der einen zwang, Abstand zu wahren.

«Warum zeigst du ihr das?», fragte sie Dante. «Sie sieht doch nichts.»

Es war mehr nüchterne Feststellung als Vorwurf. Lena wagte kaum zu atmen.

Die weiße Dame trat auf sie zu und musterte sie. Das, was sie sah, gefiel ihr offenbar nicht. Enttäuschung stand in ihrem Gesicht.

«Sie ist wie ihre Mutter. Sie übersieht die wichtigsten Details, weil sie nur mit sich selber beschäftigt ist.»

«Lena kann lernen», sagte Dante. «Wir mussten alle lernen.»

Die Zeitmeisterin wandte sich ab, als habe sie bereits das Interesse an ihr verloren.

«Was habe ich übersehen?», fragte Lena.

Die Frau in Weiß fuhr herum: «Deine Mutter hat alles verkehrt gemacht, was man als Zeitreisende verkehrt machen kann. Sie hat sich in einen Klienten verliebt.»

«Ist das so falsch?», fragte Lena vorsichtig.

«Gefühle verursachen einen Tunnelblick, alles wird unscharf an den Rändern», sagte die Zeitmeisterin. «Je mehr du Gefühlen nachgibst, desto mehr zersetzt sich dein Gehirn. Du wirst anfällig für Dummheit.»

Mit einer Handbewegung forderte sie Lena auf, weiter zu schauen.

Der Hologrammfilm zeigte, was weiter geschah: Thomas kritzelte seine Nummer auf Rheas Arm. Harry König konnte das alles sichtlich nicht fassen. Er stierte unverwandt auf den Chronometer, den Rhea am Handgelenk trug. Beim Aufwärmen in der Halle traute er sich endlich, Thomas anzusprechen.

«Warum lebst du noch?», platzte er unvermittelt heraus.

Thomas drehte sich wie in Zeitlupe herum.

«Ich glaube nicht, dass ich noch lebe», sagte er. Seine Augen wirkten wild, mit roboterhaft starren Beinen und Armen bewegte er sich ruckartig auf Harry zu. Er streckte seine Hand aus, griff Königs Hemd und zog ihn ganz nah an sich heran.

«Mir ist heute nach Gehirn», sagte er.

Einen Moment später brach Thomas in schallendes Gelächter aus. Er stieß den Freund mit beiden Händen von sich.

«Du hast sie nicht mehr alle», sagte Harry wütend.

«Harry König ist uns auf der Spur», erklärte die Zeitmeisterin, als das Bild verschwunden war. «Und dir.»

Das ergab keinen Sinn. Harry König hatte doch gesagt, er

wolle den Unfall ebenso aufklären wie sie. Was stimmte, und was war Lüge?

«Ist er für den Tod meiner Eltern verantwortlich?», fragte Lena.

«Es gibt nur einen, der für das Desaster verantwortlich ist, und das ist Rhea. Wir müssen den Kontakt mit Menschen so weit wie möglich vermeiden. Anstatt den Fehler zu korrigieren und so schnell wie möglich mit einem neuen Auftrag in eine andere Zeit zu reisen, ließ sie sich auf diesen Jungen ein. Ich habe sie gewarnt, ich habe ein Verbot ausgesprochen, aber sie blieb.»

«Jedes Mal, wenn man in eine andere Zeit eintritt, öffnet sich die Tür zwischen den Welten», ergänzte Dante flüsternd. «Das ist der einzige Moment, in dem ein Normalsterblicher etwas von den geheimen Kräften der Zeitreisenden erfahren kann. König tauchte zum falschen Zeitpunkt am richtigen Ort auf. Wer bleibt, macht unweigerlich Fehler. Und Rhea machte viele Fehler.»

Die weiße Dame richtete sich an Lena: «König war ein Fehler, aber der größte Fehler war, dass sie ein Kind bekommen hat. Aber mit diesen Spätfolgen werden wir auch noch fertig.»

Sie drehte sich um und ging.

«Sie bleibt bis auf weiteres auf ihrem Zimmer», befahl sie. «Ich muss überlegen, was ich mit ihr mache.»

Lena war wie vor den Kopf geschlagen. In Sonjas Familie fühlte sie sich oft ungeliebt. Aber die Bewohner der unsichtbaren Stadt toppten die Feindseligkeit noch einmal.

44

Ein Meer von Möglichkeiten

«Das ist super gelaufen», verkündete Dante fröhlich.

«Wie bitte?», fragte Lena. Redete er von derselben Begegnung? Sie erschauderte noch bei dem Gedanken an die Kälte, mit der die Zeitmeisterin sie behandelt hatte.

«Ich bin sicher, sie mag dich», beharrte Dante und sah dabei so glücklich aus, als glaube er seine Version der Ereignisse. Er strahlte sie an. In seinen seltsamen Augen leuchtete so etwas wie Stolz. Ihr Begleiter kleidete sich nicht nur exzentrisch, sein Gehirn arbeitete in einem eigenen Dante-Modus. Wie bei einem Flummi, der nicht ganz rund war, war es schwierig vorherzusagen, wohin die Reise ging.

«Sie überlegt, was sie mit dir anstellen soll», sagte er begeistert.

«Und das ist etwas Gutes?», fragte Lena.

Dante nickte aufgeregt. «Normalerweise denkt sie nie nach, sondern handelt.»

«Sie hat mir Hausarrest verordnet», sagte sie.

«Vielleicht ist es gar nicht nötig, sich sklavisch daran zu halten. Solange du einen Chronometer trägst, bist du noch nicht in Ungnade gefallen.» Wieder dieses unwiderstehlich unverschämte Grinsen. Dantes Anarchismus gefiel Lena.

«Es ist eine Art Test», mutmaßte er. «Sie will wissen, wie du dich in der unsichtbaren Stadt machst.»

Lena war froh, ihn an ihrer Seite zu wissen. Mit ihm fühlte sich alles richtig an. Selbst die Dinge, die vollkommen falsch waren. Während Bobbie Weltmeisterin darin war, sich den schlimmstmöglichen Fall auszumalen, verbreitete Dante einen tiefsitzenden Optimismus. Er hatte seine eigene Logik – und diese einzigartigen Augen.

«Warum riskierst du so viel für mich?», fragte sie.

Er strich sich ein bisschen verlegen durch die Haare. «Ich bin wie du», sagte er. «Ich bin neugierig.»

Vielleicht hatte Dante recht. Vielleicht ging es einfach darum, sich so normal wie möglich zu verhalten. Lena lachte innerlich bei dem Gedanken. Was in aller Welt bedeutete normal, wenn man gerade festgestellt hatte, dass man eine Zeitreisende war? Ihr war schummerig zumute. Sie schwankte ein bisschen. Wann hatte sie eigentlich das letzte Mal gegessen?

Lena ächzte. «Mein Kopf ist Matsch. Ich sehe schon Geräusche und höre die Kälte. Ich glaube, das ist Hunger.»

«Das ist doch schon mal was», antwortete Dante.

Lieblingsessen

Natürlich! Sie hätte es wissen müssen. In der unsichtbaren Stadt wurde selbst Essen zum Abenteuer. Neugierig folgte Lena Dante in das mittlere Achteck, wo sich vor einer großen Eingangstür mit der Aufschrift *Mensa* eine elend lange Schlange gebildet hatte. Inzwischen wunderte Lena sich kaum mehr darüber, dass es vor der Kantine aussah wie beim Einlass einer Karnevalsveranstaltung. All diese bunten Gestalten reisten durch die Zeit und versuchten, Menschen zu helfen, denen es schlecht ergangen war. *Agentur für Schicksalsschläge* hatte Dante den Uhrenladen und alles, was dahinter lag, genannt. Offenbar trugen die Zeitreisenden grundsätzlich Dienstkleidung, oder vielleicht fehlte ihnen schlicht die Zeit, sich zum Essen umzuziehen. Selbst in der Warteschlange steckten die Zeitreisenden ihre Nasen in ihre Tablets, Bücher und Zeitungen. Überrascht registrierte Lena, dass die Schlange sich zügig Richtung Eingang bewegte. Im Geiste sah sie die Essensausgabe vom Skilager vor sich, wo aus großen Töpfen Suppe serviert wurde. Gleiches Essen für alle.

«Was gibt es denn?», fragte sie.

«Dein Lieblingsessen», sagte Dante und schob sie in den

Vorraum, wo wie üblich ein Körperscanner wartete. Zusätzlich musste man hier seine rechte Hand in eine viereckige Öffnung schieben.

«Aua», schrie Lena empört auf. Etwas hatte sie gestochen.

Sie zog ihre Hand zurück und entdeckte einen winzigen Blutfleck an ihrem Zeigefinger.

«Sie prüfen vor der Mahlzeit deine Werte», erklärte Dante.

Lena schüttelte empört den Kopf. «Ohne Vorwarnung?»

«Wir müssen weiter», sagte Dante.

Staunend betrat Lena die Essensausgabe. Die Architektur erinnerte stark an die Bibliothek. Hier wie dort ragten Regale bis zur Decke. Entnommen wurde das Essen aus futuristisch wirkenden Zellen, auf denen, wie von Zauberhand geschrieben, die vierstelligen Mitarbeiternummern aufleuchteten, wie Lena sie bereits im Hostel kennengelernt hatte. Als sie die Klappe mit der Nummer 4477 öffnete, schlug ihr ein Schwall warmer Luft entgegen. Hinter der milchigen Scheibe an der Rückwand des Fachs sah Lena roboterhafte Gestalten agieren. Das war wohl die Küche. Im Fach fand sie einen Teller. Neugierig zog sie ihre Mahlzeit heraus und suchte nach einem Platz. Sie konnte kaum erwarten zu sehen, was sich unter dem Wärmedeckel verbarg.

Dante, der seinen eigenen Teller einem anderen Fach entnommen hatte, führte sie weiter. Hinter einem Durchgang lag ein riesiger Speisesaal. Bei den Zeitreisenden gewann das Wort *Fastfood* eine neue Bedeutung. In der Hightech-Kantine der unsichtbaren Stadt drehte sich alles um Schnelligkeit. Als wären sie alle Mitglieder in einem Club der Atemlosen, nahmen sie sich nicht einmal die Zeit, sich hinzusetzen.

Die Zeitreisenden schlangen an Stehtischen ihre Mahlzeiten in sich hinein. Keiner beschäftigte sich nur mit Essen. Überall schwebten die bläulichen Hologramme, die aus den Büchern aufstiegen, über den Tischen. In manchen Ecken fanden sich Gruppen zusammen, die darüber diskutierten, wie man einen Fall am besten anpackte. Andere studierten ihre Tablets oder alte Zeitungen.

«Unsere Einsätze sind gefährlich», erklärte Dante. «Es ist wichtig, so viel wie möglich über die Zeit zu wissen, bevor man in einen Fall einsteigt. Vorbereitung ist alles.»

Die Recherche hinderte niemanden daran, sich verstohlen nach Lena umzusehen. Der Gang durch den Saal kam einem Spießrutenlauf gleich. Ein stiller Schleier von Feindseligkeit lag ungelöst in der Luft. Lena fühlte sich, als hätte sie eine ansteckende Krankheit.

«Wie findest du sie?», hörte sie eine Frau hinter sich zischen.

«Ich habe mich entschieden, keine Meinung zu haben, solange die Zeitmeisterin nicht entschieden hat», sagte eine zweite Stimme.

Dante fuhr herum. «Geh du schon mal vor», sagte er zu Lena.

Während sie einen Tisch suchte, redete Dante erhitzt mit den beiden Frauen.

«Hi, ich bin Coco», klang es hinter Lena.

Das kleine asiatische Mädchen drängte sich an ihr vorbei. Ihre wunderschönen, fast schon schwarzen Augen ragten gerade mal so eben über die Teller hinaus, die sich auf ihrem Tablett stapelten.

«Ich heiße Lena», antwortete sie. «Freut mich, dich …»

Weiter kam sie nicht. Coco unterbrach sie einfach.

«Ich bin die allerbeste Freundin von Dante», klang es dumpf hinter dem Tellerberg. «Ich passe auf ihn auf. Wir alle passen auf ihn auf.»

Es klang wie eine Kampfansage.

«Ich habe nicht vor ...», fing Lena wieder an.

«Ines wartet auf mich», unterbrach Coco sie erneut und wies auf das rothaarige Mädchen, das ihr von einem Stehtisch in der Nähe zuwinkte. «Wir sehen uns. Falls du morgen noch da bist.»

Dante schloss wieder zu Lena auf und lotste sie an den erstbesten Tisch. Um sie herum senkten sich die Blicke. Alle wirkten ungeheuer beschäftigt. Und noch etwas war seltsam oder zumindest ungewöhnlich: Niemand machte ein Foto vom Essen. Als sie ihren Deckel hob, verstand Lena, warum. Ungläubig starrte sie auf einen See glibberigen Grüns, ein paar Kartoffeln und ein achteckiges Etwas, das weder Fisch noch Fleisch war. Sie beugte sich über ihren Teller. Erstaunlicherweise roch das dampfend heiße Essen wundervoll würzig und aromatisch. Ein Hauch Zitrone lag in der Luft.

«Was ist das?»

«Dein Lieblingsessen», sagte Dante.

Lena lachte auf. «Algen? Das wüsste ich aber.» Trotz des Geruchs wagte sie nicht, einen Happen zu probieren. Umso mehr, als sich auf Dantes Teller Hamburger, Pommes und Salat befanden. Und genau so ein braunes Achteck. Was war das? Schnitzel? Tofu? Schuhsohle?

«Dadrin ist alles, was dein Körper braucht», sagte Dante. «Wir reisen oft in Zeiten, in denen Mangelernährung herrscht. Da ist es wichtig, ausreichend Vitamine und Mineralstoffe zu dir zu nehmen.»

«Deins sieht aber leckerer aus», sagte Lena.

«Du musst dem Koch vertrauen», empfahl Dante.

«Würdest du das essen?», fragte Lena.

«Ich esse alles», antwortete Dante. «Wenn sie mir Glückskekse hinlegen, esse ich die. Mit Zettel und allem.»

Lena nahm zögerlich ihr Besteck auf. Unschlüssig kreiste ihre Gabel über dem grünen Algenmatsch. Sie sah zu Coco rüber, die aussah wie ein Eichhörnchen, das die Backen voller Nüsse hatte. Sie tuschelte verstohlen mit Ines, die hastig ihr Essen verdrückte. Alle aßen mit großer Begeisterung, was ihnen serviert wurde.

«Es ist deine Lieblingsspeise», munterte Dante sie auf.

«Bist du immer so positiv?», fragte Lena.

«Und faul», antwortete Dante. «Ja hat zwei Buchstaben, nein vier.»

Vorsichtig nahm Lena eine Gabel auf. Mit Todesverachtung schob sie den Happen in den Mund. Wer wusste schon, wann es wieder etwas zu essen gab? Wenn man die Augen schloss und die Optik vergaß, schmeckte es überraschend lecker, um nicht zu sagen göttlich. Selbst der braune Barren, der knusprig wie die weltbesten Pommes war. Lena musste auf einmal laut auflachen.

«Jedes Ding hat drei Seiten», sagte Toni immer, «eine positive, eine negative und eine komische.»

Sie entdeckte gerade eine vierte Dimension. Die überraschende. Vor ein paar Stunden, Tagen, in einem anderen Leben war sie eine normale Neuntklässlerin gewesen. Jetzt lebte sie unter Zeitreisenden in einer unsichtbaren Stadt und liebte glitschige Gibberalgen, die schmeckten wie Nudeln. Kannten die Sensoren der unsichtbaren Stadt sie besser als sie sich selber?

Testlauf

Es wurde hell. Es wurde dunkel. Und wieder hell. Lena verlor jedes Gefühl für die Zeit. Nach dem Essen hatte Dante sie ins Hostel gebracht. Seitdem wartete Lena. Nur worauf? Die Winterlandschaft war so schnell verschwunden, wie sie gekommen war. Herbststürme jagten bunte Blätter durch die Straßen. Wie viel Zeit war vergangen? Lena stand an ihrem Fenster und betrachtete neidisch die anderen Zeitreisenden, die auf Abenteuer gingen und zurückkamen. Jedes Mal, wenn sie in die Lobby kam, saßen dort neue Gestalten. Lena fühlte sich nutzlos. Warum durften alle anderen Fälle übernehmen? Warum durften die reisen und sie nicht?

Ungeduldig gab sie auf ihrem Chronometer die Nummer 6454 ein, die Dante ihr beim Abschied zugesteckt hatte. Mit der notwendigen Erklärung, wie man eine Kontaktaufnahme regelte. Dantes Gesicht erschien als Hologramm.

«Worauf warte ich?», platzte sie mit der Tür ins Haus. «Wie lange dauert das?»

Dante sah sie nur an. «Es gab noch nie einen Fall wie dich», gestand er.

«Ich bin kein Fall.»

«Für die Zeitmeisterin schon.»

«Und was soll ich in der Zwischenzeit tun?», fragte Lena ratlos.

«Wohnen», schlug Dante vor. Er lächelte, und seine Augen blitzten.

Während Dante arbeiten musste, war Lena dazu verurteilt, still zu sitzen. An der Wand prangte wie ein stiller Vorwurf der Zeitungsartikel vom Unfall. Die Wunde schmerzte mehr denn je. Alles war noch schlimmer geworden, seit sie ihre Eltern in dem Hologrammbuch gesehen hatte. So als wären sie real. Es war, als hätte das Glück eben vorbeigeschaut, einmal gewunken und sich dann zum Nachbarn verzogen. Es war wie bei einer Tüte Chips. Man probierte einen und konnte nicht mehr aufhören. Sie wollte nie mehr stoppen, alles in ihr schrie nach mehr. War es das, wovor Sonja immer gewarnt hatte? Seit sie ihre Eltern gesehen hatte, spürte sie körperlich, was sie verpasste. Sie hatte einen Trümmerhaufen in der Seele und das Gefühl, ihre Zeit zu vertun.

Binnen weniger Stunden hatte sie alle Räume des Hostels erkundet und sinnlos im Foyer herumgelungert auf der Suche nach einem Gesprächspartner, der ihr ein paar Fragen beantworten konnte. Doch die Zeitreisenden wirkten so unendlich beschäftigt, dass sie nicht wagte, einen von ihnen anzusprechen. Die Bewohner der Stadt benahmen sich, als wäre Lena unsichtbar. Ihr war, als bewege sie sich durch ein Geisterhaus. Niemand richtete das Wort an sie, niemand stellte sich vor. Als ob alle auf ein erlösendes Signal der Zeitmeisterin warteten.

In einem Anfall von Aufmüpfigkeit wählte Lena auf dem Rückweg ins Zimmer bewusst einen anderen Weg und stellte fest, dass der Gang zu einer zweiten Treppe führte. Auf das Dach.

Herumstehende Flaschen, Aschenbecher und ein paar improvisierte Sitzgelegenheiten deuteten darauf hin, dass selbst hier manchmal gearbeitet wurde. Ein lauer Wind wehte um ihre Nase. Zum Glück herrschte gerade mal Sommer. Sie ließ sich auf einen Sitzsack fallen und starrte auf die Kuppel. Das allwissende Auge überstrahlte die unsichtbare Stadt. Aus den Straßenfluchten klangen gedämpft Gespräche und Motorengeräusche nach oben. Rumsitzen lag ihr nicht, Langeweile noch viel weniger. Was hatte sie verbrochen, dass sie endlos in der Warteschleife hing? Was musste sie tun, um Gnade vor den Augen der Zeitmeisterin zu finden? Was erwartete die Frau bloß von ihr? Sie hielt sich an den Hausarrest. Und was brachte es? Nichts.

Warum hielt sie es nicht wie Dante? Vielleicht waren die Regeln nur dazu da, sie zu übertreten? Was würde passieren, wenn sie auf eigene Faust einen kleinen Ausflug in ihre eigene Geschichte unternahm? Sie konnte sich das perfekte Leben erschaffen. Ohne jedes Risiko: Kein Fehler, der sich nicht korrigieren ließe. Wenn etwas schiefgeht, probiere ich es eben noch einmal, sagte sie sich. Nie wieder würde sie einen Siebenmeter im Handball in die falsche Ecke werfen. Selbst wenn sie die Bewegungen der Torfrau falsch einschätzte, als Zeitreisende standen ihr so viele Versuche zur Verfügung, wie sie nur wollte. Wie sagte Toni immer: «Kochen ist so aufregend, weil es keine zweite Chance gibt.» Ihre Welt war voller Chancen. Sie konnte der beste Koch der Welt werden.

Je länger Lena auf dem Dach saß, umso mehr formte die

Idee sich zu einem Plan. Niemand würde merken, wenn sie mal eben verschwand. Wohin sollte sie zuerst reisen? Zu ihren Eltern? Oder doch schnell die Bioprüfung wiederholen? *Welche vererblichen Merkmale kannst du in deiner Familie feststellen?* Sie würde Frau Eisermann mit einem ganzen Roman über ihre Familie überraschen.

Immer wieder kehrten ihre Gedanken jedoch zu Bobbie zurück. Sollte sie ins Zeltlager, um sie vor König zu beschützen? Schaudernd dachte sie an eine mögliche Begegnung mit dem Wachmann, die ihr am Grünsee blühen könnte. Sie war sich nicht sicher, ob sie einer Konfrontation alleine gewachsen war.

All ihre Probleme ließen sich zurückführen auf das Unglück an der alten Zollbrücke. Was konnte so schwierig daran sein, ihren Eltern eine Nachricht zukommen zu lassen und sie zu warnen? Wozu brauchte sie Dante, wenn sie ihre Mutter an ihrer Seite wusste? Rhea war eine Zeitreisende. Sie konnte ihr alles beibringen, was sie wissen musste. Zusammen ist man stärker als alleine. Lena hatte einen Plan. Erst würde sie sich um den Unfall kümmern, dann um Bobbie. Alles, was sie tun musste, war, sich in eine andere Zeit fallen zu lassen.

Aufgeregt trat Lena an den Rand des Dachs. Einen Moment dachte sie an Dante. Was würde er sagen, wenn sie plötzlich weg war? Sie schob den Gedanken und das aufkommende schlechte Gewissen zur Seite. Langsam bewegte sie sich auf den Abgrund zu. Ihre Zehen ragten bereits über den Rand, dann der halbe Fuß. Vorsichtig lugte sie in die Tiefe. Ein Fehler! Sie fühlte sich, als hätte sie gerade eine Luftmatratze aufgeblasen. Heftiger Schwindel überkam sie, obwohl sie den festen Boden noch nicht verlassen hatte. Schlagartig fiel ihr Thomas ein, der ähnlich waghalsig am Abgrund herumgeturnt war. Ob es ihr besser erging? Wo waren ihre Stimmen, wenn man sie brauchte? Ihre treuen Ratgeber, die sonst ungefragt ihre Weisheiten in ihren Kopf posaunten, schwiegen hartnäckig, seit sie wieder in der unsichtbaren Stadt zurück war. Sie lieferten keine Ideen für das Leben als Zeitreisende. Sie musste selber entscheiden.

Ihr Herz klopfte wie wild, als sie kontrollierte, ob die acht Zeiger der Uhr auf der richtigen Position standen. 3.1.1.2.2.0.0.6, Silvester 2006. Sie legte Zeige- und Mittelfinger auf die Uhr, schloss die Augen und dachte so intensiv wie möglich an den Ort, an dem sie ihre erste Zeitreise beginnen wollte. Die Geschichte ihrer Mutter hatte gezeigt, dass es offenbar wichtig war, beim Eintritt in eine neue Zeit so wenig Zeugen wie möglich zu produzieren. Die Perspektive, sich über die Dachrinne hinunterzustürzen, war beängstigend. Und vielleicht das Beste, was sie tun konnte. Fast schon wollte sie springen, als hinter ihr ein gellender Schrei ertönte.

«Stopp», rief Dante. «Was machst du da für einen Unsinn?»

Atemlos lief er von der Tür, die zum Dach führte, auf sie zu.

«Wieso bist du nicht in deinem Zimmer?», fragte er.

Lena war entschlossen, sich nicht aufhalten zu lassen.

«Was passiert eigentlich, wenn ich mir selber beim Zeitreisen begegne?», fragte sie.

«Bist du wahnsinnig?», rief Dante. «So etwas darf unter keinen Umständen passieren.»

«Mein ganzes Leben habe ich mich gefragt, wie mein Alltag aussähe, wenn ich mit meinen Eltern zusammenleben würde.»

«Du riskierst nicht nur dein Leben, du riskierst auch das Leben anderer», sagte Dante. «Du darfst unter keinen Umständen in deinem eigenen Leben herumpfuschen.»

«Ich wünsche mir einen Tag mit meinen Eltern», verhandelte Lena. «Ein paar Stunden nur.»

«Niemand darf ohne Mandat agieren», warnte Dante. «Du musst den offiziellen Auftrag der Zeitmeisterin abwarten. Und den Einführungskurs. Zeitreisen ist viel komplizierter, als man sich das so vorstellt.»

«Wozu hast du mich überhaupt geholt?», fragte Lena. «Warum bringst du mir bei, durch die Zeit zu springen? Und dann erklärst du mir, dass ich mit meiner Fähigkeit nichts anfangen darf. Ich sitze nutzlos rum und warte. Hier interessiert sich kein Mensch für mich.» Sie wurde immer wütender und immer verzweifelter. «Je schneller ich das mit dem Unfall zurückdrehe, umso schneller bin ich zurück in meinem alten Leben. Dann ist die Zeitmeisterin mich los.»

Dante machte eine Bewegung auf sie zu, um sie vom Rand zurückzuziehen. In diesem Moment ließ Lena sich fallen.

Dante wollte ihr folgen, als die Zeitmeisterin sich ihm in den Weg stellte. Wie aus dem Nichts war sie vor ihm aufgetaucht.

«Du kennst die Regeln. Und du kennst die Bestrafung», sagte sie.

Sie hob die Hand. Aus dem Tross der Begleiter, die der Zeitmeisterin wie Schatten folgten, löste sich eine Gestalt.

Es war einer der Wachmänner. Mit einer einzigen schnellen Bewegung löste der Mann Dantes Chronometer vom Handgelenk.

«Du bist vom Reisen suspendiert», erklärte die Zeitmeisterin.

«Wir können Lena doch nicht in ihr Unglück laufen lassen», protestierte Dante. «Sie weiß längst noch nicht alles.»

«Sie hat hier nichts verloren», sagte die weiße Dame. «Ihr fehlt das Wichtigste, was ein Zeitreisender besitzen kann: Demut.»

Dante sank in sich zusammen.

«Du kannst Lena nicht helfen», sagte die Zeitmeisterin. «Niemand kann das.»

Winterfreuden

Was war das? Von Zeitreisen konnte bei Lena keine Rede sein. Eher von Zeitpoltern. Sie taumelte, plumpste und ruderte durch den Tunnel aus Bildern, bevor sie in der Vergangenheit aufschlug. Beim dritten Mal fühlte sich der wilde Ritt durch die Zeitschleuse kaum vertrauter an. Ihr gelang es einfach nicht, den Prozess bei vollem Bewusstsein zu durchstehen. Irgendetwas war auf dem Weg zum Eichberg falsch gelaufen. Ihr Körper war bereits angekommen, der Geist schwebte orientierungslos zwischen gestern und morgen, zwischen oben und unten. Mühsam öffnete sie ihre Augen. Das Blut klopfte gegen ihre Schläfen, als wolle es die Schädeldecke sprengen.

Das Dach der Turnhalle hing unter dem schmucklosen Flachbau, Rauchwolken fielen aus Schornsteinen, Autos klebten am Asphalt wie Lampen unter der Decke, Bäume streckten ihre nackten Äste nach unten, als suchten sie Halt im makellos blauen Himmel. Ihre Schultern klebten am Boden, der Rücken schmerzte, ihre Finger ertasteten Schnee. Bei jedem Versuch, sich zu erheben, drückte die Schwerkraft sie erbarmungslos zurück auf den eisigen Boden. Es dauerte ein paar Sekunden, bis Lena realisierte, dass nicht die Welt, sondern sie selber kopfstand. Anstatt wie Dante elegant auf beiden Beinen zu landen, war sie in der Horizontalen geendet. Ihre Fußspitzen zeigten Richtung Himmel, der Kopf hing nach unten.

Ein schriller Aufschrei weckte sie aus ihrer Schockstarre. Ein knallroter Blitz schoss dicht an ihrem Kopf vorbei und katapultierte einen Schwall Schnee in ihr Gesicht. Entsetztes Kreischen klingelte in ihren Ohren. Sie drehte sich umständlich auf den Bauch und erkannte ein zu Tode erschrockenes Mädchen auf einem feuerroten Bob, das dem unvermittelt aufgetauchten menschlichen Hindernis ausgewichen war und nun am Baum endete. Das Geräusch zersplitternden Plastiks schallte über den Eichberg. Schuldbewusst zog Lena den Kopf ein.

Zeitreisen an Silvester entwickelten empfindliche Nebenwirkungen. Lena hatte die Rechnung ohne den Winter gemacht, der den einsamen Hügel in eine beliebte Rodelbahn verwandelt hatte. Dutzende von Kindern tobten im Schnee umher. Lena wollte dem Schlittenmädchen folgen, um sich zu vergewissern, dass ihm nichts passiert war, als ihr ein Mann auffiel, der auf einer Bank den *Morgen* las: *2007 kommt!* verkündete die Titelseite. Ein Hochgefühl ergriff sie. Der Tag stimmte, die Jahreszeit, der Ort. Sie hatte es geschafft. Ungläubig schaute sie ein zweites Mal auf die Schlagzeile. *2007 kommt!* Der Morgen *wünscht der Welt Liebe, Glück, Gesundheit, Erfolg und Frieden.* Lena wünschte sich vor allem Handschuhe. Aber was war das bisschen Kälte angesichts der überwältigenden Tatsache, dass es ihr gelungen war, sich aus eigener Kraft in die Vergangenheit zu katapultieren.

Ein paar einsame Schneeflocken wirbelten um sie herum.

Ihre Wangen glühten vor Aufregung. Glücklich sog sie die kalte Schneeluft ein, als ein greller Blitz aufflammte. Einen Meter von ihr entfernt hüpfte ein dick vermummter winziger Jedi-Ritter und wedelte mit seinem Schwert vor ihrer Nase herum. Der kleine Junge war bereit, die Erde bis aufs Letzte zu verteidigen, hielt jedoch vorsichtshalber einen gewissen Sicherheitsabstand. Seine kleine Freundin, ein ernstes Mädchen mit Bubikopf, Moonboots, dicker Strumpfhose und kariertem Rock, der unter einem artigen Dufflecoat hervorlugte, zeigte sich wesentlich mutiger. Lena erkannte das ungleiche Duo sofort. Es fühlte sich ein bisschen so an, als wäre sie aus Versehen in das Nikolausfoto hineingeraten.

«Die war plötzlich da, einfach so», murmelte Jonas und suchte hinter dem Rücken seiner Freundin Bobbie Schutz.

Während Jonas für Rückzug plädierte, siegte bei Bobbie die Neugier. Furchtlos näherte sie sich. «Bist du ein Alien?», fragte sie.

«So was Ähnliches», gab Lena zu.

Bobbie legte den Kopf schief und musterte Lena mit wissenschaftlichem Interesse. Ein Alien, der aussah wie ein Mädchen und genauso sprach, irritierte sie ganz offensichtlich.

«Die ist böse», flüsterte Jonas.

Bobbie sah das anders. Ihr Blick scannte jeden Zentimeter von Lenas Körper. In dem kleinen Kopf mahlte es sichtlich, bevor sie die alles entscheidende Frage stellte, die ihr auf der Seele brannte.

«Zieht dir deine Mama keine Wintersachen an?», fragte sie.

«Mir ist nicht kalt», log Lena und unterdrückte das Bibbern. In Wirklichkeit bedauerte sie, sich nur ungenügend auf die Reise vorbereitet zu haben.

«Mir auch nicht», sagte Bobbie. «Aber ich muss immer kratzige Strumpfhosen anziehen. Die sind doof.»

«Du musst manchmal *nein* sagen», riet Lena. «Sonst bist du irgendwann fünfzehn, und deine Mama bestimmt immer noch alles.»

«Nein», flüsterte Bobbie, ohne die Augen von Lena zu wenden.

«Nein», wiederholte Lena mit tiefer Stimme. «Wie ein Bär. Nein.»

Von hinten zog Jonas an Bobbies Jacke. «Komm.»

«Nein», fuhr Bobbie ihn an.

Jonas schrak zurück.

Bobbie probierte es ein weiteres Mal. «Nein», sagte sie. Und dann noch mal: «Nein, nein, nein.»

In Jonas' Gesicht stand blankes Entsetzen, als befürchte er, dass der Alien die Macht über seine Freundin ergriffen hatte.

«Nein», schrie Bobbie fröhlich über den ganzen Schlittenberg.

«Jonas, Bobbie, wollt ihr heißen Tee und Kekse?», rief eine Stimme. Lena erkannte Henriette Albers, die oben auf dem Berg mit einer Thermoskanne wedelte. Bobbie konnte sich nicht losreißen. Sie hatte noch tausend Fragen auf Lager. «Hast du ein Ufo? Sehen alle Aliens so aus wie du? Sprechen Aliens alle Sprachen der Welt?»

«Wo bleibt ihr denn?» Bobbies Mutter klang ungeduldig. Die Frage war wohl eher als Befehl zu verstehen.

Jonas trabte gehorsam davon.

«Haben Aliens Papas und Mamas?», fragte Bobbie.

Lena schüttelte traurig den Kopf. «Ich arbeite daran», gab sie zu.

«Bobbie», schrie Henriette Albers. «Jetzt mach zu!»

«Heißer Tee klingt gut», sagte Lena. «Tee klingt nach eindeutigem *Ja*.»

Bobbie verzog sich widerstrebend und nicht ohne alle drei Sekunden den Kopf nach Lena umzudrehen.

«Und wenn in der Schule mal ein Mädchen in deine Klasse kommt, das Lena heißt: Sie ist ziemlich nett. Ihr werdet bestimmt gute Freunde.»

Bobbies eifriges Nicken offenbarte, dass Lenas Ratschläge auf fruchtbaren Grund fielen. Lena drehte sich suchend um. Das Schlittenmädchen war spurlos verschwunden. Ein Blick auf den zerstörten roten Bob holte sie in die Wirklichkeit zurück. Sie hatte bereits Schaden angerichtet. Und sie hatte sich unvorsichtigerweise dazu hinreißen lassen, mit Bobbie zu sprechen. Hoffentlich hatte sie keinen Fehler gemacht. Sie betete, dass die guten Tipps für Bobbie bei der Endabrechnung ihre Schnitzer aufwogen. In Zukunft musste sie besser aufpassen. So eine Panne durfte kein zweites Mal passieren.

Der Elefant im Porzellanladen

Ein durchdringender Alarm zerschnitt die Stille in der Kuppel. Coco zuckte an ihrem Computerbildschirm zusammen. Das Signal stammte aus Sektor H1445, Feldstück 7656F, Zeitzone 21 und wurde von der Mitarbeiternummer 4477 ausgelöst. Coco zoomte auf den Eichberg. *Reise unautorisiert*, blinkte hektisch auf. *Einsatznummer eingeben.*

Die Zeitmeisterin schritt eilig auf das zentrale Überwachungspult zu und loggte sich in Cocos Computer ein. Die Ankunft von Lena hatte das Leben in der unsichtbaren Stadt nachhaltig durcheinandergebracht. Wenn alles nach Plan lief, blieb die Zeitmeisterin über lange Perioden unsichtbar für ihre Mitarbeiter. Allein ihre Anwesenheit in der Kuppel bewies, dass der Fall Lena keineswegs Routine war. Das Bild verschwand von Cocos Monitor. Das neue Mädchen war ganz offensichtlich Chefsache. An der typischen Handbewegung las Coco ab, dass die Zeitmeisterin auf die Bilder vom Schlittenberg zoomte. Die Mitarbeiter in der Kuppel hielten spürbar den Atem an. Coco und Ines beobachteten ihre Chefin aus sicherer Entfernung. Der schrille Alarm schmerzte in ihren Ohren.

«Was tut sie?», fragte Coco und hibbelte auf ihrem Stuhl hin und her. Sie saß taktisch extrem ungünstig, konnte sich aber nicht dauernd zum zentralen Pult umdrehen.

«Nichts», sagte Ines.

Die Zeitreisenden warteten ungeduldig darauf, dass das Gewitter losbrach und ihre Chefin explodierte. Sie schielten unter ihren Brillen hervor, um keinen Moment zu verpassen. Die Luft vibrierte vor Aufregung.

«Dante ist suspendiert», empörte sich Coco. «Und Lena? Die darf sich frei bewegen. Ohne Ausbildung. Das ist ungerecht.»

Ihre Stimme hallte durch die Kuppel. Wenn die Zeitmeisterin Coco hörte, ließ sie es sich nicht anmerken. Starren Blicks folgte sie Lenas Weg.

Ines legte den Finger über den Mund. «Das Mädchen ist nicht irgendwer.»

«Wir sind alle nicht irgendwer», entgegnete Coco. «Warum gelten für Lena andere Regeln?»

«Du weißt, warum.»

«Nein. Wir sind alle gleich.»

«Nicht Lena», brach Ines das Gespräch ab.

Die Zeitmeisterin beugte sich nach vorn und schaltete den Monitor aus. Der Alarmton erstarb.

Ines verstand, was das bedeutete: «Sie lässt Lena ins offene Messer laufen.»

«Sie ist wie ihre Mutter, ein Elefant im Porzellanladen», erklärte die Zeitmeisterin, als sie auf dem Weg nach draußen die beiden Mädchen passierte. «Sie hat die Gefahr gewählt. Soll sie sehen, wie sie zurechtkommt.»

«Und wenn sie redet?», warnte Ines.

«Wer glaubt einem kleinen Mädchen, das von einer unsichtbaren Stadt faselt?», sagte die Zeitmeisterin.

«Harry König», entgegnete Ines. «Und so klein ist Lena nicht.»

Aber da war die Zeitmeisterin schon verschwunden.

49
Keine Verbindung

«Wer bleibt, macht Fehler.» Dantes Warnung hallte in Lenas Ohr. Nach dem Missgeschick auf dem Schlittenberg war sie fest entschlossen, weitere Kontakte mit Menschen auf ein Minimum zu begrenzen. Ihre Euphorie über den gelungenen Trip ins Jahr 2006 wich einer gewissen Ernüchterung. Lena streckte ihr Handy in die Höhe. Nirgendwo blinkte eine WLAN-Verbindung auf. Mit einem Schlag verschwanden sämtliche Apps von ihrem Telefon. Ungläubig drückte sie auf dem Home-Button herum. Wie sollte sie ohne Internet die Adresse ihrer Eltern herausbekommen?

Zum Glück fand sie an der Sporthalle eine dieser altmodischen, magentafarbenen Telefonzellen. Schwungvoll riss sie die Tür auf und wich entsetzt zurück. Ein Schwall abgestandener Luft schlug ihr entgegen. Es roch nach Urin, vergossenem Bier und Rauch. Vorsichtig platzierte sie ihre Füße zwischen Zigarettenstummeln, benutzten Taschentüchern und einem zertretenen Hamburger, der in einer Ketchup-Lache schwamm. Angeekelt griff sie nach dem Telefonbuch. Dort, wo der Name Friedrich stehen musste, klaffte ein Aschekrater. Sie konnte nicht mal ihre Tante anrufen, um sie unter einem Vorwand zur Herausgabe der Adresse zu bewegen. Der Apparat in der Zelle versendete auch SMS, war jedoch nur mit Telefonkarte zu bedienen, wie Lena der Aufschrift entnahm. Was um alles in der Welt war eine Telefonkarte? Mit einem Mal begriff Lena, warum die anderen Zeitreisenden ununterbrochen ihre Nase in Bücher steckten und historische Zeitungen wälzten. Während die Kollegen Reisen minuziös vorbereiteten, kämpfte Lena mit den absoluten Grundlagen, die einen Einsatz überhaupt erst möglich machten. Ihr fiel der Apple-Store in der Fußgängerzone ein. Dort konnte sie kostenlos ins Internet.

Im Laufschritt hetzte Lena durch die Innenstadt. Das Kino plakatierte *Ice Age 2*, *Ab durch die Hecke* und *Der Teufel trägt Prada*, Litfaßsäulen kündigten die Europa-Tournee von Tokio Hotel an. Die Zeitschriften am Kiosk nebenan rekapitulierten zum Jahresende die Ereignisse der vergangenen zwölf Monate. Ein Magazin zog Bilanz des ersten Jahres der neuen Bundeskanzlerin, das Blatt daneben erinnerte an die Fußballweltmeisterschaft in Deutschland und das Sommermärchen, daneben prangten Bilder vom Besuch des amerikanischen Präsidenten George Bush in Stralsund und dem dramatischen Elbhochwasser. Die Rathausuhr schlug 14 Uhr 30. Noch vier Stunden bis zum Unfall.

Lenas Optimismus erstarb jäh, als sie dort, wo sie Apple vermutete, in einem hässlichen Sechzigerjahre-Bau *Movieland* vorfand, einen Laden, in dem man DVDs, Videobänder und «ganz neu» auch Blue Ray Discs ausleihen konnte. Der Apple-Store war noch nicht einmal gebaut. Neben der Videothek stand eine Baracke, die ein Elektronikgeschäft beherbergte. Die Auslage bewarb die Topangebote der Woche:

Telefone mit ausklappbarer Tastatur, dicke Computerbildschirme und die neuen flachen Fernsehapparate. Lena schien die Zeit nah und gleichzeitig fern. Mode und Frisuren lieferten kaum Hinweise, dass sie tatsächlich in einer anderen Zeit gelandet war. Die Technik hingegen wirkte steinzeitlich.

Schwungvoll betrat sie den Laden. Lena hatte Glück. Der Counter «Telefonverträge» befand sich gleich am Eingang. Ein etwa sechzehnjähriger Junge mit artigem Scheitel begrüßte sie. Er steckte in einem übergroßen Anzug und versuchte, möglichst kompetent auszusehen. Auf seinem Namensschild stand *Boris*, darüber in dicken, vorgedruckten Lettern: *Ich lerne noch.*

«Habt ihr hier WLAN?», fragte sie. «Mit meiner Internetverbindung stimmt was nicht.»

«WLAN?», antwortete Boris. «Hab ich auch schon drüber gelesen.»

Er kicherte wie ein Huhn auf Speed, bevor er merkte, dass Lena seinen Humor nicht teilte.

Lena legte ihr Smartphone auf den Counter. «Mein Telefon spinnt. Hast du eine Ahnung, wo die Apps geblieben sind?», fragte sie. «Und Google geht auch nicht mehr.»

Der Junge fixierte sie, als ticke sie nicht ganz richtig.

Wieder lachte er. «Das Ding hat nicht mal Tasten, wie soll man damit telefonieren? Aber ich kann dir einen Flatrate-Vertrag anbieten, der dein Festnetztelefon und die Internet-Rate kombiniert», versprach Boris. «Damit kannst du dich unbegrenzt ins Internet einwählen.»

Im Sekundentakt haute er Lena Wörter wie Base-Start, UMTS für zu Hause und entbündeltes DSL um die Ohren.

«Einwählen?», erkundigte Lena sich ungläubig. Wo in aller Welt sollte sie sich einwählen? Hinter ihr trat eine junge Frau in Kostüm und Perlenkette ungeduldig von einem Fuß auf den anderen.

«Einwählen, mit dem Telefon, ins Internet, du weißt schon», sagte Boris.

Weil Lena noch immer nicht reagierte, griff er zu einer anschaulicheren Darstellung.

«Chrchrchrkkchrchr-iiiiiiiiiiiiiiii-schrchr-iiiiiiii-schchri-iiiiiii», kreischte er.

Lena starrte ihn mit aufgerissenen Augen an. Drehte der jetzt vollkommen durch?

«Du kommst wohl vom Mond», mutmaßte Boris. «Oder hast du noch nie ein Modem gehört?»

Lena hatte weder eine Ahnung, was ein Modem war, noch, wie es klingen musste.

«Ich leihe dir mein Telefon», sagte die Perlenkette entnervt und streckte ihr ein Nokia 3310 entgegen. Irritiert betrachtete Lena den winzigen Bildschirm des Tastentelefons. Das Ding in ihrer Hand war ein Relikt aus der Zeit, in der man mit dem Telefon vor allem eines konnte: telefonieren.

«Wie google ich damit eine Adresse?», fragte Lena.

Die Perlenkette schüttelte den Kopf. «Da brauchst du schon einen Computer.»

Boris versuchte, sich wieder ins Gespräch zu bringen, und kramte hilfsbereit ein Telefonbuch heraus. Lenas Erleichterung währte nicht lange. Ihre Eltern waren ebenso wenig verzeichnet wie Sonja, Citybox noch nicht einmal gegründet. Aus der Ferne läutete die Rathausuhr 15 Uhr 30. Lena hatte eine ganze Stunde verloren. Die Zeit rannte ihr davon.

Frittierte Burger

Lena sog die Luft ein. Es roch nach Heizöl, Wasser, Fisch und Kohleheizung. Sonst erinnerte nichts an das vertraute Viertel. Das Hafengebiet von 2006 war nicht mehr als ein düsteres, heruntergekommenes Areal. Keine Lichtreklame tauchte den Weg in bunte Farben, nirgendwo lud ein hell erleuchtetes Restaurant zum Verweilen. Selbst der Schnee wirkte schmutzig. Die verlorenen Gestalten, die zwischen den Speicherhäusern herumlungerten, sahen wenig vertrauenerweckend aus. Ein paar Ratten huschten zwischen baufälligen Ruinen herum, in denen sich Hausbesetzer im Kampf gegen Spekulanten eingenistet hatten. Zwei Männer in Anzügen und beigefarbenen Kaschmirmänteln durchstreiften das Gelände und fotografierten Immobilien: Vorboten der neuen Zeit. An ihrer Seite tippelte die dünne Ziege, die Tonis Laden übernehmen würde, durch den Schneematsch.

Lena war gerührt, als sie den Rastamann am Tresen seiner baufälligen Imbissbude entdeckte. Toni trug eine fettgetränkte Lederschürze und Taucherbrille. Er hantierte hektisch mit kochend heißem, spritzendem Fett herum.

«Willst du probieren?», schrie er und winkte Lena aufgeregt zu sich heran. «Ich hab was Neues gebrutzelt.»

Stolz präsentierte er den Prototypen seiner legendären frittierten Burger. Lena war hin- und hergerissen. Der gute Vorsatz, sich nur noch so weit wie irgendwie nötig in die Vergangenheit einzumischen, schmolz ob des verführerischen Geruchs dahin. Nach der Portion Algen gelüstete es sie nach einem vertrauten Geschmack. Konnte ein einziger Burger wirklich gefährliche Nebenwirkungen entfalten?

«Komm schon», rief Toni. «Du weißt nicht, was du verpasst.»

Lena biss herzhaft hinein. Sie verbrannte sich fast die Zunge, als sie in die krosse Außenhülle biss. Das Original schmeckte so viel besser als die Nachgemachten aus ihrer Zeit. Und noch besser als alle Algen dieser Welt. So köstlich sie auch zubereitet wurden.

«Das wird der Renner», sagte Lena. «Sie müssen sie nur kleiner machen. Miniburger.»

Mit den Fingern deutete sie eine kleine Kugel an.

Toni reagierte mit einem tiefen, glucksenden Lachen. «Von so was wird niemand satt.»

«Es sind eben Delikatessen», sagte Lena.

Toni nahm die Taucherbrille ab und musterte Lena. «Dich habe ich hier noch nie gesehen», sagte er nachdenklich.

Hilfe! Das ging in die falsche Richtung. Sie hätte sich nie am Burgerstand aufhalten dürfen. Zu allem Überfluss kamen jetzt auch noch die dünne Ziege und ihre Begleiter näher.

«Wenn jemand kommt und den Imbiss kaufen will: Nicht unterschreiben. Auf keinen Fall. Die wollen nur die Rezepte», platzte sie heraus.

Vielleicht war das unvernünftig, aber hatte Toni nicht etwas Besseres verdient, als aus seinem eigenen Geschäft gedrängt zu werden?

«Was bist du? Eine Hellseherin?», fragte er.

«So was Ähnliches», sagte Lena. Sie verzichtete darauf, ihre Geschichte vor ihm auszubreiten.

«In ein paar Jahren ist das hier eine Goldgrube», verkündete sie.

«Was ist jetzt mit dem großen Geheimrezept?», rief eine ausgelassene Stimme. «Wir sterben vor Hunger.»

Lena traf fast der Schlag. Hinter der Imbissbude saß Sonja mit ihrer besten Freundin an einem Feuerkorb. Die beiden stießen schon mal mit Prosecco aufs neue Jahr an und malten sich die wunderbaren Dinge aus, die das Leben für sie bereithielt.

«Hugo ist anders als alle anderen Männer, die ich kennengelernt habe», schwärmte Sonja. «Er ist ein erfolgreicher Geschäftsmann. Ich werde seine Frau, höre auf zu arbeiten und kümmere mich nur um die Kinder.»

Lena ahnte, dass es besser wäre, sofort zu verschwinden, aber die Neugier siegte über die Angst. Fasziniert lauschte sie dem Gespräch.

«Welche Kinder?», kicherte die Freundin.

«Ich will zwei kleine Mädchen», sagte Sonja. «Und ich weiß schon, wie sie heißen: Carlotta und Fiona.»

Lena erkannte Sonja kaum wieder. Ihre Tante war so fröhlich, so jung, so verliebt, so beseelt von der Aussicht auf ein glückliches Leben. In den nächsten vierundzwanzig Stunden würde sie ihren Halbbruder und ihre Schwägerin verlieren, ein kleines Waisenmädchen aufnehmen und dem falschen

Mann das Jawort geben. Lena zweifelte: War sie nicht geradezu gezwungen, der Tante zu verraten, dass Hugo in Wirklichkeit pleite war, in einem Wohnwagen lebte und den Heiratsmarkt nach einer Frau mit ein bisschen Kleingeld durchforschte? Schüchtern ging sie auf Sonja zu. Die zeigte ihr die kalte Schulter. Sie hatte kein Auge und Ohr für das Mädchen, das sich verlegen an der Imbissbude herumdrückte. Lena beschloss, das Gespräch auf später zu verschieben. Die Gelegenheit, sich im Haus der Tante nach der Adresse umzusehen, war zu günstig.

Glück gehabt. Tante Sonjas Ersatzschlüssel war an der üblichen Stelle neben der Haustür versteckt. Neugierig betrat Lena das Haus. Die Küchenstühle, die Pflanzen, die Einteilung der Regale: Alles sah aus wie immer. In der Schublade im Dielenschrank fand sie das alte, weinrote Ringbuch, in dem Sonja Adressen und Geburtstage notierte. Die Angaben zu *Thomas & R.*, wie Sonja ihre Mutter umschrieb, füllten eine ganze Seite. In den vergangenen Jahren hatten ihre Eltern unter acht verschiedenen Adressen gewohnt und zwölfmal die Telefonnummer gewechselt. Eilig kritzelte sie die letzte Adresse auf ihren Arm. Fast schon wollte sie das Haus verlassen, als ihr etwas einfiel. Eine magische Kraft zog sie in den oberen Stock. Sonja betonte immer, dass Lenas Mansarde früher als Hobbyraum diente. Vorsichtig öffnete sie die Tür zu ihrem Zimmer und fand sich in einer dunklen Rumpelkammer wieder. Ganz offensichtlich zählte die Tante waschen und bügeln zu ihren Freizeitbeschäftigungen. Von draußen hörte sie eine Stimme. Verstohlen blickte sie aus dem Fenster. Dort, wo sich heute der Parkplatz von Citybox erstreckte, erhob sich ein runtergekommenes Fabrikgebäude. Vor der blinden Ziegelmauer turnte ein lauthals singender Mann auf einer Leiter herum. Lena zuckte zusammen, als sie den Vater von Fiona und Carlotta erkannte. Zum ersten Mal begriff sie, warum man ihn früher «den schönen Hugo» nannte. Selbst bei handwerklichen Tätigkeiten verzichtete er nicht auf seinen dunkelblau glänzenden Nadelstreifenanzug mit breitem Revers, Seidenkrawatte und blütenweißes Hemd. Das tiefschwarze Haar trug er sorgsam nach hinten gegelt. In der Hand schwenkte er einen Eimer rosa Farbe, die aussah, als wäre sie bei der Bemalung von Tonis Burgerbude übrig geblieben. *Plakatieren verboten* stand auf einem Schild. Der schöne Hugo konnte an keinem Warnschild vorbeigehen, ohne genau das zu tun, was ihm untersagt war.

Allerliebste Sonja, willst du mich heiraten?, pinselte er hingebungsvoll an die runtergekommene Ziegelwand. Unter die rosa zerlaufenen Buchstaben malte er drei Kästchen mit möglichen Antworten.

☐ *Jaaaaa!*
☐ *Sofort!*
☐ *Klar doch!!!*

Hugo war mit wuchtigem Selbstbewusstsein und grenzenlosem Optimismus gesegnet. Lena nervte, dass er sich immer benahm, als ginge die Sonne jeden Tag nur für ihn auf. Er war der Überzeugung, dass er grundsätzlich alles besser konnte und wusste, bis auf die Fälle, in denen das Gegenteil bewiesen war. Dann schob er die Schuld auf andere. Aus

Hugos endlosen Erzählungen, mit welchem Geniestreich er Sonjas Jawort errungen hatte, konnte Lena den Rest der Geschichte runterbeten. Um Mitternacht würde er Sonja aus ihrer Familienfeier herausreißen und zum Hafen entführen. Im Licht des Feuerwerks ging er auf die Knie. Alles, was Sonja tun musste, war, zum Pinsel zu greifen und ihr Kreuz an die richtige Stelle zu setzen. Und in die Kamera des Journalisten zu blicken, den er bestellt hatte. Die Geschichte ließ sich prima vermarkten, fand er. Panisch blickte Lena auf die Uhr am Hafengebäude. Es war 16 Uhr. Noch zweieinhalb Stunden bis zum Unfall. Sie war ihrem eigentlichen Ziel keinen Schritt näher gekommen.

Lena hetzte nach draußen und stieß um ein Haar mit Hugo zusammen, der nach einem Versteck für den Farbeimer suchte. Er schenkte ihr einen genervten Blick. Die Frage, was sie im Haus von Sonja zu suchen hatte, beschäftigte ihn nicht weiter. Hugo hatte genug damit zu tun, um sich selber zu kreisen. Für Lena hatte er sich noch nie sonderlich interessiert.

Lena sah die einmalige Chance aufblitzen, Sonjas unglückliche Ehe zu verhindern, bevor sie geschlossen wurde. Immer wieder dieselbe Frage: Durfte man eingreifen? Musste man eingreifen? Sie wünschte sich sehnsüchtig Dante als Fachmann an ihre Seite. Das Wissen, dass diese Ehe niemanden glücklich machen würde, lag wie eine tonnenschwere Last auf ihrer Seele. Zum ersten Mal verstand sie, warum Zeitreisende angehalten waren, sich so kurz wie möglich an einem Ort und in einer Zeit aufzuhalten. Je mehr man über die betroffenen Menschen erfuhr, um so komplizierter wurden Entscheidungen.

Kurz legte sie einen Finger an ihren Chronometer. Sie kannte Dantes Nummer. Könnte er ihr helfen? Würde er es tun? Sie hatte noch den letzten Blick aus seinen ungleichen Augen im Gedächtnis. Langsam ließ sie die Hand wieder sinken.

Zuhause

Partmannweg 7 leuchtete in Kugelschreiberblau auf ihrem Arm. Die Adresse sagte ihr nichts. An einem Kiosk klaute sie einen Stadtplan, da auch in dieser Hinsicht mit ihrem Telefon nichts mehr anzufangen war. Oder noch nicht. Beim ersten Auseinanderfalten fielen ihr sämtliche Stadtviertel entgegen. Bevor sie die Ziehharmonika in die richtige Ordnung bringen konnte, nahmen sich Wind und Wetter des unhandlichen Hilfsmittels an. Der einsetzende Schnee durchweichte das Papier in ihren Händen. Die Elemente hatten sich gegen sie verschworen.

«Bist du das, Dante?», schrie sie in den Wind hinein, als beherrschten die Bewohner der unsichtbaren Stadt nicht nur die Zeit, sondern auch das Wetter. Sie ahnte, dass der Blick der Zeitreisenden ihr überallhin folgte.

Der Partmannweg, so fand sie heraus, lag in einem Randbezirk, der schlicht Gartensiedlung hieß. Ganz in der Nähe von Bobbies Zuhause. Den Weg hatten sie tausendmal gemeinsam zurückgelegt. Vom Hafen nahm Lena den Stadtbus 30, der die verschlafenen Wohnsiedlungen mit dem Zentrum verband. Erschöpft, nass und durchgefroren ließ sie sich auf einen Platz in der dritten Reihe fallen. Dort, wo die

Heizung unter dem Sitz bollerte. Langweilige Busfahrten boten die ideale Gelegenheit, einen Blick in Chloes Vlog zu werfen, Nachrichten zu beantworten und ein Bild auf Instagram zu posten. Instinktiv griff Lena zu ihrem Telefon, nur um zu begreifen, dass sie sich vertan hatte. Es war immer noch 2006: telekommunikationstechnische Steinzeit. Als sie aufsah, merkte sie, dass ein Dutzend neugieriger Augen jeder ihrer Bewegungen folgte. Sah man ihr das Geheimnis an? Lag es an der unpassenden Kleidung? Oder fehlte einfach die Ablenkung der Smartphones? Eine Station zu früh stieg Lena aus dem Bus aus. Einen Moment lang glaubte sie, Coco in einer der hinteren Sitzreihen zu erkennen, aber da war der Bus schon weitergefahren.

Im Dämmerlicht des aufkommenden Abends schlug sie die Karte auf. Der Falz lag ausgerechnet an der Stelle, die sie ansteuerte. Auf den letzten Metern musste sie sich allein zurechtfinden. Es war merkwürdig. Einmal in der Gartensiedlung angekommen, fanden ihre Füße den Weg wie von selbst. Schlafwandlerisch sicher bewegte Lena sich durch das menschenleere Vorortviertel, in dem sich die Nachbarn mit Weihnachtsdekoration übertrumpften. Girlanden aus Licht rankten sich um Zäune, Baumstämme, Giebel und Balkongitter. Dicke weiße Weihnachtsmänner und lustige Elche turnten im Schnee. Hinter den Fensterfronten strahlten geschmückte Tannenbäume. Sie erkannte die kleine Mauer, auf der sie als Kind balanciert war, den Geruch des winzigen Bäckers, bei dem sie morgens mit ihrer Mutter Brötchen geholt hatte, das rot blitzende Schild am Gartenzaun: VORSICHT. BISSIGER HUND. BETRETEN AUF EIGENE GEFAHR. Lag es an der Zeitverschiebung, dass sie sich plötzlich an Details aus ihrer frühesten Kindheit erinnerte? Hing die ungewöhnliche Gabe damit zusammen, dass auch ihr Geist durch die Jahrzehnte reiste? Das Nebeneinander verschiedener Zeiten verwirrte sie. In ihrer neuen Realität existierten mehrere Lenas gleichzeitig. Eine kam aus der Gegenwart, eine lebte in der Vergangenheit und eine andere in einer erträumten Zukunft.

Sie war nicht die Einzige, die verwirrt war. Hinter dem Gartenzaun tobte ein gefährlich aussehender Schäferhund durch den Schnee. Der Hund hielt irritiert inne. Verwundert fixierte er Lena, als wisse er nicht genau, ob er sich freuen oder wütend kläffen sollte.

«Bruno», rief Lena instinktiv, ohne zu wissen, aus welchen Tiefen ihrer Erinnerung der Name aufstieg.

Skeptisch schob sich der Hund Richtung Gartenzaun und schnüffelte zweifelnd durch die Maschen. Nachdem er einmal Witterung aufgenommen hatte, überschlug er sich fast vor Freude. Bruno scherte sich nicht darum, ob Lena sich über Nacht in einen Teenager verwandelt hatte. Sein Geruchssinn sagte ihm, dass er unbedingt durch den Zaun hindurch von ihr gekrault werden wollte.

Der Besitzer, bewaffnet mit einer Schneeschaufel, kratzte sich ratlos am Hinterkopf. «So begrüßt er normalerweise nur das Nachbarsmädchen», sagte er. «Er kann Fremde nicht ausstehen.»

Lena verzichtete darauf, ihn aufzuklären. Vom Gartenzaun waren es nur noch ein paar Meter. Ihre Füße hatten den Weg bis in alle Ewigkeit abgespeichert. Ohne zu zögern, hielt sie vor einem eingewachsenen, rostigen Eisentor inne. Keine Hausnummer, kein Name, kein Briefkasten verrieten die Bewohner. Ein elektronisches Schloss sicherte das hohe Gartentor. Wer hier wohnte, wollte weder sehen noch gesehen werden.

Jeder Schritt weckte verblüffende Erinnerungen: Lenas Finger tanzten wie von Zauberhand geführt über die Tastatur. Oben links, Mitte, unten links, unten links, Mitte. 15775. Das schmiedeeiserne Tor summte auf. Lena zweifelte keine Sekunde, dass der verwitterte schmutzig weiße Bungalow, der sich hinter der dicken Efeuhecke versteckte, das Heim ihrer Familie war. Aufgeregt betrat sie ihre eigene Vergangenheit.

52

Der geheime Garten

Ein windschiefer Schneemann, angetan mit Baby-Gummistiefeln und dem T-Shirt ihres Handballclubs, begrüßte Lena mit diabolischem Grinsen.

«Hallo», rief Lena unschlüssig in den Garten hinein. Und dann ein bisschen lauter: «Hallo? Ist da jemand?»

Eine rostige Kinderschaukel zitterte am Gerüst, im jungfräulich weißen Schnee liefen frische Abdrücke von winzigen Schuhen zwischen Rasenfläche und dem Terrassentisch hin und her, auf dem eingefärbtes Wasser in Dutzenden Milchtüten zu Eis gefror. Ein Stück weiter markierten halbhohe Reihen der bunten, selbstgemachten Eisziegel den Grundriss für ein Iglu. Auf der unvollendeten Mauer lagen winzige rosa Handschuhe und ein angebissener Apfel mit dem Abdruck eines Kindergebisses. Er wirkte saftig und frisch, als habe ihn jemand vor einer Minute abgelegt. Wo waren die Bewohner des Häuschens?

Lautes Knacken schreckte Lena aus ihren Gedanken. Über ihr brach ein Ast unter der schweren Schneelast. Eine weiße Wolke hüllte sie ein und nahm ihr die Sicht. Als sie den Schnee aus Gesicht, Kragen und Klamotten geklopft hatte, bemerkte sie, dass der Apfel verschwunden war. Lena drehte sich suchend um die eigene Achse. Es blieb still.

Vorsichtig stieg sie die zwei vereisten Stufen Richtung Eingang hinauf. Ihre Finger erkannten die Ausbuchtung am Handlauf. Noch so eine plötzliche Eingebung aus der Nebelwelt zwischen Gestern und Heute. Als sie die Hand nach der Klinke ausstreckte, öffnete die Tür sich quietschend. Panisch sah Lena sich um. Was, wenn Dante recht hatte? Wie gefährlich war es, sich in die eigene Vergangenheit zu begeben? Was, wenn sie sich selbst begegnete? Womöglich würde sie sich auf der Stelle in Luft auflösen.

In der Diele rahmten zwei Paar Turnschuhe ein winziges Paar Winterstiefel ein. In diesem Haushalt existierten von allen Dingen drei Exemplare: drei Jacken, drei Schals, drei Paar Hausschuhe. Sie versenkte das Gesicht tief in einem dicken Männerparka und nahm den vertrauten Geruch von Rasierwasser auf. Durch die offene Badezimmertür sah sie die rote Flasche. Sie hatte sich richtig erinnert. Auf Zehenspitzen erkundete sie das Museum ihrer eigenen Geschichte. Die Einrichtung wirkte zufällig, zusammengewürfelt, absichtslos, aber gemütlich. Die Wohnung fühlte sich an wie ein schützender Kokon. In der großen Wohnküche erzählten selbstgestrichene Möbel, eine aufgeschlagene Zeitung, liebevoll gepflegte Topfpflanzen, ein angefangenes Strickzeug und das verstreute Spielzeug vom Alltag der Familie. Auf einer Schultafel tollte neben der Einkaufsliste ein giftgrünes Phantasietierchen mit langen Ohren, Stacheln und siebzehn Beinen. Im Kühlschrank fand sie ihren Lieblingsjoghurt (Himbeere-Kirsche), eine angebrochene Flasche Wein (namenlos und billig) und Apfelsaft (Bio und teuer).

Nur die bereitstehenden Gepäckstücke in der Diele deuteten darauf hin, dass bei Familie Friedrich Aufbruchsstimmung herrschte. Bestürzt erkannte Lena die Koffer von den Unfallfotos. Umso dringlicher wurde ihre Mission. Es war 16 Uhr 30. Die Eltern mussten jeden Moment zurückkehren. Noch blieb Zeit, das Unvermeidliche aufzuhalten.

Plötzlich hörte sie eine fröhliche Kinderstimme: «Eins, zwei, drei, vier Eckstein, alles muss versteckt sein, hinter mir und vorder mir gildet nicht. Ich komme.»

Lena riss die Tür zum Kinderzimmer auf und entdeckte, dass der Abzählreim aus der Erinnerung aufgestiegen war. Der Raum lag genauso leer und verlassen wie der Rest der Wohnung. Erschöpft ließ Lena sich auf ihr altes Kinderbett fallen, begrüßt von Stofftieren und Spielzeug. Über ihr baumelte die Plüscheule. Sie setzte die Spieluhr in Gang, zog mit den Händen die Knie an den Oberkörper und kuschelte sich in die Kissen. Die sanfte Melodie verwandelte sie in das kleine Mädchen, das sie einmal gewesen war. Sie schloss die Augen.

Die Strafkolonie

Das sollte sein neuer Arbeitsplatz sein? Dante sah sich voller Zweifel um. Ohne Chronometer war er vom Reisen und dem Zugang zur Kuppel ausgeschlossen. Das neue Büro lag im Achteck, das das Kontrollzentrum umgab. Anstatt wie alle anderen im Uhrenladen nach links in die Bibliothek oder geradeaus in die Kuppel abzubiegen, nahm er jeden Morgen die rechte Tür. Von hier aus ging es nirgendwohin weiter. Die Revision war Sackgasse und Endstation zugleich. Für denjenigen, der hier landete, gab es nicht mehr viel zu hoffen. In der Strafkolonie wurden die Beschwerden bearbeitet.

Überall stapelten sich die gläsernen Bücher mit ungeklärten Fällen. Während die ersten bereits Staub und Spinnweben ansetzten, sorgte ein Förderband für einen unablässigen Strom immer neuer Hologramm-Biographien. Jeder Schritt bedeutete einen wahren Balanceakt. Vorsichtig lavierte Dante um die Stapel herum, um sich bei dem Kollegen vorzustellen, der die Abteilung seit Ewigkeiten führte.

«Dante», stellte er sich vor und streckte seine Hand aus.

«Geschenkt», brummte Xaver. Gut, dass Dante seinen Namen schon kannte. Jeder kannte Xavers Namen, auch wenn die wenigsten ihn einmal zu Gesicht bekamen.

Statt einzuschlagen, bedachte er den Neuankömmling mit genervtem Augenrollen. Xaver trug eine orange gefärbte Nickelbrille, einen endlos langen Bart und einen ebenso langen dünnen Pferdeschwanz. Sein Bauch wölbte sich über einer ausgebeulten roten Jeans, deren Stoff so knapp bemessen war, dass sowohl die grobkarierten Unterhosen als auch die Micky-Maus-Socken hervorblitzten. Knallblaue Hosenträger hielten die absackenden Beinkleider an ihrem Platz. Xavers Kleiderwahl war gewöhnungsbedürftig, seine Haut aschfahl, die Laune unterirdisch. Der Mann wirkte wie ein zu groß geratener Zwerg, ein Giftzwerg. Jede Faser seines Körpers drückte Abwehr aus.

«Nimm's nicht persönlich», brummte er, bevor Dante das Wort ergreifen konnte. «Ich habe seit 1884 schlechte Laune.»

Xaver drängte an ihm vorbei und verschwand zwischen den gläsernen Büchern. Es war unschwer auszumachen, wo er sich gerade befand. Den miesgelaunten Mitarbeiter der Beschwerdeabteilung umgab ein konstantes Klirren von Glas. Er gab sich nicht die geringste Mühe, vorsichtig mit den Büchern umzugehen.

«Was hast du angestellt?», rief Dante in den Raum hinein.

«Ich dachte, ich bin schlauer als alle anderen», antwortete Xaver und kam um eine Regalecke gebogen.

«Was ist daran so schlimm?», fragte Dante.

«Ich glaube das immer noch.»

Dante registrierte verblüfft, dass Xaver einen funktionierenden Chronometer trug.

«Ich bin seit Jahrzehnten begnadigt», erklärte er. «Ich

musste nur auf Ablösung warten. Bislang war keiner so schlau, sich mit der Zeitmeisterin anzulegen.»

«Dumm, meinst du wohl», korrigierte Dante.

Xaver schaute ihn mitleidig an. «Sie sagen, die Arbeit hier ist eine Strafe, in Wirklichkeit ist die Beschwerdeabteilung der beste Platz in der unsichtbaren Stadt», flüsterte er Dante verschwörerisch zu. «Vollkommen überflüssige Abteilung. Hier bekommst du locker vierzehn Stunden Schlaf am Tag. Herrlich.»

Dante durchstreifte das Chaos von Büchern, die zur nochmaligen Überprüfung herumlagen. In der Strafkolonie landeten alle Fälle, in denen das Eingreifen von Zeitreisenden nicht zum gewünschten Ergebnis geführt hatte.

«Das Paradies habe ich mir anders vorgestellt», gestand er.

Dante nahm ein Buch auf. Noch bevor er es aufschlagen konnte, betete Xaver mit ironischer Stimme den Inhalt runter: «Ein junger Familienvater, hatte in der Lotterie gewonnen. Sein bester Freund betrog ihn um den Gewinn. Vor lauter Unglück hat er sich in den Fluss geworfen. Die Zeitreisenden haben ihn gerettet und seinem Freund das Geld abgejagt. Und was macht er? Er verprasst das ganze Geld und fährt betrunken seinen neuen Porsche in den Fluss. Jetzt haben wir seinen Fall wieder da. Seine Angehörigen beschweren sich beim Schicksal, dass er überhaupt im Lotto gewonnen hat.»

Xaver rempelte Dante absichtlich an. Das Buch glitt ihm aus der Hand und zersprang in tausend Teile. «Erledigt», sagte er.

Dante sah ihn entsetzt an.

«Dessen Leben war schon immer ein Scherbenhaufen»,

erklärte der Giftzwerg. «Pest, Hunger, Krankheiten, die schrecklichsten Plagen: Im Mittelalter haben die Leute ihr Los angenommen. Heute sind alle unzufrieden. Selbst wenn wir ihnen geholfen haben. Hier ist keiner dabei, der ein anderes Schicksal verdient. Hier findest du nur die Unzufriedenen, Undankbaren und Unersättlichen.»

Zum Beweis drückte er Dante ein Hologrammbuch in die Hand. Das blaustichige Hologramm eines jungen, hohläugigen Mädchens in weißer Bluse, knöchellangem schwarzen Rock und dunklen Strümpfen schwebte in der Luft.

«Mabel Fischer, achtzehn Jahre alt», ratterte er herunter, «arbeitete in der Telefonvermittlung. Starb 1920 an unerkannter Tuberkulose. Ihr Verlobter erschoss sich. Wir haben geholfen und ihrem Arzt eine Medizin aus dem zwanzigsten Jahrhundert untergeschmuggelt.»

«Warum ist der Fall in der Revision?»

«Sie verliebte sich in den Arzt, ihr Verlobter erschoss sich.»

«Und dann?»

Xaver nervte die unersättliche Neugier seines jungen Kollegen.

«Haben wir den Arzt ausgewechselt. Und was passiert? Mabel verließ ihren Verlobten, um als Krankenschwester anderen zu helfen.»

«Er erschoss sich», riet Dante.

«Wir haben es sechs Mal probiert», berichtete Xaver. «In keinem einzigen Leben wollte die junge Frau nach der Krankheit zu ihrem Verlobten zurückkehren. Er hat sechs Leben verbraucht und immer noch nicht kapiert, dass sie nicht die Richtige ist.»

Er ließ auch dieses gläserne Buch am Boden zerschellen. Dante erschrak über die Hartherzigkeit, mit der Xaver die ihm anvertrauten Schicksale abhandelte.

«Was sollen wir mit ihm machen?», sagte Xaver lapidar. «Es war ja ihr Buch. Und ihr ging es ohne ihn offenbar besser.»

Dante kroch auf dem Boden herum, um die Bruchstücke des fremden Lebens aufzusammeln. Xaver lachte ihn aus.

«Die Menschen jagen alle dem Glück hinterher und sind doch nur unterschiedlich unglücklich. Sie tragen ihre Erwartungen wie Schatten mit sich herum.» Er redete sich richtiggehend in Fahrt. «Bei den Menschen ist es wie mit Nachos und dem Glas Tomatensoße», wetterte er weiter. «Es sind immer zu wenig Chips für den Dip. Und wenn du eine neue Packung aufreißt, hast zu wenig Dip für die Nachos. Nie ist es gut, wie es ist.»

«Dann freu dich doch, dass du abgelöst wirst», sagte Dante. Er war fest entschlossen, bessere Lösungen für die Hoffnungslosen zu finden. «Sobald du mir gezeigt hast, wie alles funktioniert, kannst du abhauen», versprach er.

«Niemals», bellte Xaver und verzog schmerzvoll sein Gesicht. «Nur über meine Leiche. Wenn ich hier rauskomme, muss ich zurück in den Außendienst und mich direkt mit diesen Losern auseinandersetzen.»

Xaver verzog sich in eine dunkle Ecke. Dante begriff, dass er keinen Finger rühren würde, um an seiner Versetzung in das operative Geschäft mitzuwirken.

«Viel Spaß beim Einarbeiten», rief Xaver und versank in seinem Ohrensessel.

Jäger und Gejagte

Als Lena aufwachte, wusste sie einen Moment lang nicht, wo sie war. Orientierungslos blickte sie sich in dem dunklen Raum um, bevor sich aus den unbekannten Schatten die Konturen ihres alten Kinderzimmers herausschälten. Sie musste vor Erschöpfung eingenickt sein. Draußen herrschte tiefe Dunkelheit. Wie viel Zeit war vergangen? Ein paar Stunden? Ein Tag? Schwankend taumelte sie auf den Gang. Die Koffer waren verschwunden. Die Uhr in der Küche zeigte 19 Uhr 45 an. Sie hatte ihre Chance verpasst.

Mit zitternden Fingern justierte sie ihren Chronometer ein zweites Mal. Ob man mit mehr Erfahrung auch aus dem Stand reisen konnte? Lena verzichtete auf den Umweg über Schlittenberg und Hafen. Sie schloss die Augen und versuchte, ihre Kraft und Gedanken auf das Kinderzimmer zu fokussieren. Sie spürte den Boden wegsacken, die Farben und Konturen verschwammen, sie versank im Tunnel der Bilder und Erinnerungen. Bloß nicht im Garten landen, schoss es ihr durch den Kopf. Aber da war es bereits zu spät. Als sie zu sich kam, lag sie mitten im Dornengebüsch. Ein Vogelhäuschen knallte ihr auf den Kopf. Körner rieselten in ihren Kragen. Fröhliches Mädchenlachen hing in der Luft.

Oder bildete sie sich das nur ein? Genau wie die Stimme von Sonja, die durch die Zeit hindurch tönte: «Ich habe es dir immer wieder gesagt. Du musst lernen, dich besser zu konzentrieren.»

Lena gab ihr recht. Sie konnte von Glück sagen, dass sie nur an den Garten und nicht an gefährlichere Dinge gedacht hatte. Konzentration blieb ihr wunder Punkt.

Durch die Zeit zu reisen war komplizierter, als sie sich das vorgestellt hatte. Ein falscher Gedanke, eine falsche Aktion, und schon katapultierte die Kraft der Vorstellung einen unkontrollierbar durch das Universum.

Gleicher Tag. Gleicher Ort. Andere Taktik. Was auch immer sie probierte, es gelang ihr einfach nicht, bis zur Rückkunft der Eltern wach zu bleiben. Die Reise durch die Zeit sog ihre Energie auf. Vielleicht waren die Muskeln, die man beim Fall durch die Jahre benötigte, nicht trainiert genug. Beschämt verglich sie ihre stümperhaften Versuche mit dem souveränen Auftritt ihrer Mutter an der Sporthalle. Wie bekam sie das hin? Rhea schwebte so elegant und leicht durch die Zeit und rettete Thomas auf wundersame Weise vor dem tödlichen Fall, als wäre das die leichteste Übung. Lena plumpste jedes Mal wie ein Sack Kartoffeln in die neue Zeit. Lena nahm sich vor, ihre Mutter um Tipps zu bitten, sobald sie sich begegnen würden. Doch hier begannen die Schwierigkeiten. Nach drei weiteren vergeblichen Versuchen rannte Lena nach Ankunft sofort ins Kinderzimmer, riss eine Seite aus dem Malbuch und griff zu einem herumliegenden Bleistift. *Liebe Mama, lieber Papa ...*

Die fremd klingende Anrede ließ sie stocken. Aber was sollte sie anderes schreiben? *Liebe Mama, lieber Papa, hier spricht Lena. Ihr dürft auf keinen Fall ...* Die Mine brach, so sehr verkrampfte sich ihre Hand um den Stift. Lena suchte nach einem anderen Schreibgerät, als ihr ein merkwürdiges Summen auffiel. Sobald sie sich bewegte, setzte das Geräusch ein, hielt sie inne, verstummte es.

Mit geübtem Blick scannte Lena ihre Umgebung nach verräterischen Lichtpunkten. Gut verborgen zwischen den Ringen der Gardine glänzte ein bedrohlich schwarzes Kameraauge. Sie hatte sich nicht verhört: Genauso klangen die bewegungsgesteuerten Überwachungsgeräte, die das weit verzweigte Gangsystem von Citybox kontrollierten. Lena nahm ihr Kindertelefon auf und schmetterte es mit einem gezielten Wurf in Richtung Wand. Die Kamera donnerte auf den Boden und zog mit einem Ratsch das geschickt hinter dem Vorhang verborgene Kabel mit herunter. Die Schnur lief am Fensterrahmen entlang nach draußen. Lena lief nach draußen in den Garten und verfolgte den Draht weiter über das Rosenspalier und die verschneiten Beete Richtung Nachbargrundstück.

Neugierig kletterte Lena über den niedrigen Holzzaun. Auf einem verlassenen Stück Brachland, das man von der Straße durch dichte Büsche nicht hatte sehen können, parkte ein runtergekommener Bauwagen. Und genau hier endete das Kabel. Vorsichtig näherte sich Lena der provisorischen Behausung. Die Räder waren platt, der Putz blätterte von der hölzernen Fassade, Eisblumen wuchsen an dunklen Fensterscheiben. Vor dem Anhänger lagen Brennholz und Axt bereit, frische Späne und Holzsplitter verrieten einen regelmäßigen Besucher – oder gar Bewohner? Eine einsame Fußspur in der makellos weißen Schneedecke führte vom

Bauwagen weg. Lena trat vorsichtig in die alten Spuren. Auf Zehenspitzen klomm sie die vereisten Metallstufen empor. Die Gelegenheit war günstig, das Glück auf ihrer Seite. Die Tür war unverschlossen.

Das Licht unzähliger Monitore tauchte den Raum in diffuses Blau. Ein Summen, Brummen und Sausen lag in der Luft, erzeugt von den Ventilatoren der altertümlich wirkenden Computer und einem dröhnenden Heizlüfter, der vergeblich gegen Feuchtigkeit und Kälte anblies. Auf den Schirmen flimmerten die Bilder aus der verlassenen Wohnung von Rhea und Thomas. Jeder Winkel der Wohnung wurde von hier aus überwacht.

Es roch nach abgestandener Luft, Schweiß und kaltem Kaffee. Alles in dieser geheimen Kommandozentrale erinnerte an die Pförtnerloge von Citybox: die Batterie Engergydrinks, der ergonomisch geformte Bürostuhl, die Großpackung Pfefferminzbonbons, der Spender mit antibakterieller Handcreme, selbst der herbe Geruch, der in der Luft hing. Über dem Arbeitstisch hing das bekannte Foto von Harry König und Thomas. Ein namentlich gekennzeichnetes Trikot des Handballvereins, das über einem Stuhl hing, räumte die letzten Zweifel aus. Lena war in die Höhle des Löwen geraten: Hier residierte Harry König. Die Wände offenbarten das erschreckende Ausmaß seiner Obsession. Neben handschriftlichen Notizen, Ausdrucken von historischen Dokumenten und Zeitungsartikeln hingen Dutzende Fotos von Rhea. Vor allem Vergrößerungen, die ihr Handgelenk und den Chronometer zeigten. Daneben hafteten Konstruktionszeichnungen, die mit vielen Fragezeichen versehen waren. König betrieb einen ungeheuren Aufwand, um das Geheimnis der Zeitreisenden zu entschlüsseln. Überall tickten Uhren: Reisewecker, Tischuhren, stehende Exemplare sowie eine Unmenge an Taschen- und Armbanduhren. Auf der rechten Seite des Bauwagens lehnte ein windschiefer Tisch, der wohl mal einem Uhrmacher gehört hatte. Das Chaos aus Werkzeugen, halbfertigen Chronometern, Gewinden, Schrauben, Zahnrädern, Federn (manche Teile so winzig, dass man sie mit einer Lupe einsetzen musste) zeugte von unzähligen Fehlversuchen und ungebrochenem Ehrgeiz. Die Entwürfe orientierten sich an den Fotos von Rhea und einer uralten braunen Kladde. Auf den Pappdeckel geprägt war ein Logo: eine stilisierte Eule, deren Augen und Körper aus Zahnrädern bestanden. Ein Zeiger fungierte als Schnabel. Diese Augen hatte sie schon einmal gesehen, kurz bevor sie das allererste Mal in die unsichtbare Stadt stürzte. Unter der Zeichnung stand handgeschrieben, in altertümlicher Sütterlinschrift, der Name des Besitzers. Lena glaubte, in dem hektischen Auf und Ab der Linien den Namen König zu entziffern. Das antike Notizbuch roch nach Mottenpulver und Staub. Neben Skizzen von Uhren und Gewinden enthielt es Informationen über Produkte der Uhrenfabrik Klok, die mit Jahreszahlen versehen waren. Die Daten offenbarten, dass das Heft über hundert Jahre alt war. Manche Seiten waren so zerschlissen und zerlesen, dass sie unter ihren Fingern zerbröselten. Was hatten die Vorfahren von Harry König mit der Uhrenfabrik zu tun? Kannte er daher den Begriff «Eulengraben»? In Frau Eisermanns Familie traten vermehrt große Nasen, ein energisches Kinn und krause Haare auf, in Lenas Linie Schluckauf, bei Familie

König vererbte sich offenbar die Obsession für Zeit und Zeitreisen.

Ein schrecklicher Verdacht stieg in Lena hoch. Hatte Harry König aus seinem Glaskasten heraus gar nicht die Gänge und den Parkplatz von Citybox überwacht, sondern Lena? Der Job als Wachmann bot die perfekte Tarnung, das Mädchen im Auge zu behalten. Unwillkürlich fiel ihr ein, wie Harry König ihr um zwei Uhr nachts aus seiner Box zugewunken hatte. Warum hatte er ihre heimlichen Streifzüge durch die Gänge des Lagers nie an Sonja verraten? Vielleicht war es ihm nur recht gewesen, wenn sie sich bei Citybox vor seinen Kameras herumtrieb? Ihr schauderte bei dem Gedanken, dass Harry sie über Jahre beobachtet und abgehört hatte.

Die Stimmen erhoben sich in ihrem Kopf, zum ersten Mal seit Tagen. «Du musst weg hier», schrien sie schrill. «Verschwinde, bevor er zurückkommt», «Überlass das anderen.»

Lena hörte auf keine einzige. Die Trauer über die fehlenden Erinnerungen an ihre Eltern hatte sie begleitet, solange sie denken konnte. Die verlockende Aussicht, die Lücke im Herzen mit Bildern zu füllen, besiegte jede Angst.

Lena nahm auf dem Drehstuhl vor dem Überwachungspult Platz. Sieben Aufnahmegeräte zeichneten die Ereignisse im Hause Friedrich für die Ewigkeit auf. Welches Gerät gehörte zu welcher Kamera? Welche der abgegriffenen Tasten zu welcher Funktion? Wahllos drückte sie auf den Knöpfen verschiedener Maschinen herum, bis sich auf einmal etwas tat. Die ersten Aufnahmen zeigten die Küche leer und verlassen. Wie viel Zeit blieb ihr zum Spulen und Warten? Um wertvolle Minuten zu sparen, startete sie alle vorhandenen

Bänder. Von allen Seiten prasselten die Bilder des Familienlebens, an das sie sich nur bruchstückhaft erinnerte, auf sie ein. Ein Inferno an Stimmen ertönte. Lena schrak zusammen. Harry König hatte weder Kosten noch Mühe gescheut und die Wohnung der Familie Friedrich so verwanzt, dass auch der Ton aufgezeichnet wurde. Auf einem Monitor kochte Thomas, auf einem anderen tollte Rhea mit der kleinen Lena im Wohnzimmer herum, ein dritter zeigte ein gemeinsames Frühstück im Bett. Es wurde gleichzeitig gelacht, geweint, gespielt und manchmal auch geschimpft. Weil Lena mit ihrer neuen Kinderschere allen Topfpflanzen die Blätter abgeschnitten hatte oder zum hundertsten Mal mit dreckigen Gummistiefeln durch die Küche tapste. Und das alles gleichzeitig. Eine ganz normale Familie, wären da nicht die sorgenvollen Mienen der Eltern, die nachts die Köpfe zusammensteckten.

Mit ein paar Handgriffen gelang es Lena, den Ton auf den anderen Abspielgeräten runterzufahren. Der Dialog blieb unhörbar. Warum flüsterten sie? In den eigenen vier Wänden? Ahnten sie, dass sie beobachtet wurden? Lena spürte ihre Angst. Sie hatte sich ihre Ursprungsfamilie immer in bunten Hochglanzbildern vorgestellt, ein bisschen so wie in der knallig bunten Sonnencreme-Reklame der Wenninger-Werke. Mit jedem Bild, mit jeder Szene gewannen die Eltern mehr an Kontur, Leben und Wirklichkeit. Eine Welle von Traurigkeit erfasste Lena. Am liebsten wäre sie in die Aufnahmen hineingekrochen.

«Eins, zwei, drei, vier Eckstein», rief Thomas auf einer neuen Aufnahme, als Lena den Ton wieder lauter gestellt hatte.

Die kleine Lena rannte in die Küche. Aus dem Wohnzimmer schallte die Stimme ihres Vaters: «… alles muss versteckt sein, hinter mir und vorder mir gildet nicht. Ich komme.»

Unter der Spüle erklang lautes Hicksen. Thomas betrat die Küche und tat so, als würde er das kleine Mädchen weder sehen noch hören.

«Hicks», machte es wieder. Lena krabbelte aus ihrem Versteck hervor. «Das gildet nicht», sagte sie empört.

Thomas setzte das von Schluckauf geplagte Mädchen auf die Anrichte, holte aus dem Schrank eine Flasche Essig und füllte den Boden einer Tasse mit der scharfen Flüssigkeit. Großzügig würzte er mit Honig und Chili nach. Lena roch vorsichtig und wich entsetzt zurück.

«Hicks», sagte sie.

«Das ist Hexentrank», erklärte Thomas und nippte an der selbstgebrauten Medizin. Sein Mund verzog sich. Mit angewidertem Gesicht nahm er einen großen Schluck. Eine Sekunde später krümmte er sich, als litte er unter akuten Vergiftungserscheinungen. Lena riss die Augen auf. Sie war so beeindruckt von seinen wilden Zuckungen und schrägen Grimassen, dass sie vergaß zu hicksen. Thomas würgte den Rest der Essenz runter.

«Siehst du», sagte er und strahlte seine kleine Tochter an. «Es hilft.»

Lena war traurig, als die beiden aus dem Bild verschwanden. Wo waren sie geblieben? Sie wollte noch keinen Abschied nehmen. Sie spulte hin und her. Als sie wieder auf Play drückte, blickte sie frontal in Königs stechende, wässrig blaue Augen. Das Bild kam wie ein Schock. Eilig justierte

König die Kamera so, dass sie jetzt die ganze Küche im Visier hatte. Im Hintergrund rutschte die Haustür in den Fokus. Harry König sprang gerade noch rechtzeitig vom Stuhl, bevor Rhea mit einer Vase aus dem Wohnzimmer kam. Sie nahm König einen Blumenstrauß ab.

«Ich habe erst in einem Monat Geburtstag», sagte sie irritiert.

«Dann muss ich mich getäuscht haben», wunderte sich König.

Rhea trat verlegen von einem Fuß auf den anderen. Königs Anwesenheit war ihr sichtlich unangenehm. Sie wand sich unter seinem durchdringenden Blick.

«Thomas muss jeden Moment zurück sein», sagte sie, vielleicht um ihn nicht auf dumme Gedanken zu bringen.

«Es ist merkwürdig», sagte König. «Ich habe ständig das Gefühl, dass wir uns schon einmal begegnet sind. An einem anderen Ort, zu einer anderen Zeit.»

Lena erkannte, wie sich bei Rhea alle Muskeln verspannten.

«Ich habe noch viel zu erledigen», sagte sie.

Harry König überhörte ihren leisen Protest.

«Hamburg!», rief er. «Es muss in Hamburg gewesen sein.»

Rhea schüttelte den Kopf. Ihr Blick flog hoffnungsvoll Richtung Haustür. Dort rührte sich nichts.

König gab nicht auf: «München? Düsseldorf?»

«Ich muss jetzt wirklich ...», hob sie an.

König unterbrach sie rüde. «Vor vier Jahren? Wo hast du da gewohnt?», fragte er. «Bevor du hier aufgetaucht bist?» Er trieb sie immer weiter in die Enge. Sie trat einen Schritt zurück und stieß mit dem Rücken an den Küchenschrank. Ein paar Tassen fielen aus der offenen Tür und krachten auf den Boden. Rhea versteinerte. Warum verschwand sie nicht einfach? So, wie Lena mit Dante verschwunden war? König schlich langsam näher. Er war größer und kräftiger als ihre Mutter. Rhea schien nicht zu wissen, wie sie dem Trommelfeuer an Fragen und seiner bedrohlichen Anwesenheit entkommen konnte. «Ich bin viel gereist», wich sie aus. «Ich war mal hier, mal dort.»

Sie versuchte wegzutauchen, als König plötzlich ausholte und ihren Unterarm an sich zog. Er schob den Pullover ein Stück nach oben. An ihrem Handgelenk blitzte der Chronometer. Lena erkannte sofort, dass die Uhr keinerlei Lichtzeichen von sich gab. Als wäre sie tot, funktionsuntüchtig, kaputt. Blieb Rhea deswegen an Ort und Stelle? War sie König hilflos ausgeliefert, weil sie nicht mehr durch die Zeit reisen konnte?

«Schönes Stück», sagte er. «Erbstück?»

«Billiger Modeschmuck», sagte Rhea. «Vollkommen wertlos.»

«Und wo bekommt man so was?», fragte er. «Ich suche ein Geschenk für Lilliane. Meine Freundin. Sie hat eine neue Stelle in einem Kindergarten. Ich will ihr dazu mit etwas Besonderem gratulieren.»

In diesem Moment flog die Haustür auf. In der Tür stand Thomas, auf dem Arm hielt er die kleine Lena. König wich erschrocken zurück. Rhea war sichtbar erleichtert, die beiden zu sehen.

«Warum kommst du nicht am Wochenende vorbei?», sagte sie zu König. «Thomas kocht was, und wir essen zusammen, dann finden wir bestimmt raus, wo wir uns schon einmal gesehen haben.»

König grinste schief und verließ geschlagen die Wohnung. Die Tür fiel ins Schloss. Thomas blickte Rhea fragend an.

«Wir müssen Lena in Sicherheit bringen», sagte sie, während sie die Scherben aufsammelte. «Er ahnt etwas.»

Auf dem anderen Monitor mit Kinderzimmerbildern verstaute Rhea das Päckchen mit dem Chronometer in der Spieluhr, die sie mit einer kleinen Schere vorsichtig aufschnitt und danach mit kleinen Stichen wieder zunähte. In einer anderen Aufnahme schmiss Thomas hektisch und kopflos Hausrat in einen Umzugskarton. Lena erkannte die Kiste, die viele Jahre später bei Citybox auftauchen würde.

Lena war so überwältigt von der Bilderflut, dass sie zu spät wahrnahm, wie sich draußen ein Motorengeräusch näherte. Eine Autotür klappte, auf dem Schnee knirschten Schritte. Die Tür öffnete sich. Lena saß in der Falle.

Alles verloren

Ein kalter Windhauch pfiff durch die offene Tür und fegte Königs Papiere vom Tisch. Lenas wagte kaum zu atmen. Eins, zwei, drei, vier Eckstein, alles muss versteckt sein … Eingeklemmt zwischen Drucker und Computer-Gehäuse, verbarg sie sich in der dunklen Ecke unter dem Arbeitstisch. Ihre rechte Hand umklammerte einen Schraubenzieher, den sie im letzten Moment als Waffe vom Tisch gegriffen hatte.

Schneebedeckte Turnschuhe mit orangefarbenen Flammen stapften durch den Bauwagen. Die nassen Schuhe hinterließen hässliche Pfützen auf dem Boden. König ließ erschrocken die Taschen mit Einkäufen fallen. Eine Sekunde später tauchte vor ihrem Gesicht eine kräftige Männerhand auf, die nach den Notizen angelte. Auf den Fingern wuchsen lange, schwarze Haare. Entsetzt biss Lena sich auf die Unterlippe: bloß nicht hicksen. Bitte. Nicht jetzt.

Harry König nahm auf dem Drehstuhl Platz. Seine Kleidung verströmte den Geruch von nassem Hund. Dem charakteristischen Klicken der Knöpfe und Surren der Apparate entnahm sie, dass König sich durch die Aufnahmen spulte. Sie konnte sich an vier Fingern ausrechnen, dass er über kurz oder lang über die Aufnahmen stolpern würde, die zeigten, wie die große Lena das Haus ihrer Eltern erkundete.

Ihr Herz schlug bis zum Hals. Das Knie von König wippte keine fünfzehn Zentimeter von ihr entfernt auf und ab. Sie kaute auf ihrem T-Shirt, um nicht laut aufzuschreien. König warf den Computer an. Der Ventilator zu ihrer Rechten sprang an und blies ihr einen Schwall heißer Luft ins Gesicht. Lena rang um Atem. Wie lange würde sie das aushalten? Lena schickte ein Stoßgebet zum Himmel, während ihre Finger die Knöpfe des Chronometers suchten. Die Angst ließ sie keinen klaren Gedanken fassen. So kam sie hier nie weg. Sie hätte sich ohrfeigen können. Für einen Moment hatte sie vergessen, worum es bei ihrer Mission wirklich ging: Sie musste ihre Eltern warnen.

Lena schrak zusammen, als der Drucker zu ihrer Linken auf einmal Papier ausspuckte. Zeile um Zeile baute sich ein Foto auf. Es zeigte Lena beim Durchsuchen der Wohnung. Wenige Sekunden später rollte ein zweites Papier aus dem Schlitz, das die kleine Lena abbildete. Fast berührte seine Hand ihr Knie, als er die Ausdrucke packte. Harry König stand auf und holte die Lupe vom Arbeitstisch gegenüber. Sie hörte seinen Atem, spürte seine Anspannung. Sie stellte sich vor, wie er akribisch mit dem Vergrößerungsglas die beiden Aufnahmen verglich. Untersuchte er die Form der Augen, den Schwung der Brauen, den Haaransatz? Ob er das winzige Muttermal am Ohr bereits entdeckt hatte, das man nur sah, wenn Lena Pferdeschwanz trug? König war bereits auf der Spur der Zeitreisenden. Wenn er sie identifizierte, fiel ein weiteres Puzzlestück in seine Hände. Was dann?

Lena wedelte sich verzweifelt und lautlos Luft zu. Ihr Kopf

glühte, Schweiß rann über ihren Rücken. Mühsam rang sie um Fassung. Was sollte sie nur tun? Wie kam sie hier jemals wieder raus? Sie hatte keine Wahl. Wollte sie nicht ersticken, musste sie sich der Konfrontation mit König stellen.

Lena rutschte noch ein Stück weiter nach hinten, um Platz zu gewinnen. Sie zog das rechte Bein an und trat mit voller Kraft zu. Mit einem kräftigen Fußtritt katapultierte sie den Computer mit dem Gebläse gegen das Schienbein von König. Monitor und Tastenfeld donnerten vom Tisch. Ihr Verfolger stieß einen markerschütternden Schmerzensschrei aus. Lena nutzte den Moment kompletter Verwirrung, um unter dem Tisch hervorzuschießen, zur Tür zu stürzen und mit einem Riesensatz von der Treppe ins Freie zu springen. Sie rutschte aus, als sie im Schnee aufkam. König erschien in der Tür. Er hielt sich das Knie. Lena rappelte sich auf und sprintete Richtung Bungalow.

«Lena!», brüllte er ins Dämmerlicht. «Bleib hier. Ich muss mit dir reden.»

Mühsam humpelte König hinter Lena her. Sie wusste, dass die frischen Fußtritte im Schnee sie verrieten. Schritt für Schritt näherte er sich. Schon erschien sein Kopf an der Grundstücksgrenze. Seine Augen flogen über den Garten. Lena tauchte hinter der Mauer aus Eisziegeln weg.

«Wir machen einen Deal, Lena», hörte sie ihn rufen. «Du musst dir keine Sorgen machen. Ich bin auf deiner Seite. Lena? Lena!»

Seine Stimme verstummte. Was passierte nur? Angestrengt lauschte Lena in den Garten hinein. Kam er näher? Hörte sie Schritte? Wieso hörte sie nichts? Wo war er? In diesem Moment schob sich sein wutverzerrtes Gesicht über die halbhohe Mauer. Lena schleuderte ihm eine Handvoll Schnee ins Gesicht und flüchtete weiter.

König wollte schon hinterher, als eine Bewegung an der Haustür ihn irritierte. Rhea eilte aus der Wohnung und warf ihr Gepäck in den Kofferraum des Wagens, den Lena aus dem Zeitungsartikel kannte. Thomas startete den Motor. Die junge Familie flüchtete. Alles passierte gleichzeitig und auf einmal. Einen Moment schien König verwirrt, dann hechtete er über den Zaun und schwang sich in sein Auto. Der Wagen holperte. Im rechten Vorderreifen steckte ein großer Schraubenzieher. Mit quietschenden Reifen bog Thomas aus der Parklücke.

Lenas Freude über den gelungenen Coup währte nicht lange. Aus ihrem Versteck heraus beobachtete sie hilflos, wie König eine Plane anhob. Darunter wartete ein silberfarbener Mercedes-Zweisitzer. Er sprang sofort an. Zum ersten Mal hatte sie einen klaren Beweis, wer an jenem verhängnisvollen Silvesterabend in dem Verfolgerwagen saß. Der 31.12.2006 würde enden, ohne dass sie ihrem Ziel einen Schritt näher gekommen war.

Lena blieb geschlagen und verzweifelt zurück. Sie hatte nichts erreicht. Ihre Finger gingen automatisch zu ihrem Chronometer. Die Gedanken jagten in alle Richtungen. Lena begriff, wie riskant es war, Königs Wege zu kreuzen. Es musste eine andere Möglichkeit geben, den Unfall zu verhindern.

Du musst mir helfen

«Wen bekommen wir denn hier rein?», tönte Xaver. «Lena Friedrich.» Triumphierend hielt der Giftzwerg ein Hologrammbuch hoch. «Ein kleines Mädchen verliert seine Eltern. Wie rührend.»

«Du hast Lenas Fall in der Revision?», fragte Dante. Eine dicke Schicht Staub hatte sich über seine Kleidung und Haare gelegt. An seinem Mantel hingen Spinnweben. Dante schuftete in der Strafkolonie, um so viele Fälle wie möglich vor Xavers Boshaftigkeit und düsterer Weltsicht zu beschützen.

«Sie hatte die Chance, ihre Eltern zu retten. Und was tut sie? Sie versaut es.»

Dante angelte nach dem Buch. Xaver zog es unter seiner Nase weg.

«Schon vergessen: Das hier ist das Paradies. Du kannst dich zurücklehnen und gelassen zuschauen, wie Menschen ihr Leben in einen Misthaufen verwandeln. In der Strafkolonie musst du nicht mal eingreifen: herrlich.»

Machtlos sah er zu, wie Xaver das Buch in einem extra gesicherten Giftschrank verschwinden ließ. Dante erstarrte, als er erkannte, dass sich dort auch die Bücher von Thomas und

Rhea versteckten. Und die von manch anderem der Abgetauchten. Xaver knallte die Tür des Safes vor seiner Nase zu.

«Vergiss sie. Menschen sind es nicht wert, dass man sich um sie sorgt. Und Unterseer schon gleich gar nicht.»

Dante zog scharf die Luft ein. Er hatte immer geahnt, dass es Material über die verschollenen Mitarbeiter der unsichtbaren Stadt geben musste. Immerhin hatte Xaver Lenas Buch nicht zerstört. Xaver wusste nur zu genau, dass sie nicht einfach irgendein Mädchen war.

«Lena kann nichts dafür», sagte Dante. «Es ist alles meine Schuld. Ich habe sie in die unsichtbare Stadt geholt, ohne für eine gründliche Ausbildung zu sorgen.»

«Sie kommt nach ihrer Mutter», sagte Xaver. «Die glaubte auch, die Welt im Alleingang zu erobern. So was nennt man Hochmut.»

Er wandte sich ab und gab Dante zu verstehen, dass die Diskussion beendet war. Dante ließ nicht locker.

«Leih mir deinen Chronometer», schlug er vor.

Xaver lachte auf.

«Nur für ein paar Stunden», bettelte Dante.

«Das ist Hochverrat», sagte Xaver. «Genieß es doch einfach, dass du in der Strafkolonie Zuschauer sein darfst.»

«Hochverrat ist großartig», argumentierte Dante. «Wenn sie uns erwischen, musst du nie wieder aus der Revision raus.»

Zum ersten Mal seit Dante seine Strafe angetreten hatte, entlockte er Xaver ein Lächeln. Der Gedanke war verlockend, seine Antwort eindeutig. «Dummheit unterstütze ich nicht», sagte er und verzog sich in seinen Ohrensessel.

Doch Xaver hatte die Rechnung ohne Dantes Hartnäckigkeit gemacht. Dante verfügte über endlose Energie und den absoluten Willen, seinen Gegner zu zermürben. Wie ein gefangenes Tier tigerte er hin und her, auf und ab, stundenlang. Den Blick immer starr auf Xaver gerichtet. Sein missmutiger Kollege war der Einzige, der ihm helfen konnte.

«Du bist der größte Quälgeist, der je in der Strafkolonie aufgeschlagen ist», beschwerte sich Xaver. «Schlimmer als Pest, Cholera und Sintflut zusammen.»

Bei jeder Runde feuerte Dante neue Argumente auf ihn ab: «Was hast du zu verlieren?», «Es ist eine Win-win-Situation», «Manche Leute haben eine zweite, dritte, fünfte Chance verdient.»

Xaver hielt sich die Ohren zu. Das verbale Dauerfeuer kostete ihn den letzten Nerv.

«Wegen dir verpasse ich mein Morgennickerchen, den Mittagsschlaf, die Nachmittagspause und jetzt auch noch die Abendruhe», beschwerte er sich.

Der Teppich vor seinem Sessel zeigte bereits eine deutliche Laufspur, so oft kam Dante vorbei. Nach zwanzig Stunden war Xavers Widerstand gebrochen. Entnervt riss er den Chronometer von seinem Handgelenk.

«Du hast fünfzehn Minuten», sagte Xaver. «Das muss reichen, um dich zum kompletten Idioten zu machen. Fünfzehn Minuten. Keine Sekunde länger.»

Dante fiel dem Mann um den Hals und drückte ihm einen Kuss auf die stoppelige Wange.

«Du brauchst mir nicht zu danken», sagte Xaver und angelte nach einer lebensrettenden Dosis Desinfektionsmittel. «Es geht sowieso schief. Es geht immer schief bei den Menschen.»

Warten auf ein Zeichen

Was nun? Wie ein Häuflein Elend saß Lena auf einer Bank hoch oben auf dem Eichberg. In der gespenstisch schwarzen Nacht ragte der hellerleuchtete Schlittenberg wie ein weiß gepuderter Maulwurfshügel aus dem Dunkel heraus. Vom Parkplatz der Turnhalle dröhnte fröhliches Lachen. Gruppenweise pilgerten Menschen zum Nachtrodeln auf den Hügel, der neben Winterfreuden einen romantischen Ausblick über die ganze Stadt bot. In der Ferne rauschte der Verkehr, rot-weiße Linien zerschnitten den Horizont in ungleiche Felder. Bei den Wenninger-Werken am Fluss stiegen die ersten Böller in den nächtlichen Himmel. Die Stadt lag im Silvesterfieber. Lena fühlte sich alleine und verlassen. In wenigen Stunden würde zum wiederholten Mal das Jahr 2007 anbrechen. Ein neuer Tag, ein neues Jahr, das alte Leben ohne ihre Eltern. Trotz aller Anstrengungen war es ihr bisher nicht gelungen, Rhea und Thomas zu warnen. Lena hoffte auf eine Eingebung, auf ein Zeichen.

Um sie herum tobten fröhliche Partys. Gruppen von Gleichaltrigen jagten im fahlen bläulichen Flutlicht auf Autoreifen und Plastiktüten den Berg hinunter. Ein Pärchen knutschte im Schnee. Lenas Gedanken verfingen sich an der Zollbrücke. In Endlosschleife liefen die Bilder von der Bergung des Unfallwagens vor ihrem inneren Auge ab. Wie von Sonja vorhergesagt, hatten die grausamen Szenen sich auf ihre Netzhaut gebrannt. Jeder missglückte Versuch, die Eltern vor ihrem Schicksal zu bewahren, riss die Wunde weiter auf. Vielleicht lag es daran, dass sie das Spiel mit der Zeit noch nicht richtig beherrschte. Oder verhinderte eine höhere Macht den direkten Kontakt mit ihren Eltern? Durchatmen. Weiteratmen. Immer nur atmen. Mit ein paar einfachen Entspannungsübungen, die sie beim Handball gelernt hatte, versuchte sie, ihre flatternden Nerven zu beruhigen. Sie war zu aufgeregt für einen neuen Anlauf. Ein einziger falscher Gedanke verwandelte jeden Sprung durch die Zeit in einen lebensgefährlichen Höllenritt. Einmal an einen Löwen gedacht, und man landete im Zirkus. Auf der falschen Seite des Gitters. Waren Zeitreisende eigentlich unsterblich?

«Und? Hast du schon Pläne für das neue Jahr?», fragte eine Stimme neben ihr.

Konnte das sein? War er das wirklich? Hier? Auf dem Schlittenberg? Lenas Herz vollführte einen glücklichen Hüpfer, als sie Dante erkannte.

«Keine Vorsätze», gab sie ehrlich zu. «Ich habe meine Liste von 2006 noch nicht abgearbeitet. Das Jahr wird mich in alle Ewigkeit verfolgen.»

Dante nahm neben ihr auf der Bank Platz. An seinem Arm leuchtete ein Chronometer. Wer so geschickt durch Hierarchien manövrierte wie Dante, wusste sicher auch, mit welchem Kunstgriff man einen Verkehrsunfall verhinderte.

Dantes Blick war voller Sorge. Vermutlich sah man ihr die Anstrengungen an. Sie war ungeduscht, verschwitzt und ziemlich unglücklich.

«Was mache ich falsch?», fragte sie.

«Du kannst deine Eltern nicht retten», sagte Dante leise. «Nicht auf diese Weise.»

«Wer sagt das? Die Zeitmeisterin?», wehrte sich Lena. «Die hat sowieso was gegen meine Mutter.»

Wenn Dante gekommen war, um sie zur Umkehr zu bewegen, konnte er gleich wieder verschwinden. Ihr Wille, den kühnen Plan in die Tat umzusetzen, war ungebrochen.

«Ich bin so nah dran», sagte Lena und deutete mit Daumen und Zeigefinger einen winzigen Abstand an. «Ich gebe nicht auf.»

«Zeitreisen sind nicht dazu da, das eigene Leben zu perfektionieren», warnte Dante.

Sein belehrender Ton ärgerte sie. «Es geht nicht um mich. Es geht um meine Eltern», sagte Lena pampig.

«Ich mag dich, Lena», sagte Dante. «Ich will nicht, dass dir etwas zustößt.»

«Was soll schon passieren?», sagte Lena. «Als Zeitreisende kann ich Tausende Fehler machen. Ich probiere einfach so lange, bis es klappt. Nichts ist endgültig!»

«So einfach ist das nicht, Lena.»

«Ich dachte, du willst mir helfen», sagte Lena enttäuscht.

«Ich helfe dir. Mehr, als du vielleicht ahnst.»

«Dann hilf mir, den Unfall rückgängig zu machen.»

«Das ist nicht so einfach», wiederholte Dante.

«Vielleicht hat es nur noch niemand probiert», sagte Lena trotzig. «Im Mittelalter hat auch keiner für möglich gehalten, dass Menschen zum Mars fliegen und über kleine Maschinen kommunizieren. Was ist dagegen ein Autounfall? Eine einzige Sekunde reicht, ihn zu verhindern.»

Anstatt zu antworten, sah Dante zum wiederholten Mal auf seinen Chronometer.

«Ich habe keine Zeit für lange Erklärungen», sagte er. «Du musst mir vertrauen. Komm zurück. Ich bringe dir alles bei, was du wissen musst.»

«Tu es jetzt», sagte Lena.

«Das geht nicht.»

Wieder warten? Wieder rumsitzen? Wieder unter all den feindseligen Gestalten leben? Lena schüttelte energisch den Kopf. Auf dieser Basis war sie nicht bereit einzulenken.

«Du verstehst nicht, wie es ist, ohne Eltern aufzuwachsen», sagte sie. «Es ist, als ob man mit einem Loch im Herzen geboren würde.»

«Das verstehe ich sehr viel besser, als du denkst», sagte Dante sehr leise.

Lena sah ihn überrascht an. Wie war das eigentlich mit Dantes Eltern? Und den Eltern der anderen Zeitreisenden, Coco zum Beispiel? Noch bevor sie den Gedanken aussprechen konnte, wehte der Wind ihr einen Fetzen Papier ins Gesicht. Wütend schlug sie um sich, bis ihr bewusst wurde, dass es die aktuelle Ausgabe vom *Morgen* war, die ihr um die Ohren flog. Das war es! Das war das Zeichen, auf das sie gewartet hatte. Warum war sie nicht früher darauf gekommen? Sie musste um die Ecke denken.

Das Letzte, was sie jetzt brauchte, war jemand, der ihr erklärte, dass sie auf dem Holzweg war. Wenn es um ihre Eltern ging, war Dante kein bisschen besser als Sonja, die sich immer den schlimmsten Fall ausmalte und damit das Unglück erst heraufbeschwor. Für diese Mission musste sie ihn loswerden. Und sie wusste auch schon, wie.

Fünfzehn Minuten

Was hatte sie vor? Dante entging Lenas Stimmungswandel nicht.

Panisch sah er auf den Chronometer. Sechs Minuten waren bereits vergangen. Xaver hatte ihm unmissverständlich zu verstehen gegeben, dass er den Chronometer als gestohlen melden würde, wenn er nicht rechtzeitig zurückkam. «Ich decke dich», hatte er angekündigt. «Fünfzehn Minuten. Keine Sekunde länger.»

Die Zeit lief ihm davon.

«Lena! Du weißt längst nicht alles», drängte er.

Lena sprang auf und begann, in einem Mülleimer herumzukramen.

«Lidl oder Aldi?», fragte Lena. Sie hielt zwei Plastiktüten in die Höhe, die jemand auf dem Schlittenberg zurückgelassen hatte. «Du hast die erste Wahl.»

«Wie bitte?», sagte Dante. Der abrupte Themenwechsel verwirrte ihn. In seinem Gesicht stand ein einziges großes Fragezeichen.

«Du willst Aldi», erklärte Lena kurzerhand und drückte dem verdutzten Dante die abgewetzte Plastiktüte in die Hand.

«Du hast recht. Scheiß auf die Vergangenheit. Wir amüsieren uns einfach.»

Dante legte den Kopf schief. Irgendetwas stimmte nicht. Besonders amüsierwillig hörte Lena sich nicht an. Eher wütend.

«Bist du schon mal auf dem Bauch einen Hügel runter?», fragte sie und wedelte mit der Plastiktüte.

Dante lachte auf.

«Wir nehmen den Steilhang», beschloss Lena. «Rutschen ist wie Zeitreisen. Mit Anlauf funktioniert es am besten.»

Dante zögerte. Wofür hielt sie ihn? Nie im Leben würde er auf einer Plastiktüte einen Hügel runterrutschen. Ein Blick auf den Chronometer versetzte ihn in Panik. Die kostbare Zeit, die er Xaver abgerungen hatte, zerrann in seinen Händen. Noch acht Minuten.

«Zeitreisen hat schwere Nebenwirkungen», begann Dante seinen Vortrag.

Lena unterbrach ihn rüde: «Du urteilst über die Leben von anderen. Dabei weißt du nichts über Menschen. Und darüber, was sie glücklich macht. Rodeln macht glücklich.»

Noch sieben Minuten. Er hatte einfach nicht die Zeit, mit Lena zu streiten. Dante kalkulierte, wie lange so eine Rutschpartie dauerte.

«Wer weiter kommt», schlug Lena vor.

«Hörst du mir unten zu?», fragte er. «Ohne mich zu unterbrechen?»

Lena nickte.

«Ganz ehrlich?»

«Versprochen.»

Dante machte sich startklar. Was hatte er zu verlieren?

Die Zeitmeisterin hatte ihn längst vom Reisen suspendiert. Da konnte er sich ebenso gut absurden menschlichen Vergnügungen hingeben. Der Zweck heiligte auch dieses Mittel.

Lena und Dante nahmen ihre Startpositionen ein. Die Plastiktüten hielten sie vor dem Bauch fest.

«Ich habe dein Wort?», vergewisserte sich Dante.

Statt einer Antwort zählte Lena ab: «Fünf, vier, drei, zwei ...»

Dante, von Ehrgeiz und dem Mut des Verzweifelten getrieben, legte einen Frühstart hin. Fast wäre er auf einer Eisplatte ausgerutscht, bevor er den Abhang erreichte. Er nahm kräftig Anlauf, platschte unbeholfen mit dem Bauch auf die Plastiktüte und rauschte mit dem Kopf voran den Steilhang runter. Er stellte sich den Tumult im Kontrollzentrum vor, wenn jemand ihn bei seinem Tun beobachtete. Er konnte nur hoffen, dass er mit dem Chronometer von Xaver unter dem Radar rodelte.

Schnee und Eis spritzten hoch und nahmen ihm jede Sicht. Seine Augen tränten, die Arme schlingerten herum, ein Buckel rammte sich wie eine Faust in seinen Magen. Inmitten einer enormen Schneewolke ging es im Blindflug nach unten. Steuern war unmöglich, bremsen ebenfalls.

Hilflos schleuderte er herum, bevor das Gelände endlich flacher wurde. Sein Körper hinterließ eine schnurgerade nasse Spur im Schnee, bevor er zum Stillstand kam. Dante spürte jeden einzelnen Knochen, als er sich erhob. Von Lena war weit und breit nichts zu sehen.

«Gewonnen», schrie er. Er reckte die Faust in den Himmel, als er unter sich verräterisches Knacksen vernahm. Das war kein Schlittenberg mehr. Das war nicht einmal fester

Grund. Er war mitten auf dem Ententeich gelandet. Wasser drang durch die dünne Eisdecke, umspielte seine Sohlen, die Schuhe und Knöchel. Sein linker Fuß brach durch das Eis. Das Letzte, was er wahrnahm, bevor sein Körper im Wasser versank, war Lena, die immer noch oben auf dem Hügel stand. Sie warf ihre Plastiktüte in den Mülleimer und verschwand ins Dunkel.

Pudelnass, frierend und wütend über die eigene Dummheit, fand Dante sich in der Strafkolonie wieder. Pullover und Hose waren an seinem Körper zu einem steifen Brett gefroren. Mit seiner Frisur, überzogen von einer dicken Eisschicht, sah er aus wie ein eingeschneiter Igel. Xaver saß noch immer in derselben Haltung im Ohrensessel. Wortlos nahm er den Chronometer an. Er stellte keine Fragen.

Die Stunden zwischen fünf und sieben

Ein neuer Sprung in den ewig gleichen, nicht enden wollenden Silvestertag. Die Rathausuhr sprang auf 17 Uhr, als Lena die Zeitungsredaktion betrat. Eineinhalb Stunden schienen ausreichend, zur alten Zollbrücke zu gelangen. Das nagende schlechte Gewissen drückte sie weg. Sobald sie ihre Aufgabe erledigt hatte, würde sie sich bei Dante entschuldigen.

Erleichtert registrierte sie, dass der *Morgen* am Silvestertag nur spärlich besetzt war. An einigen wenigen Schreibtischen brüteten vor allem jüngere Mitarbeiter über Texten. Das war nicht der moderne Newsroom, den sie mit Bobbie kennengelernt hatte, sondern eine altmodische Schreibstube. Überall flogen Papiere und handschriftliche Notizen herum. Angesichts des bevorstehenden Feiertags schleppte sich die Redaktionsarbeit träge dahin.

Ein Mitarbeiter wies ihr den Weg. Carl Rasmus ließ sich an der Kaffeemaschine gerade einen doppelten Espresso heraus, um nicht vollends einzuschlafen. Er wandte ihr den Rücken zu. Alles fühlte sich stimmig an. Endlich war Lena auf dem richtigen Weg. Warum war sie nicht früher darauf gekommen? Alles, was sie tun musste, war, den jungen Reporter davon zu überzeugen, früher zum Unfallort aufzubrechen. Konnte sie nicht am besten vor Ort eingreifen? Lena drückte die leise Stimme weg, die sich meldete. «Weißt du noch: so wenig Zeit in der Vergangenheit verbringen wie möglich?»

Sie konnte nicht mehr umdrehen. Nicht jetzt.

«Ich habe eine Nachricht für Sie», begann Lena.

Lena erschrak, als er sich umwandte. Endlos lange Beine, ein schlaksiger Körper, dazu ein wirrer brauner Lockenkopf und eine Frisur, die den Namen nicht verdiente: Die unfassbare Ähnlichkeit zwischen dem jungen Carl Rasmus und seinem Sohn Jonas brachte sie vollends aus dem Konzept. Sie hickste einmal auf.

«Wir haben eine Meldung über einen Unfall reinbekommen», japste sie. «Kam über Telefon rein. Hicks.»

Carl Rasmus starrte das stotternde Mädchen an wie einen Geist. «Und wer bist du?», fragte er.

«Ich bin die neue Schülerpraktikantin», stammelte Lena. «Ich laufe in den Weihnachtsferien in der Lokalredaktion mit.»

Ein guter Einfall. Praktikanten wurden immer und überall übersehen. Warum sollte das beim *Morgen* anders sein?

Ihre Rechnung ging auf. Fünf Minuten später verließ Rasmus' Volvo-Kombi in hohem Tempo die Tiefgarage der Zeitung. Rasmus war so enthusiastisch, dass er nicht protestierte, als Lena einfach an seiner Seite blieb.

«Wir müssen zur alten Zollbrücke», sagte sie.

Unruhig rutschte sie neben Carl Rasmus auf dem Beifahrersitz herum. Der Journalist schien Bremsen weder zu kennen noch zu benötigen. In jeder Kurve krachte der

Kinderschlitten, den er auf der Rückbank mitführte, von einer Seite auf die andere. Lena krallte sich am Armaturenbrett fest. Die Stimme, der Geruch, die Art, sich durch die wild abstehenden Haare zu fahren, seine kamikazehafte Art, sich durch den Stadtverkehr zu bewegen: Jedes Detail erinnerte sie an Jonas. Verstohlen blickte sie zum Fahrersitz rüber.

In schnittigem Fahrstil ging es über die vereisten Straßen der Innenstadt. Und das in die falsche Richtung. Lena bemerkte, dass Rasmus den Weg Richtung Hafen einschlug.

«Wo wollen Sie denn hin?»

«Tanken», sagte Rasmus und tippte auf die Treibstoffanzeige, die schon rot leuchtete. «Dauert nur fünf Minuten. Unten am Hafen gibt es den billigsten Treibstoff.»

Der Countdown lief, und Rasmus vertat wertvolle Minuten. Umständlich zog er den Tankschlauch aus der Verankerung. Daneben hielt er ein Schwätzchen mit einem Penner, der mit ihm über die Zukunft des Hafengebiets fachsimpelte.

«Voll», rief Lena.

Mühsam riss Rasmus sich los. Während Carl bezahlte, tickten Lenas Finger ungeduldig auf dem Armaturenbrett herum. Wie lange dauerte das? Nach acht Minuten folgte sie ihrem Chauffeur entnervt in den Verkaufsraum, wo der junge Journalist die aufgelöste Pächterin tröstete.

«Zum dritten Mal», schluchzte sie auf. «Dreimal haben sie mich schon überfallen. In einem einzigen Monat.»

Rasmus notierte alle Einzelheiten auf einem altmodischen Schreibblock.

«Wie hat der Täter ausgesehen?», fragte er.

«Groß, oder eher so mittelgroß», hob die Tankstellenbesitzerin an. «Vielleicht aber auch klein. Ich weiß es nicht. Es ging so schnell.»

Sie brach wieder in Tränen aus.

Lena zupfte ihren Fahrer am Ärmel. «Wir müssen doch zu dem Unfall.»

Rasmus schüttelte den Kopf. Immer diese übereifrigen Praktikanten, schien sein Blick zu sagen. «Erste Lektion für eine junge Reporterin», flüsterte er verstohlen in ihr Ohr, «eine Geschichte erkennen, wenn sie vorbeikommt. Und das hier ist eine Geschichte.»

Diese Stimme, diese braunen Augen mit den goldenen Sprengseln, so vertraut. Lena schüttelte sich. Das war Carl Rasmus, betete sie mantramäßig vor sich hin, nicht Jonas.

«Der Unfall ist wichtiger», wehrte sich Lena.

«Der läuft uns nicht weg», befand Rasmus. «Bergungsarbeiten dauern in der Regel Stunden.»

Lena befand sich in einer Zwickmühle. Sie konnte ihm unschwer offenbaren, dass der Unfall erst in dreiundzwanzig Minuten stattfinden würde. Die Zeit lief weiter und weiter. Lena schloss die Augen. Vor ihrem inneren Auge verunglückte das Auto ihrer Eltern. Sie hörte die Bremsen, das quietschende Metall. Ihre Puppe wirbelte durch die Luft. Ein Koffer platzte auf dem Schnee.

Lena sah ein, dass sie hier nichts mehr ausrichten konnte. Sie griff zu ihrem Chronometer. Ein neuer Anlauf. Eine andere Zeitplanung. Beim zweiten Mal war sie besser vorbereitet. Ein paar Minuten reichten, dem Tag eine neue Wendung zu geben und der Pächterin den traumatischen dritten Überfall zu ersparen. Fast bedauerte sie, dass Dante nicht sehen konnte, wie elegant sie die Dinge miteinander verknüpfte. Lena lenkte Rasmus so, dass er beim zweiten Mal unmittelbar vor Ort war, als der bewaffnete Täter die Tankstelle betrat. Mit Kinnhaken und Weinflasche streckte er den überraschten Angreifer nieder. Carl Rasmus konnte sein Reporterglück kaum fassen. Noch nie war er zum richtigen Zeitpunkt am richtigen Platz aufgetaucht.

«Du bringst mir Glück», sagte er zu Lena.

«Hicks», antwortete Lena. Sein Lächeln erinnerte sie so stark an Jonas, dass ihr schwindelig wurde. Gestern und heute, Jonas und Carl Rasmus: In ihrem Kopf vermengten sich Ebenen und Personen.

Zu Lenas Entsetzen ließ Rasmus es sich nicht nehmen, die Ankunft der Polizei abzuwarten und seine Aussage in aller Ausführlichkeit zu Protokoll zu geben. Rasmus war begeistert, einmal Held seiner eigenen Geschichte zu sein. Lena wartete das Ende des Verhörs gar nicht erst ab. Sie griff zum Chronometer.

Beim dritten Mal verständigte sie schon mal die Polizei, bevor sie Rasmus in der Redaktion ansprach. Als sie bei der Tankstelle eintrafen, stießen sie auf verärgerte Beamte, die an der Theke Kaffee tranken und sich mit der Tankstellenpächterin über die falsche Meldung wunderten. Der Täter hatte sich offenbar unverrichteter Dinge verkrümelt. Die Geschichte war in sich zusammengefallen.

Lena jubilierte innerlich, als sie pünktlich Richtung Zollbrücke aufbrachen. Eine Minute später gerieten sie in eine Menschenmenge, die sich versammelt hatte, weil sie an der Kreuzung Hafen und Ringstraße die Ankunft von Aliens erwartete. Carls Begeisterungsfähigkeit für seinen Beruf war grenzenlos.

«Als Journalist hast du die Aufgabe, die Welt in allen Farben abzubilden. Selbst wenn sie dir persönlich nicht gefallen», sagte er.

Die Gelegenheit, ein Interview mit dem exzentrischen Anführer der Gruppe zu führen, war viel zu verlockend. Jakob Johannsen hatte viel zu erzählen. Schließlich war er bereits mit vier Jahren zum ersten Mal auf Aliens gestoßen. Lena schätzte ihn auf mindestens achtzig. Dazwischen lagen, wie sie entgeistert hörte, 786 Sichtungen. «Eine spannender als die andere», tönte Johannsen. «Ich kann Ihnen alle Einzelheiten berichten.»

Der vierte Versuch lief nicht viel besser. Zwar gelang es ihr, Rasmus nach der Tankstelle um den wahnsinnigen Johannsen herumzulotsen. Allerdings führte die neue Route direkt an der blinden Mauer vorbei, an die der schöne Hugo seine Graffiti pinselte. Der romantische Heiratsantrag war ganz nach Rasmus' Geschmack. «Solche Geschichten sind Gold für die Neujahrsausgabe», freute er sich.

Lena dachte an all die Zeitreisenden, die ihre Einsätze in der unsichtbaren Stadt minutiös vorbereiteten, bevor sie sich an die Front wagten. War es das, was Dante ihr auf dem Eichberg hatte mitteilen wollen?

Während Hugo vor Rasmus' Kamera posierte, arbeitete Lena an einem Plan für den nächsten Versuch. Die Fahrtzeit zwischen der Tankstelle am Hafen und der alten Zollbrücke betrug bei schlechten Witterungsverhältnissen mindestens zwanzig Minuten. Alle nachrichtenwürdigen Ereignisse konzentrierten sich auf die zwei Stunden zwischen fünf- und sieben. Lena setzte eine Liste auf, um ihren Einsatz zu koordinieren.

17.30–19 Uhr   *Alienversammlung*
17.45 Uhr   *Täter kommt bei Tankstelle an*
17.52 Uhr   *Überfall*
17.55–18.14 Uhr   *Hugo malt Graffiti*
18.29 Uhr   *Unfall*

Nach ein paar Fehlversuchen mehr hatte Lena den idealen zeitlichen Bogen gefunden. Statt in der Redaktion begann sie den Silvesterabend 2006 im Hafengebiet. Sie schlenderte bei Toni vorbei, ließ sich auf einen frittierten Burger einladen und stellte die rosa Farbe, die Hugo später bei Toni ergatterte, mit halboffenem Deckel ins Freie. Danach bereitete sie via Chronometer der Alienversammlung das Spektakel ihres Lebens. Die Gruppe konnte es kaum fassen, als sie sich vor ihren Augen materialisierte. Zum ersten Mal auf beiden Beinen. Sie toppte ihren perfekten Auftritt damit, ein paar Worte an den Anführer zu richten.

«Ich habe von meinen Kollegen schon so viel über dich gehört, Jakob», sprach sie ihn an.

Johannsen fiel in Ohnmacht, als das vermeintliche Alienmädchen Details aus seinem Leben präsentierte. Sie wusste alles. Von der ersten Begegnung mit vier Jahren bis zu den anderen 786 Sichtungen.

«Vielleicht habe ich das alles gar nicht erfunden», stammelte er.

Bislang hatte er sich anscheinend für einen Hochstapler gehalten. Das skandalöse Geständnis sorgte für ausreichend Tumult bei seinen Anhängern, sodass Lena unbehelligt Richtung *Morgen* weiterziehen konnte. Gerade rechtzeitig, um die Polizei zu verständigen. Als Rasmus mit vollem Tank von der Tankstelle kam, in der die immer gleichen Polizisten mit der Pächterin Kaffee tranken, fuhren sie an einem fluchenden Hugo vorbei. Die gefrorene Farbe vereitelte seinen romantischen Plan. Lena atmete durch. Es ging Richtung Zollbrücke.

Der Unfall

Scharfer Wind fegte den Pulverschnee horizontal über die Straße, der Scheibenwischer drehte auf höchstem Stand. Rasmus hing mit der Nase an der Windschutzscheibe, um sich besser orientieren zu können. Die Reifenspur, die das Auto im Schnee hinterließ, war binnen weniger Sekunden wieder zugeschneit. In hohem Tempo näherten sie sich dem Kreisverkehr, der die Gartensiedlung mit der Ausfallstraße verband. Hier würde Lenas Weg den ihrer Eltern kreuzen. Aufgeregt kaute Lena auf ihrer Lippe herum. In der Ferne tauchte der dunkle Golf auf. Rhea und Thomas waren in eine heftige Auseinandersetzung verwickelt. Lena hörte ihre Stimmen, die wie Blasen aus einer Art Zwischenwelt in ihr Bewusstsein stiegen.

«Wir müssen versuchen, Kontakt zur Zeitmeisterin zu bekommen», sagte Thomas. «Sie ist die Einzige, die diesen Wahnsinn stoppen kann.»

Rhea schüttelte energisch den Kopf. «Niemals. Dann hätte sie auch Zugriff auf Lena. Ich will es unserer Tochter ersparen, dass sie atemlos und einsam durch die Zeiten irrt.»

«Sie ist nicht wie jedes andere Mädchen.»

«Das darf sie nie erfahren», sagte Rhea. «Wir müssen

einen sicheren Platz für sie finden. Lena soll ein normales Leben führen, in dem sie lacht und liebt und ihre eigenen Fehler macht.»

Der Wagen schoss aus der Gartensiedlung vor dem Volvo des Journalisten auf die Hauptstraße. Dahinter folgte in hohem Tempo der Mercedes von Harry König. Er blendete auf und hupte, um Carl Rasmus zum Bremsen zu zwingen. Der ließ sich von Harrys rüpelhaftem Verhalten nicht beeindrucken. Straßenverkehr war für ihn nur die harmlose Variante eines Autorennens. Er drückte das Gaspedal durch, schnitt König und quetschte sich hinter das Fluchtauto von Lenas Eltern. Das Timing war perfekt.

Einen Moment erhaschte Lena einen Blick auf den wild fluchenden Harry König. Befriedigt reckte sie ihm den Mittelfinger entgegen. König verlor die Macht über das Steuer. Sein Mercedes schleuderte in den Kreisverkehr, drehte sich ein paarmal um die eigene Achse, bevor er in den meterhohen Weihnachtsbaum krachte, der die Verkehrsinsel schmückte. Leise rieselten Kunstschnee und Strohsterne auf ihn herab. Wütend schlug König aufs Lenkrad. Die Motorhaube sprang auf. Der Baum neigte sich in Zeitlupe zur Seite, bevor er den Wagen unter sich begrub.

Achtzehn Minuten später bremste Carl Rasmus seinen Volvo an der alten Zollbrücke. Sein Blick glitt über die verschneite Landschaft. Eine einsame Straßenlaterne entlockte dem Schnee ein geheimnisvolles Glitzern. Nirgendwo eine Spur von einem verunglückten Wagen.

«Du bist sicher, dass die Stelle stimmt?», fragte Rasmus.

Lena zuckte die Schultern. «War wohl eine Falschmeldung. Vielleicht vom selben Witzbold, der den Tankstellenüberfall gemeldet hat.»

Sie hatte es geschafft. Es hat geklappt, sang jede Faser ihres Körpers. Ihre Eltern würden leben. Zeitreisen war einfach großartig.

«Am besten, wir machen Schluss für heute», sagte er enttäuscht. «Ich wollte ohnehin mit meinem kleinen Sohn und dessen Freundin Schlitten fahren.»

«Danke», platzte Lena heraus. «Tausend Dank.»

Sie konnte ihre Freude nicht verbergen. Tausend Fragen schossen ihr gleichzeitig durch den Kopf. Wie würde es sein, wenn sie nicht mehr bei der Tante wohnte? Was würden Rhea und Thomas sagen, wenn sie plötzlich vor ihnen stand? Ob es sich komisch anfühlte, Eltern zu haben? Sie hatte so viel zu erzählen. Lenas Mutter stammte aus der unsichtbaren Stadt. Sie würde begreifen, warum ihr Kennenlernen mit einem Jahrzehnt Verspätung erfolgte. Sie konnte kaum erwarten, ihre Eltern in den Arm zu nehmen. Mama und Papa.

«Ich habe noch nie jemanden erlebt, der sich so über einen misslungenen Einsatz freut», wunderte sich Rasmus. «Vielleicht solltest du noch mal überlegen, ob Journalismus wirklich was für dich ist.»

«Ja», sagte Lena und strahlte wie ein Honigkuchenpferd.

Hier und Jetzt

Lenas Herz klopfte bis zum Hals. Es ging zurück in die Gegenwart.

Sie wählte den Donnerstag vor dem Spiel als Datum für ihre Rückkehr. Beim ersten Mal hatte sie den Tag mit Biolernen verbracht. Da sie Frau Eisermanns Fragen bereits kannte, blieb ihr alle Zeit der Welt, ihren Eltern einen ersten Besuch abzustatten. Sie konnte kaum erwarten, in ihr neues, altes Leben einzutauchen. Aufgeregt stellte sie die acht Zeiger des Chronometers auf das richtige Datum ein, schloss die Augen und konzentrierte sich mit der ganzen Kraft ihrer Gedanken auf den Wenninger-Platz. In dem Gewusel fiel es am wenigsten auf, wenn sie aus dem Nichts erstand. Sie nahm Anlauf und sprang.

Noch nie hatte sich eine Zeitreise so gut angefühlt. Der Blindflug durch die Waschmaschine ihrer Erinnerungen war fast schon Routine. Dante wäre stolz, wenn er sehen könnte, wie professionell sie inzwischen von einer Zeit in die andere sprang. Der Gedanke an ihren Begleiter versetzte ihr einen Stich. Sie sah ihn immer noch auf der Plastiktüte in die Dunkelheit rasen, fort von ihr. Sie hatte ihn schmählich im Stich gelassen. Ein Schritt nach dem anderen, sagte sie sich. Sobald sie ihre Eltern besucht und sich davon überzeugt hatte, dass ihr Leben tatsächlich eine Wendung zum Positiven genommen hatte, würde sie zu Dante reisen. Er würde es verstehen. Er *musste* es verstehen.

Lena landete auf dem Wenninger-Platz. Sie sprang, hüpfte und rannte durch die Stadt. Starbucks, Apple-Store, Auslagen mit dem allerneuesten iPhone: Die Realität hatte sie wieder. Die vorlauten warnenden Stimmen hatten unrecht. Alles sah genauso aus wie immer. Am Brunnen chillten die Schüler vom Gymnasium, die Mitarbeiter der umliegenden Büros verließen allmählich ihre Arbeitsplätze, Menschen hasteten mit gefüllten Einkaufstaschen zum Bus, Touristen fotografierten sich gegenseitig vor der imposanten Gestalt des Firmengründers. Die Gerüche, die Menschen, die Gleichgültigkeit: Das war die Stadt, die sie kannte und liebte. Niemand interessierte sich für sie. Alle starrten auf ihre Handys. Die Gegenwart fühlte sich einfach nur großartig an.

Bis sie das Haus ihrer Eltern im Partmannweg erreichte. Dort, wo sie den Bungalow vermutete, begrüßte sie eine riesige Baustelle. Während sie ratlos auf den Rohbau schaute, der in den Himmel wuchs, drückte sich der Nachbar mit einem Bernhardiner an ihr vorbei. Der Hund hörte auf den Namen Alma und knurrte Lena wütend an.

«Siehst du, schlecht vorbereitet, wie immer», erhob sich eine Stimme. Der ganze Chor versammelte sich in ihrem Kopf, um sie mit Kommentaren zu bombardieren. «Sie waren auf der Flucht. Schon vergessen? Wer weiß, was du sonst noch übersehen hast. Du hast dich viel zu lange in der Vergangenheit aufgehalten, das kann nicht gut gehen.»

Lena rannte los. Als könne sie den Unkenrufern entkommen. Sie verließ die Gartensiedlung, überquerte die Verkehrsinsel am Kreisverkehr und bog ab Richtung Stadt. Sie musste zum Hafen, an Sonjas Adressbuch. Die Stimmen ließen sich so leicht nicht abhängen und ätzten fröhlich weiter. Auf halbem Weg kreuzte Lena Bobbies Straße. Aus dem Augenwinkel nahm sie wahr, dass etwas nicht stimmte. Die Fassade des Hauses, die sonst in allerschönstem Weiß strahlte, leuchtete schweinchenrosa. Was in aller Welt war mit dem guten Geschmack von Bobbies Mutter passiert? Henriette Albers' kunstvoll verwilderter Garten war altmodischen Blumenrabatten gewichen, in denen Tulpen ordentlich aufgereiht standen wie Soldaten. Statt Gemüsebeeten säumten zu Kugeln geformte Buchsbäumchen die Ränder. Die gemütliche Rasenfläche, auf der sie so viele Sommertage mit Bobbie verbracht hatte, sah aus, als wäre sie mit der Nagelschere zurechtgestutzt. Wo sonst Gänseblümchen und Löwenzahn blühten, wuchs eine unfreundliche Hinweistafel: *Dieses Privatgrundstück ist keine Hundetoilette.* Dafür fehlte an der Haustür das bunte Namensschild, das Bobbie aus Salzteig gebastelt hatte. Lena konnte nicht anders. Sie musste wissen, was hier gespielt wurde. Ihr Finger suchte die Klingel. Wenigstens tönte die Glocke wie immer. Die Tür wurde schwungvoll aufgerissen. Im Rahmen stand Chloe.

«Was machst du denn hier?», platzte Lena heraus.
«Wohnen», antwortete Chloe kühl.
«Bei Bobbie?»
«Bei meinen Eltern», sagte Chloe.
War das ein Witz? Hatte Bobbie sich wirklich in der Zwischenzeit mit Chloe angefreundet?

Lena verstand kein Wort. «Hier wohnt Bobbie. Schon immer.»

«Wer ist Bobbie?», fragte Chloe ratlos.

Lena hatte genug von dem blöden Spiel. Chloe wollte sich wieder mal aufspielen und wichtigmachen. Ungeduldig drängte sie ihre Mannschaftskollegin zur Seite, betrat die Eingangshalle und zuckte zurück. Möbel in puderfarbenen Pastelltönen gaben dem Eingangsbereich einen Hauch von Bonbonladen. Die Wände der Treppe, die normalerweise Bobbies Geschichte dokumentierten, glänzten in leuchtendem Gold. Was wurde hier gespielt?

«Früher hat hier mal eine Familie mit einem Kind gewohnt», erinnerte sich Chloe. «Lange her.»

Wo war Bobbie geblieben? Wo ihre Eltern? Wieso war alles anders?

«Du weißt, warum», meldete sich eine widerliche kleine Stimme. «Du hast alles durcheinandergebracht. Aber du wolltest ja nicht hören.»

«Ein Umzug», rief Lena. «Menschen ziehen dauernd um. Wo ist das Problem?»

«Das glaubst du doch selber nicht», tönte es zurück.

«Halt endlich die Klappe», schrie Lena.

«Wie redest du denn mit mir?», fragte Chloe empört.

Aber da war Lena schon wieder nach draußen gestürmt.

Alarmiert lief sie weiter Richtung Hafenviertel. An der Imbissbude versorgte Toni die hippe Kundschaft mit den berühmten frittierten Miniburgern. Offenbar hatte er ihre Warnungen ernst genommen und führte den Laden selber. Von seinem Platz hinter dem Grill verfolgte er aufmerksam Lenas Bewegungen. «Kennen wir uns?», schien sein Blick zu sagen. Er kratzte sich verwirrt den Hinterkopf, als suche er in den Tiefen seiner Erinnerung nach einem Hinweis, wo er das Mädchen schon einmal gesehen hatte.

Am Horizont leuchtete die gelbe Fassade von Citybox auf. Von ferne klang Sonjas wütende Stimme: «Fiona, Carlotta, reinkommen», brüllte sie genauso ungehalten und verärgert wie immer.

Lena hielt in der Bewegung inne, als zwei kleine Mädchen an ihr vorbei in das bekannte Haus stürmten. Sie waren genauso braun wie Toni und hatten seine Rastalocken. Sonja hetzte gestresst an Lena vorbei. Die Stimmen lachten schrill auf. Lenas Kopf drohte zu platzen. Das mysteriöse Verschwinden von Bobbie, die merkwürdig reservierte Reaktion von Toni, die unbekannten Kinder mit den Namen ihrer Schwestern, die Tante, die sie nicht mehr erkannte? Was hatte das alles zu bedeuten? Durch das halb geöffnete Küchenfenster erhaschte Lena einen Blick auf das Familienleben. Sonja schimpfte über Toni, die Scheidung, seine Unzuverlässigkeit und das fehlende Geld. Der Burgerkönig hatte ihre Ersparnisse verprasst und für den Erwerb der Brauerei Schulden gemacht. Und jetzt kamen die Kosten für den Schulausflug.

«Ich kann das nicht», sagte Sonja. «Ich kann das nicht alleine. Das Lagerhaus, die verdammten Reparaturen, die Rechnungen, dauernd will einer was von mir, und jetzt das.»

Die kleinen Schwestern schaufelten löffelweise Cornflakes in sich rein und taten so, als wären sie in Wirklichkeit auf dem Mars. Wie oft hatte Lena sich gefragt, inwieweit ihr Erscheinen für das Unglück der Tante verantwortlich war. Selbst ohne den Autounfall, der ein kleines Mädchen in ihr Leben katapultierte, bewies Sonja nicht das geringste Talent zum Glücklichsein. Die Tante stand auf und schloss das Fenster. Lena riskierte alles. Sie schnappte sich den Ersatzschlüssel und schlich ohne Rücksicht auf Verluste zum Dielenschrank. Das weinrote Adressbuch war spurlos verschwunden.

Sie musste nachdenken. In Ruhe. Jetzt. Sofort. Erleichtert stellte Lena fest, dass eine Unbekannte die Pförtnerloge von Citybox besetzte. Die wuchtige Wachfrau mit der Statur einer Ringerin wirkte träge und desinteressiert. Es war ein Kinderspiel, sich an ihr vorbeizudrücken. Lena flüchtete an den Automaten und ließ sich eine warme Schokolade heraus. Sie konnte es kaum fassen, als sie in der Ecke ihren Rucksack wahrnahm. Wie kam der hierher?

Mit zitternden Händen untersuchte sie den Inhalt. Der Hausschlüssel, den sie mit sich trug, war ihr unbekannt. Neben Schulsachen fand sie den Manila-Umschlag mit der alten Zeitung vom 2. Januar 2007, die die Ereignisse der Silvesternacht enthielt. Hektisch blätterte Lena sich durch die Lokalnachrichten. Jakob Johannsen, stadtbekannter Ufo-Forscher, berichtete von einer magischen Begegnung mit einem Alienmädchen, die Polizei beklagte in einem Interview die Vielzahl von Falschmeldungen am Silvestertag. Die Seite dahinter schilderte einen bewaffneten Überfall auf einen Kiosk (das Fahndungsbild erinnerte deutlich an den Täter von der Tankstelle) und den Unfall beim Kreisverkehr Gartensiedlung, der den größten Weihnachtsbaum der Stadt zu Fall gebracht hatte. Das Foto zeigte den demolierten Mercedes. «Der Unfallfahrer wurde mit unbekannten Verletzungen ins Krankenhaus eingeliefert», vermeldete der Artikel. Dort, wo einmal das Foto von Hugos Heiratsantrag gestanden hatte, erschien nun das Porträt eines blinden Fotografen. Lena hielt die Luft an. Die letzte Seite der Lokalnachrichten war ursprünglich dem Unfall ihrer Eltern gewidmet. Sie schlug die Seite um und erstarrte. *Tragödie am Silversterabend*, lautete die Überschrift. Lena sank in sich zusammen, als sie das Bild von Bobbie erkannte, das aus dem Nikolausbild herausvergrößert war.

Das Flattern des Schmetterlings

Eine Flut neuer Hologrammbücher schwappte in die Revision. Neben Lena verfügte jetzt auch Bobbie über ein Buch. Mit ernster Miene registrierte Dante das verheerende Ergebnis von Lenas Intervention. Das Buch zeigte Aufnahmen vom Silvesterabend 2006 auf dem Eichberg. Dante sah das blau leuchtende Hologramm in Gestalt eines kleinen Jedi-Ritters, der im Schnee tobte.

«Schau mal hier», rief die kleine Bobbie.

Beim Herumstreunen hatte sie im Gebüsch etwas Interessantes entdeckt.

Begeistert winkte sie Jonas heran. Es war ein Bob, feuerrot wie ein Ferrari. Das Plastik war an manchen Stellen geborsten.

«Sollen wir den ausprobieren?», fragte Bobbie.

«Erst Papa fragen», antwortete Jonas und sah ängstlich auf den demolierten Schlitten.

Carl Rasmus winkte genervt ab. Er hatte keine Zeit für seinen Sohn. Er telefonierte mit der Redaktion.

«Eine Geschichte über den Missbrauch der Polizeinummer und Falschmeldungen ist keine Geschichte?», rief er empört ins Telefon. «Und warum nicht?»

«Uns fehlen Nachrichten, um den Lokalteil der Zeitung zu füllen», klang eine Stimme aus dem Lautsprecher. «Du musst was Neues liefern. Irgendwas fürs Herz.»

«Was soll ich tun, wenn in der Stadt nichts los ist?»

«Wir fahren einfach», entschied Bobbie und zog den widerstrebenden Jonas mit sich.

«Ich kann dir mein Porträt des blinden Fotografen schicken. So was geht immer», verhandelte Rasmus.

Bobbie fand, dass die Gelegenheit günstig war. «Wir fahren ohne deinen Papa.»

Jonas nickte verhalten. Besonders überzeugt sah er nicht aus. Während Carl Rasmus im Hintergrund seinem Kollegen erklärte, welches Bildmaterial am besten zu dem vorgefertigten Schubladentext passte, nahmen Jonas und Bobbie in der Plastikschüssel Platz. Mit beiden Händen schoben sie sich an und rumpelten den Hügel hinunter. Das Plastik knirschte über die vereiste Bahn. Die Abfahrt war steil, viel steiler als gedacht. Bobbie lachte, Jonas schrie. Lenken war unmöglich. Bobbie zog energisch die Bremse, die sang- und klanglos abbrach. Der Bob steuerte in hohem Tempo auf ein Gebüsch zu. Das Cape von Jonas verhedderte sich in einem Strauch und riss ihn mit einem Ruck vom Schlitten. Der Bob drehte sich. Mit zunehmender Geschwindigkeit ging es rückwärts auf der Hoppelpiste den Hügel runter, bevor er nach einer langen Strecke auf der Waagerechten zum Stillstand kam. Bobbie sprang auf.

«Noch einmal», rief sie.

Sie winkte Jonas zu, der vergeblich probierte, sein Cape freizubekommen. Immer wieder rutschte er auf der vereisten Piste aus. Oben auf dem Hügel verstaute Rasmus sein

Telefon. Wo waren die Kinder? Er erblickte seinen Sohn, der heulend in einem Gebüsch festhing, dann den kleinen Punkt am Fuß des Hügels. Dort, wo der Schlittenberg in den Ententeich überging. Bobbie stand einsam und verlassen auf der Eisfläche und winkte ihnen begeistert zu. Carl Rasmus rannte nach unten. Schlitternd, fallend, rutschend. Nackte Panik stand in seinem Gesicht, als er den Rand des Teichs erreichte. Auf der Eisfläche leuchtete ein knallroter Schlitten. Bobbie war spurlos verschwunden.

Betroffen starrte Dante auf das Hologrammbuch. Minutenlang, als hoffe er immer noch auf ein Happy End.

Xaver brachte auf den Punkt, was Dante nicht wahrhaben wollte: «Deine Freundin baut ganz schönen Mist.»

Dante nickte. Lena ging einen harten Weg, die wichtigste Grundregel des Reisens durch die Zeit zu erlernen: Selbst das Flattern eines Schmetterlings konnte eine Kettenreaktion in Gang setzen, die im schlimmsten Fall in einen Tornado mündete.

«Sie ist nicht meine Freundin», sagte er wütend.

Verborgene Türen

Was jetzt? Lena war mit ihrem Latein am Ende. Sie hatte alles falsch gemacht, was man nur falsch machen konnte, und nicht die geringste Ahnung, wie sie ihre Fehler korrigieren konnte, ohne noch mehr Unheil anzurichten. Bobbie war tot, die Schwestern durch zwei unbekannte Mädchen ersetzt und Sonja trotz Hugos Abgang so unzufrieden wie eh und je. Unbeabsichtigt hatte sie alle Menschen ins Unglück gestürzt, die ihr am nächsten standen. Selbst Dante, der immer nur ihr Bestes im Sinn hatte. Wenn das der Preis für ein Leben mit ihren Eltern war, wollte sie dieses Leben dann wirklich noch?

«Finde deine Mutter. Die wird alles richten», schrien die Stimmen. «Rhea kann dir weiterhelfen. Die weiß, wie Zeitreisen geht.»

Lena wurde übel. Tränen sprangen ihr in die Augen. So ging das nicht. Sie wollte, dass ihre Mutter stolz auf sie sein konnte, wenn sie sich das erste Mal begegneten. Sie wollte keine Tochter sein, die ihren Eltern Kummer bereitete und sie enttäuschte, so wie sie Sonja immer wieder enttäuscht hatte.

«Die Einzige, die diesen Wahnsinn stoppen kann, ist die

Zeitmeisterin», hatte ihr Vater gesagt. Was, wenn er recht hatte? Es gab nur eine einzige Lösung: Sie musste zurück in die unsichtbare Stadt.

Die Reise brachte diesmal vornehmlich rabenschwarze Bilder. Statt bunter Erinnerungen tauchten im Zeittunnel Henriette Albers auf, die auf Carl Rasmus einprügelte, ein Kindersarg, Luftballons mit Bobbies Namen, ein leerer Haken im Kindergarten, ein verlassener Platz am Tisch mit einem Foto und ein paar Blumen, der Friedhof mit einem roten Holzkreuz. Darauf in Kinderschrift der Name Bobbie. Unter einem kleinen Windrad, das sich sachte im Wind drehte, wachte ein abgeliebtes Stofftier, das aussah wie ein räudiger Straßenköter. Die Sonne wich Regen und Schnee. Vor dem Grab wachte eine regungslose Henriette Albers, die sich langsam einschneien ließ. Niemand wagte, sie nach der Tragödie anzusprechen.

Als Lena in der unsichtbaren Stadt aufschlug, fühlte sie sich so elend wie noch nie in ihrem Leben. Sich mit der Abwesenheit der Eltern auseinanderzusetzen war immer schmerzhaft gewesen, sich mit Bobbies Tod abzufinden, schien ihr dagegen gänzlich unmöglich.

«Die Zeitmeisterin wartet schon auf dich», sagte eine schneidende Stimme. Lena blickte in die kalten Augen von Ines. Der Empfang war eisig. Ines riss Lena unsanft hoch und ließ sie in den Uhrenladen ein. An ihrem Gesicht konnte Lena unschwer ablesen, dass die rechte Hand der Zeitmeisterin bestens informiert war.

«Ist das meine Schuld?», fragte Lena.

«Zeitreisen ist ein Handwerk, das man erlernen muss»,

erklärte Ines verärgert. «Ansonsten löst man unkontrollierte Kettenreaktionen aus.»

Lenas Augen fühlte Tränen hochkommen. «Wie kann ich wiedergutmachen, was ich angestellt habe?», fragte sie.

Ihre Frage verhallte unbeantwortet. Ines lotste sie schweigend durch die Sicherheitskontrolle am zentralen Eingang in das Herz der unsichtbaren Stadt. Wie oft hatte Lena am Fenster ihres Hostelzimmers gestanden und sich gefragt, welche Geheimnisse das unheimliche Auge barg. Angesichts der Katastrophe wagte sie nun kaum, sich in dem enormen Kuppelbau umzusehen. Vergeblich suchte sie Dante an einem der Schreibtische. Die Köpfe der Mitarbeiter an den Überwachungspulten senkten sich peinlich berührt, niemand wagte, ihr in die Augen zu sehen. Nur Coco schenkte ihr einen bitterbösen Blick. Lena gab ihr innerlich recht. Sie fühlte sich wie ein Verbrecher auf dem Weg zum Schafott. Sie hatte das Beste gewollt und das Schlechteste erreicht.

Hinter dem zentralen Pult verbarg sich eine weitere hochbewachte Tür.

«Die Zeitmeisterin hat mich beauftragt, Lena herzubringen», sagte Ines und versuchte, sich an den Wachmännern vorbeizudrängen.

«Nur das Mädchen», bellte der Mann und stellte sich Ines in den Weg.

«Du weißt, wer ich bin», sagte sie.

«Du weißt, wie egal mir das ist», sagte die Wache. «Ich habe meine Anweisungen. Nur das Mädchen.»

Ines' Miene offenbarte eine Mischung aus Verblüffung, Wut und Enttäuschung. Lena begriff, dass es ein Privileg war, in die Gänge am rückwärtigen Teil der Kuppel eingelassen zu werden. Oder die höchste Strafe.

Vorsichtig trat Lena in das Halbdunkel. Die Tür fiel mit einem leisen Klacken ins Schloss. Alle Geräusche der Kuppel erstarben: die unterdrückten Gespräche, die Alarmtöne, das Ticken von Fingern auf virtuellen Tastaturen. Lena war auf ihrem Weg zum Jüngsten Gericht auf sich alleine gestellt. Der Boden wölbte sich seltsam uneben vor ihr. Vorsichtig setzte Lena den ersten Schritt und stellte fest, dass die Wellenform einer optischen Täuschung geschuldet war. An den Wänden schwammen schwarz-weiße Linien und suggerierten Krümmungen, wo Lena gerade Wände ertastete. Spiegel versprachen nicht existente Fluchten. In dem Kabinett der Illusionen schien alles darauf ausgerichtet zu sein, Besucher zu verwirren und zu verunsichern. Niemand, der in diesen Gang zugelassen wurde, durfte sich sicher fühlen. Eine Flügeltür stand halb offen und enthüllte den Blick auf eine hügelige Landschaft. Auch das nur optischer Betrug.

«Wir müssen auf vieles verzichten, aber schöne Dinge gibt es auch auf Papier», hörte sie eine Stimme. Zögernd trat Lena durch eine Tür, die sie eben noch für gezeichnet gehalten hatte.

Klack. Zwei Kugeln knallten mit Wucht aufeinander. In einem blütenweißen Salon spielte die Zeitmeisterin an einem ebenso strahlend weißen Tisch Billard. Ein Dachfenster gab den Blick auf den sonnenübergossenen blauen Himmel frei. Selbst das Fenster war virtuell erzeugt, um Tageslicht zu simulieren. Das künstliche Licht ließ die Zeitmeisterin noch durchsichtiger erscheinen. Alles in dem Raum leuchtete hell wie Schnee, bis auf eine fensterlose Wand, auf der winzige

Eulen abgebildet waren. Obwohl sie sich aus Zahnrädern zusammensetzten, erschienen die mechanischen Tiere Lena so lebensecht, als könnten sie sich jeden Moment von der Wand erheben und durch die Lüfte flattern.

Mit unfassbarer Präzision ließ die weiße Dame die Kugeln über den Filz in die Taschen gleiten. Sie gab sich keine Mühe, ihren Ärger zu verbergen.

«Es tut mir leid», begann Lena zögernd.

Die Zeitmeisterin hob abwehrend die Hand und bedeutete ihr zu schweigen.

«Ich weiß Bescheid», sagte sie mit ihrer eigentümlich rauen und tiefen Stimme.

Sie verfiel in Schweigen. Nur das Klacken und Rollen der Kugeln war zu hören. Warum hatte die Zeitmeisterin sie herbestellt, wenn sie Lena weder anhören noch bestrafen wollte?

«Ich wollte niemandem schaden», sagte Lena schließlich, als sie es nicht länger aushielt. «Am allerwenigsten Bobbie. Sie hat das nicht verdient.»

Statt einer Antwort drückte die Zeitmeisterin ihr ein Queue in die Hand.

«Gewinn gegen mich», sagte sie kühl.

Lena protestierte schwach. «Ich bin Handballerin, ich habe noch nie Billard gespielt.»

Die weiße Dame drehte ihr den Rücken zu, als habe sie bereits das Interesse an Lena verloren. Lena verstand die Botschaft: In der unsichtbaren Stadt spielte man nach den Regeln der Zeitmeisterin oder gar nicht. Kompromisse lagen ihr fern.

«Die Fünf in die rechte Ecke», wies sie Lena an.

Zweifelnd ließ Lena sich auf das ungleiche Duell ein. Während die weiße Dame kunstvoll die Kugeln in atemberaubenden Kombinationen gegeneinanderprallen lassen hatte, versuchte Lena einen direkten Stoß. Die Kugel kullerte wie betrunken über den weißen Filz und blieb ermattet von sinnlosem Getaumel auf halber Strecke liegen. Bei den nächsten Stößen erging es ihr nicht viel besser. Lena schwitzte so sehr an den Händen, dass ihr der Queue entglitt. Die Kugel hopste über die Bande und knallte auf den leuchtend weißen Marmor, der sich als kunstvoll bemalter Holzboden entpuppte. Eine dritte ging ins falsche Loch, die vierte landete im Nirgendwo. Beim Billard erging es ihr um kein Haar besser als beim Manipulieren der Zeit. Die Zeitmeisterin zählte mitleidlos ihre stümperhaften Fehlversuche.

«Keine Kugel steht für sich allein», sagte sie. «Genauso wenig wie ein Mensch. Man muss immer das Umfeld berücksichtigen.»

Lena begriff, dass es um mehr ging als Billard. Die Zeitmeisterin erteilte ihr höchstpersönlich eine Lektion. Die Kugeln standen für die Klienten, deren Schicksal die Bewohner der unsichtbaren Stadt einen positiven Dreh geben wollten. Lena hatte es an jenem Silvesterabend mit direkter Einflussnahme versucht und damit eine Lawine unerwünschter Nebenwirkungen heraufbeschworen.

Die Zeitmeisterin trat an den Tisch und führte ihre Kunst vor. Mit einem einzigen Stoß und einer atemberaubenden Kombination beförderte sie sämtliche Kugeln in die zuvor festgelegten Taschen.

«Du musst über Bande denken», erklärte sie. «Die erste Kugel dient dazu, eine zweite anzuschieben, die die entscheidende dritte versenkt. Nur so haben wir eine Chance, unsichtbar zu bleiben.»

Sie legte eine schwarze und zwei weiße Kugeln in eine Diagonale und verlangte, dass sie Erstere in das mittlere Loch auf der rechten Seite beförderte.

«Beweis, was du draufhast.»

Lena schwitzte noch stärker. Um die Ecke denken, sagte sie sich. Im Kopf hörte sie ihre Freundin. Bobbie war gut darin, Kurven zu berechnen und Strategien zu entwickeln.

«Wer mit dem Finger auf einen Gegenstand weisen kann, der kann auch zielen», sagte sie immer. Der Beweis war einfach geführt: «Wie sollte man anders Dinge aufnehmen, ohne danebenzugreifen? Jeder kann zielen.»

Was für Handball stimmte, konnte für Billard nicht ganz falsch sein.

Unter dem kritischen Blick der Zeitmeisterin beugte sich Lena über den Tisch.

«Deine Augen müssen im Verhältnis zur Schusslinie korrekt ausgerichtet sein», hörte sie Bobbies Stimme im Kopf. «Einfallswinkel gleich Ausfallswinkel, Queue parallel zum Tisch. Erst den Weg im Kopf bildlich ausmalen, dann den Spielstock genau auf die Linie.»

Im Gegensatz zu den vorhergehenden Malen, bei denen sie wild herumgefuchtelt hatte, stieß Lena diesmal vorsichtig und sacht zu. Mit verblüffender Akkuratesse glitt die Kugel über den Filz, traf die Bande, zwei andere Kugeln und dann, kurz bevor sie endgültig an Fahrt verlor, die Mitteltasche. Die Zeitmeisterin war sichtlich beeindruckt.

«Doch nicht ganz talentlos», beschied sie, legte ihr Queue ab und machte Anstalten, den Raum zu verlassen.

Lena stellte sich ihr in den Weg. «Und Bobbie?»

Die weiße Dame musterte sie von oben bis unten. «Ich erkenne die Hartnäckigkeit deiner Mutter», sagte sie.

«Das ist etwas Gutes», sagte Lena.

«Nicht, wenn man hartnäckig das Falsche tut. Ich habe Rhea immer neue Chancen gegeben, ihre Fehler zu korrigieren. Meine Tochter hat mich immer wieder enttäuscht. Genau wie du.»

Lena stand wie betäubt. Sie nahm kaum wahr, wie auf ein Handzeichen der Zeitmeisterin eine der Wachen heraneilte, ihr den Chronometer vom Handgelenk nahm und seiner Chefin übergab. Nur am Rande ihres Bewusstseins registrierte Lena, wie die Zeitmeisterin sich entfernte.

«Du weißt längst nicht alles», hatte Dante sie immer wieder gewarnt. Der Boden unter ihr bebte. Niemand hatte bislang gewagt, sie mit der Wahrheit zu konfrontieren. Bis jetzt.

«Rheas Mutter? Meine Großmutter?» Sie sah um sich. Der Einzige, der die Frage hörte, war der Wächter, der immer noch bei ihr stand. Er wand sich. Er wagte nicht, eine Antwort zu geben, nahm sie stattdessen am Arm und führte sie Richtung Ausgang zurück. Sie ließ es geschehen.

Ines wartete an der Sperre auf sie.

«Ist das wahr? Rhea war die Tochter der Zeitmeisterin? Warum hasst sie sie so sehr?», schleuderte Lena ihr entgegen.

Ines musterte sie kühl. «Die Zeitmeisterin hat ihrer Tochter nie verziehen, dass sie die Rolle der Thronfolgerin nicht wahrgenommen hat. Sie hat sich für ein Leben unter Menschen und – schlimmer noch – für ein Kind entschieden.»

«Und was ist daran so schlimm?», fragte Lena vorsichtig.
«Rhea hat dich mit einem Sterblichen bekommen», antwortete Ines. «Du bist schuld daran, dass Rhea nicht mehr in die unsichtbare Stadt zurückkehren wollte. Du hast die Tochter unserer Zeitmeisterin in einen Unterseer verwandelt.»

Lena machte sich frei und rannte zurück in die Kuppel. Die Zeitmeisterin beugte sich gerade über einen Platz am zentralen Pult, als Lena sie einholte. Überall verfolgten neugierige Blicke die Konfrontation. Die Frau, die anscheinend mit ihr verwandt war, bedachte sie mit einem vernichtenden Blick, als hätte sie es mit einem lästigen Insekt zu tun.

«Bilde dir nicht ein, dass ich eine verwandtschaftliche Bindung verspüre. Du bist ein Fall. Ein Fall wie all die anderen.»

Lena versuchte vergeblich, sich diese Frau mit Familie und Kind vorzustellen.

«Sie haben zugelassen, dass Dante mich hierhergeholt hat», sagte Lena keck.

«Ein kleiner Schnitzer», konterte die Zeitmeisterin Lenas Frechheit. «Nichts Persönliches.» Das leise Flattern ihrer Lider strafte ihre Worte Lügen.

«Ich weiß, wie das ist, jemanden zu vermissen», sagte Lena vorsichtig.

«Man kommt drüber weg», schnitt die Zeitmeisterin ihr das Wort ab, bevor auch nur ein Hauch von Rührseligkeit aufkommen konnte. «Man muss wissen, wo sein Platz ist, und seine Aufgaben wahrnehmen.»

Lena war zwischen zwei Welten geboren. Und jetzt gehörte sie zu keiner mehr dazu. Nicht zu den Zeitreisenden und nicht zu den Menschen, die ihr einmal vertraut waren.

«Ich weiß, was meine Aufgabe ist», sagte Lena. «Ich will wiedergutmachen, was ich verbockt habe.»

Die Zeitmeisterin blieb ungerührt von Lenas Ansuchen. Es reichte nicht. Nichts reichte. Lena holte zum ultimativen Angebot aus.

«Ich will nur die Chance, meine Fehler glatt zu bügeln. Und dann verschwinde ich für immer und ewig von hier. Ich verspreche es.»

«Warum sollte ich dir Glauben schenken?», fragte die Zeitmeisterin.

«Bobbie ist ein nettes Mädchen», sagte Lena leise. «Sie verdient eine bessere Freundin.»

Eine lange Pause breitete sich aus, bevor die Zeitmeisterin unmerklich nickte.

«Beweis, dass ich dir vertrauen kann.»

Sie ging, ohne sich noch einmal nach Lena umzudrehen.

Zweite Chancen

«Noch ein Versager», stöhnte Xaver. Zerknirscht betrat Lena ihren neuen Arbeitsplatz in der Strafkolonie, dem einzigen Platz, an dem Zeitreisende ohne Chronometer sich in der unsichtbaren Stadt nützlich machen konnten. Ihr Herz klopfte, als sie Dante in dem Berg von Hologrammbüchern erkannte. Ihr lieber, verrückter, zuverlässiger Begleiter. Und jetzt wieder an ihrer Seite. Schuldbewusst näherte sie sich ihm. Seine ungleichen Augen wirkten düster und unnahbar.

«Es tut mir leid», sagte sie. «Aber ich hatte … Ich war … Ich hätte das nicht …»

«Geschenkt», antwortete Dante.

Er wartete gar nicht ab, was sie zu ihrer Verteidigung vorzubringen hatte. Dante wandte sich seiner Arbeit zu, ohne sich weiter um sie zu kümmern. Lena sank in sich zusammen. Seit ihrem unrühmlichen Abgang am Schlittenberg hatten sie sich weder gesehen noch gesprochen. Dass sie ihn ausgetrickst hatte, war ein Posten mehr auf der Liste ihrer Verfehlungen. Sie hatte all seine Ratschläge in den Wind geschlagen. Sie verdiente die Strafkolonie. Und seinen Ärger. Inzwischen hatte Lena begriffen, dass er seine

Karriere als Zeitreisender ruiniert hatte, nur um ihr zu helfen.

Xaver ging nicht viel freundlicher mit ihr um. «Das hier sind die Beschwerden», erklärte er gelangweilt. «Wir wählen die Fälle aus, die der Versammlung zur Revision vorgelegt werden. Der Rest ergibt sich von selbst.»

«Wir dürfen nichts entscheiden?», erkundigte Lena sich interessiert.

Xaver wandte sich an Dante, als ob Lena gar nicht da wäre: «Danke, großer Freund», sagte er zu Dante. «Noch eine, die mir das Leben schwer macht. Hast du noch mehr Freunde dadraußen?»

Dante grummelte etwas Unverständliches.

Xaver fuhr herum und schob sein Gesicht an das von Lena. «Was glaubst du? Dass du weiter im Leben anderer Menschen herumpfuschen darfst?»

Lena senkte betroffen den Kopf. Die Vorstellung, dass sie Bobbie vielleicht nie mehr wiedersehen würde, lastete zentnerschwer auf ihrer Seele. Sie konnte ihrer Freundin nur helfen, wenn sie die Zeitmeisterin davon überzeugte, dass sie eine gute Mitarbeiterin sein konnte. Und das bedeutete, ganz unten anzufangen. Bei Xaver. Sie war sicher, dass die Zeitmeisterin ihren Werdegang aus der Ferne beobachtete. Sie wollte das in sie gesetzte Vertrauen auf keinen Fall enttäuschen. So, wie sie Dante enttäuscht hatte. Der vermied jeden Blick. Es tat weh. Alles in ihr tat weh.

Lena gab sich einen Ruck. Was war ihre Aufgabe? Wohin sie auch schaute, stapelten sich Hologrammbücher. All diese Menschen, denen das Schicksal übel mitgespielt hatte, redeten auf sie ein. Sie hörte Schreien, Weinen, wütende

Stimmen, Klagegesänge. Ihr Kopf drohte zu zerspringen, das Unglück prasselte von allen Seiten auf sie herein. Als ob bei einem Fernsehapparat alle Kanäle gleichzeitig Bilder abfeuerten.

«Man gewöhnt sich daran», sagte Xaver. «Nach ein paar Wochen halten sie den Mund.»

«Wo soll ich anfangen?», fragte sie hilflos.

«Bleibt dir überlassen», sagte er kurz angebunden. Dante schaute demonstrativ in die andere Richtung. Lena konnte es ihm nicht verdenken, dass er keine Lust hatte, sie zu unterstützen. Sie allein war dafür verantwortlich, dass sie beide in dieser misslichen Lage gelandet waren.

Instinktiv griff sie ein Buch, aus dem leise Klaviermusik tönte. Zwei magere Ballettmädchen mit artigem Dutt, Tutu und gewinnendem Lächeln traten ihr als bläulich schimmernde Hologramme entgegen. Katharina und Anne. Beste Freundinnen wie sie und Bobbie.

«Der Fall ist aus dem Jahr 1997», wunderte sie sich.

«Was sollen wir machen? Wir sind hoffnungslos überlastet», tönte Xaver und machte es sich in seinem Ohrensessel bequem. Dante balancierte einen imposanten Stapel Hologrammbücher zu seinem Arbeitsplatz. Keiner der beiden schien sich weiter für sie zu interessieren.

Lena versenkte sich in ihren Fall. Die Zeitreisenden hatten Katharina vor einer tödlichen Krankheit gerettet. Einen Monat später flog ihr beim Fahrradfahren eine Biene in den Mund. Sie verlor die Kontrolle über den Lenker, rauschte gegen ihre Freundin, die neben ihr radelte. Anne stürzte. Ihr Kopf knallte an den Bordstein. Sie blieb regungslos liegen.

Lena hatte ihr eigenes Schicksal nicht drehen können, aber sie konnte sich für die Freunde und Familie der beiden Mädchen einsetzen. Dante blickte nicht von seiner Arbeit auf, als Lena an ihm vorbeiging, um Annes Buch auf ein Band zu legen, das die Vorauswahl in den Versammlungsraum beförderte. Die Zeitmeisterin würde darüber entscheiden, den Mädchen eine zweite Chance einzuräumen.

Nach fünfzehn Stunden Dienst hatte sie fünf revisionsfähige Fälle gefunden, ohne dass Xaver und Dante von ihr Notiz genommen hätten. Wenn sie in diesem Tempo weiterarbeitete, brauchte sie geschätzte 26 000 Stunden, um wenigstens ein bisschen Ordnung zu schaffen. Und der Strom neuer Bücher hörte nie auf.

Jeder einzelne Muskel schmerzte, als sie sich am Abend zu ihrem Hostel schleppte. Einmal dort angekommen, fand Lena nicht in den Schlaf. Die personalisierten Zeitungsseiten, die die Wände schmückten, erinnerten sie eindringlich daran, welchen Scherbenhaufen sie zurückgelassen hatte. Die Artikel hatten sich alle geändert. Sie las über die Trauerarbeit der Kindergartengruppe, den Prozess gegen Carl Rasmus, über Henriette Albers, die nach dem Tod der Tochter und ihrer Scheidung einen Trauerkreis gegründet hatte, und über einen Stadtstreicher, der nach einem Schicksalsschlag nicht wieder auf die Beine kam. Es war Carl Rasmus. Lena hatte gehofft, die unheilbringende Kettenreaktion mit ihrer Flucht in die unsichtbare Stadt zu stoppen. Ein Blick auf ihre Fotos auf dem Handy offenbarte, dass dies eine vergebliche Hoffnung war. Wenn sie die Bilder aufrief, wirkten sie fehlerhaft, unscharf. Auch Jonas schien sich langsam in tausend Pixel aufzulösen. Sie musste schneller arbeiten.

Aufgeben kam für Lena nicht in Frage. Einen Moment schloss sie die Augen. Wie würde Bobbie an so etwas herangehen?

Ordnung ist das halbe Leben

Achtung! Arbeitswütiger Streber», raunte Xaver Dante zu.

Der Morgen graute über der unsichtbaren Stadt herauf, als Dante am Arbeitsplatz eintraf. Seit Lena zurück war, kam ihm sein Einsatz in der Revision gar nicht mehr so schrecklich vor. Heute hatte er sich extra früh auf den Weg gemacht.

Beim Öffnen der Tür stieß er beinahe mit Lena zusammen, und einen Moment lang berührten sich ihre Schultern. Instinktiv wichen beide zurück. Während Xaver nach den Anstrengungen von Aufstehen und Kaffeetrinken erst einmal die Beine hochlegte, wälzte Lena das vollgestopfte Archiv um.

Dante schielte vorsichtig hinter seinem Stapel Bücher hervor. Was hatte sie nur vor? Lena schaufelte eine Art Korridor frei. So konnte sie sich durch den Raum bewegen, ohne ständig Gefahr zu laufen, einen der gläsernen Büchertürme zum Einstürzen zu bringen. Plötzlich drehte sie sich verstohlen nach ihm um. Ein Blitz durchzuckte Dante, als ihre Blicke sich trafen. Erschreckt zogen beide ihre Köpfe zurück.

«Gute Besserung», tönte Xaver. Für ihn stand die Diagnose fest. «Ihr habt beide einen Gefühlsvirus abbekommen, der das Denken vernebelt. Ich bete für eine schnelle Genesung, bevor ihr mir mit hormonellen Schwankungen das Leben endgültig zur Hölle macht.»

Dante schnappte nach Luft. Was bildete Xaver sich ein? Gefühlsvirus? Überhaupt nicht. Was scherte ihn Lena? Es interessierte ihn nicht die Bohne, was sie mit ihrem Leben vorhatte. Oder dem Archiv. Es war ihm egal. Zwanzig Sekunden lang. Dann konnte er dem Drang, zu ihr rüberzulinsen, nicht länger widerstehen. Wie auch, bei dem Wirbel, den das Mädchen veranstaltete? Verstohlen beobachtete er, wie Lena Berge von Hologrammbüchern von links nach rechts und von rechts nach links beförderte und zu immer neuen Stapeln ordnete. Mit jeder Tour versank sie mehr in Staub und Spinnweben, die Haare hingen ihr wirr um den Kopf. Aus der Deckung eines Regals beobachtete er verwundert, wie sie schwitzte, ächzte, stöhnte, rannte und schleppte. Plötzlich nahm sie direkt vor seiner Nase ein Buch heraus und blickte ihm direkt in seine Augen.

«Was treibst du da?», fragte er.

Neugier besiegte bei Dante jeden Ärger.

«Sortieren», sagte Lena.

Sie wischte sich mit dem Ellenbogen über die Stirn und hinterließ dort eine dunkle Schliere.

«Alles nach Epochen geordnet», erklärte sie.

Dante trat näher. Der Stapel Antike und Mittelalter war relativ klein. Je mehr sich die Gegenwart näherte, umso weniger waren Menschen bereit, sich mit dem eigenen Schicksal abzufinden – mit der Einschätzung hatte Xaver nicht so falschgelegen. Das 21. Jahrhundert produzierte einen wahren Berg an unbearbeiteten Fällen.

«Je besser es den Menschen geht, umso mehr Beschwerden kommen rein», sagte Lena. «Und das selbst bei gelungenen Interventionen.»

Aber auch dafür hatte sie bereits eine Lösung gefunden. «Ich habe die Bücher vorsortiert», erklärte sie. «Nach dem Alter der Betroffenen, Geschlecht, Sterbeursache und Jahreszahl.»

Mit dem Zeigefinger wies sie auf sechs unterschiedliche Stapel:

«Unfälle, Morde, Vermisstenfälle, Tod durch Krankheit, Naturkatastrophen, Selbsttötungen.»

«Wir können in Altersklassen trennen», schlug Dante vor. «Wenn jemand mit vierundneunzig einen Unfall erleidet, hat das komplett andere Auswirkungen als mit vier.»

Lena nickte. Beide griffen intuitiv nach demselben Buch. Ihre Fingerspitzen berührten sich. Erschrocken zogen sie die Hände zurück.

«Es tut mir wirklich leid», durchbrach Lena die aufkommende Stille. «Ich wollte dich nicht verletzen.»

«Geschenkt», wiederholte Dante und lächelte. Diesmal meinte er, was er sagte. Ihr Tatendrang imponierte ihm. So viele Menschen, deren Fälle zum zweiten Mal in der *Agentur für Schicksalsschläge* landeten, klagten ununterbrochen. Lena packte an.

«Altersklasse steht für Dringlichkeit», rief Lena von einer Seite des Raumes.

Dante beobachtete beeindruckt, wie sie durch den Raum flog, als hätte sie nie etwas anderes gewollt.

«Kinder gehen automatisch in die Revision», klang es von der anderen Seite.

«Kein Kind verdient es, früh zu sterben», nickte Dante und nahm ihr einen Stapel Bücher ab.

An einem Tisch sichteten sie die Fälle. Schulter an Schulter. Ihre Ellenbogen und Haarspitzen berührten sich, als sie sich gemeinsam über ein Buch beugten.

«Wir gleichen die Daten mit den Social-Media-Kanälen ab, um im Vorfeld zu kontrollieren, welche Beschwerden sich erledigt haben», schlug Lena vor.

Die Auswahl zeigte, dass manche Schicksalsschläge im Lauf der Jahre positive Effekte entwickelt hatten. Dante nickte. Noch nie hatte jemand vorgeschlagen, neue Medien zu nutzen, um ihre Arbeit zu optimieren. Etwas Grundlegendes hatte sich verändert. Es ging Lena nicht mehr um persönliches Glück. Lena wollte aufrichtig lernen, wie man anderen Menschen half.

«Wenn ihr so weitermacht, lasse ich mich in den operativen Dienst zurückversetzen», brummte Xaver und drehte aus Papier einen improvisierten Lärmschutz, den er sich in die Ohren stopfte.

Dante und Lena ließen sich nicht stören. Auf dem Förderband Richtung Versammlungszimmer herrschte bereits Stau.

Soll das so weitergehen?

»Wir bekommen zu viele Fälle aus der Revision«, beschwerte sich Ines.

Coco reckte den Hals nach vorne. Ines, die sich sonst immer kühl und gelassen gab, redete aufgeregt auf die Zeitmeisterin ein. Der frische Wind, der mit Lena in der *Agentur für Schicksalsschläge* Einzug gehalten hatte, entging keinem in der Kuppel. Coco konnte sich des Eindrucks nicht erwehren, dass die Zeitmeisterin es mit Wohlgefallen wahrnahm, wenn stapelweise Hologrammbücher aus der Revision kamen.

Coco probierte, die beiden Punkte auf ihrem Monitor, die fast immer Seite an Seite blieben, niederzustarren. Die Mitarbeiternummern 6454 und 4477 bewegten sich in zwei parallelen Linien. Irritiert zoomte Coco sich heran und beobachtete fassungslos, wie ihr einst bester Freund sich auf offener Straße in einen heftigen Wortwechsel mit der Neuen verwickeln ließ. Besonders unglücklich sah er dabei merkwürdigerweise nicht aus. Offenbar genoss er es, sich verbal mit Lena zu messen. Noch verstörender waren die eigenartig langen Blicke zwischen Dante und Lena.

Tagelang studierte Coco am Bildschirm die kuriosen Gesetzmäßigkeiten. Sie stellte fest, dass der Augenkontakt in keinem Fall länger als 3,2 Sekunden andauerte. Nach dieser magischen Grenze fuhren ihre Zielpersonen auseinander und gingen ihren Tätigkeiten nach, als ob nichts geschehen wäre. Coco fragte sich schon länger, welche geheime Macht in Blicken lag. Einer ihrer ersten Fälle hatte sie ins Mittelalter geführt, wo eine junge Frau versuchte, ihren untreuen Ehemann auf sich aufmerksam zu machen, indem sie sich Tollkirschensaft in die Augen träufelte. Eine Kräuterfrau hatte ihr den Saft, der Pupillen vergrößerte, zu einem Wucherpreis verkauft.

«Glänzende Augen betören jeden Fremdgänger», hatte die Frau versprochen.

Leider vergaß sie zu erwähnen, dass die Tropfen, die sie mit dem Finger in ihr Auge tupfte, tödlich waren. Mangelnde Hygiene erledigte den Rest. Mit denselben Fingern bereitete sie ihre Mahlzeiten zu, bis beide Eheleute den Vergiftungstod starben.

Es lag eine Magie in Blicken, die sich einer gewöhnlichen Zeitreisenden wie Coco nicht erschloss.

Ines trat an sie heran. «Gibt es was Neues?», fragte sie.

Ähnlich wie Coco beobachtete Ines den Neuankömmling mit äußerstem Misstrauen. Die beiden einte die Angst, dass Lena ihnen den Rang ablief. Gemeinsam starrten sie auf den Monitor.

«Ich verstehe nicht, womit die ihre Sonderbehandlung verdient», sagte Ines bitter.

Coco zuckte ratlos mit den Schultern. Sie hatte keine Ahnung. Sie wusste nur, dass sie am liebsten an Lenas Stelle wäre. Seit das Mädchen in der unsichtbaren Stadt lebte, hatte es ihr den Appetit verschlagen. Nichts schmeckte mehr, nicht einmal mehr das Lieblingsessen in der Mensa. Ines würde ihre Position nicht kampflos aufgeben. Coco sah es ähnlich. Auf dem Rückweg von der Kuppel passte sie Dante ab.

«Ich muss dich was fragen», sagte sie und baute sich breitbeinig vor Dante auf. Sie blieb stehen. Schweigend. Und starrte ihn durchdringend an.

«Was tust du da?», fragte Dante verwirrt.

«Ich schau dir in die Augen», sagte Coco wahrheitsgemäß. Sie stierte und glotzte, aber nichts rührte sich. Nicht in ihr, nicht in Dante.

«Konzentrier dich», forderte sie Dante auf.

«Ich?» Dante verzog belustigt den Mund.

«Du musst länger durchhalten», forderte sie ihn auf.

Coco hatte Lenas Verhalten genauestens studiert. Wie sie den Kopf zur Seite senkte, ein bisschen von unten hervorschaute und verlegen lächelte. Sie ahmte Lena in jedem Detail nach und erzielte keinerlei Wirkung. Nach zwölf Sekunden gab sie auf. Wie in einem Spiegel nahm sie in Dantes verschiedenfarbigen Augen nur ihr eigenes Selbst wahr.

«Du machst irgendwas falsch», sagte sie.

Vielleicht fehlte eine Zutat? So etwas wie Tollkirschensaft. Oder ein paar Tropfen menschlichen Bluts, eine Prise Gefahr. Coco würde die Menschen nie begreifen. Sie verstand nur, dass ihr bester Freund Dante ihr mehr und mehr entglitt.

Wohnen für Anfänger

Lena kam keinen Schritt weiter. Jeden Abend schickte sie Bobbies Fall zur Entscheidung in die Versammlung, jeden Morgen fand sie das Hologrammbuch unbearbeitet auf dem Förderband.

«Wie lange wird es noch dauern?», fragte sie.

Dante zuckte mit den Schultern. «Irgendwann muss sie einlenken. Ihr Schweigen ist ein gutes Zeichen.»

Lena gab nicht auf. «Dringend», schrieb sie auf Bobbies Buch, bevor sie die Strafkolonie verließen.

Seite an Seite liefen sie ein Stück des Nachhausewegs zusammen. Die exzentrischen Gestalten, die ihr überall begegneten, waren Normalität für Lena geworden. Nicht so die extremen Witterungsschwankungen. Nach dem plötzlichen Wintereinfall kämpfte die unsichtbare Stadt mit einer Hitzewelle. Während Lena unter der Sonne ächzte, schienen die anderen Zeitreisenden vollkommen unbeeindruckt. Der menschliche Anteil in ihr schwitzte, fror und ermüdete. Dante zeigte niemals Anzeichen von Erschöpfung. Bei aller Faszination, die er auf sie ausübte, blieb der Junge ihr ein Rätsel. Wohin ging er jeden Abend? Was tat er, wenn er nicht an ihrer Seite arbeitete?

«Wo wohnst du eigentlich?», fragte sie, als ihre Wege sich an der Sonnenuhr trennten.

Dante lachte auf. «Wir wohnen nicht», sagte er. «Wir reisen. Wir sind immer unterwegs.»

Üblicherweise verabschiedeten sie sich hier. Doch diesmal wollte Lena sich damit nicht zufriedengeben.

Sie insistierte: «Irgendwo musst du doch schlafen.»

«Ab und zu», sagte Dante kryptisch.

«Darf ich dein Zimmer sehen?», fragte Lena frech.

Dante blieb für einen Moment verblüfft stehen. «Was für einen Sinn sollte das haben?»

«Du weißt alles über mich und ich nichts über dich», beschwerte sich Lena.

«Mein Zimmer wird dir da nicht weiterhelfen.»

«Darf ich das selber entscheiden?»

«Nein.»

Wie Tennisbälle flogen die Argumente in hohem Tempo hin und her.

«Was hast du zu verbergen?»

«Nichts, das ist es ja gerade.»

«Das glaube ich dir nicht.»

Wie üblich rannte er in enormem Tempo voraus.

«Das ist ungerecht», rief Lena hinter ihm her. «Du bringst mich hierher ...»

«Du hast dich selber eingeladen, ich habe nur auf dein Signal reagiert.»

«Du bringst mich hierher, weil du mehr über mich wusstest als ich selbst. Du mischst ununterbrochen im Leben anderer Menschen mit», beharrte Lena, «aber wenn du selber eine Frage beantworten sollst, stellst du dich furchtbar an.»

«Menschen sind komisch», befand Dante.
«Und? Was ist?», fragte Lena nach.
«Unter einer Bedingung», lenkte er ein. «Du darfst dich später nicht beschweren.»
Lena nickte.
Dante nahm ihre Hand, wechselte abrupt die Richtung und zog Lena hinter sich her. Sie wusste nicht, zum wievielten Mal sie das äußere Achteck ablief. Während Lenas Hostel sich im Nordteil der Stadt befand, steuerte Dante auf den Südteil zu.
«Hier», sagte er und deutete auf einen austauschbaren Häuserblock, den die Leuchtschrift *Gasthof Sonne* zierte.
«Hast du keine eigene Wohnung?», fragte sie verdutzt.
«Wir wohnen alle im Hotel», erklärte Dante. «Wir sind nur zu Gast in der unsichtbaren Stadt.»
Das Hotel unterschied sich in nichts von allen anderen. Die Lobby bevölkerten wie üblich zahlreiche Reisende, die ihre Einsätze vorbereiteten. Dutzende Augenpaare folgten ihnen, als sie sich kichernd in den Einpersonenaufzug quetschten. Die Tür schloss sich. Der Laserscanner fuhr hektisch über ihre Körper. Offenbar war das System nicht darauf ausgerichtet, dass Zeitreisende jemals Gäste in ihren Räumlichkeiten empfingen.
«Manueller Betrieb», bellte eine Stimme. «Bitte geben Sie Ihre Zimmernummer an.»
«Das ist der Sprachcomputer», erklärte Dante. «Wenn das System sich aufhängt, bekommst du einen Mitarbeiter an die Strippe.»
Er gab die Nummer durch. «6–4–5–4.»
Der Aufzug setzte sich so ruckartig in Bewegung, dass

Lena gegen Dante geschleudert wurde. Der Scanner drehte durch: Rote und grüne Farben zuckten um sie herum.

«Hier geht's zu wie in einer Zweimanndisco», lachte Lena. Sie warf ihre Arme in die Höhe und wagte ein paar Tanzschritte.

Dante blieb stocksteif stehen.

«Gehst du nie tanzen?», fragte sie.

«War noch nie nötig», sagte Dante.

«Es ist ganz einfach», erklärte Lena. «Du musst nur auf die Musik hören, dein Körper sagt dir von selber, wie er sich dazu bewegen muss.»

Sie begann, eine Melodie zu summen. Vorsichtig legte er seine Hände auf Lenas Schulter und Hüfte und zog sie zu sich heran. Er war einen Kopf größer als sie und roch auch am Ende des langen Tages frisch geduscht, irgendwie nach Tannen. Sie fühlte seinen Herzschlag, die Nervosität.

«Normalerweise bleiben Zeitreisende nie lange an einem Ort», sagte er. «Aber ich bin gerne an einem Ort. Vor allem, wenn er so klein ist.»

Seine Hände glitten warm über ihren Rücken. Lena sah ihm direkt in die außergewöhnlichen Augen. Sein Kopf kam näher.

Bamm. Mit einem heftigen Ruck stoppte der Aufzug, und die Türen schossen auf. Die ungeplante Doppelbesetzung brachte offenbar das ganze System durcheinander. Entsetzt fuhren Lena und Dante auseinander. Der innige Moment zwischen ihnen verflog ebenso schnell, wie er gekommen war. Vor der Tür stand ein hünenhafter Römer in Schienenpanzer, Rüstung und Sandalen. Seine Arme und Beine waren ebenso nackt wie muskulös. Er registrierte sichtlich verwirrt, dass der Fahrstuhl besetzt war. Und das doppelt. In Ermangelung besserer Ideen drängte der Krieger sich zwischen Lena und Dante. Er roch scharf, als hätte er die letzten vierzehn Tage mit Löwen im Circus Maximus gerungen. In diesen Aufzug passte kein Blatt Papier mehr. Lena freute sich, die fahrende Sardinenbüchse im sechsten Stock endlich verlassen zu dürfen. Der Römer trat in den Gang und beobachtete misstrauisch das Paar, bis es im Dunkel verschwand. Er griff zu seinem Chronometer und tickte eine Nummer ein.

«Hallo, Ines, da gibt es etwas, das du der Zeitmeisterin melden solltest», sagte er. Seine Stimme hallte durch die Gänge. Offenbar wollte er, dass Lena und Dante ihn hörten.

Dante winkte dem Römer enthusiastisch zu und schob Lena in das Zimmer mit der Nummer 6454.

Lena blieb wie angewurzelt stehen.

«Das ist es?», fragte sie entgeistert. «Hier wohnst du?»

«Ich habe dich gewarnt», sagte Dante lässig.

Das Zimmer enthielt die übliche Minimaleinrichtung von Bett, Stuhl, Schreibtisch und Nasszelle. Es war offenbar von einem Flugzeugbauer entworfen worden, der Gäste möglichst platzsparend unterbringen wollte und dabei versuchte, unterschiedlichsten Geschmäckern gerecht zu werden: klein, aber clever und funktional eingerichtet, ohne jeden Hauch von Persönlichkeit. Möbel und Wände strahlten in neutralen Farbtönen.

«Wo bewahrst du deine Klamotten auf?», fragte sie.

«Wir erhalten unsere Ausstattung im Laden», sagte Dante. «Für jeden Auftrag brauchen wir was Neues.»

«Und dein schwarzer Mantel?»

«Ist eigentlich verboten», erklärte Dante ein bisschen verlegen. «Aber ich war der Klassenbeste im Kurs Unsichtbarsein. Da traut sich keiner was zu sagen.»

«Und deine anderen Sachen?»

Dante schien nicht zu verstehen, wovon sie sprach.

«Bücher, Fotos, Sportpokale, Gesellschaftsspiele, alte Schulhefte, Erinnerungen?», legte Lena nach.

«Wenn ich mich an alles erinnern müsste, würde mein Kopf platzen», sagte Dante. «Aber wer will sich schon erinnern? Ebenso gut kann ich in der Zeit zurückreisen.»

Es fiel Lena immer noch schwer nachzuvollziehen, wie Zeitreisende tickten. «Was machst du in deiner Freizeit?», fragte sie. «Hast du keine Hobbys?»

«Schlafen», gab Dante zu. «Das Leben ist anstrengend: brutale Frühdienste, endlose Nachteinsätze, permanenter Jetlag auf der Langstrecke, Strahlenbelastung, ständige Zeitnot.»

Lena schüttelte ungläubig den Kopf. Sie hatte noch nie ein Zeichen von körperlicher Schwäche bei Dante wahrgenommen. Er gab immer Vollgas. Wie hatte ihre Mutter im Auto gesagt: «Ich will es unserer Tochter ersparen, dass sie atemlos und einsam durch die Zeiten irrt.»

«Was würdest du zu Hause tun?», fragte Dante vorsichtig. «An einem Tag wie heute?»

Lena lächelte. «Komm mit. Ich zeige es dir.»

Rette mich!

«Schwimmen?», fragte Dante entsetzt.

Lena nickte. «Warum nicht?»

Über das Osttor verließen sie die unsichtbare Stadt und folgten dem Lauf des Flusses, bis sie eine Ausbuchtung erreichten, die fast schon an einen See erinnerte. Dante blickte zweifelnd um sich. Der Fluss funkelte tiefgrün und kristallklar. Der Wind streichelte die Wasseroberfläche, gerade genug, um kleine Wellen zu erzeugen.

Lena stupste ihren Zeh ins Wasser. Es war überraschend kühl. Sie entledigte sich ihrer Klamotten bis auf das T-Shirt und die Unterhose, stürzte sich in die Fluten und schwamm ein Stück hinaus. Das kühle Nass spülte die Last der vergangenen Tage von ihr ab. Schmutz, Schweiß, Tränen und Verzweiflung fielen für einen Moment von ihr ab.

Dante blieb lamentierend am Ufer zurück: «Nicht, dass ich etwas gegen Wasser habe. Regen, Schnee, Eis: Das Wasser ist mein Freund. Aber deswegen will ich noch lange kein Fisch sein.»

Lena musste lachen. Dante sah so fehl am Platz aus wie ein Pinguin in der Wüste.

«Und wohin schwimmen wir?», rief er vom Rand aus.

«Nirgendwohin», sagte Lena.

«Es gibt keinen Plan?», fragte Dante verwundert.

Noch immer machte er keinerlei Anstalten, zu ihr ins Wasser zu kommen.

«Wofür braucht man ein Ziel?», sagte Lena. «Manchmal reicht es vollkommen, Zeit zu haben.»

Übermütig spritzte sie Wasser in seine Richtung.

«Kannst du überhaupt schwimmen?», rief sie ihm zu.

«Ich würde sagen, ich kann besser tanzen als schwimmen», antwortete er.

Mit einem Ruck entledigte er sich seines Mantels und sprang samt Schuhen und restlichen Klamotten mit einem Riesensatz in den Fluss. Das Wasser spritzte in einer eindrucksvollen Fontäne in die Höhe, ein Strudel verschluckte Dante. Er ging sang- und klanglos unter. Wie ein Stein. Blasen blubberten nach oben, erst viele, dann nur noch ein paar, schließlich gar keine mehr. Es wurde still. Sehr still. Viel zu still. Ungeduldig wartete Lena darauf, dass er auftauchte. Nichts geschah. Eine Sekunde, zwei, drei, fünf, fünfzehn. Die Wasserfläche glättete sich.

«Dante? Dante!»

Lena paddelte zu der Stelle, an der Dante verschwunden war, als er im Wasser hochschoss. Er prustete los, als er die Panik in Lenas Gesicht sah. Lena schlug empört auf ihn ein. Er fing ihre Arme und hielt sie fest.

«Wir sind immer für andere da», sagte Dante mit einem schüchternen Lächeln. «Ich habe mich immer gefragt, wer mich rettet, wenn ich in Not gerate.»

«Ich bin ein miserabler Retter», gab Lena ehrlich zu. Unwillkürlich dachte sie an Bobbie.

«Das ist noch nicht bewiesen», sagte Dante.

Sie wollte Dante so gerne Glauben schenken. Solange Bobbies Fall nicht final abgelehnt war, durfte sie die Hoffnung nicht aufgeben. Es musste eine Lösung geben.

«Schwimmen kann nicht gut sein», sagte Dante, der ihr Zittern spürte.

«Lass uns raus», sagte sie.

Einmal am Ufer angekommen, schlang Dante seinen Mantel um Lena. Einen Moment hoffte sie, dass er seinen Arm auf ihrer Schulter ruhen lassen würde. Vergeblich. Dante setzte sich ein paar Meter von Lena entfernt ins Gras. Als ob er bewusst einen gewissen Sicherheitsabstand hielte. Seine eigenen Klamotten ließ er am Körper trocknen.

«Frierst du nie?», fragte sie.

Dante schüttelte den Kopf. «Bevor mir kalt wird, bin ich immer schon weg. Aber ich habe so ein seltsames Kribbeln im Magen. Es fühlt sich nicht an wie Hunger.»

Lena lachte. «Du bist komisch», sagte sie. «Gut komisch.»

Die Luft flirrte, das Schweigen dehnte sich ins Unendliche. Er sah sie an. Plötzlich war das Gefühl aus dem Fahrstuhl zurück, nur für einen winzigen Moment. Dann wandte er sich abrupt ab.

«Ich hatte neulich einen Angler, der eine Seezunge gefangen hatte», plapperte Dante nervös drauflos. «Er war so glücklich über seinen Fang, dass er den Fisch küssen wollte. Als er den Mund öffnete, sprang der Fisch ihm hinein. Ohne uns wäre der Mann erstickt.»

«Du hast noch nie ein Mädchen geküsst», sagte Lena ihm auf den Kopf zu.

«Doch, ganz viele», sagte er. «Bei Aufträgen. Manchmal.

Sehr selten. Ich habe nie begriffen, warum sie eine so große Sache daraus machen.»

«Du musst die Richtige küssen», sagte Lena. Was redete sie da? Sie konnte Dante unmöglich küssen. Wer weiß, wie lange sie noch in der unsichtbaren Stadt bleiben durfte?

«Und wie weiß ich, wer die Richtige ist?», fragte Dante.

«Du merkst es von alleine», sagte Lena, deren Vernunft ausgeschaltet zu sein schien. Das ging in die falsche Richtung. Wie eine Schussfahrt auf eisigem Schnee. Wenn man nicht mehr bremsen konnte.

«Kannst du es mir zeigen?», fragte Dante. «Wie man richtig küsst?»

Wieder so ein Moment. Von wegen: Die Zeit läuft immer weiter. Sie stand still. Einen Augenblick lang.

«Willst du das?», fragte sie.

«Ich muss doch wissen, was ich wollen kann», sagte Dante.

«Wir spielen Beinahe-Küssen», sagte Lena. «Die Lippen kommen sich ganz nahe. So nahe wie möglich, aber sie dürfen sich nicht berühren.»

Dante verrenkte sich nach vorne, als vollführte er eine Yogaübung.

Lena klopfte sacht auf den Boden neben sich. Er rutschte ein Stück näher an sie heran. Und dann noch ein Stück. Sein Körper strahlte die Kälte des Wassers aus. Feine helle Härchen bedeckten seine Arme.

«Die Lehrbücher sagen immer, dass der Kontakt mit Menschen die Seelenruhe von Zeitreisenden zersetzt. Sie sagen nicht, wie gut sich Zersetzung anfühlt.»

«Konzentrier dich auf dich selbst, vergiss alles um dich herum», sagte Lena.

Ihre Augen versanken ineinander.

«Es kribbelt in meinen Zehen. Ist das normal?», fragte Dante.

Lena legte den Zeigefinger über seine Lippen. Ihre Nasen bewegten sich aufeinander zu. Ihre Lippen waren nur noch einen Hauch voneinander entfernt.

«Bis hierhin gefällt es mir», sagte Dante leise.

Sie spürte seinen Atem an ihrer Wange. Lena schloss die Augen. Ihre Lippen trafen aufeinander. Fast. Jeden Moment musste es passieren. Dachte sie. Hoffte sie. Die nervöse Erwartung verwandelte sich in Verwunderung. Lena blinzelte mit dem linken Auge. Das reichte, um zu begreifen, dass sie sich gerade bis auf die Knochen blamierte.

Dante war spurlos verschwunden. Stattdessen stand Coco vor ihr und bedachte sie mit einem Blick, den sie sonst nur von Bobbie kannte. So sah ihre Freundin aus, wenn sie unter dem Mikroskop Insektenbeine untersuchte.

«Was machst du da?», fragte Coco.

«Das frage ich mich auch», gab Lena zu.

Der Auftrag

Lena kehrte mit einem merkwürdigen Gefühl in ihr Hosteltelzimmer zurück. Alles sah anders aus. Sämtliche Zeitungsausschnitte waren verschwunden. Die Wand leuchtete jungfräulich weiß, als ob alles, was in der Vergangenheit geschehen war, mit einem Schlag ausgelöscht wäre.

«Wir fangen noch mal von vorne an», sagte eine tiefe Stimme.

Lena schrak zurück, als sie am Fenster die Zeitmeisterin erkannte. Mit ernster Miene betrachtete sie die Unfallfotos, die Lena in die unsichtbare Stadt mitgebracht hatte. Ohne mit der Wimper zu zucken. Sie sagte sehr lange nichts. Ihr Schweigen beängstigte Lena, die mit dem Schlimmsten rechnete: mit Ermahnungen, Abwehr, neuen Strafen.

«Geht es um Bobbies Antrag?», fragte sie.

Die Zeitmeisterin musterte sie abschätzig. «Der Fall steht noch lange nicht auf der Tagesordnung», sagte sie.

«Aber sie braucht Hilfe», konterte Lena. «Weil ich Mist gebaut habe.»

Keine Reaktion. Nur das hartnäckige Schweigen.

«Ich würde alles tun, um mein altes Leben wiederzubekommen», sagte Lena eindringlich.

«Meine Mitarbeiter behaupten, ich bin zu mild mit dir», hob die Zeitmeisterin an. «Sie haben recht.»

Lena wagte nicht, etwas zu entgegnen. Die Stimme jagte ihr kalte Schauer über den Rücken. Hatte der Unfall sie so hart gemacht? Gab sie Lena die Schuld daran, dass sie ihre Tochter verloren hatte? Lena versuchte vergeblich, sich Rhea und die Zeitmeisterin zusammen vorzustellen. Als Mutter und Tochter.

«Ich war neugierig, ob du dich eingliedern kannst. Die Antwort kenne ich jetzt.» Sie klang kalt und verärgert. «Es wird Zeit, dass der Zirkus aufhört.»

Lena senkte die Augen. Eine Stimme in ihrem Inneren sagte ihr, dass sie es der Zeitmeisterin nie recht machen würde.

«Dein Antrag ist abgelehnt», sagte sie. «Ich werde niemanden schicken, um deiner kleinen Freundin zu helfen.»

Lena schloss die Augen. Sie hatte alles versucht – und alles verloren.

«Ich werde niemanden schicken», wiederholte die Zeitmeisterin. «Das wirst du schon allein erledigen müssen.»

Sie hielt ihr den Chronometer hin.

«Du hast eine einzige Chance», sagte sie. «Danach will ich dich nie wieder in der unsichtbaren Stadt sehen.»

Herzensbrecher

Schäumend vor Wut lief Coco neben Dante durch das mittlere Achteck.

«Du bist ein Zeitreisender», schimpfte sie. «Kein Wassermann.»

«Reisender vielleicht. Aber Zeit habe ich noch nie gehabt. Für nichts.»

Coco erkannte ihren alten Freund nicht wieder.

«Hast du nie das Bedürfnis, die Zeit anzuhalten?», fragte Dante.

«Wozu?», fragte Coco. Sie schüttelte energisch den Kopf.

«Wir kümmern uns um andere», betete sie den Grundsatz aus ihrer Ausbildung herunter, «nicht um uns selber. Das hebt uns über die Menschen hinaus.»

Dante schüttelte den Kopf. «Sie ist eine von uns. Ich helfe ihr.»

«Sie ist mehr Mensch als Zeitreisende. Ich merk das ganz genau: Sie steckt dich an mit ihren menschlichen Gefühlen. Du weißt, wie gefährlich das ist.»

Dante winkte ab, aber aus Coco sprudelte es nur so heraus. «Schau in unser Archiv. Da steht es. Tausendfach. Millionenfach. Menschen verlieben sich, und am nächsten Tag entlieben sie sich. Sie produzieren Liebeskummer und Eifersuchtsdramen. Und wir räumen auf.»

«Warum kann man nicht mehr sein als ein Zeitreisender?», fragte Dante. «Freund und Zeitreisender.»

«Weil das Wort aus zwei Bestandteilen besteht», eiferte sich Coco. «Zeit und Reise. Wir sind auf der Durchreise. Du darfst dich an niemanden binden.»

«Komm, ich zeig dir was», sagte Dante.

Er griff ein altmodisches Herrenfahrrad, das ein Kollege vor einem Laden geparkt hatte. Coco sprang auf den Gepäckträger. Zusammen ging es durch die halbe Stadt. Vor der Mensa stoppte er.

«Ist das eine Einladung zum Essen?», fragte Coco erfreut.

Statt einer Antwort schob Dante sie durch den spärlich besetzten Essensraum Richtung Küche und Kühlkammer.

«Was machen wir hier?», fragte sie neugierig.

«Frieren», sagte Dante und schob die Türen des riesigen Lebensmittellagers hinter sich zu.

«Wofür soll das gut sein?», fragte Coco.

Sie begriff nicht, worauf Dante hinauswollte. Viel interessanter waren da schon die lockenden Köstlichkeiten, die im Gang *Eis und Süßspeisen* auf dankbare Abnehmer warteten: Torte, gefrorene rote Früchte, Pralinen, Speiseeis in allen Größen, Farben und Sorten.

«Das ist besser als jedes Schlaraffenland», schwärmte Coco.

«Verstehst du nicht?», insistierte Dante. «Unser Leben ist lauwarm. Wir müssen viel mehr spüren: Hitze, Kälte, Liebe, Hass.»

Coco steckte sich eine Eispraline in den Mund. Ihr Appetit schien zurückgekehrt. Die Schokolade knackte, als ihre Zähne die dünne Schicht zerteilten. Innen verbarg sich eine zuckersüße klebrig rote Masse, die verführerisch in ihrem Mund schmolz.

«Wolltest du sie wirklich küssen?», fragte sie.

Dante antwortete nicht.

«Küssen ist zehn Prozent Liebe, zwanzig Prozent Lust, zwanzig Prozent Leidenschaft und viel Spucke», murmelte Coco mit vollem Mund. «Das reicht, um Menschenleben zu ruinieren.»

Warum sollte sie sich mit dem unerklärlichen Innenleben der Erdenbewohner auseinandersetzen, wenn sie sich durch die Vorratskammer der Zeitreisenden probieren konnte?

Dante beobachtete sie aufmerksam. «Und? Frierst du schon?», erkundigte er sich.

«Von innen», sagte Coco begeistert. «Mein Magen bibbert vor Aufregung.»

Dante wandte sich enttäuscht ab.

«Ich verstehe nicht, warum du so versessen darauf bist, die Menschen zu verstehen», grummelte Coco aus den Tiefen einer Eistruhe. Vielleicht verbarg sich unter den Torten eine unbekannte Köstlichkeit?

«Das Modell ist nicht ausgereift», erklärte sie, während sie die Vorräte durchwühlte. «Schau dir das Knie an. Qua Konstruktion ein einziger Murks. Oder den Blinddarm. Diese ewigen Durchbrüche, die wir reinkriegen. Das ist doch widersinnig. Menschen sterben, weil sich ein Organ, das fürs Überleben vollkommen überflüssig ist, entzündet.»

Sie zeigte Dante eine Eistorte in der Form eines Pinguins.

«Selbst Tiere sind klüger. Da sterben nur wenige an Krebs.

Die bekommen auch keine Malaria oder Alzheimer. Warum sollen wir uns an dem menschlichen Unsinn beteiligen? Es reicht, wenn sie sich gegenseitig unglücklich machen.»

Der Happen blauer Pinguin blieb ihr im Hals stecken. In der Tür stand die Zeitmeisterin, umgeben von kaltem Nebelhauch, wie eine Erscheinung. Wie lange hatte sie schon zugehört? Sie kam näher. Ihre Absätze knallten auf dem Fliesenboden. Coco versuchte, ihre Beute verschwinden zu lassen, bis ihr auffiel, dass der Blick der Zeitmeisterin alleine auf Dante gerichtet war. Als ob sie unsichtbar wäre. Vielleicht war sie doch nicht so untalentiert, wie alle behaupteten. Coco schlich sich langsam Richtung Ausgang, aber nicht ohne im letzten Moment noch eine Notreserve für den Nachhauseweg zu schnappen. In der Tür drehte sie sich noch einmal um.

Die Zeitmeisterin überreichte Dante seinen Chronometer. «Du begleitest Lena auf ihrer Mission», befahl sie. «Diesmal muss alles glattgehen. Ich will, dass Lena keinen Grund hat, in die unsichtbare Stadt zurückzukehren.»

Ich bin schlecht im Abschiednehmen

Lena zuckte zurück. Der muffig-feuchte Geruch vergangener Jahrhunderte schlug ihr entgegen. Gleich im Eingangsbereich des Secondhandladens hing eine Batterie Pelze. Neben Persianern, Nerzmänteln und Kaninchenfelljacken fand man hier Accessoires wie Hermelinmützen, Waschbärenstolen oder gar einen Fuchskragen mit Kopf. Die Felle verströmten ein unangenehmes Aroma von Mottenkugeln und totem Tier. Lena verzog angewidert das Gesicht.

«Es ist wichtig, dass man so riecht wie die Zeit, in die man reist», erläuterte Dante. «Fürs Mittelalter reicht es, auf Duschen, Haarewaschen und frische Unterwäsche zu verzichten, andere Zeiten erfordern mehr Aufwand.»

Lena hatte ihre Lektion gelernt. Einen Auftrag erfolgreich auszuführen, erforderte gute Vorbereitung und genaue Planung. Ein unmittelbares Eingreifen am Schlittenberg barg zu viele Risiken. Wie beim Billard musste sie um die Ecke denken, in Kurven und Kombinationen. Zum ersten Mal unterschied Lena sich nicht mehr von den anderen Zeitreisenden. Sie bereitete sich akribisch auf die Reise in die Vergangenheit vor. Gemeinsam mit Dante stöberte Lena in einem der vielen Klamottenläden im mittleren Achteck nach einem passenden Kostüm für den Einsatz. Ein langer roter Mantel mit eindrucksvollem Fellbesatz war schnell gefunden, jetzt fehlten Bischofsmütze, Bart und Stab, ein goldenes Buch, Winterstiefel, Handschuhe und eine Brille. Der Plan war klar umrissen. Als Nikolaus und Knecht Ruprecht verkleidet würden sie mit einem passenden Geschenk dafür sorgen, dass Bobbie die Rutschpartie auf dem Eichberg nicht zu fürchten brauchte.

Bei aller Freude darüber, sich eine neue Chance verdient zu haben, war Lenas Herz schwer. Die unsichtbare Stadt zu verlassen, würde heißen, sich für immer von ihrem wunderbar verrückten Begleiter zu verabschieden. Sie zwang sich, die düsteren Gedanken beiseitezuschieben. Einmal im Leben musste sie sich wirklich hundertprozentig konzentrieren. Diesmal durfte nichts schiefgehen.

Sie hatten die Nikolausfeier in Kindergarten ausgewählt, um ihren sorgfältig ausgeklügelten Plan, Bobbie zu retten, in die Tat umzusetzen. Dante hatte am Kiosk das entsprechende Exemplar vom *Morgen* aufgetan. Seit Tagen studierte Lena das Pressefoto aus dem Kindergarten, lernte Namen auswendig und prägte sich Gesichter ein. Gemeinsam mit Dante hatte sie alle Details des Einsatzes generalstabsmäßig durchdacht und hundertmal im Kopf durchgespielt. Die Auswahl des Kostüms war der letzte Schritt auf dem Weg, das einmal angerichtete Unheil geradezurücken.

Hinter ihr ertönte eine Glocke. Lena fuhr herum und blickte in das Gesicht eines braunen Fellmonsters mit furchterregender gehörnter Maske und spitzen Zähnen, das eher nach Teufel als nach der passenden Begleitung für den Nikolaus aussah. Sie schüttelte energisch den Kopf.

Dante nahm die Maske ab. Sie blickte ihm direkt in die Augen. Die sonst so unterschiedlichen Pupillen wirkten dunkel vor Traurigkeit.

«Wir verschieben die Reise», sagte er. «Eine Woche, einen Tag, wenigstens eine Stunde.»

Sie wussten beide, dass der Ausflug ihre Abschiedsvorstellung war. In dem Moment, in dem sie die *Operation Bobbie* zu Ende gebracht hatten, war Lenas Zeit in der unsichtbaren Stadt abgelaufen.

«Ich bin es Bobbie schuldig», sagte Lena. «Ich habe der Zeitmeisterin mein Wort gegeben.»

Tränen ließen sein Gesicht vor ihren Augen verschwimmen. Dante strich ihr sanft über die Wange.

«Ich werde dich vermissen», sagte sie leise. «Du bist der Erste, bei dem ich keinen Schluckauf kriege.»

Sein Mund näherte sich dem ihren. Im letzten Moment wich Dante zurück.

«Ich will keinen Abschied nehmen. Ich bin schlecht in so was», sagte er. «Außerdem haben wir alle Zeit der Welt.»

Sie wussten beide, dass es eine Lüge war.

Dunkle Gesellen

«Es kann losgehen», sagte Dante. Es war der 6.12.2006. Sie standen im Gang von Bobbies Kindergarten. Dante rückte Lenas Mitra mit dem eingestickten goldenen Kreuz auf ihrem Kopf zurecht, ziepte ein letztes Mal an ihrem weißen Rauschebart und schob das Kissen, das ihr mehr Gewicht geben sollte, an die richtige Stelle. In Dantes Nähe schwiegen die Stimmen. Dabei wusste sie auch ohne Einflüsterungen, dass sie sich nicht verlieben durfte. Nicht in Dante. Nicht in einen Zeitreisenden. Sie hatte der weißen Dame versprochen, nie wieder zurückzukehren. Ihre Beine wurden weich. Vielleicht war es längst zu spät zum Nichtverlieben.

«Ich rede mit der Zeitmeisterin, sobald der Auftrag erledigt ist», sagte er. «Sie muss ihre Meinung ändern.»

Dante zog Lena zu sich heran. Bis er merkte, dass sie nicht alleine waren. Im Gang stand ein kleines Mädchen mit bravem Bubikopf und kariertem Rock, das sie mit offenem Mund beobachtete. Regungslos starrte die kleine Bobbie in ihre Richtung. Lena wurde es ungemütlich hinter ihrem weißen Bart. Sie zog ihre Kopfbedeckung tiefer ins Gesicht. Bobbie war schon immer davon überzeugt gewesen, dass die

Nikolausgeschichte eine einzige große Lüge war. Mit ein bisschen Pech flogen sie auf, bevor ihre Mission begonnen hatte.

So kurz wie möglich, lautete der oberste Leitsatz der Zeitreisenden. Bei längeren Aufenthalten lief man immer Gefahr, neugierigen Wesen wie Bobbie zu begegnen. Oder feindseligen Gestalten wie Harry König.

Dante knurrte einmal. Erschrocken drehte sich Bobbie auf ihren Marienkäfer-Hausschuhen um die eigene Achse und stürmte davon.

«Sie hat mir geglaubt», brummte Dante unter seiner Maske.

Gerade noch mal gutgegangen. Jetzt kam es darauf an. Ihnen standen zwanzig Minuten zur Verfügung, bevor das eigentlich engagierte Nikolaus-Duo erschien. Um keine Unruhe zu stiften, hatten sie darauf verzichtet, dem gebuchten Team abzusagen. Die Kinder würden es nicht schlimm finden, zweimal Bescherung zu feiern. Was sollte jetzt noch schiefgehen?

Lena öffnete die Tür einen Spaltbreit und wagte einen heimlichen Blick. Dante war mindestens genauso aufgeregt wie die Kinder, die im Stuhlkreis auf ihren Sitzen herumhampelten. Der Raum war zu Ehren ihres Besuchs feierlich geschmückt. An den Wänden baumelten Nikoläuse aus Toilettenrollen, Tonpapier und Wattebällchen neben glitzernden Sternen aus Salzteig, in bunt angemalten Marmeladengläsern brannten Teelichter. Die betont muntere Kindergärtnerin Lilliane schenkte Punsch an die Eltern und warmen Orangentee an die Kinder aus.

«Bald ist Nikolausabend da», trällerte sie fröhlich und wagte ein paar kecke Tanzschrittchen. Henriette Albers verteilte Cupcakes, auf denen umgestülpte Eistüten in einem Kranz Schlagsahne steckten. Lena konnte sich genau vorstellen, wie die Mutter von Bobbie stundenlang die Tüten in Rot und Grün eingefärbt hatte. Bobbies Aufgabe bei der Vorbereitung war vermutlich gewesen, die Marshmallows auf die Spitzen zu stecken, ohne die Hälfte davon aufzuessen.

Die Kinder rückten im Kreis auf ihren kleinen Stühlen zusammen. Jonas zeigte sich wie immer verkleidet und schwer bewaffnet, neben ihm hibbelte Bobbie auf ihrem Stuhl herum. Die Aufregung stand den Kleinen ins Gesicht geschrieben. Zu einer Ecke brachte Carl Rasmus seine Kamera für den großen Moment in Stellung.

«Wann geht es endlich los?», fragte Jedi-Ritter Jonas.

Lena und Dante klatschten sich ab und atmeten einmal tief durch. In ehrfurchtsvoll gemächlichem Schritt betrat Nikolaus Lena den Raum. Der Blitz aus Carl Rasmus' Kamera blendete sie. Schlagartig erstarben alle Gespräche.

«Der Nikolaus ist ein Mädchen», sagte Bobbie in die andächtige Stille hinein. «Das ist nicht der Richtige.»

Aus den Reihen der Eltern folgten lautstarker Widerspruch und Beschwichtigungen. Kindergärtnerin Lilliane griff hastig zur Gitarre. Der Chor der Kinder setzte ein.

«Lasst uns froh und munter sein», schallten wacklige Singstimmen durch das Spielzimmer. Lena wusste genau, wie so etwas ablief. Seit Wochen war der hohe Besuch angekündigt und mit dem Vorlesen von Bilderbüchern, Bastelarbeiten und Einstudieren von Liedern vorbereitet worden. Während Lena sich als gütig nickender Nikolaus versuchte, übertrieb Dante es mit seiner Darstellung des grimmigen Gesellen. Er sonnte sich in der Paraderolle des Erschreckers. Den Eltern gefiel er dadurch eher weniger. Jonas reckte todesmutig sein Schwert, aber so recht von Herzen schien sich keines der Kinder über sein Erscheinen zu freuen. Beim «Lustig, lustig, trallalalala» waren die meisten vor Angst verstummt. Die zweite Strophe sang Henriette Albers allein. Doch auch die hörte man nicht so richtig, weil die Hälfte der Kinder in hysterisches Gebrüll ausgebrochen war. Dabei hatte Dante nur ein einziges, kurzes Knurren ausgestoßen.

Lena, erprobt durch zwei kleine Schwestern, mahnte zu Ruhe und Ordnung. Lilliane drängte Knecht Ruprecht in die Teeküche. Mit der Fußsohle trat sie die Tür hinter sich zu.

«Dass du immer so übertreiben musst», sagte Lilliane. «Ich habe dir doch gesagt, du sollst behutsam vorgehen.»

Dante spürte einen verärgerten Stupser an seiner Schulter.

«Kennen wir uns?», brummte er unter seinem Kostüm hervor.

Die Kindergärtnerin lachte kokett auf. Zeitreisen gestalteten sich in der Praxis grundsätzlich komplizierter als gedacht. Vielleicht hätte er sich neben allen anderen Recherchen, die sie betrieben hatten, darüber informieren sollen, wen der Kindergarten normalerweise für seine Rolle engagierte. Offenbar waren Lilliane und Knecht Ruprecht mehr als nur flüchtige Bekannte. Unter seinem Kostüm brach Dante der kalte Schweiß aus. Als er aus dem Fenster schaute, bemerkte er den Wagen, der auf den Parkplatz bog. War das schon das richtige Nikolaus-Team? Bevor er begriff, was gespielt wurde, schlang Lilliane die Arme um ihn. Dante zuckte zusammen wie vom Blitz getroffen. Das ging in die falsche Richtung. Um keinen Preis der Welt durfte die Maskerade auffliegen, bevor der Nikolaus das Geschenk überreichte, das Bobbie im alles entscheidenden Moment das Leben retten würde.

«Du siehst so verwegen aus», flüsterte die Kindergärtnerin und schob sich näher an Dante heran. «Ich mag verwegene Männer.»

«Durst», krächzte Dante. «Durst, ganz furchtbar.»

Lilliane ließ von ihm ab und servierte eine Tasse selbstgebrauten Punsch.

Er nahm einen tiefen Schluck. Der Punsch roch nicht nur nach einer Überdosis Rum, er schmeckte auch danach. Dante betete, dass Lena schnell machen würde. Er wusste nicht, wie lange er in der Teeküche durchhielt.

Lasst uns froh und munter sein

Lena unterdrückte die aufkeimende Nervosität. Die Blicke von zwanzig erwartungsvollen Kindern ruhten auf ihr. Umständlich nahm sie auf einem dieser klitzekleinen Stühle Platz. Ihren Rücken hielt sie kerzengerade. Die Eltern drückten sich auf den Fensterbänken im Hintergrund herum und betrachteten gerührt das Geschehen. Immer wieder blitzte Rasmus' Fotoapparat auf. Ein Bild der Serie würde morgen in der Zeitung erscheinen.

Lena räusperte sich und gab ihrer Stimme einen tiefen Klang. Bobbie musterte sie mitleidlos kritisch. Sie durfte sich keinen Fehler mehr erlauben.

«Und, seid ihr alle brav gewesen?», hatte der Nikolaus früher immer gefragt. Als ob Bravsein Kinder weiterbrachte.

«Und?», fragte sie in die Runde. «Was habt ihr im letzten Jahr Neues gelernt?»

Die Kinder riefen alle durcheinander. Fahrradfahren ohne Stützen, Schuhe binden, Armbänder flechten, multiplizieren und schreiben. Die letzte Bemerkung stammte von Bobbie. Es wunderte Lena kein bisschen, dass ihre Freundin bereits im Kindergarten allen voraus war. Ohne den furchterregenden Dante klappte es prima. Die Kinder überschlugen sich so sehr, vor dem Nikolaus aufzutrumpfen, dass Lena in Zeitnot geriet. Kurzerhand verzichtete sie auf ihre vorbereiteten Texte und ging hastig zur Verteilung der Gaben über.

Um nicht aufzufallen, drückte sie erst ein paar anderen Kindern Geschenke in die Hand, bevor sie aus dem riesengroßen Leinensack einen feuerroten neuen Bob für Jonas hervorzauberte. Er war bereits aus dem Karton ausgepackt, um überhaupt in den Sack zu passen.

«Das Wichtigste sind die Bremsen», erläuterte Lena mit gespielt männlicher Stimme. «Die müssen immer und überall funktionieren. Sonst landest du irgendwann im See.»

Jonas sah aus, als wolle er in Tränen ausbrechen. Bobbie rutschte zu ihrem Freund rüber und legte ihren Arm um ihn: «Wir fahren zusammen, ja?»

Lena nickte zufrieden. Das menschliche Billardspiel funktionierte besser als erwartet.

Die Eltern steckten die Köpfe zusammen. Wo blieben die Texte, mit denen sie die Kinder ermahnen lassen wollten? Wo die Geschenke, die sie für die Kinder abgegeben hatten?

«Jemand hat sich nicht an die abgesprochene Fünf-Euro-Grenze gehalten», beschwerte sich Henriette Albers. Sie war nicht geneigt, solche Ungerechtigkeiten hinzunehmen.

Rasmus zuckte mit den Achseln. «Vielleicht eine Spende des lokalen Spielwarengeschäfts», mutmaßte er.

Lena sprang auf. «Leider warten andere Kinder», entschuldigte sie sich. «Vielleicht können Sie den Rest übernehmen?»

Sie drückte dem verdutzten Rasmus den Sack mit Geschenken in den Arm. Sie nutzte den Moment der Verwirrung, einen Briefumschlag in sein Jackett gleiten zu lassen. Für den ehrgeizigen Journalisten hatte Lena sich etwas Besonderes ausgedacht. Mission erfüllt. So einfach konnte Zeitreisen sein.

In der Teeküche erreichte Lillianes Stimmung immer neue Höhen. Sie fand ihren ganz persönlichen Knecht Ruprecht besonders anziehend.

«Du bist heute so anders als sonst», säuselte sie.

Nackte Panik ergriff Dante. Flirtete die mit ihm? Er war überfordert und fasziniert und erschrocken und alles zugleich. Zum ersten Mal in seinem Leben hielt ihn jemand für einen Menschen. Und das ausgerechnet in einer Situation, in der er als Monster verkleidet war. Der Punsch erklärte ihm, dass das eine wunderbare Gelegenheit war, seine Testreihe «menschliches Verhalten» zu starten. Rum verschob seine Prioritäten. Was interessierten ihn die Vorschriften? Logik und Vernunft waren offenbar in Alkohol löslich.

«Komm her, du wildes Tier», rief Lilliane, riss ihn an sich und drückte ihm einen feuchten Kuss auf die Lippen. Sie schmeckte nach Punsch, Nikolaus-Cupcakes und Zahnpasta. Dante fühlte nichts.

Lena lief den Gang rauf und runter. Wo war Dante? Verdammt. Sie mussten weg. Bis hierhin war alles perfekt gelaufen. Jeder Moment, den sie sich jenseits ihres Auftrags in der Vergangenheit aufhielten, gefährdete den Erfolg ihres Einsatzes. In der Ferne sah sie Knecht Ruprecht durch die Eingangstür kommen. Was suchte er dadraußen? Auf dem Parkplatz?

«Da bist du ja», rief sie.

Lena wollte schon auf ihn zustürmen, als hinter ihm der Nikolaus erschien. Eine dritte Person zog den Sack Geschenke durch die Tür. Lena erstarrte. Das echte Nikolaus-Team war viel zu früh dran! Knecht Ruprecht litt offenbar unter menschlichen Bedürfnissen und stürzte auf das Männerklo.

Du meine Güte. Was jetzt? Lena verbarg sich in einer Ecke und schälte sich hektisch aus ihrer Verkleidung. Sie ließ den Mantel fallen, den Bart, alles, was sie als Nikolaus identifizierbar machte.

Wo zum Teufel blieb Dante? Um keinen Preis der Welt konnte Lena den Kindergarten ohne ihren Freund verlassen. Vorsichtig blinzelte sie aus ihrem Versteck heraus.

«Und das goldene Buch?», fragte eine weibliche Stimme.

Gerührt erkannte Lena ihre Art, sich zu bewegen, die Art, wie die Frau sich durch die Haare strich, das rote Kleid, das unter der Winterjacke hervorblitzte.

«Ich dachte, du hast es aus dem Auto mitgenommen», sagte der Nikolaus.

Die Stimmen hatten sich für immer in ihr Gedächtnis gebrannt. Kein Zweifel möglich: Das waren ihre Eltern.

Lena zog sich in ihre Ecke zurück. Mit zitternden Händen stellte sie den Chronometer neu ein. Diesmal würde sie das Richtige tun und beweisen, dass sie ihren Egoismus hinter sich gelassen hatte.

Nur einen Blick noch.

Der Nikolaus war verschwunden. Rhea schlenderte den Gang auf und ab und betrachtete neugierig die Schaukästen. Das Richtige tun, verschwinden, nicht eingreifen. Lenas gute Vorsätze schmolzen wie Schnee in der Sonne. Ihr Vater war wohl zum Auto zurückgegangen, denn ihre Mutter war jetzt alleine. Sie war nur ein paar Meter von ihr entfernt. In Wirklichkeit war sie noch schöner als in den Hologrammbüchern und Filmen, die sie gesehen hatte. Dantes Warnungen fielen ihr ein. «Du kannst deine Eltern nicht retten, niemals direkt eingreifen, denk an das Billardspiel.»

Das Bedürfnis, mit der Mutter zu sprechen, übermannte sie. Wie ferngesteuert trat sie aus ihrem Versteck hervor in den Gang. Sie streckte die Hand aus, um Rhea auf die Schulter zu tippen, als sich auf einmal ein Arm um ihre Taille legte. Energisch zog Knecht Ruprecht Lena aus der Gefahrenzone.

Ein einziges Mal

«Ein paar Minuten nur», bettelte Lena. Knecht Ruprecht drängte sie in den Packraum. Unter der Maske starrten finstere Augen sie an. Lena verstand nur zu gut, warum Dante wütend auf sie war.

«Ich weiß, dass es falsch ist», sagte Lena.

Dante versuchte, sie um jeden Preis aufzuhalten, und blockierte mit seinem Körper die Tür. Was war das? War Dante plötzlich breiter geworden? Sie konnte die Kinder verstehen: Er wirkte grimmiger, als sie ihn in Erinnerung hatte. Instinktiv wich Lena zurück. Irgendetwas stimmte nicht.

«Ich würde so gerne mit meiner Mutter sprechen», stammelte sie verwirrt. «Nur ein einziges Mal.»

Wie in Zeitlupe zog Knecht Ruprecht seine Maske herunter. Lena blickte in das Gesicht von Harry König.

«Wen haben wir denn hier?», fragte er.

Auf dem Gang herrschte heillose Verwirrung. Der Nikolaus traf auf einen derangierten und von allzu viel Punsch und noch mehr Lilliane beseelten Dante. Seine Haare waren auf die Seite gerutscht, der Mantel verkehrt geknöpft. Er trug nur noch einen Schuh.

«Lena», rief er. «Jetzt weiß ich alles. Ich glaube, es stimmt. Menschsein ist ansteckend.»

Er ließ seine Arme auf die Schultern der vermeintlichen Lena sacken. Aus tränenunterlaufenen Augen sah er am Nikolaus hoch.

«Du bist gewachsen», sagte er verwundert.

Die Frau im roten Kleid fuhr herum. Nikolaus und Knecht Ruprecht versuchten zu verstehen, was vor sich ging. Dantes Hände tasteten verwirrt die Konturen unter dem Kostüm ab.

«Die Kinder warten auf uns», sagte der Nikolaus und schob Dante von sich weg. «Hast du den Sack mit den Geschenken?»

«Du willst die Sachen wieder mitnehmen?», lallte Dante. «Ich dachte, der Plan war, dass wir Geschenke verteilen.»

«Was soll der Mist, Harry?», sagte der Nikolaus ungeduldig.

Er drehte sich zu Rhea um. «Du hattest recht. Ich hätte den Job nie annehmen dürfen.»

«Rhea?», fragte Dante.

Er traute seinen Augen nicht. Ohne ein weiteres Wort zu sagen, fiel Rhea dem derangierten Knecht Ruprecht um den Hals.

«Dante. Mein alter, verrückter, lieber Freund Dante», sagte sie.

Gerührt lagen die beiden sich in den Armen. Bis ihnen klarwurde, dass etwas nicht stimmte.

«Was tust du hier?», fragte sie alarmiert.

Die Sache mit der Unsterblichkeit

Lena versteifte sich, als König sich ihr näherte. Ruppig drehte er ihren Kopf zur Seite und entdeckte den verräterischen Leberfleck.

«Du bist Lena», sagte er ungläubig.

Lena hörte ihn kaum, so sehr schrien alle Stimmen im Kopf durcheinander. «Schöner Mist! Das hast du jetzt davon. Siehst du, du kannst es einfach nicht.»

«Du kommst aus der Zukunft», sagte König.

Fassungslos schüttelte er den Kopf. Er konnte es einfach nicht glauben.

«Du weißt nicht, wie das ist», sagte er. «Mein halbes Leben habe ich der Wissenschaft geopfert, ich habe mich mit allen überworfen. Mit meiner Familie, mit Freunden, selbst Lillianne will nichts davon hören.»

Er hatte Tränen in den Augen. Lena wagte nicht, etwas zu entgegnen. Die Stimmen verkündeten hämisch ihr Ende: «Die Zeitmeisterin wird dich nicht retten. Keiner der Zeitreisenden wird dich retten. Du kannst dich schon mal von der Welt verabschieden.»

Grob packte König ihre Hand und betrachtete den Chronometer.

«Ich habe meinen Vorfahren nicht geglaubt, dass es so was gibt wie Zeitreisen. Mein Urgroßvater, mein Großvater, mein Vater, sie alle waren überzeugt. Seit Generationen versuchen wir Königs, das Rätsel zu lösen. Aber ich war nicht sicher, ob überhaupt etwas dran ist», sagte er. «Bis ich Rhea kennenlernte. Da wusste ich, dass es wahr ist. Seit Thomas' Sturz vom Dach kann ich an nichts anderes mehr denken.»

Er griff nach einem Teppichmesser, das im Packraum herumlag. Lena rekapitulierte, was Harry König ihr einmal über seine Ausbildung erzählt hatte. «Das Erste, was man als Wachmann lernt: Ein Kunde mit einer Waffe in der Hand hat immer recht.»

«Niemand hat mir geglaubt. Niemand. Aber jetzt habe ich den Beweis.»

Während er die Spitze des Teppichmessers an ihren Hals hielt und Lena nicht wagte, auch nur die winzigste Bewegung zu machen, riss er, ohne hinzusehen, den Chronometer brutal von ihrem Handgelenk. Das Armband ritzte sich in ihre Haut. Ein Tropfen Blut fiel auf den Boden. Lena wich entsetzt zurück und stieß mit dem Rücken gegen ein Regal. Eine Sturzflut aus Bastelmaterial ergoss sich über sie. Farbdosen fielen krachend zu Boden. König blieb von Lenas Verletzung unbeeindruckt. Ihn interessierte nur noch eins.

«Wie ist das eigentlich mit eurer Unsterblichkeit?», fragte er und wedelte mit dem Messer vor ihrem Gesicht herum. «Könnt ihr wirklich nicht sterben?»

Er hob die Waffe, um zuzustechen, als ihm jemand von hinten eine Flasche überzog, die wohl von der Punschzubereitung übrig war. Rotwein lief über sein Gesicht, als wäre es Blut. Mit einem verblüfften Blick sackte König in sich zusammen. Das Messer rutschte über den Boden. Hinter König stand Rhea.

Tausendmal hatte Lena sich den Moment ausgemalt, tausendmal bedacht, was sie sagen würde. Jetzt fiel ihr nichts mehr ein. Wortlos nahm Rhea ein Stück Verband aus dem Erste-Hilfe-Koffer des Kindergartens und verarztete Lenas Verletzung am Handgelenk. Vorsichtig berührte sie das Haar ihrer Tochter, ihr Gesicht, ihre Wangen. Lena spürte, wie ihr die Tränen über das Gesicht liefen. Die Traurigkeit, die sich in all den Jahren aufgestaut hatte, brach mit Macht aus ihr hervor. Ihr Kopf sank an Rheas Brust. Sie schluchzte unkontrollierbar, während ihre Mutter sie in den Arm nahm.

«Genau davor wollte ich dich beschützen», sagte Rhea.

«Vor König?»

«Vor den Zeitreisenden», sagte sie. «Ich wollte dir ein normales Leben schenken. Es hat nicht funktioniert.»

«Mir geht es gut, Mama», sagte Lena. Das Wort kam so leicht und süß über ihre Lippen. «Mama», sagte sie noch einmal. Sie wollte so viel sagen, die Mutter vor dem Unfall warnen, erzählen, fragen. Sie brachte kein Wort heraus. Rheas Nähe überwältigte sie. Alle Stimmen und Wünsche in ihr schwiegen, und sie wollte für ewig in dieser Umarmung versinken. Die Schwerkraft konnte ihr nichts mehr anhaben. Sie schwebte. Es war der Moment perfekten Glücks. Warum konnte es nicht für immer so bleiben?

«Was nützt das Reisen durch die Zeit, wenn man sie nicht stoppen kann?», sagte Lena traurig.

«Wenn alles gleich bleibt, stirbt das Leben. Stell dir vor, wir beide stehen bis an unser Lebensende in dieser Rumpelkammer. Das wäre die Hölle.»

«Warum hast du dich der Gefahr ausgesetzt, außerhalb der unsichtbaren Stadt zu leben?», fragte Lena.

«Ich habe dich geträumt, lange bevor du in meinem Bauch warst. Am nächsten Tag ließ ich die Uhr für dich machen. Und als ich Thomas begegnete, erkannte ich deine Züge in ihm. Ich wusste sofort, dass er der Vater meines Kindes wird. Leider war er keiner von uns.»

König stöhnte auf. Seine Augen flatterten. Die beiden waren so überwältigt, dass keine bemerkte, dass er langsam zu sich kam

«Warum ist Thomas nicht mit dir gekommen?», fragte Lena.

«In der unsichtbaren Stadt kann man nicht leben. Die Zeitmeisterin glaubt, es ist das höchste Ziel, nichts zu spüren.»

«Sie vermisst dich», sagte Lena.

Rhea schüttelte den Kopf. «Sie versucht, alle zu beherrschen und zu kontrollieren.»

König angelte nach dem Messer. Millimeterweise näherte er sich der Waffe. Fast schon hatten seine Fingerkuppen den Griff erreicht, als Rhea das Messer mit einem gezielten Tritt wegschoss. Es schlitterte über den Boden, bevor es unter einem Regal zum Liegen kam. Sie bückte sich und entwand den Chronometer seinen Fingern.

«Du musst zurückgehen zu deiner Familie und erwachsen werden», sagte Rhea. «Vergiss alles, was mit dem Zeitreisen zu tun hat. Und verstecke den Chronometer. Irgendwo, wo keiner ihn finden kann.»

«Wieso?», fragte sie.

Rhea hatte keine Zeit für lange Erklärungen.

«Du musst in der wirklichen Welt leben, Lena», sagte sie. «Du darfst der Zeitmeisterin nicht vertrauen. Du musst sofort zurück.»

«Ich kann nicht», sagte Lena. «Ich muss mich von Dante verabschieden.»

«Er ist schon weg.»

Lena sah ihre Mutter entsetzt an.

«Es ist wichtig, dass jeder in seiner Welt bleibt. Es ist zu gefährlich. Du darfst dich nicht mit einem Zeitreisenden einlassen.»

Sie verließ den Packraum. Im Gang wartete Thomas auf sie. Er winkte Lena verschwörerisch zu.

«Nicht weggehen», schrie Lena und lief Rhea hinterher. Sie klammerte sich an ihre Mutter. Sie wollte sie festhalten und nie wieder loslassen.

«Ich kann hier nicht bleiben», sagte Rhea. «Und du auch nicht.»

«Noch ein paar Minuten. Noch ein bisschen. Bis zum Morgengrauen.»

Rhea kämpfte mit sich.

«Ich werde auf ewig traurig sein, dass ich nicht da sein kann, wenn du mit einer Fünf in Bio nach Hause kommst, dass ich dich nicht umsorgen kann, wenn du krank bist. Ich würde so gern deine Freundinnen kennenlernen und deinen ersten Freund und dich trösten, wenn du Liebeskummer hast. Aber ich kann nicht bleiben.» Tränen rannen ihr über das Gesicht. «Ich gehe weg. Aber ich werde dich nicht verlassen. Ich bin immer bei dir, auch wenn du mich nicht sehen kannst. Wenn du meinen Namen flüsterst, höre ich ihn.»

«Der Unfall ...»
Rhea legte ihr den Finger über den Mund. Sie wollte nicht hören, was Lena zu sagen hatte.
«Es wird alles gut», sagte sie.
Und dann drehte sie sich um. Arm in Arm mit Thomas verließ sie Lenas Leben. Sie überquerten die Straße, um in das geparkte Auto zu steigen.
König rannte mit letzter Kraft hinaus auf die Straße, um sie aufzuhalten. Gerade in dem Moment, in dem der Bus in die Gegenrichtung fuhr. Lena schloss die Augen. Sie erwartete einen Knall, einen Aufprall, kreischende Bremsen. Als sie die Augen wieder öffnete, war der Bus ein Stück weiter. König war spurlos verschwunden. Das Auto ihrer Eltern verließ den Parkplatz.

Zwei Seiten der Medaille

«Du darfst wieder reisen», sagte Coco begeistert. Aufgeregt hüpfte sie neben Dante auf und ab. Sie schnüffelte an ihm. Er roch komisch, ihr Freund. Und sah auch sonst nicht sonderlich glücklich aus.

Er hatte ewig im Kindergarten auf Lena gewartet. Er hatte einfach nicht glauben können, dass sie in ihre Zeit zurückgekehrt war, ohne ihm Bescheid zu geben.

«Du bist rehabilitiert», freute Coco sich. «Die Zeitmeisterin erlaubt uns wieder, im Team unterwegs zu sein. Ist das nicht toll?»

«Super», sagte Dante nicht sonderlich überzeugt. Er war in die unsichtbare Stadt zurückgekehrt, doch er konnte immer noch nicht fassen, dass Lena sich ohne Abschied davongestohlen hatte.

«Alles wird genauso wie früher», sagte Coco.

Dante hatte sich immer gefragt, wie Menschen es schafften, sich in ausweglose Situationen zu bringen. Mit den Gefühlen war es nicht anders als mit vielen anderen Dingen. Es gab immer eine Kehrseite: Tag und Nacht, oben und unten, tot und lebendig, hell und dunkel, heute und gestern, hallo und auf Wiedersehen.

Seine Glieder waren schwer von Müdigkeit, als er auf sein Zimmer zurückkehrte. In seinem Kopf hämmerte und pochte es, bei jedem Schritt wummerte sein Gehirn schmerzhaft an die Schädeldecke. Der Punsch war köstlich gewesen, die Nebenwirkungen dramatisch. Alles in der unsichtbaren Stadt erinnerte ihn an Lena und die Zeit, die sie gemeinsam verbracht hatten.

Er öffnete die Tür zu seinem Zimmer. In all dem Weiß nahm er einen merkwürdigen braunen Fleck wahr. Auf seinem Bett saß das hässlichste Stofftier, das er je in seinem Leben gesehen hatte: ein dürrer Stoffhund mit verfilztem Fell, ungleichen Augen und hängenden Ohren. Er sah aus wie ein räudiger, streunender Straßenköter, der dreimal vom Bus überfahren worden war. Davor lag ein handgeschriebener Zettel:

Er heißt Otto. Pass gut auf ihn auf.

Coco hatte unrecht. Nichts würde mehr so sein wie früher.

Noch mal von vorne

Sonnenstrahlen kitzelten Lenas Nase. Sie brauchte einen Moment, bis sie merkte, dass sie in ihrem eigenen Bett lag. Ein Blick auf ihr Handydisplay zeigte, dass es Samstag war. Der Tag des Handballfinales.

Alles lag an seinem angestammten Platz. Selbst der Manila-Umschlag mit den Unfallfotos und der alten Zeitung. Hastig blätterte Lena sich durch die Ereignisse der Silvesternacht 2006. Neben dem Nachtrodeln am Eichberg vermeldete der *Morgen* einen gewalttätigen Tankstellenüberfall, berichtete über eine Gruppe Verrückter, die vergeblich auf die Ankunft von Außerirdischen gewartet hatte. Dort, wo Lena den Schlittenunfall befürchtete, stand der alte Artikel, *Tod auf der alten Zollbrücke*, und nur ein kleines Detail hatte sich geändert: Die Bergung des Wracks mit den Verunglückten war zu Redaktionsschluss noch nicht abgeschlossen. Das Foto zeigte das zerstörte Auto im verschneiten Graben. Die winzige Verschiebung der Zeit blieb das einzige Zeichen, dass jemand in die Vergangenheit eingegriffen hatte.

Nachdenklich betrachtete Lena ihr Handgelenk. Der Chronometer gab er kein einziges Signal von sich. Lena verzichtete darauf auszuprobieren, ob er noch funktionierte.

Das Familienporträt mit ihren Eltern hing an seinem angestammten Platz. Und doch hatte sich etwas verändert. Die Gesichter ihrer Eltern waren klar und deutlich erkennbar, als ob es sich um ein anderes Exemplar aus derselben Serie handelte. Sonja hatte recht: Die Bilder vom Unfall hatten sich auf ihre Netzhaut gebrannt. Aber das war es nicht alleine. Ihr Kopf platzte vor schönen Erinnerungen. Dort, wo sie früher ein dunkles schwarzes Loch in ihrem Herzen gespürt hatte, leuchteten bunte Bilder. Sie erinnerte sich an die Stimme ihrer Mutter, an die Art, wie sie ihre Haare hinter die Ohren strich, ihren selbstbewussten Gang, die verrückten Ideen ihres Vaters.

Lena ging zu ihrem Kleiderschrank, um ihre Handballsachen zu suchen. Als sie sich umdrehte, registrierte sie, dass die Augen ihrer Eltern ununterbrochen auf sie gerichtet waren. Die Blicke folgten ihr, aus welcher Perspektive sie das Bild auch betrachtete. Sie kannte dieses Phänomen aus Besuchen im Kunstmuseum. Dort hatte sie es immer unheimlich gefunden, aber jetzt hatte es etwas Beruhigendes.

Sie riss die Tür auf und rannte zum Badezimmer, bevor ihre kleinen Schwestern ihr zuvorkamen.

Geschafft! Sie zog die Tür hinter sich zu und verriegelte sie. Und auf einmal musste sie lächeln, weil sie wusste, was passieren würde. Und tatsächlich …

«Ich muss aufs Klo», brüllte Carlotta lautstark und trommelte gegen die Tür. Lena schloss auf und ließ sie hinein. Carlotta, die wieder wie Carlotta aussah, war so verblüfft, dass sie auf einmal nicht mehr musste, sondern nur dastand und Lena anstarrte. Mit einer hastigen Geste zog Lena den Duschvorhang zur Seite. Fiona senkte ihre Kamera.

«Woher weißt du, dass ich hier bin?», beschwerte sie sich.
Lena drückte ihr einen Kuss auf die Wange. Sie war überglücklich, ihre Schwester zurückzuhaben. Auch wenn sie jeden Tag aufs Neue probierte, sie heimlich zu filmen. Carlotta zog Fiona nach draußen. «Die hat sie nicht mehr alle», sagte sie.

Neugierig betrachtete Lena sich im Spiegel. Auf ihrem Gesicht zeichnete sich ein breites Lächeln ab. Es war das Lächeln ihrer Mutter. Sie hob die Hand, um sich die Haare aus dem Gesicht zu streichen. An ihrem Handgelenk prangte eine kleine Narbe, dort, wo der Chronometer sie geritzt hatte, als König ihr die Uhr abriss.

«Bist du hier?», fragte sie in den Raum hinein.

Mit lautem Krach flog das Badezimmerfenster auf. Ein frischer Windstoß fuhr in den Raum, und die Sonne strahlte Lena ins Gesicht. Und Lena mit ihr.

Als sie nach unten kam, stand ihre Tante im Wohnzimmer und bügelte, während im Hintergrund der Fernseher lief.

«Ich kann leider nicht zum Spiel kommen», sagte Sonja. «Der Handwerker von der Klimatechnik kommt mit den Ersatzteilen. Beim nächsten Mal bin ich dabei», versprach sie.

Lena zweifelte einmal wieder, ob der richtige Moment gekommen war, die Biogeschichte zu beichten. Sie verzichtete darauf. Sie war immer noch feige. Und wollte auf jeden Fall zum Handballcamp mitfahren.

«Ist schon okay», sagte Lena. «Ich kann dir jetzt schon verraten, wie es ausgeht. Wir gewinnen. 36:29.»

Sonja sah sie überrascht an. «Du hast einfach zu viel Phantasie», sagte sie.

Dann drehte sie sich zum Fernseher und drehte den Ton der Talkshow lauter.

«Wie finden Sie Ihre Geschichten?», fragte der Moderator gerade seinen Gast. «Wie gelingt es Ihnen, immer an der richtigen Stelle aufzutauchen?»

Der Gast war niemand anderes als Carl Rasmus. Er trug Anzug, Krawatte und einen ordentlichen Haarschnitt. Der Chefredakteur vom *Morgen* wurde mit einem Journalistenpreis ausgezeichnet.

«Der Nikolaus brachte mir einen Briefumschlag mit Hinweisen, was die Menschheit in den nächsten zehn Jahren erwartet», sagte er. «Und diese Liste arbeite ich ab.»

Alle lachten, als hätte er einen besonders guten Witz gemacht.

«Verhindern kann ich trotzdem nichts», erzählte Carl weiter. «Niemand glaubte mir, als ich die Kreditkrise vorhersagte, den ersten schwarzen Präsidenten, den Austritt Englands aus der EU, Trump. Vielleicht kann man die Ereignisse der Weltgeschichte nicht aufhalten, aber man kann immer versuchen, einen Mitmenschen zu retten.»

Lena musste lächeln. Carl Rasmus ahnte nicht, wie recht er hatte. Man konnte einzelne Schicksale reparieren, den großen Gang der Weltgeschichte zu ändern, war eine andere Sache.

Jonas hatte den Auftritt seines Vaters in der Sportkantine verfolgt, während er seinen Bauchladen belud. In der Halle trafen unterdessen die Spielerinnen ein. Als Lena ankam, lief sie suchend durch die Menge. Wo war Bobbie? Hektisch rannte sie durch die Sporthalle, bis sie mit dem Schiedsrichter zusammenstieß. Der Mann hatte eine Glatze und war dürr wie ein Spargeltarzan.

«Pfeift Harry König heute nicht?», fragte sie misstrauisch.

Der junge Mann sah sie überrascht an. «Harry König. Aus der Mannschaft von 2000?»

Lena nickte aufgeregt.

«Woher kennst du den denn?», fragte er verblüfft.

«Er hat mit meinem Vater gespielt», sagte Lena, froh, einen schnellen Ausweg gefunden zu haben.

Der Schiedsrichter kratzte sich am Hinterkopf.

«Der ist vor vielen Jahren spurlos verschwunden. An einem Nikolaustag, das war eine Zeitlang Stadtgespräch. Der ist als Knecht Ruprecht im Kindergarten aufgetreten, und danach war er weg. Noch nie davon gehört? Wie kommst du bloß darauf, dass er pfeift?»

«Ich habe heute Nacht geträumt, dass er wieder da ist», stammelte sie. «War nur ein Traum.»

Bevor weitere Fragen kamen, stürmte sie weiter in die Umkleidekabine. Chloe, Elif, Sophie ... alle waren da. Keine Spur von Bobbie. Das konnte doch nicht, sollte es wirklich ... sie wagte nicht, den Gedanken zu Ende zu denken. Nervös zog sie sich um. Noch fünf Minuten bis zum Spiel. Keine Bobbie. Nichts. Mit sinkendem Mut verließ sie die Umkleide und trabte in Richtung Halle. Aus dem Eingangsbereich klang aufgeregtes Stimmengewirr. Eine Traube Kinder drängte um einen Verkaufstisch. Lena schummelte sich nach vorne. Am Stand saß Bobbie in ihrem Handballdress und verkaufte ihren ersten Roman. *Das Mädchen, das aus dem Nichts kam*, lautete der Titel. Ein Thriller.

«Die Geschichte basiert auf einer wahren Begebenheit», erzählte sie gerade stolz. «Alles selbst erlebt. Ich weiß schon seit dem Kindergarten, dass es Phänomene gibt, die sich logisch nicht erklären lassen.»

Lena drängelte sich nach vorn, lief um den Tisch und fiel ihrer Freundin um den Hals.

«Ich bin so froh, dass es dir gut geht», sagte sie, und Tränen liefen ihr über die Wangen.

Bobbie war nicht einmal erstaunt über den seltsamen Gefühlsausbruch ihrer Freundin. «Was auch immer passiert ist – erzählst du es mir irgendwann?», fragte sie.

Lena nickte.

Statt weiterzusprechen, hickste Bobbie lautstark auf. Ausgerechnet in dem Moment, in dem Jonas sich an ihnen vorbeizwängte. Was war das? Bobbie bekam Schluckauf, und bei ihr rührte sich nichts?

«Das hatte ich früher auch immer», sagte Lena. «Das mit dem Hicksen. Wann immer ich einen Jungen gut fand.»

«Ich dachte, du findest Jonas gut», sagte Bobbie.

Lena zuckte mit den Schultern. «Ja. Nein. Irgendwie.» Es war so viel passiert.

Bobbie hickste gleich noch einmal auf.

«Das hat nichts mit Jonas zu tun. Reiner Zufall», sagte sie. «Wir kennen uns seit dem Sandkasten. In so jemanden kann man sich nicht verlieben.» Sie stockte. «Kann man sich an etwas erinnern, was erst in der Zukunft passiert?», fragte sie irritiert.

«Man kann», sagte Lena. «Das nennt man Wünsche.»

«Als ob ich mir wünsche, nachts Hand in Hand mit Jonas durch den Wald zu stapfen. So ein Blödsinn», sagte Bobbie empört. «Ich bin kein bisschen romantisch.» Die Röte, die ihre Wangen überzog, strafte ihre Reden Lügen.

«Wenn du eine Tomate wärst, wärst du eine besonders schöne Tomate», sagte Lena.

«Ich mag dich auch», antwortete Bobbie und hickste noch einmal auf. «Weißt du, ich arbeite da an einem Mittel. Gegen Schluckauf.»

«Du musst Essig probieren. Mit Chili und Zucker», sagte Lena. «Das hilft immer.»

«Wo bleibt ihr denn?», brüllte Chloe. «Wir müssen auf den Platz.»

Lena und Bobbie liefen in die Halle ein. Das Publikum tobte. Anders als an normalen Wettkampftagen war die Tribüne gut besetzt. Auf den Bänken saßen Väter, Mütter, Opas, Omas, Freunde und Geschwister dichtgedrängt, um ihre jeweilige Mannschaft zur Meisterschaft zu jubeln.

Das Spiel ging los. Lena täuschte eine Rechtsbewegung vor und prellte den Ball in einem überraschenden Manöver in die linke. Von ihrer Position im Rückraum rollte sie über die Außenbahn gekonnt das Feld von hinten auf, wuselte mit dem Ball an Chloe vorbei, die mal wieder im Weg stand, weil sie zu sehr damit beschäftigt war, gut auszusehen. Drei Gegnerinnen blockierten den Zugang zur Siebenmeterzone. Lena drückte sich ab und schoss in die Höhe. Mit dem rechten Ellenbogen wehrte sie eine Spielerin ab, mit der Linken holte sie aus, drehte den Rumpf in der Luft und feuerte auf das Tor. Sie beendete ihren phänomenalen Alleingang mit einem Treffer aus einem unmöglichen Winkel.

Bobbie sprang von der Ersatzbank auf. Das Publikum

tobte, Jonas pfiff auf seinen Fingern. Er lächelte ihr zu, und seine Augen blitzten. Henriette Albers schwenkte ihr peinliches Spanntuch: *Go, Roberta, go*. Manche Dinge änderten sich nie.

Lenas Blick fiel auf die Plätze, die für ihre Familie reserviert waren, und sie erstarrte in der Bewegung. In der Mitte saß ein Junge mit hellem, fast weißem Haar und verschiedenfarbigen Augen. Er trug einen langen schwarzen Mantel und jubelte ihr zu. Ein Ball flog auf Lena zu, doch sie war wie gelähmt. Mit voller Wucht knallte das Wurfgeschoss ihr ins Gesicht. Wie ein gefällter Baum ging sie zu Boden und knallte mit dem Kopf hart aufs Linoleum. Einen Moment blieb sie reglos liegen. Die Welt verschwamm. Dann, wie in Zeitlupe, klärte sich ihr Sichtfeld wieder. Ihr Trainer beugte sich über sie. Mühsam rappelte sie sich hoch.

«Geht schon wieder», sagte sie.

«Setz dich erst mal auf die Bank», rief ihr Trainer. Er wartete, bis Elif und Sophie Lena fest untergehakt und vom Feld zur Ersatzbank begleitet hatten. Dann wechselte er Bobbie ein, die blass wurde, als sie aufs Feld lief. Zum ersten Mal.

Lena saß ganz still auf der Bank und fühlte sich noch immer benommen. Plötzlich spürte sie, wie sich jemand neben sie setzte.

«Was machst du denn hier?», sagte Lena, ohne zur Seite zu blicken.

«Dich besuchen», sagte Dante.

Lenas Blick fiel auf die großen Flügeltüren, wo Coco stand und panisch gestikulierte. Sie dachte an ihre Mutter, sie dachte an die Bedingungen der Zeitmeisterin.

«Wir dürfen uns nicht mehr treffen», sagte sie. «Ich habe es allen versprochen.»

«Ich bin privat hier», sagte Dante.

«Es gibt kein privat», sagte sie. «Nicht bei den Zeitreisenden. Du darfst nicht hier sein. Du bringst dich in Gefahr.»

Als sie zur Seite sah, blickte sie direkt in Dantes Augen, das eine grün, das andere blau. Er sah nicht weg. Langsam beugte er sich zu ihr, bis sein Gesicht ganz nah vor ihrem war, und hielt ihren Blick die ganze Zeit mit seinem fest. Und dann spürte Lena, ganz zart, wie Schmetterlingsflügel, seine Lippen auf ihren. Einen wunderbaren, unendlichen Moment lang stand die Zeit still.

Niemand bemerkte es, denn in diesem Moment warf Bobbie ihr allererstes Tor. Lena hörte nichts, nicht den Applaus, nicht den tosenden Jubel – ihr war, als wäre sie mit Dante ganz allein in der großen Halle.

Als er sich von ihr löste, sah sie ihn an, atemlos und glücklich.

«Und was machen wir jetzt?», fragte sie.

MONIKA PEETZ

Der geheime Schlüssel

Lena fällt es schwer, in ihr normales Leben zurückzukehren. Wie soll sie Dante, den Jungen mit den verschiedenfarbigen Augen, vergessen? Doch bald schon hat sie weit größere Sorgen: Bei einem Schulausflug muss sie feststellen, dass ihr Verfolger noch lange nicht aufgegeben hat. In letzter Minute gelingt es Lena, den Chronometer, mit dem sie durch die Zeit reisen kann, ihrer Freundin Bobbie zuzustecken. Ein verhängnisvoller Fehler. Auf der Flucht stürzt Bobbie kopfüber in die Vergangenheit – und findet nicht wieder heraus. Lena bricht ihr Versprechen und geht zurück in die unsichtbare Stadt. Sie braucht Dantes Hilfe. Doch ihr Widersacher war ihr einen Schritt voraus. Und Lena muss nun nicht nur Bobbie retten, sondern die gesamte Welt der Unsichtbaren …

416 Seiten — Erscheinungstermin September 2019

Das für dieses Buch verwendete Papier ist FSC®-zertifiziert.

DIE UNSICHTBARE STADT